口絵01——『うつほ物語』「俊蔭」巻

国文学研究資料館所蔵、出典：国書データベース（https://doi.org/10.20730/200015505）

［陣野英則論文参照］

口絵02——サンドロ・ボッティチェッリ「東方三博士の礼拝」

1470～75年頃、ウフィツィ美術館所蔵

［平泉千枝論文参照］

口絵03——一勇斎国芳画「滝夜叉姫と骸骨の図」

国立国会図書館所蔵

［矢内賢二論文参照］

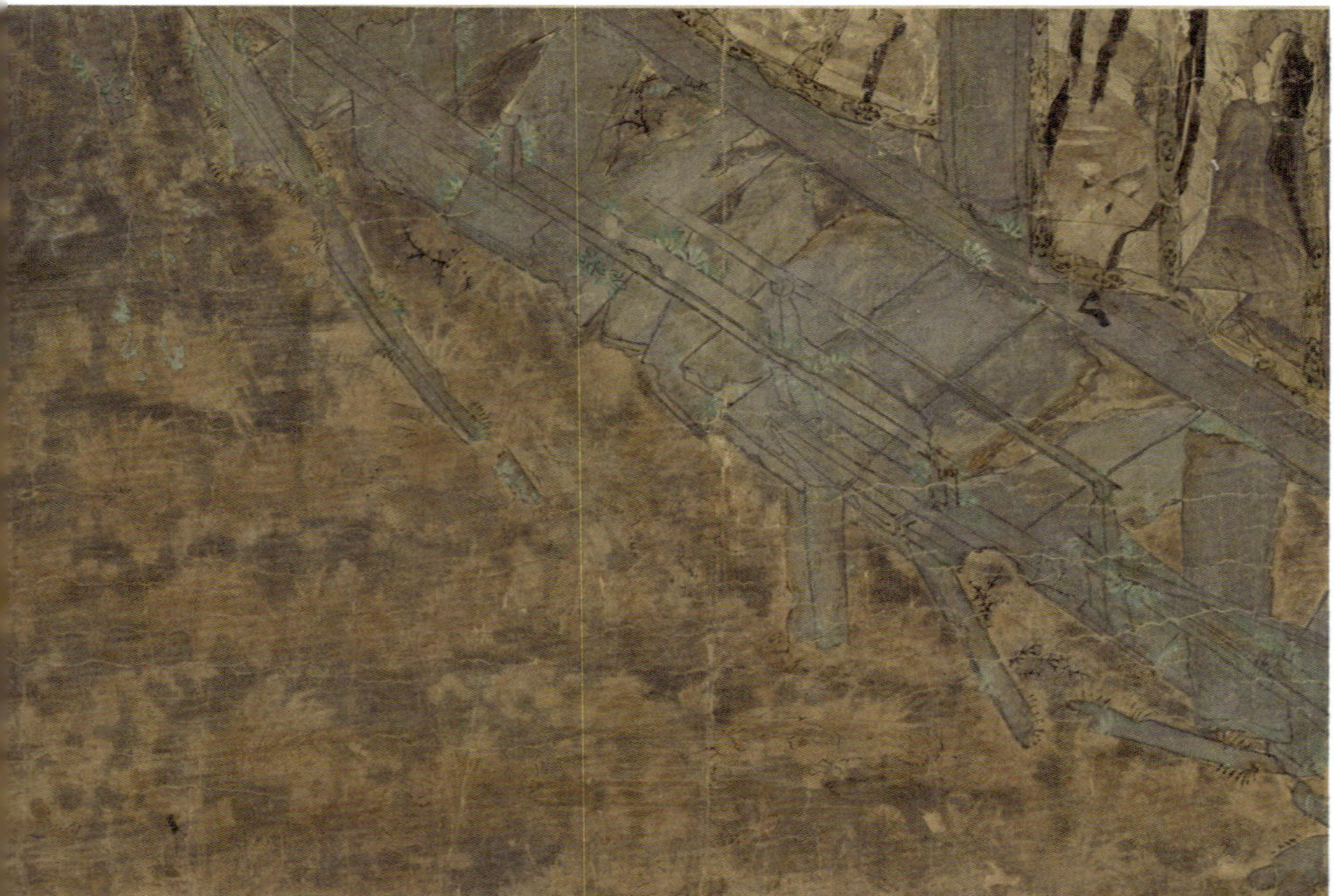

口絵 04——重要文化財　京都・遍照寺本尊「十一面観音像」

平安時代、10世紀末

［渡邉裕美子論文参照］

口絵 05——国宝「源氏物語絵巻」蓬生

平安時代、12世紀中頃、徳川美術館所蔵

［山本聡美論文参照］

口絵06——李成・王暁（款）「読碑窠石図」

北宋、大阪市立美術館所蔵

［板倉聖哲コラム参照］

口絵 07——伝松平伊豆守旧蔵謡本『井筒』表紙

17世紀初期、法政大学鴻山文庫所蔵、出典：野上記念法政大学能楽研究所

［佐藤直樹コラム参照］

口絵 08——ニコラ・プッサン「アルカディアの牧人たち」

1637〜38年、ルーヴル美術館所蔵

［佐藤直樹コラム参照］

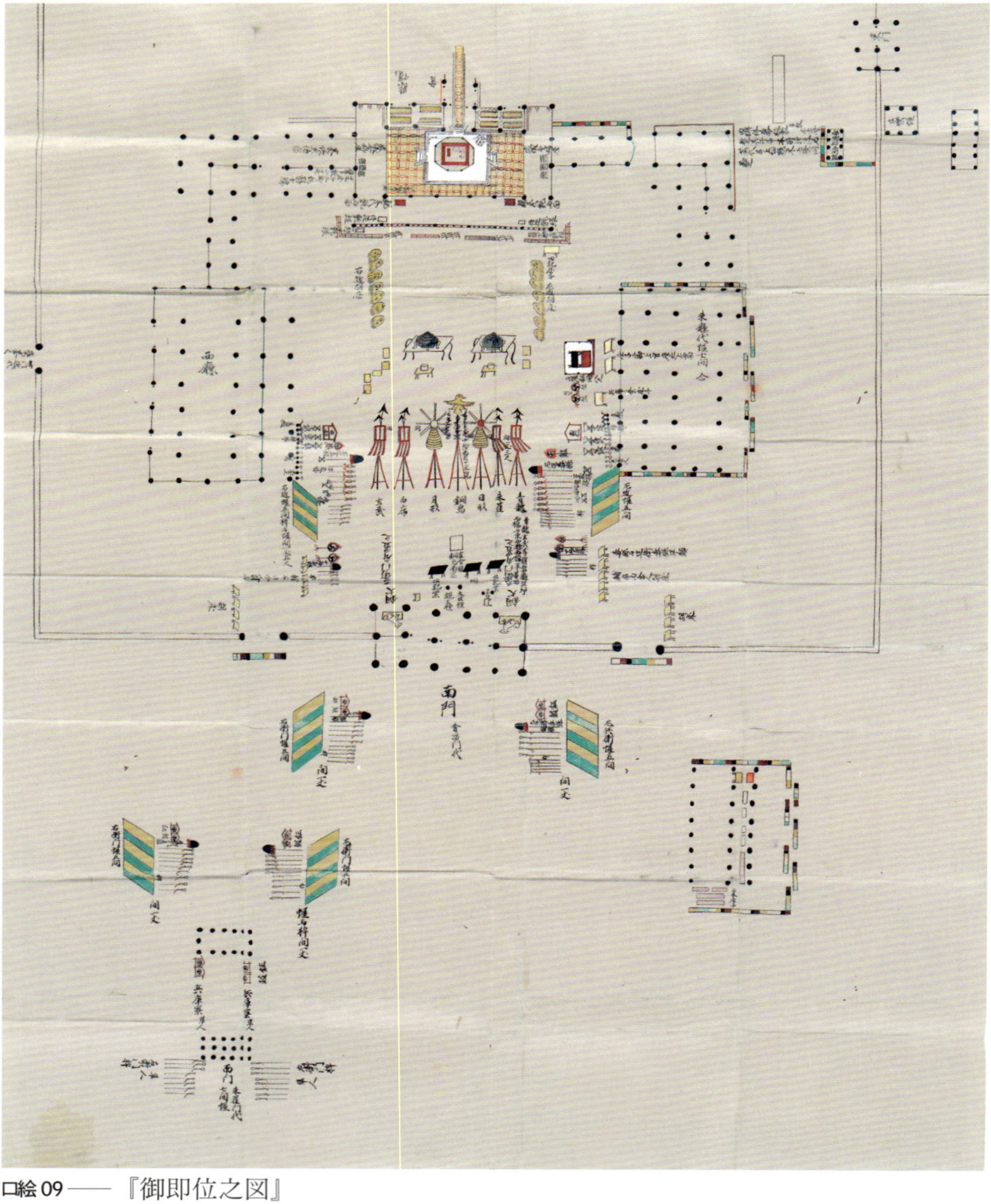

口絵 09 ——『御即位之図』

江戸時代中期写、国立歴史民俗博物館所蔵

［久水俊和論文参照］

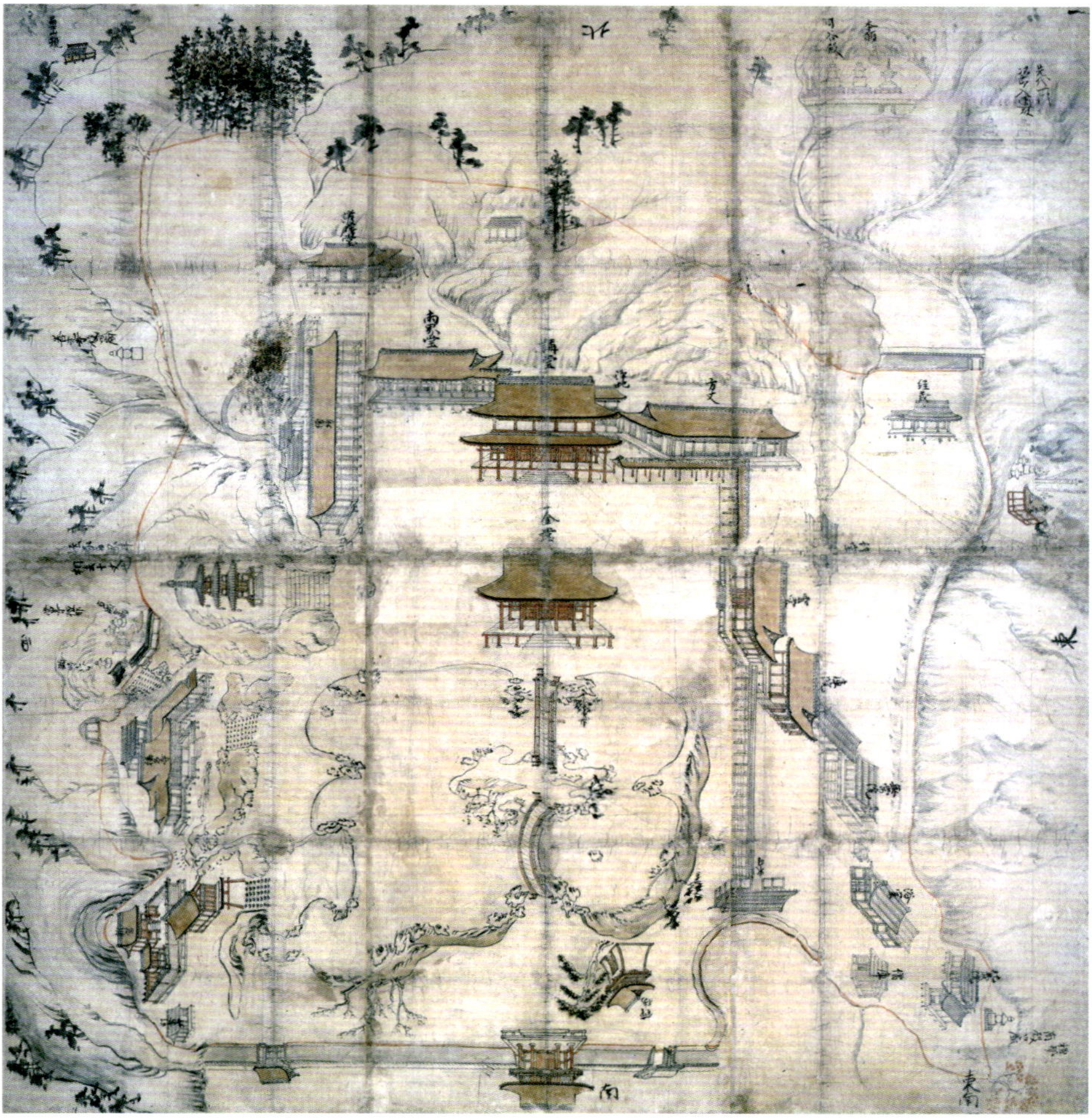

口絵 10——重要文化財「称名寺絵図」

元亨3年（1323）、称名寺所蔵（神奈川県立金沢文庫保管）

［梅沢恵論文参照］

口絵 11——宮本三郎「死の家族」

1950年、世田谷美術館所蔵

［河田明久論文参照］

口絵 12——国宝「一遍聖絵」巻十第三段　伊予大三島社

正安元年（1299）、清浄光寺（遊行寺）所蔵

［梅沢恵論文参照］

廃墟の文化史

木下華子・山本聡美・渡邊裕美子〈編〉

勉誠社

廃墟の文化史

第3部 廃墟を生きる

【巻頭言】

わたしたちの廃墟論へ

渡邉裕美子

現代日本において「廃墟」はブームであると言われ、近代産業遺産である軍艦島や、衰退した観光地の遊園地やホテル、人口減少により放棄された廃村や廃校となった校舎などの写真集が刊行されたり、廃墟を巡るツアーが企画されたりしている。こうした廃墟を好んで巡り歩く「廃墟マニア」と呼ばれる人々もいる。

ここで「廃墟」と見なされているのは近代以降の建造物などで、廃墟ブームは現代の社会現象として語られることが多い。しかし、古典の世界に目を転ずれば、早く大津宮の荒廃を嘆いた柿本人麻呂の近江荒都歌があるではないか。「廃墟」は現代の一過性のブームの対象としてではなく、もっと広く大きな視点から捉え返す必要があるのではないだろうか。

ヨーロッパにおいては、十六世紀半ば以降、古代の廃墟に対する関心が高まり、廃墟論にも一定の蓄積がなされてきた。西洋美術史においてはマニエリスムの時代に「廃墟」が絵画的主題として浮上し、その後、イギリスで流行したグランドツアーや、ピクチャレスクという概念を通じて、廃墟への関心が高まった。それとともに廃墟論も深化し、比較的近年の論考では、サルヴァトーレ・セッティスが著書『〈古典的なるもの〉の未来：明日の世界の形を描くために』(足達薫訳、ありな書房、二〇一二)において、西洋文化再生のため「廃墟」

が繰り返し機能することを指摘しているのが注目される。

日本においても、このような西欧の研究動向に無関心であったわけではない。美学を専門とする谷川渥は、主に二〇〇〇年代以降、西洋の廃墟論を紹介しつつ廃墟研究を推し進め、日本における廃墟論構築の方向性を示した。さらに、二〇一八年には、渋谷区立松濤美術館にて「終わりの向こうへ：廃墟の美術史」が開催され、十八世紀から十九世紀ヨーロッパの絵画作品、またその影響を受けた江戸後期から近現代日本絵画における廃墟表象の実例が展観された。日本における廃墟論は、主に西洋美術史・美学研究者によって提唱され、現在まで継続して関心がもたれている研究領域なのである。

ただし、西欧の研究に刺激されて始まった廃墟論の文脈では、近代以前の日本の文化表象に目が向けられることは極めて少ない。木造建築を基本とする日本には、何世紀にもわたって崩壊する姿をさらし続ける西洋諸国の古代遺跡に相当する建造物跡はまれである。そもそも「廃墟」ということばが使われるようになるのは明治以降のことである。従来、時代・分野を超えた大きな視点から日本における廃墟が論じられることがなかったのも当然と言えるだろう。

しかし、日本文化の様相に沿った視点で「廃墟」という概念を捉え返せば、どうだろうか。――現存する寺院跡や柱石、絵画資料・記録・伝承・物語・随筆・紀行・和歌・芸能などに表される、荒廃した建造物、人々の記憶の中に長らく残存し続けた旧都のイメージ。このようなものを日本的な「廃墟」と考えれば、前近代にも廃墟的な表象を豊富に見出すことができる。特に、古代・中世の日本では、戦乱や自然災害に起因する大規模な廃墟が繰り返し出現した。それらは、文学・歴史・芸能・美術の題材として確かな痕跡をとどめている。

また、日本文学研究の分野では、近江荒都歌だけでなく、平安中期に歌人たちが集い歌を詠みだすトポスとなっていた河原院や、『源氏物語』の末摘花邸や「なにがしの院」のように、個別に研究されている事例もある。こうした個別研究を統合し、分野横断的な検証を積み上げれば、日本における体系的な廃墟論の基盤を構築することができるはずである。

このような目論見をもって、「廃墟」の共同研究（梅沢恵・木下華子・陣野英則・堀川貴司・山中玲子・山本聡美・渡邉裕美子）は、二〇一九年にスタートした。討議を重ねる中で見えてきたのは、廃墟表象が、単なるノスタルジーをかき立てる存在ではなく、廃墟とともに生きる人々の姿を映し出し、廃墟からの復興への祈りや希望を内包しているという視点である。

廃墟からの復興・再生は常に現代的な課題でもある。わたしたちは、一九九五年の阪神大震災、二〇一一年の東日本大震災といった大規模な災害によって都市が破壊される事態を目の当たりにした。また海外に目を向けるならば、バーミヤンやパルミラ等における古代遺跡の破壊、アフガニスタン、シリア、ウクライナ、パレスチナでの戦闘や頻発するテロによる都市の破壊等々、新たな廃墟が毎日のように生み出され続ける時代を生きている。

廃墟研究が、このような現代的な課題に対して、すぐさま解決へ向けた答えを用意できるわけではない。それでも、このような課題があることを胸に置きつつ、日本の歴史・文化史に立脚した「廃墟」をめぐる新たな視座を提供したい。本誌では、共同研究メンバーに加えて、上代文学・近代文学、東アジアの災害文学、近世芸能、宗教学、日本中世史、近現代・西洋美術史を専門とする総勢二十名の執筆者を迎えることができた。〈わたしたちの廃墟論〉確立への道のりは遠いが、本誌によって、また一歩、歩みを進めたと考えている。

＊本誌の発行においては、以下の助成を受けている。
サントリー文化財団研究助成「学問の未来を拓く」（二〇二三年八月一日～二〇二五年七月三一日）：研究課題「前近代日本における廃墟の文化史」

「廃墟」の創造性――歌枕・紀行文・『方丈記』

木下華子

きのした・はなこ――東京大学大学院人文社会系研究科准教授。専門は日本中世文学・和歌文学。主な著書・論文に、『鴨長明研究――表現の基層へ』（勉誠出版、二〇一五年）、「『海道記』の叙述方法――古典引用と和歌を中心に」（『国語と国文学』九九―八号、二〇二二年八月）、「『方丈記』「都遷り」の生成と遷都をめぐる表現史」（『説話文学研究』五八号、二〇二三年九月）などがある。

『海道記』『東関紀行』における歌枕の叙述、『方丈記』の構造分析を通して、「廃墟」の機能を検討する。「廃墟」はかつての理想像を想起させ、見る者を時間軸上の思考へと誘う力を持つ。その力は、滅びゆくものが新しさを創出する、あるべき姿を実現させるという矛盾をはらんだ創造性へと発展し、場面形成や作品構想に大きく関与するものとなる。

はじめに

「廃墟」とは、城や家屋、市街などが滅びすたれた跡、荒廃した跡を言う。(1) これを前近代の日本文学で考えようとする際、最初のハードルは、「廃墟」に該当する対象をどこに見出すかだろう。端的に言えば、「廃墟」なる言葉の用例を作品に探すことが困難なのである。

例えば、『日本国語大辞典』（第二版）が初出として挙げるのは、国木田哲夫（独歩）・松岡（柳田）国男・田山花袋・玉田玉茗・矢崎嵯峨の屋・宮崎湖処子による合著詩集『抒情詩』（明治三十年〈一八九七〉）のうち、「独歩吟」の「序」である。

西南の亂を寝物語に聞きし小兒も今は堂々たる丈夫となり、其衣兜の右にミルトンあり、左に杜甫あり、懐に西行を入れて、秋高き日、父が上下来て登城したる封建の城、今は蔦葛繁れる廃墟の間を徘徊する又た珍しからぬ事となりぬ。

明治の世に、江戸時代の城がかつての権勢と機能を失って放置され、今は蔦葛に覆われている。そのような有様を「廃墟」と表現したものと理解できる。蔦葛は、謡曲「定家」に「不思議やなこれなる石塔を見れば、星霜古りたるに蔦葛這ひまとひ、形も見えず候」とあるように、蔦が蔓状となって対象にからみまつわり、そのあるべき姿を覆い隠すもの、荒廃の象徴となり得る植物である。つまり、「独歩吟」「序」は、時代の変化によって城がかつての姿（封建時代のあるべき姿）を失いゆく様を「蔦葛繁れる廃墟」と表現しているのだろう。このような「廃墟」は、私たちが現在イメージする「廃墟」と大きく変わるものではない。しかし、問題は、言葉そのものの用例は近代以降となり、前近代の文学を眺め渡した場合、先の「蔦葛這ひまとひ、形も見えず」（謡曲・定家）のように、「廃墟」と考えられる表象を探し出すプロセスが必要になるという点である。[2]

稿者の専門は日本の中世文学だが、ここで「廃墟」を考えようとする場合、どのような形で枠組を設定すべきであろうか。荒れ果てた邸宅・草木や禽獣の存在など「廃墟」の表象には一定のコードがあり、それが文学や絵画を通して広く共有されていたことは、すでに明らかである。[3]加えて、本稿は、少し別の角度から「廃墟」と見なし得るものを掬い上げてみたい。先の「独歩吟」の用例や「定家」の事例が示していた、あるべき姿・理想像を失ったという性質である。「独歩吟」における「廃墟」は、維新という大きな社会変化を経た後の明治の世において、前時代、封建の世を象徴した「城」が変わりゆく姿であった。ならば、大きな社会変化、危機を経験する時代には、かつてのあるべき姿を失った対象、すなわち「廃墟」が出現するのではないか。例えば、中世前期は、保元・平治の乱、源平の合戦、承久の乱をはじめとする戦乱を経て、貴族の世から武者の世へと政治体制が移り変わった時期であった。また『方丈記』に見えるような災害が頻発した時期でもある。中世前期という時代に対してそのような目論見を抱くことに、あながち無理はないだろう。

本稿の目的は、このような視点から、中世前期における「廃墟」の表象とその機能を解き明かすことにある。あるべき姿・理想像を持つものが時間を経て変容する、そのような性質を有する対象として、前半では紀行文における歌枕を、後半では『方丈記』における都を取り上げ、「廃墟」が作品生成に果たす機能の如何を考えてみたい。

一、「廃墟」化する歌枕

――「野路の篠原」と『東関紀行』

本節では、和歌に詠まれる地名・名所としての歌枕を「廃墟」という角度から捉え、変わりゆく歌枕の景が作品内でいかなる機能を有するのかを考える。『俊頼髄脳』が「世に歌枕といひて、所の名書きたるものあり」と記し、名所を書き集めた書物を「歌枕」と理解する事例などを見ると、名所としての歌枕、個々のイメージは、平安時代後半には確立し共有されていたと思しい。しかし、このイメージは永久保存されるものではなかった。その変容の様は、鎌倉時代の紀行文にうかがうことができる。以下、近江国の歌枕である「野路」「篠原」を取り上げたい。「野路」は、東海道と東山道の分岐点にあたる交通の要所、「篠原」は中山道の宿駅であり、両者は隣接している。和歌では「野路の篠原」と詠まれることが多く、都を出立して一両日中にたどり着き、宿泊する地だったようだ。

A我が宿は野路の篠原かき分けてうちぬる下に絶えぬ白露
（後京極殿御自歌合・一七八、「野亭」）

おほやけの御かしこまりにて、遠く行く人、そこそこによべは泊まるなど聞きしかば、そのゆかりある人のもとへ

Bふしなれぬ野路の篠原いかならむ思ひやるだに露けきものを
（建礼門院右京大夫集・一二八）

Aは、野路の篠原に宿を取った旅人が、篠原に絶えずおりる白露のごとくに旅愁の涙を流す意。Bは、何らかの罪で遠流となった人の旅路に、臥し慣れない野路の篠原での旅寝のつらさを思い涙する作者の心情が詠まれる。第四句「思ひやるだに」は、想像する自分でも涙するのだから、まして旅路にある当人は夜露と旅寝のつらさにどれほどの涙を流したかという慮りを含意しよう。二首ともに、「我が宿は野路の篠原」「ふしなれぬ野路の篠原」と野路・篠原が宿駅であることを前提とし、「野」「篠原」の縁で「露」が導かれて旅寝のつらさや旅愁の涙が詠まれる。すなわち、歌枕としての「野路」「篠原」は、旅人たちの宿りであるというイメージをもって一首の核となるわけだが、実際の景は、鎌倉時代には変容していたらしい。

鎌倉中期、仁治三年（一二四二）以降の成立とされる『東関紀行』を見てみよう。主人公、旅人たる私は、夜のうちに都を出た八月十三日、野路・篠原を通りかかる。

C『東関紀行』仁治三年八月十三日

このほどをも行き過ぎて、野路といふ所にいたりぬ。

草の原露しげくして、旅衣いつしか袖のしづくと心細し。

東路の野路の朝露今日やさは袂にかかるはじめなるらむ

篠原といふ所を見れば、東やはるかに長き堤あり。北には里人栖をしめ、南には池のおもて遠く見えわたる。…（中略）…都を立つ旅人、此の宿にこそ泊りけるが、今は打ち過ぐるたぐひおほくて、（ア）家居もまばらに成り行くなど聞くこそ、（イ）かはりゆく世の習、飛鳥の川の淵瀬にはかぎらざりけめとおぼゆ。

（ウ）行く人のとまらぬ里と成りしより荒れのみまさる野路の篠原

野路に至った私は、草原のしげき露に旅衣を濡らし、それが早くも旅愁の涙となったのかと旅路の心細さを思い、一首を詠じる。第二句の「野路の朝露」からは、朝方の時間帯だったことがうかがわれよう。注目したいのは、この後の篠原の宿だ。私は、東・北・南と視界に入る篠原宿の景観を記した後、傍線部で宿の現在を叙述する。それは、宿駅として栄えていた「篠原」が旅人の通り過ぎる地となり、里人の家もまばらになった様子だった（傍線部ア）。その様は、「飛鳥の川の淵瀬」（傍線部イ）すなわち「世の中は何か常なる飛鳥川昨日の淵ぞ今日は瀬になる」（古今集・雑下・九三三・読人不知）によって、「変はりゆく世の習ひ」いわゆる無常の表象と解された後に、二首目の和歌が詠み出されることになる（傍線部ウ）。大意は、「旅人も泊まらない里となってからは、次第に荒れまさるばかりの野路の篠原」というところであり、「飛鳥川の淵瀬」と象徴的に表現されていた野路宿の様相は、「荒れのみまさる」とその荒廃を明示されるに至ったのであった。

当該箇所からは、「篠原」がかつての賑わいを失い、「家居もまばら」「荒れのみまさる」と変容を遂げていたことがわかる。旅宿としてのあるべき姿を喪失して荒廃するこの場所は、「廃墟」と理解できるだろう。ここで一つの可能性を考えてみたい。篠原宿では、「篠原といふ所を見れば」（波線部）、すなわち私の視線が篠原の景観を捉えた後に、その荒廃の様が叙述され、その変容を「飛鳥河の淵瀬」という強固な類型に落とし込むことで無常の述懐と詠歌がなされる流れが形成されている。つまり、「廃墟」を眼前に見るという行為が、景観の叙述と思索、和歌の詠出を導いていると理解できるのではないだろうか。「廃墟」という存在が叙述・場面を生成する可能性を、ここに見出せるということである。

二、歌枕「八橋」の景と変容
――（一）和歌の表現史

引き続いて、「廃墟」化する歌枕が生み出すものの内実を考えてみたい。本節では、東海道でもっとも著名な歌枕「八橋」を分析・検討する。「八橋」は東海道の宿駅として栄えた三河国の歌枕であり、鎌倉時代の数々の紀行文にもその景が記されている。東海道の旅において、重要なマイルストーンとなるのが歌枕としての「八橋」だったと考えられよう。そのイメージは、『伊勢物語』第九段または『古今和歌集』によって決定づけられる。

D『伊勢物語』第九段

昔、男ありけり。その男、身をえうなきものに思ひなして、「京にはあらじ、東の方にすむべき国求めに」とてゆきけり。もとより友とする人、ひとりふたりしていきけり。道しれる人もなくて、まどひいきけり。三河国八橋といふ所にいたりぬ。そこを八橋といひけるは、水ゆく河のくもでなれば、橋を八つわたせるによりてなむ、八橋といひける。その沢のほとりの木のかげにおりゐて、かれいひ食ひけり。その沢にかきつばたいとおもしろく咲きたり。それを見て、ある人のいはく、「かきつばた、といふ五文字を句のかみにすゑて、旅の心をよめ」といひければ、よめる。

から衣きつつなれにしつましあればはるばるきぬる
たびをしぞ思ふ

とよめりければ、みな人、かれいひの上に涙おとしてほとびにけり。…（後略）…

E『古今和歌集』羇旅・四一〇番歌

東の方へ友とする人一人二人いざなひて行きけり。三河国八橋といふ所に至れりけるに、その河のほとりにかきつばたいとおもしろくさけりけるを見て、木のかげにおりゐて、かきつばたといふいつ文字を句の頭にすゑて旅の心をよまむとてよめる

唐衣きつつなれにしつましあればはるばるきぬるたびを
しぞ思ふ　（在原業平）

『伊勢物語』東下り関連章段の一つとして余りにも著名な話だが、改めてまとめると、Dは、「身をえうなきもの」無用者に思いなして東国に「まどひ行」く男が、八橋に至り、「水ゆく河のくもで」すなわち分岐する八つの橋を渡した沢のほとりで（傍線部）、「かきつばた」が美しく咲く様子を見て（点線部）、それを折句に旅愁の和歌を読み、皆が落涙するという内容である。この後、「八橋」の詠歌史において一つ

の類型となるのは、橋の分岐を示す「くもで」(蜘蛛手)だが、E『古今集』には「くもで」の景観(D傍線部)は記されない。つまり、「八橋」を詠歌する際の基盤は『伊勢物語』にあったことになろう。

「八橋」の詠歌史については、谷知子「歌枕「八橋」と「鳴海」——和歌・日記の旅」[4]に詳しい。学恩に与りつつ概略をまとめると、先述のごとく、「八橋」は『伊勢物語』中の「くもで」(蜘蛛手)を用いて詠むことが多く、橋が幾筋にも分岐する景に作中主体の物思い・乱れる心を託すもの(FH)、数の多さを眼目とするもの(G)等が見出される。

Fうち渡し長き心は八橋のくもでに思ふことは絶えせじ
(後撰集・恋一・五七〇・読人不知)

G八橋のわたりを過ぎばほとときすくもでの数になきて聞かせよ
(風情集・一六二)

八橋にて
H都思ふほどはくもでに乱れつつ袖こそぬるれ沼の八橋
(明日香井集・一五〇三)

また、東下りの場面や「からころも」の詠そのものを本歌・本説取りする和歌もある。次のIJは、両者ともに、「かきつばた」の「かき」に「垣根」の「垣」を掛け、それを都を遠く隔てるものとして望郷の思い、旅の愁いを詠む。

I関路こえ都恋しき八橋にいとど隔つるかきつばたかな
(拾遺愚草・奉無動寺法印早率露肝百首・四一七)

Jからころもきつつなれにし八橋の隔ててうつる花の名ぞうき
(範宗集・五〇八)

ここまで谷の論文を参照してきたが、それを本稿の関心にひきつけると、歌枕としての「八橋」は、『伊勢物語』第九段に寄り添いながら、名所としてのイメージ、いわば理想的な景を確立し、広く共有されてきたと考えられよう。その二大要素が「くもで」と「かきつばた」なのであった。そして、「廃墟」という観点から注目すべきは、鎌倉時代前期になると、「八橋」は如上のイメージを失いつつあり、それが東海道を往還する旅人たちによって現実の景として認識されることである。

(これも同じ東の道にて詠み侍りける歌の中に)
K朽ちにける今日八橋を都思ふ心やがてくもでなるらん
(明日香井集・一五五八)

京・鎌倉を何度も往還した飛鳥井雅経が、東海道の旅の途上で詠んだ歌である。大意は、今日見る八橋は朽ちて「くもで」を成しておらず、『伊勢物語』が言う「くもで」は「八橋」そのものではなく、私が都を思い様々に思い乱れる心の様にあるのだろうかというところだろう。この詠が、雅経のいつの旅のものかはわからない。ただし、雅経は同じく旅の途上で、実景としての八橋を見ながらHを詠んでいる。その段階では、「八橋」の「くもで」は維持されていたと思しく、Kに至って分岐する橋が「朽ち」てしまっていたということだろうか。雅経の没年は承久三年（一二二一）であるから、その時点までには、「八橋」は「くもで」という理想的な景を失い、歌枕が「廃墟」化しつつあったことになる。

三、歌枕「八橋」の景と変容
——（二）『海道記』『東関紀行』

前節では、歌枕「八橋」の変容、「廃墟」化を確認したが、雅経以外にも、東海道を往還する旅人はそのような景に接したはずである。理想との落差を孕んだ景、「廃墟」となった歌枕の実見は、作品の中でいかなる機能を有するのだろう。本節では、その様相を、中世の紀行文を代表する作品、『海道記』と『東関紀行』に探ってみたい。なお、本節で扱う箇所については、古典引用と自己表出という問題意識の下に検討を行ったことがある。(5) 重なるところはあるものの、本稿では角度を変え、「廃墟」という観点から考えてみたい。

時間経過による景の変容とは少し異なるが、あるべきもの・共有されてきた景がない場合を、『東関紀行』に見てみよう。「廃墟」化する歌枕のあり方と近似する事例である。

L『東関紀行』仁治三年（一二四二）八月十七日

行き行きて三河国八橋のわたりを見れば、在原の業平が杜若の歌詠みたりけるに、みな人かれいゐの上に涙おとしける所よと思ひ出でられて、そのあたりを見れども、かの草とおぼしき物はなくて、稲のみぞ多く見ゆる。

花故に落ちし涙の形見とや稲葉の露を残し置くらむ

八橋にたどりついた私が思い出すのは、業平の一行が沢のほとりで乾飯を食した折、かきつばたを折句に男が和歌を詠み、皆が落涙した場面である（傍線部）。しかし、私の眼前には業平のそれとは異なり、杜若はなく、稲ばかりが広がっているのだった（点線部）。

『東関紀行』の旅は仲秋の八月である。初夏のものである杜若が咲くわけはないだろうし、実りの秋ならば「稲」ばかりが「多く見」えるのも当然だろう。しかし、重要なのは、「八橋」には蓄えられてきたイメージ、確固たる類型があり、Lではその一つ「かきつばた」が（いかなる理由であれ）失われていたということである。『伊勢物語』の昔にあった景は失われ、眼前には異なる景が広がる。そこから詠み出される歌は、目の前の稲葉に置く露をかつての業平の涙の形見と見なすものだった。いわば、歌枕の実見（波線部）から『伊勢物語』の昔（傍線部）が想起され、かつての姿・理想的な景を失った今の景色の叙述（点線部）を経て、現在の思いを表出する一首（二重傍線部）が詠じられたことになる。

理想的な姿を失った歌枕が、共有される記憶の景を立ち上げ、そこから眼前の景を解釈する一首が詠出された。ならば、変容する歌枕、「廃墟」化した歌枕とは、見る者を記憶の景と現在の景、つまり時間軸上を往還する思索へと向かわせる力を持つのではなかろうか。

続いて、『海道記』を見てみよう。この作品は、承久の乱の二年後、貞応二年（一二二三）四月四日の暁に都を出立した旅人たる私が同十八日に鎌倉に到着、寺社を遊覧した後の五月上旬、都に残した老母を案じて帰途に就くまでを綴る。（1）は「八橋」、（2）はその先にある「宮橋」での叙述である。

M『海道記』貞応二年（一二二三）四月八日

（1）カクテ参川国ニ至ヌ。雉鯉鮒ガ馬場ヲ過ギテ、スリノ野原ヲ分レバ、一両ノ橋ヲ名ケテ八橋ト云。砂ニ眠ル鴛鴦ハ夏ヲ翁シテ去リ、水ニ立ル杜若ハ時ヲ迎テ開タリ。花ハ昔ノ花、色モカハラズサキヌラン、橋モ同ジ橋ナレバ、イクタビ造カヘツラム。相如世ヲ恨シハ、肥馬ニ駄《におほせ》テ昇遷ニ帰ル、幽子身ヲ捨ル、窮鳥ニ類シテ此橋ヲ渡ル。八橋ヨ八橋、クモデニ物思フ人ハ昔モ過キヤ、橋柱ヨ橋柱、オノレモ朽ヌルカ。空シク朽ヌル物ハ今モ又過ヌ。

住ワビテ過ル三川ノ八橋ヲ心ユキテモ立カヘラバヤ

此橋ノ上ニ思事ヲ誓テ打渡レバ、何トナク心モ行様ニ覚テ、（2）遙ニ過レバ、宮橋ト云所アリ。敷双ノワタシ板ハ朽テ跡ナシ、八本ノ柱ハ残リテ溝ニアリ。心中ニ昔ヲ尋テ、言ノ端ニ今ヲ註ス。

宮橋ノ残ル柱ニ事問ン朽テイク世カタエワタリヌル

（1）八日、私は三河国に入り、数里の野原を分けて、八橋にたどり着く（波線部）。しかし、現在、「くもで」たるべき八本の橋はなく、一〜二本の橋を八橋と呼ぶ有様だった（点線部）。眼前の杜若は「昔」のままに咲き、橋は長柄橋のように何度も作り替えられて今に至ったかと思われる（傍線部）。私は、ここで『蒙求』の「相如題柱」の故事[6]を想起し、追い詰められた世捨て人のごとくに橋を渡る我が身を慨歎する。さらに、八橋に『伊勢物語』の昔を思い、橋柱と同じく朽ち果てた我が身の今を述懐して、「都を住み侘びて八橋を通り過ぎるが、いずれ司馬相如のように清々しい心で帰ってきてこの橋を渡りたい」との歌を詠む（二重傍線部）。（2）遙か先へ進むと、宮橋という場所があり（波線部）、渡し板は朽ちて跡もなく、八本の橋柱八本が溝に残っていた（点線部）。私は心中に「昔」を想い、眼前の「今」を歌に詠む（二重傍線部）。一首は、「宮橋の残る柱に尋ねよう。朽ちてから幾代、人の往来が途絶えたままなのか」というものであった。

『海道記』も、（1）で歌枕「八橋」を実見し（波線部）、眼前の景（点線部）と歌枕の記憶（傍線部）を呼び起こす。杜若は「昔」のままの理想的な景を保っているが、八橋は（長柄の橋のように作り替えられたとはいえ）、昔の姿を失い、一〜二本しか残っていない（点線部）。私は、その八橋に『伊勢物語』の「昔」を思い（傍線部）、それを媒介として自らの「今」を認識し、その思いを和歌に詠む（二重傍線部）。（2）の「宮橋」も同様だろう。眼前の景は、渡し板が朽ち橋柱のみというあるべき姿を失った橋である（点線部）。そこから、心中に「昔」（かつての宮橋）を思い、「今」の心情を詠出する（二重傍線部）。

「八橋」「宮橋」ともに、四角囲みに見えるよう、「昔」「今」という言葉が何度も用いられる。変容した歌枕の景は、共有される記憶としてのあるべき姿・理想像――「八橋」ならば『伊勢物語』――が前提となる分、「昔」あったものが「今」は失われたという差異を際立たせるものとなろう。それは、時間軸上における現在の相対化とそこからの思索・思考を促すきっかけになると考えられる。

さらに、その時間軸は、「昔」と「今」を往還するのみならず、将来にも延伸する可能性を指摘できる。『海道記』の私は、（1）八橋での一首（二重傍線部）において、「住ワビテ」と自らを『伊勢物語』東下りの昔男になぞらえて、今、「三河ノ八橋」を「過ル」のだが、その心にあるものは、「心ユキテモ立カヘラバヤ」すなわち晴れ晴れとした心で帰ってきたいという将来への思いである。すでに谷知子が指摘するが、八橋において将来を詠じるあり方は珍しい。(7) もちろん、それを可能にするのは、もう一つの典拠「相如題柱」であり、共有される古典こそが新しさを担保することには注意が必要である。ただし、ここでは、「廃墟」からの思索が、過去と現在のみならず、将来へと延伸するあり方を重視したい。

以上、本節では、「廃墟」がそれを見る者をおのずと時間軸上の思索や思考へと導く力を持つことを検討してきた。このような思索・思考が言葉や表現へと形を取った時、それは作品生成の基盤をなすだろう。「廃墟」とは、荒廃し滅びゆく様を現出するものであるが、紀行文のあり方からは、「廃墟」が有する実に生産的な一面がうかがわれるのである。

四、『方丈記』における「廃墟」

ここまで、東海道の歌枕を例に取りながら、作品生成の基盤となり得る「廃墟」の機能を考えてきた。「はじめに」で述べたように、本稿では、あるべき姿・理想的な景を失った状態を「廃墟」と定義して検討を進めている。変容する歌枕はその典型的な表象だったわけだが、同じく中世前期において、そのような意味での「廃墟」として想起されるのは、鴨長明『方丈記』(一二一二年成立)であろう。本節と次節では、「廃墟」の観点から『方丈記』を捉え直すことで、「廃墟」の機能と可能性を広げてみたい。

『方丈記』における「廃墟」的なものといえば、即座に「五大災厄」という言葉が喚起される。作品内における当該箇所の位置付けと機能を考えるために、少々迂遠ではあるが、『方丈記』全体の構成から話をはじめたい。近代以降の注釈書がほぼ統一して指摘するように、(8)『方丈記』は五段から構成される。仮に名付けると以下のようになろうか。

①序
②五つの不思議(五大災厄)
③自らの来歴と現在の栖の様
④閑居の気味
⑤結

この『方丈記』のあり方と漢詩文の作法書である『王沢不渇鈔』(良季撰、建治二年〈一二七六〉成立か)に載る序の文章作法との類似を早くに指摘したのは、大曽根章介である。(9)真如蔵本(10)を参照しつつ大曽根の指摘をまとめると、第一段は時候や詩会(あるいは歌会)の場所が勝れていること、第二段は前を承けて発展、第三段が中心となり(表題の言葉を用い る)、第四段はこれを承けて対句を並べる、第五段は謙遜の言葉で結ぶというものである。第三段の詩題を取ること、第五段の謙辞を述べることが重要とされる。

『方丈記』は、①序で「世中ニアル人ト栖」の「無常」という作品の主題を掲げるが、その「世中」があくまでも「都」であることは、先行研究が明らかにしている。(11)いわば、第一段(序)は「都」における「無常」を、河と水、朝顔と露という比喩を用いて言挙げし、それを承けて第二段では②五つの不思議、すなわち都での「不思議」なる現象が「人ト栖」を動かし壊す様が具体的に展開される。第三段は、作品のタイトル「方丈」を用いて③自らの家の変遷と現在の日野の庵の有様を詳述し、これを承けて第四段では対句を多用しながら日野の庵の④閑居の気味を述べる。そして、最後の第五段は⑤謙辞をもって結ばれることになり、大曽根の「きちんと構想を立て」た、三木紀人の「幾何学的に線を引い」ているとの指摘通り[12]、整然たる構成と筋立てを持つ作品だと理解できよう。

さて、「廃墟」の機能を考える際に問題になるのは、第二段＝②五つの不思議、ということになる。『王沢不渇鈔』が示すような漢文の序のあり方の第一・二段（勝景をほめ、それを承けて発展）を、①「世中ニアル人ト栖」の「無常」という主題の提示と②五つの具体例に引き直したとも考えられようか。「世中」（都）における「人ト栖」の「無常」の具体例だから、取り上げられるのは、人と家が滅びゆく現象となる。それが、私たちが言うところの「災害」「災厄」だったのであり、後に『方丈記』が災害文学として享受される道を開いたと考えられよう。ただし、作品内では、因果関係がわからない・人知を超えた「不思議」という位置付けであることを付記しておく[13]。

「不思議」なる五つの事例とは、a安元三年（一一七七）四月二十八日の大火、b治承四年（一一八〇）四月二十九日の辻風、c同年六月二日〜十一月二十六日の都遷り、d養和年間（一一八一〜八二）の飢饉、e元暦二年（一一八五）七月九日の大地震である。紙幅の関係上、個々の説明は省くが、①序に言うところの「タマシキノ都」、美しき京の都は、以下のごとき変容を遂げ、荒廃の様を現前させることになる。

a「七珍万宝サナガラ灰燼トナリニキ」

b「（辻風の範囲に）籠レル家ドモ、大キナルモ小サキモ、ヒトツトシテ破レザルハナシ」

c「軒ヲアラソヒシ人ノ住マヒ、日ヲ経ツツ荒レユク。家ハ毀タレテ淀河ニ浮カビ、地ハ眼ノ前ニ畠トナル」「古京ハスデニ荒テ」「都ノ手振リタチマチニアラタマリテ、タヾ鄙タル武士ニコトナラズ」

d「マサヾマニ跡形ナシ」

e「都ノホトリニハ、在々所々、堂舎塔廟、ヒトツトシテ全カラズ。或ハクヅレ、或ハ倒レヌ」

傍線部に見える表現を抜き出してみると、a「灰燼トナル」（焼け滅びて跡形もなくなる）、b「破ル」（壊れる）、c「荒ル」（損なわれる・荒廃する）／「毀ツ」（破壊する）／「…トナル」（あるものから他のものに変化する）／「改マル」（変化する）、d「跡形ナシ」（かつての痕跡が失われる）、e「全カラズ」（無事ではない・損なわれる）／「崩ル」（壊れ落ちる）／「倒ル」（立っている状態が保てず横になる）のように、五つの事例全てに、かつての状態・あるべき姿を維持できない、負の方向への変化を表す表現が用いられている。すなわち、『方丈記』の②五つの不思議は、「タマシキノ都」があるべき姿を保てなくなり荒廃するという「廃墟」化の様相を捉えていると理解できるだろう。

五、「廃墟」の機能

前節では、『方丈記』の第二段②五つの不思議は、第一段①序が提示した「無常」の具体例であること、その内容は五つともに都の「廃墟」化と理解できることを確認した。このことは、a～eの直後の一文「スベテ世中ノアリニクク、ワガ身ト栖トノハカナク徒《あだ》ナルサマ、又カクノゴトシ」――①序と呼応する――によっても明らかである。

重要なのは、五つの具体例すなわち「廃墟」となる都の叙述が、②の最後に「イヅレノ所ヲ占メテ、イカナル事《わざ》ヲシテカ、暫シモ此ノ身ヲ宿シ、タマユラモ心ヲヤスムベキ」（どこに住み何をすれば、わずかな間でもこの身を宿し、心を休めることができるのだろう）という問いを導き出したことだろう。つまり、①序に述べた「世中ニアル人ト栖」の「無常」を、②五つの不思議で具体的に示した結果、「世中」（都）が暮らしにくく、我が身と栖が「ハカナク徒ナル」（むなしく頼りない）ことが確認され、ならばどこにどう住めばよいのか、という問いが発されたということである。

この問いこそが、作品の前半と後半、①②と③④をつなぐ根本的な橋梁ではないだろうか。③では、自らの人生と住居の変遷が記された後に現在の住居（日野の庵）の様を、④ではその暮らしぶりを詳述する。いわば、②の問いに対する回答としての長明の実践が③④に示された日野の庵の生活だと考えられるのであり、事実、④には以下の叙述が見える。

> ヲノヅカラコトノタヨリニ都ヲ聞ケバ、コノ山ニ籠リヰテ後、ヤムゴトナキ人ノカクレ給ヘルモアマタ聞コユ。マシテソノ数ナラヌタグヒ、尽クシテコレヲ知ルベカラズ。タビタビ炎上ニホロビタル家、マタイクソバクゾ。タダ仮ノ庵ノミ、ノドケクシテ恐レナシ。

都における貴賤の人々の死、多くの家の炎上。これらは、まさしく②で展開された「人ト栖」の「無常」の例そのものであり、この日野の草庵のみが穏やかに暮らせる場所なのである（傍線部）。無常なる都では暮らしにくいからどこにどう住めばよいのかという問いは、日野の「仮の庵」のように暮らせばよいという回答につながっているのだった。つまり、『方丈記』は、①で示された主題を②の具体例で補強し、そこから導かれた問いに対して③④で回答、⑤の謙辞で閉じるというあたかも論文のごとき枠組を有するということである。[14] 夙に、三木紀人は、この作品を、「都」または「住居」という居住空間の相対性に触れつつ、既存の王朝文化とは異なる・それを超える価値を予感するまでの試論と喝破したが[15]、作品の本質は、まさしく、「無常」の世の住居論であろう（住居が心のあり方に直結する作品のあり方を思えば、人生論と言っても許されようか）。本稿の関心に即して言えば、②における「廃墟」の叙述は「どこに住むか、いかに住むか」という住居論の核心となる問いを生み、③④の回答と叙述を導いた。そこには、第二・三節に見たような作品の基盤を創出する「廃墟」の機能を看取できる。ならば、もう少し考えてみたい。③④の回答において、「廃墟」が何を生んだのか、そこにはどのような新しさがあったのかということである。

③を読むと、長明の住居は、父方の祖母の家を出た後、鴨川の「河原近」くに結んだ「一ノ庵」、出家後の大原、そして現在の「日野山ノ奥ニアトヲ隠シテ後」の「仮ノ庵」という流れをたどるが、この変遷には「どこに住むか」に対する回答が現れている。すなわち、たどりついた現在の栖、「都」の外たる「日野山ノ奥」ということだろう。④にも示されるが、「山ニ籠リ居」る山中の閑居と言い換えてもよい[16]。

さらに、「いかに住むか」への答えも求められよう。結論を先に述べれば、その答えは狭さと独居というミニマルさにあると理解できる。この二要素が日野の方丈の庵を成り立たせる核心であることはかつて検討したが[17]、改めて③を読むと、前半で繰り返されるのは、転居のたびに家が狭くなることである。鴨川近くの庵は、「アリシ住マヒ」（父方の祖母の家）に比べると「十分ガ一」、日野の庵は（誇張はあろうが）「百分ガ一ニ及バズ」、「栖ハ折々ニ狭」くなったという。その日野の庵は、「広サハワヅカニ方丈」、「世ノ常ニモ似」ない狭小住宅なのであった。長明にとって家の「狭サ」は重要な要素だったようで、④でも「ホド狭シトイヘドモ、夜臥ス床アリ。昼キル座アリ。一身ヲヤドスニ不足ナシ」、狭いと言っても自分一人には十分なのだと改めて肯定されている。「いかに住むか」の一つめの答えは、住まいの狭小さにあると理解できるだろう。

二つめの独居も、③④に多くの言説を見出すことができる。例えば、③では念仏や読経に身が入らなければ自分の意志で休み怠るという自由な修行のあり方が述べられるが、それは「サマタグル人モナク、又、恥ズベキ人モナシ」（修行を妨げる人も、自らを恥じるような相手もいない）という独居ののびやかさ故だろう。無言行についても、「独リ居レバ口業ヲ修メツベシ」（独居だから口業の罪悪もない）と言う。また、興にまかせて琴・琵琶を演奏するのは、「人ノ耳ヲヨロコバ」すためではなく、「ヒトリ調べ、ヒトリ詠ジテミヅカラ情ヲヤシナフ」（一人で演奏・吟詠して自分の心を慰める）ものである。

④においても、先のごとく、家が「ホド狭」くとも自らの「一身」を宿すのだから何の不足もないと言う。また、日野の庵は、「ワレ、今身ノ為ニムスベリ。人ノ為ニツクラズ」（我が身のために結んだもので人のためではない）。衣食の粗末さも、「人ニ交ハラザレバ、姿ヲ恥ヅル悔モナシ」（人との交流がないので恥じることも悔いることもない）と気に掛けていない。如上いずれも、独居が日々の自在と充足をもたらすことを繰り返し説いており、「いかに住むか」の二つめの答えは、独居だと理解できるだろう。

長くなったが、ここまでをまとめよう。『方丈記』は、①の主題と②の具体例から「どこにどう住めばよいのか」という問いを立て、その回答として③④で自らの具体的実践を述べるという実に論理的な枠組を有する。「記」の文学としての面目躍如といったところだろうか。[18] そのうち、③④の具体的実践の要諦は、山中の閑居、狭小な庵に独居するというミニマルな生活のあり方だった。

重視したいのは、狭小な庵と独居という生活様式が、新しさとあるべき姿を備えることである。第一に、「方丈」という狭小さは通常の庵のあり方ではなかった。すでに指摘したことだが、『今昔物語集』や『宇治拾遺物語』などの用例を鑑みると、この頃の遁世者の庵は三丈四方程度だった可能性が高い。方丈の庵の常ならぬ狭さとは、新規性を有するものだったと考えられるのである。[19] 第二に、遁世者の独居も皆がそれを実現する状況ではなかったらしい。草庵には複数の遁世者が同宿、または近くに隣居することも珍しくなかったようで、『一言芳談』（十二〜十三世紀にかけての遁世者の法語）には、「有云く「釈摩訶衍論の中に、「一室に二人とも住むべからず。たがひになやまし、道を損ずるがゆゑなり」」といへり」のごとく遁世者の同宿を禁じる、また庵を並べて住むことも望ましくないという言説が見える。[20] つまり、遁世者が守るべき生活様式の一つは、独居だったということではないか。『方丈記』が提唱する草庵の独居とは、遁世者にとって本来のあるべき姿、理想をかなえるものだったと考えられよう。すなわち、『方丈記』が③④で述べた自らの具体的実践——狭小なる方丈の庵での独居——とは、新しい生活スタイルであると同時に遁世の理想形をかなえる（本来性を回復する）あり方だったのである。

このことを、「廃墟」の観点から捉え直すと、②で詳述された「廃墟」は、住居論における本質的な問いを生み、③④においてあるべき姿を包摂した新しさを導いたということになる。ここに、「廃墟」が持つ大きな機能を見ることができるのではないだろうか。それは、滅びゆくものが新しさを創出する、あるべき姿を実現させるという矛盾をはらんだ創造性・発展性である。そのようなことが可能になるのは、第三・四節で見たように、「廃墟」がかつての姿・理想像を想起させ、昔と今、あるいは将来という時間軸上の思索・思考へと見る者を誘うからだろう。あるべき姿を失った景は、その本来性を回復せんとする力、再生を促す力を帯びていると言い換えてもよい。『方丈記』においては、それが住居論という枠組みの中で発揮され、「廃墟」となった都の叙述が、新しい住まい、遁世のあるべき姿を提唱するという作品のあり方を実現させたのであった。(21)

おわりに

以上、本稿では、『海道記』『東関紀行』における歌枕の叙述と『方丈記』の作品構造から、「廃墟」の機能を考えてきた。滅びゆくものこそが本来性を回復させ、理想的な新しさを創出する。実に矛盾をはらんだ動態であるが、それこそが「廃墟」の本質であり、作品の生成を促す動力なのかもしれない。

「はじめに」に示した「独歩吟」の「序」を、前後も含めて再掲することを許されたい。

　されど時は来れり。西南の亂を寝物語に聞きし小兒も今は堂々たる丈夫となり、其衣兜の右にミルトンあり、左に杜甫あり、懐に西行を入れて、秋高き日、父が上下来て登城したる封建の城、今は蔦葛繁れる廃墟の間を徘徊する又た珍しからぬ事となりぬ。而して冷評されつゝも今日まで雑誌類に現はれし新躰詩は何時しか世人の眼になれて其新詩形も最早奇異ならぬ者となりぬ。

　斯くて時は来れり。新躰詩は兎にも角にも新日本の青年輩が其燃ゆる如き情態を漏らすに唯一の詩躰として用ゐらる可き時は徐ろに熟したり。

独歩は、「時は来れり」と言う。それは、新しい試みとして創始された新体詩が「新日本の青年輩」にとって心情を託すに相応しい詩体として確立する時期が熟したことを指すだろう。引用部分に続く箇所で、独歩は、新体詩が「我國の文學に及ぼす結果の豫想外に強大なるべき」こと、「日本の精神的文明の上に著しき影響を與ふるものは今後必ず此詩躰なるべき」ことを「信ず」と高らかに宣言する。「蔦葛繁れる廃墟の間を徘徊する」彼の胸にあったのは、新時代の新しい詩体、あるべき詩歌としての新体詩への思いではなかったか。

『方丈記』は荒廃する都から新しい住居論を展開し、『海道記』は朽ちる八橋に自らの将来を誓った。「廃墟」が内包する力は、それを受けとめる者の可能性を開くのである。

注

(1)『大漢和辞典』『日本国語大辞典』（第二版）を参照。

(2)漢詩では、北宋の文官であった韓維（一〇一七〜一〇九八）の「城西書事詩」に「野竹蒙荒塹、寒花乱廃墟」とある。日本では、「童謡逆耳野村謳　唱起家々亡国愁　十年春雨扶桑涙　稼穡艱難廃址秋」（狂雲集・下・童謡二首のうち）、「空歌万歳人千秋　不老長生廃址秋　月照良宵人不見　六軍駐馬々嵬秋」（続狂雲集・華清宮三首のうち）等に「廃址」の用例を見出すが、決して多くない。

(3)国際シンポジウム「古代・中世における廃墟の文化史」（二〇二三年三月十八日、早稲田大学戸山キャンパス）における発表。陣野英則「『うつほ物語』と『源氏物語』における廃墟的な場」、堀川貴司「五山文学における廃墟の表象」など。いずれも本書に論文として掲載。

(4)『日本文学研究ジャーナル』二号、二〇一七年六月。

(5)「『海道記』における叙述方法――古典引用と和歌を中心に」（『国語と国文学』九九―八号、二〇二二年八月）。

(6)若い頃、貧困に苦しんだ司馬相如が、故郷を出る際に出世しなければこの橋を渡らないと昇仙橋の橋柱に書き付け、後に成功して故郷に錦を飾った逸話。日本でも『蒙求和歌』（平仮名本・片仮名本）や『唐物語』に翻案された周知の古典である。

(7)前掲注4谷論文。

(8)木下『鴨長明研究――表現の基層へ』第三部序章「『方丈記』の諸本と全体の構成について」（勉誠出版、二〇一五年）。

(9)シンポジウム日本文学『中世の隠者文学』第四章「長明」（学生社、一九七六年六月）。

(10)当該箇所は『王沢不渇鈔』下「五段事」。鎌倉末書写の真福寺本は上のみの残欠本。上下を備える真如蔵本（室町末期書写）は、『真福寺善本叢刊第一二巻（第一期）』（臨川書店、二〇〇〇年）を参照。

(11)水原一「方丈記」（岩波講座『日本文学と仏教』第四巻、一九九四年）など。

(12)前掲注8書。

(13)木下「『方丈記』「都遷り」の生成と遷都をめぐる表現史」（『説話文学研究』五八号、二〇二三年九月）。

(14)「【前編】「最古の災害文学」「最古の論文」　読み継がれる『方丈記』の魅力」（東大新聞オンライン、二〇二三年八月二十日）にて。『方丈記』の論理構造に言及したことがある。

(15)三木紀人校注・新潮日本古典集成『方丈記　発心集』所収の「解説　長明小伝」（新潮社、一九七六年）。

(16)④でも、「オノヅカラコトノタヨリニ都ヲ聞ケバ」「都ニ出デテ」と、日野の庵が「都」の外にあることが示される。

(17)前掲注8木下書、第三部第四章「成立の場と享受圏をめぐって」。

(18)大曽根章介「「記」の文学の系譜」（大曽根章介『日本漢文学論集』第一巻、一九九八年。初出は一九九〇年十月）を参照すると、「記」は中国漢文の文体の一つであり、本質は記録にあって筋道を立てた叙事的な記述を特徴とする。

(19)前掲注17論文。すでに述べたが、『発心集』には、方丈と同じ広さの「一間の庵」の用例が複数ある。「方丈」「一間」なる庵に、長明が意識的だったことが推測される。また、後のものだが『法然上人絵伝』（知恩院本）の西塔黒谷の叡空の庵室（巻三）や『一遍聖絵』（歓喜光寺本）の伊予桜井の庵室（巻二）等も、「方丈」どころではない広さである。

(20)「敬日上人云く、「遁世に三の口伝あり。一には同宿、二には同体なる後世者どもの庵をならべたる所に不レ可レ住。三には遁世すればとて、日来の有様をことごとしく不レ可レ改」云々。敬日上人（法名円海）は長楽寺義を説いた隆寛（一一四八〜一二二七）の門弟。生没年は未詳だが、長明と同時代人と考えてよいか。もちろん、西行の「寂しさにたへたる人のまたもあれな庵ならべむ冬の山里」（山家集・五一三／新古今集・冬・六二七）のように隣居を願う詠も存在するのだから、翻って独居の遁世者も当然いたはずである。

(21) 後考を期すが、『方丈記』③④の新しい実践において、和歌や漢籍、『源氏物語』など多くの古典が引用され、表現や文脈を作り上げることには十分に留意すべきだろう。新しさは古典によって担保され、理解・共有が可能になるのである。

附記 本文の出典は以下の通り。『方丈記』＝『鴨長明全集』、『海道記』『東関紀行』＝新日本古典文学大系『中世日記紀行集』、『伊勢物語』＝新編日本古典文学全集『竹取物語　伊勢物語　大和物語　平中物語』、「独歩吟」＝『定本国木田独歩全集（増補版）』（併せて、国書データベース『抒情詩』〈高知市民図書館近森文庫蔵、書誌ＩＤ＝30004565〉を参照）。和歌は『新編国歌大観』に拠る。

【I 廃墟論の射程】

『うつほ物語』における廃墟的な場

——三条京極の俊蔭邸と蔵の意義

陣野英則

じんの・ひでのり——早稲田大学文学学術院教授。専門は平安時代文学、物語文学。主な著書に『源氏物語論——女房・書かれた言葉・引用』（勉誠出版、二〇一六年）、『藤岡作太郎——「文明史」の構想』（岩波書店、二〇二一年）、『堤中納言物語論——読者・諧謔・模倣』（新典社、二〇二二年）などがある。

平安時代の仮名書きの文学においては、典型的な廃墟よりも、人が棲みつづける「荒れたる宿」、いわば「廃墟的」というべき邸宅が重要な役割を果たす。『うつほ物語』では、三条京極の清原俊蔭邸がそれに当たる。ただし、この邸宅は、長篇の展開にともない、大きな変容を重ねる。その振幅の大きさが際立つ点に留意してみる。

はじめに

(1) 平安時代文学の廃墟的な場

平安時代に創造された仮名書きの文学の中で廃墟と呼びうる例を探してみると、それらの多くは、世界中の典型的な廃墟そのものとはやや異質であろう。建物がひどく傷み、雑草の生い茂った庭が荒れてはいても、そこには人が棲みつづけている場合、もしくは寝泊まりが可能な場合が多いのである。つまり「廃墟的な場」とは言いうるが、典型的な廃墟とは見なしにくい。ちなみに英語の廃墟はruinsで、ラテン語のruinaから派生したという。ruinaは「崩壊、崩れ落ちること」を意味し、棲むことが不可能な状態をさすだろう。

『源氏物語』より少し前に成立した長篇『うつほ物語』の場合、最初の「俊蔭《としかげ》」巻で、はやくも廃墟的な邸宅が重要な舞台となる。それは、清原俊蔭亡きあと、俊蔭の娘（のち尚侍《ないのしかみ》）がひそかに暮らした三条京極の邸宅である。そこは、平安時代文学で「荒れたる宿」「荒れたる所」、また「葎《むぐら》の門《かど》」「葎の宿」などとあらわされる邸宅であった。「葎」は、

図1　「俊蔭」巻、三条京極の荒れた邸宅で賀茂詣での太政大臣一行を見る俊蔭の娘（『うつほ物語』国文学研究資料館所蔵、出典：国書データベース（https://doi.org/10.20730/200015505））

「蓬《よもぎ》」「浅茅《あさぢ》」などとともに、邸宅の荒廃を象徴する植物である。「俊蔭」巻では、それらが生い茂る邸宅で、俊蔭の娘と若小君《わかこぎみ》（少年時代の藤原兼雅《かねまさ》）が出逢うこととなる。

（2）『うつほ物語』の廃墟的な場と物語展開の関わり

右のように、「荒れたる宿」は、特に女性のもとを男性が訪れるというタイプの物語に共通する。しかし、三条京極の俊蔭邸は、そうした典型におさまるだけではない。後々の物語において、プラスにもマイナスにも大きく変容してゆく。すなわち、二十巻に及ぶ長篇物語のうちの後半、十三番目の「蔵開《くらびらき》上」巻においては、甚だ異例ともいうべきカオス状態の中に遺っていた蔵のことが語られる。さらに、物語終盤の十九・二十番目にあたる「楼《ろう》の上《うへ》上」と「楼の上下」の両巻では、俊蔭から伝承されてきた秘琴《ひきん》の奏法を、俊蔭の娘から、俊蔭の曾孫（仲忠《なかただ》の娘）であるいぬ宮に伝えるための場として、三条京極邸に特別な二つの高楼が造築されることとなった。端的にいえば、この邸宅は長篇物語の展開とともに、いっそう異様な、あるいは非現実的な空間へと変容を重ねてゆくようだ。

（3）本稿の構成

本稿の一節では、『うつほ物語』が成立したころまでの和歌、物語などにおける廃墟的な邸宅がいかにあらわされているのかを概観する。ついで二節では、『うつほ物語』の物語内容のあらましをおさえたのち、「俊蔭」巻の三条京極邸の語られ方、ならびに終盤の「楼の上上」巻であらためて三条京極邸が秘琴伝授の場としてクローズアップされる際の語られ方に留意してゆく。さらに三節では、長篇『うつほ物語』の中でもとりわけ異質な「蔵開 上」巻の冒頭の叙述に注目し、廃墟的な場のダイナミックな変容をとらえてみたい。

一、荒れはてた邸宅の典型例

(1) 人が棲みつづける廃墟的な場

平安時代の仮名書きの文学においては、荒廃した屋敷という空間が気味の悪い怪異現象をもたらすような場として機能することがある一方で、そうした場に人物が居住しつづける場合も少なくない。

筆者は、二〇二三年に金沢文庫で開催された特別展の図録に掲載された拙稿で(1)、特に『源氏物語』の中でもよく知られている「夕顔」巻の「なにがしの院」と、「蓬生《よもぎふ》」巻の末摘花の邸宅を中心に論じた。「なにがしの院」は、夕顔の女が取り殺されてしまうという、衝撃的かつ怪異的な事件が起きた場所であった。非日常的空間ともいえよう。一方の末摘花邸の場合は、あまりにひどく荒れはてて、怪異的な世界そのものを思わせるほどでありながら、そこには光源氏からすっかり忘れられていた末摘花と侍女たちが、なおも棲みつづけていた。つまり、荒廃の進んだ邸宅は、「夕顔」巻の「なにがしの院」、あるいはまた「手習」巻の「宇治の院」のように怪奇現象を起こしうる場と共通する性質を帯びながらも、実は日常生活を送る場所でもありえたのであった。

(2) 荒れはてた邸宅のさまざま

とはいえ、そうした荒れた邸宅には、いつでも人が棲んでいるというわけではない。たとえば、『古今和歌集』には、「題知らず」かつ「よみ人知らず」として次の歌がある。

a 荒れにけりあはれ幾世《いくよ》の宿なれや住みけむ人の訪《おと》れもせぬ
（『古今集』巻第十八・雑歌下・九八四）

この歌は、『新撰和歌』、また『古今和歌六帖』にも採られている（後者では伊勢の歌とされる）。「住みけむ人」が訪れようともしないと詠まれているので、素直に受けとれば、この荒れた邸宅には誰もいないということなのであろう（なお『伊勢物語』五十八段では、「女ども」に冷やかされて逃げ隠れた「男」への、女側から詠んだ歌とされている）。

歌ことばとしての「荒れたる宿」については、平野美樹論文で(2)整理されている。この論文でも、まずは「宿は無人とされる場合もあるが、多くは孤独な人がひっそりと住む場所として歌われる」ということが確認される。加えて、その「宿の住人は多くの場合、女性である」ことがおさえられたのち、いっそう重要な問題として、「荒れたる宿」という「一つの素材」は、「宿に住む女」と「通りかかる男」という「二つの視点から詠むことのできる」ものであって、かつ「屏風歌や題詠の素材としてもとりあげられ」るなど、「虚構化されやすい要素を持っていた」ということが指摘されている。

（3）遍照《へんじよう》（良岑宗貞《よしみねのむねさだ》）と荒れはてた邸宅

ここで、平野論文でもとりあげられている遍照（良岑宗貞）の二つの歌をとりあげよう。

b　（題知らず）　僧正遍照
我が宿は道もなきまで荒れにけりつれなき人を待つとせし間《ま》に
（『古今集』巻第十五・恋歌五・七七〇）

c　奈良へまかりける時に、荒れたる家に女の琴*ひきけるを聞きて、よみて入れたりける　良岑宗貞
わび人の住むべき宿と見るなへに歎き加はる琴の音《ね》ぞする
（『古今集』巻第十八・雑歌下・九八五）

bの歌は、平野論文が述べるとおり、「恋の歌で相手を待つという詠みぶりから、女性の立場に立った歌と解され」る。一方のcは、詞書から琴の音に惹かれて「荒れたる家」に接近した男の詠歌とわかる。なお、cの詞書で＊を付した「琴」は、仮名で書かれた古写本もあるのだが、「きん」と「こと」の両方があって確定しがたい。仮に「きん」、つまり琴《きん》の琴《こと》であるならば、俊蔭の娘と若小君の物語との一致度がとても高いといえる。なお、『大和物語』一七三段もまた、荒れはてた邸宅に棲む女性に惹かれてゆく良岑宗貞の物語であって、「荒れたる門《かど》」にてかいま見た女性とのやりとりが抒情的に語られている。

ここまで、平野論文に導かれながら、荒廃した宿に棲む女性に関わる歌について、またそのような歌から物語が生成されうることについて確認してきた。次節では、いよいよそうした物語の典型にあたる、俊蔭の娘と若小君の邂逅の物語について検討する。

二、三条京極の俊蔭邸が有する可変性
――「俊蔭」巻から「楼の上」巻へ

（1）『うつほ物語』の物語内容について

ここで、全二十巻からなる長篇『うつほ物語』の内容を粗々ながら確認しておく。

首巻の「俊蔭」巻は、清原俊蔭とその娘、そして孫仲忠の物語といえる。学才にすぐれる俊蔭は、十六歳のときに遣唐使として渡唐する途中、船が難破し、波斯国《はしこく》へと至る。そこからさらに西へと向かい、仙人たちから琴《きん》の秘曲を習い、また阿修羅《あしゆら》からは三十もの秘琴《ひきん》を得た。日本を発って二十三

年目に帰朝した俊蔭は、結婚して一人娘をさずかる。しかし、東宮（のちの朱雀帝）の琴《きん》の師となることを嵯峨帝から要請されながらそれを拒んだ俊蔭は、官位も辞して、のち清貧のうちに亡くなる。俊蔭の娘は、荒れゆく三条京極の邸宅で過ごしていたが、ある時、若小君（藤原兼雅）と契りを結ぶこととなり、男子（仲忠）を産んだ。それからのち、窮乏が甚だしくなった母子は北山に移り、熊が棲んでいた杉の木の「うつほ」で暮らすようになる。なお、俊蔭の娘は父俊蔭から、また仲忠は俊蔭の娘から、それぞれ秘琴を伝授された。この母子は、仲忠が十二歳のときに、右大将となっていた藤原兼雅に見いだされ、都へ迎えられる。

次の「藤原の君」巻以降では、物語の中軸が源正頼《まさより》家に移る。特に正頼の九女あて宮の評判が高まり、多数の求婚者たちが登場する物語が十番目の「あて宮」巻までつづく（「忠こそ」巻を除く）。その後日譚までふくめるならば、十二番目の「沖つ白波」巻までを括ってみることもできる。これらの巻々では、源正頼の卓越性が際だち、俊蔭の血を受け継ぐ仲忠も求婚者としては敗北する。あて宮は東宮に入内し、藤壺として男子を産む。

十三番目の「蔵開 上」巻からは、清原氏の学問の継承者としての仲忠がクローズアップされてくる。それは、本稿の三節でとりあげる、三条京極の蔵の中身と大きく関わる。そのあと、「蔵開 中」「蔵開 下」巻、さらに「国譲 上」「国譲 中」「国譲 下」の三巻とつづいてゆく物語は、女一の宮と結ばれた仲忠の卓越性を際立たせつつも、源氏方と藤原氏方との立坊《りつぼう》争い（次期東宮をめぐる対立）を中心に物語は展開する。すなわち、あて宮（藤壺）腹の男子の立坊がかなうかどうかが焦点となる。

さらに、最終盤の「楼の上 上」「楼の上 下」の二巻では、あらためて秘琴の伝承の物語が展開し、仲忠の娘いぬ宮に俊蔭の娘から伝授される。そして、伝授完了後には、俊蔭の娘といぬ宮の弾琴《だんきん》とそれによる奇瑞が語られ、物語は終焉となる。

こうした主軸の物語と併行して、脇役たちの物語、たとえば忠《ただ》こそ（橘氏）をめぐる継子いじめ、また、あて宮への求婚者の一人源実忠《さねただ》（源正頼の甥）の家庭崩壊の悲劇とその再生など、読み応えのある物語も織り込まれているが、ここでは右にまとめたような二つの流れを中心におさえてみた。以下では、廃墟的な場の描かれ方に特に注目して検討する。

(2) 俊蔭亡き後の三条京極の俊蔭邸

俊蔭の娘が四歳のとき、俊蔭は参内して琴《きん》を弾くとともに、波斯国から多数持ち帰った琴を嵯峨帝をはじめ貴顕たちに献上した。その際、先述のように、東宮の琴の師となるようにという嵯峨帝からの要請を俊蔭は固辞した。まずは、その直後の叙述に注目する。

①かくて、おほやけにもかなはず、官位《つかさくらゐ》も辞して、三条の末《すゑ》、京極の大路《おほち》に、ひろくおもしろき家をつくりて、むすめに琴をならはす。むすめ、一わたりに楽一《(がくひとつ)》をならひて、一日に大曲五六《(だい)ごく(いつつむつ)》をならひとりつ。おなじくかきならす声《こゑ》、父《ちゝ》にまさる。父《ちゝ》がひく手《て》、ひとつのこさずならひとりつ。このほど、家まづしくして、おもふほどに仕《し》立《た》てず。

㈠二六―二七頁〈一・四三頁〉

ここで語られるように、三条京極の俊蔭邸は官位を辞した後に造営された。そこで、俊蔭は娘に琴《きん》の奏法を伝授している。「京極」は、そもそも境界性を有する地でもあるが、破線部のように「ひろくおもしろき家」であったという。ただし、貧しさからは逃れられない。

その後、俊蔭の娘が美しく成長したという噂が立ち、帝も東宮も入内を求める。だが、俊蔭はすべての門を閉ざして使者を入れさせない。俊蔭は治部卿《じぶきやう》を兼任する宰相に昇進するものの、娘が十五歳の年、まず母が亡くなり、ほどなく父俊蔭も、遺言を伝えたのちに亡くなる。さらに娘の乳母まで死亡したため、俊蔭の娘に仕える者は、次の本文②にみえるように、「乳母《めのと》のつかひける従者《ずさ》」であった嫗ただ一人となってしまう（なお、底本では大半の箇所で「女」とあるのを諸注釈は「嫗」と校訂する。「楼の上下」巻で「さがの」という名が示される人物にあたる）。このあと、邸内は当然のように荒れてゆく。

②心と身をしづめしほどに、ことに身の徳《とく》もなく、ひさしくなりにしかば、まして一人のつかひ人ものこらず、日にしたがひて、うせほろびて、ものゝ心もしらぬむすめ一人のこりて、ものおそろしくつゝましければ、あるやうにもあらず、かくれ忍びてあれば、イ人もなきなめり、とおもひて、よろづの往還の人は、宿《やど》どもゝ毀《こほ》ちとりつれば、たゞ寝殿のひとつのみ、簀子《すのこ》もなくてあり。ほどもなく野《の》のやうになりぬれば、むすめは、たゞ乳母《めのと》のつかひける従者《ずさ》の、下屋《しもや》に曹司《ざうし》してありけるをぞ、よびつかひける。

㈠二九頁〈一・四六―四七頁〉

傍線部イのように、邸宅の前を行き来する人たちは、もはや誰も住んでいないのだろうと勝手に推測して、建物の一部を破壊し、持ち帰ってしまうということが繰り返された。その結果、簀子もない寝殿だけがのこされ、あたりは野原のようになったという。

その後の俊蔭邸の様子の変化については、次のように具体的に語られている。

③父ぬし（=俊蔭）、ものゝ器用《きよう》あり、心にくきところありし人なれば、家のさま、をかしうおもしろかりしところなれば、家ひろく、植木《うゑき》おもしろく、草のさま、けしきなど、なべてならずおもしろき所にて、ロ夏になるまゝに、出《い》で入りつくろふ人なき所なれば、蓬《よもぎ》、葎《むぐら》さへ生《お》ひ凝《こ》りて、人目《め》まれにて、たゞあけくれながむるに、秋にもなりぬれば、木草のいろ殊《こと》になりゆくを見るまゝに、いふかたなくかなしくて、……

（㈠三〇頁〈一・四七―四八頁〉）

この本文③では、先の①の破線部と対応するように、俊蔭の造営した邸宅の風情のすばらしさが、破線部の「をかし」、さらに「おもしろし」の反復によって強調されている。あわせて、傍線部ロのように夏がやってくると「蓬、葎」までもが繁茂してしまい、いよいよ典型的な「葎の宿」となっている。

(3) 若小君との邂逅を演出する廃墟的な場

その後の秋、八月中旬に太政大臣の一行が賀茂神社に参詣する際、行列をなして俊蔭邸の前を通るということがあった。俊蔭の娘は、この行列を見ようとして、「毀《こほ》れたる蔀《しとみ》のもとに立《た》ち寄《よ》」っていた（㈠三一頁〈一・四八頁〉）。その時、太政大臣の四男にあたる若小君（藤原兼雅）は俊蔭邸の尾花に招かれるようにして、俊蔭の娘の姿をかいま見ることとなる。供奉《ぐぶ》する立場にある若小君は、それから賀茂神社へと向かうが、その帰り道では、大臣一行からわざと遅れて進み、皆が通り過ぎたあとで俊蔭邸へと紛れ込んだ。

④……人にたちおくれて、みな人わたりはてぬるに、若《わか》小《こ》君、家の、秋の空しづかなるに、見めぐりて見《み》たまへば、ハ野、藪《やぶ》のごとおそろしげなるものから、ニ心ありし人（=俊蔭）のいそぐことなくて、心にいれてつくりし所なれば、木立《こだち》よりはじめて、水のながれたるさま、草木のすがたなど、をかしく見所あり。ホ蓬《よもぎ》、葎《むぐら》のなかより、秋の花、はつかに咲《さ》きいでて、池ひろきに月おもしろくうつれり。ヘおそろしきこともおぼえず、おもしろきところをわけいりて見給ふ。秋風、河原風《かはらかぜ》まじりてはやく、草むらに虫《むし》の声《こゑ》みだれてきこゆ。月くまなうあはれなり。人の声《こゑ》きこえず、かゝる所にすむらん人をおもひやりて、ひとりごとに、

虫《むし》だにもあまた声《こゑ》せぬト浅茅生《あさぢふ》にひとりすむらん人をこそ思へ

とて、ふかき草《くさ》をわけいり給ひて、……

（㈠三二頁〈一・五〇―五一頁〉）

本文④で、波線部「見めぐりて見たまへば」以降は、およそ若小君の視線によってこの邸宅の様子がとらえられる。そのうち特に傍線部ハ・ホ・トは、荒廃した邸宅の叙述における定番の表現といえよう。一方で、先の本文①・③と照応するように、俊蔭の秀でた造営について傍線部ニで語られ、そののち破線部「をかし」と「おもしろし」がくり返される。初めて入り込んだ若小君にとっては、ハ「おそろしげ」でありつつ、ヘ「おそろしきことおぼえず」とも受けとめられるこの地こそが、俊蔭の娘との邂逅へと導くかのようだ。

こうした叙述を追ってゆくと、俊蔭の娘が棲む俊蔭邸は、廃墟的ではありながら、実に魅力的な空間でもあることが確認される。若小君と俊蔭の娘が歌を交わしつづける抒情的な物語[3]にふさわしい場ともいえよう。加えて、叙述の特性として留意したいのは、傍線部ニ、すなわち俊蔭という風流心のある人がじっくりと心をこめて造営したということを説明する一節である。先述のとおり、④では視点人物といいうる若小君によってこの場がとらえられているのだが、その中に傍線部ニのような語り手の説明が混じっている。これは、つい説明を加えたくなった語り手が割り込んだかのような趣である。ということは、俊蔭の「心」の重要性を強調しておきたいといった姿勢が語り手にあるとみてもよいだろう。

（4）その後の「俊蔭」巻における展開

それから俊蔭の娘と若小君は一夜の契りを交わすこととなったが、若小君はその後、一人で出歩くことを禁じられてしまい、二人は逢えなくなってしまう。その間に懐妊した俊蔭の娘は男子（仲忠）を出産する。この子は、きわめて聡明な孝子《こうし》として母を助ける。五歳になった年の秋には嫗も亡くなってしまったので、この子が山に入って食物を求めるようになり、さらには熊たちの住む杉の木の「うつほ」（空洞）を譲ってもらう。その時、最初は熊に食われそうになるが、この男子は熊に対して次のように説明した。

⑤この子のいはく、「しばし待《ま》ちたまへ。まろが命《いのち》、断《た》ち給ふな。まろは孝《こ》の子なり。親《おや》、はらからもなく、つかふ人もなくて、チ荒《あ》れたる家にたゞひとりすみて、まろがまゐる物にかゝり給へる母《はゝ》もちたてまつれり。…（中略）…」と、なみだをながしていふときに、牝熊《めぐま》、牡熊《をぐま》、あらき心をうしなひて、なみだをおとして、親子《おやこ》のかなしさを知《し》りて、ふたりの熊《くま》、子《こ》どもをひきつれて、この木のうつほをこの子にゆづりて、異峰《ことみね》にうつりぬ。

㈠五一―五三頁〈一・七四―七六頁〉

この傍線部チのように、「荒れたる家」で母子だけで暮らしてきたことが説明されている。すなわち、「荒れたる家」

での女と男の邂逅の物語から、孝子説話をふまえた母子の物語へと接続していることがわかる。さらに、本文⑤で言及されている「うつほ」は、「仏の現じ給へる所」ゆえに、「かゝらざらん人も住《す》まゝほしげ」（㈠五四頁〈一・七八頁〉）と語られるほど、理想的な住居となる。さらにこのあとの物語では、山の中の獣たちの協力まで得てしまうという、きわめてメルヘン的な傾向が顕著となってゆく。

本文①から⑤までの叙述をふまえてみると、零落ぶりが甚だしいはずの俊蔭邸の荒廃は、俊蔭の娘と若小君の抒情的な物語を盛り上げる舞台としての魅力に充ちているものでもあった。また、いよいよ窮乏が甚だしくなってからは、仏の加護も受けつつ、新たな「うつほ」という理想の空間を得ることとなった。廃墟的な場を舞台とする女と男の邂逅の物語から、孝子の物語、また実にメルヘン的な物語へと転じているのである。

(5) 秘琴伝授の場となる、三条京極邸の楼

ここで、首巻「俊蔭」から長篇物語の終盤、「楼の上 上」巻へと目を転じてみる。仲忠は、「蔵開 上」巻で母俊蔭の娘のために三条京極の邸宅の再建に取り組みはじめた。その後、「楼の上 上」巻に至ると、明年七歳になる娘いぬ宮への秘琴伝授を計画した仲忠は、三条京極邸こそが伝授に最も適すると考え、東西に二つの高楼を造り、母（俊蔭の娘）に伝授を依頼した。以下、本稿の趣旨に合わせて、新たな楼よりも、そこがかつていかなる場であったかということを振り返る作中人物たちの感慨に留意してゆくこととしよう。

この邸宅がかつて荒廃してしまったことは、「楼の上 上」巻でも回想されている。たとえば次の⑥は、秘琴伝授のために久しぶりにこの地へやって来た俊蔭の娘の感慨である。

⑥……尚侍《かん》の殿、いにしへかく見《み》いだし給ふに、年《とし》〲の草《くさ》は、八重葎《やへむぐら》の板敷《いたじき》よりもたかう生《お》ひ凝《こ》り、軒《のき》のつまの草《くさ》はたかう生《お》ひたはぶれて、下《しも》ざまに生《お》ひ 凝《こ》りて、人かげもせずありしを思ひいで給ふに、……

（五）一九四頁〈六・九六頁〉

また、かつての若小君、藤原兼雅が息子仲忠とともに三条京極邸を巡ってみるという場面で、兼雅はかつての俊蔭邸を次のように想起した。

⑦殿《との》〔＝兼雅〕「これは、もと《本》の礎《いしずゑ》のまゝか」。〔仲忠〕「しかはべり」。〔兼雅〕「いとおもしろくこそつくられたりけれ」。むかし、屋《や》どもなく倒《たふ》れ、所〲に柱《はしら》などのたかき草《くさ》のなかに朽《く》ち倒《たふ》れて、念誦堂《ずだう》の柱《はしら》のみ所《ところ》〲たてわたし、寝殿《しんでん》の高欄《かうら》は、ある 間《ま》なき間《まゝ》まじりて、いといみじかりし、丈《たけ》よりもたかゝりし草《くさ》も、蓬《よもぎ》がなか

をわけて入《い》りおはして見えたりしに、屋《や》の空《そら》、所《ところ》〴〵朽《く》ち空《あ》きたりしから、月《つき》の光《ひかり》にしみてゐ給へりしほどを見つけ給へりしこと、わりなく出《い》で給うしをり、心地《ち》のおもひいでられたまふに、……

㈤二〇〇―二〇一頁〈六・一〇三―一〇四頁〉

このように、「楼の上 上」巻でも、「俊蔭」巻での荒廃ぶりが具体的に懐古されているのだが、一方、楼の造営を前にした仲忠は、三条京極の邸内を巡察し、その景観が比類ないということを実感する。そのとき、語り手が割り込むようにして、俊蔭の曾祖父滋野の王が皇女の婿であったことと、この地がその皇女の「名高《なたか》き宮」㈤一六四頁〈六・六一頁〉であったことを簡潔に説明する。また、秘琴伝授が三条京極で行われることを伝え聞いていた嵯峨院は、仲忠に対して三条京極邸の由来を告げる。それによると、滋野の王を婿とした皇女は嵯峨院の伯母であり、その娘（御息所）から俊蔭の母（嵯峨院の異母姉）へと三条京極邸が伝領されたことが示唆される。そして嵯峨院は、自身の立太子以前、「かの伯母《をば》宮のすみ給ひし時、いとおもしろかりしところなりしかば、春秋、詩《ふみ》つくりにものして見《み》しに……」㈤一七一頁〈六・六九頁〉というように、この邸のすばらしさを思い出すとともに、亡き俊蔭のことを想起しつつ、秘琴伝授が完了した時の、三条京極邸への御幸の約束を違えないようにと求めた。そして、実際に「楼の上 下」巻の終末部でその約束が果たされた際、高楼に上った嵯峨院は、少年の頃、この邸で遊んだことを懐かしんだ。

「俊蔭」巻では、三条京極邸の風情のすばらしさが俊蔭の才覚によるものと語られていた（特に本文④の二など）。しかし「楼の上 上」巻では、そのルーツ、さらに嵯峨院との深い縁までがあらたに示される。失意のうちに亡くなった俊蔭との対立関係を解消せんとする嵯峨院とその皇統の位置が、物語の終盤に至って据え直されているという趣ではある。とにかく、かつて隠棲した俊蔭が娘に秘琴を伝授した三条京極邸は、今やいぬ宮への伝授がなされるとともに、嵯峨院、朱雀院ほか、多くの貴顕が参集する中で俊蔭の娘といぬ宮の至芸が披露される場となる。さらにその琴の奏楽を受けて、俊蔭への中納言追贈、俊蔭の娘の加階、そして三条京極邸への叙爵までもがなされることになった。

こうして、かつての廃墟的な場であった三条京極邸は、この上なくめでたい大団円をもたらす場となる。秘琴伝授とそれによる奇瑞、さらに嵯峨院たち皇統との関わりなどが輻輳しているため、この邸宅の性質を簡単にまとめることは難しいが、野口元大が述べるように、[4]「自然と人工の調和」がもたらされるのにふさわしい地であったことは確かだろう。

　ここまででも、首巻「俊蔭」における廃墟的な場としてつよい印象を与えた三条京極邸の、特異な来歴、そしてその後の変容の甚だしさが確認されたであろう。だが、荒廃の度合いという点では、実はもっと凄まじい事態がこの地には起こっていた。それは、「蔵開 上」巻の冒頭近くで示されている。次節でそれをみてゆく。

三、三条京極の荒廃した敷地の隅の蔵

（1）三条京極邸の荒廃と西北の蔵

「蔵開 上」巻の冒頭で、仲忠は、幼少時に過ごした京極邸のことを思い出し、母（俊蔭女）のために新築することを考えて、その地を見に出かけた。

⑧……むつましき人すこし御供《とも》にて、おはして見たまへば、このほどは、リ野中《なか》のやうにて、人の家《いへ》も見《み》えず。さる所に、むかしの寝殿《しんでん》ひとつ、めぐりはあらはにて、塗籠《ぬりごめ》のかぎり見《み》ゆ。また、ヌ西北《にしきた》の隅《すみ》に、大《おほ》きにいかめしき蔵《くら》あり。中納言〔＝仲忠〕、御前《ごぜん》したる人の馬《むま》にのりてめぐりて見給へば、この蔵《くら》は、この地のほどにも見《み》えず、御供《とも》なる人に、「この地のうちか、見《み》よ」とのたま《給》ふ。めぐりて見《み》て、「此《この》うちなり」と申す。〔仲忠ガ〕ちかく寄《よ》りて見《み》たまへば、ル蔵《くら》のめぐりに人の屍数知《かばねかず》らず《し》あり。おそろし、と見つゝ、なほうち寄《よ》りて見たまへば、世《よ》になくいかめしき鎖《上》かけたり。その鎖《上》の上《うへ》をば、金《かね》を縒《よ》りかけて封《ふん》じたり。その封《ふん》のむすびめに、故《こ》治部卿のぬし〔＝俊蔭〕の御名文字《みなもじ》縒《よ》りつけたり。中納言、見《み》給ひておどろきて、これは書《ふみ》どもならん、むかし累代《るいだい》の博士《はかせ》の家《いへ》なりけるを、一枚書見《まいふみみ》えず、その道《みち》ならぬ琴《きむ》などだに、世《よ》の中にも散《ち》り、こゝにも遺《のこ》りたる物を、これあけさせん、とおぼすほどに、河原《かはら》のほどより、歳《とし》九十ばかりにて、雪《ゆき》をいたゞきたるやうなる嫗《女》、翁《おきな》、這《は》ひに這《は》ひ来《き》て、「まづ、こゝ去《さ》らせ給へ、〳〵」となく。「なぞ、かく申す」とて、御随身《みずいじん》問《と》へば、「なほ、まづ、こゝ去《さ》らせ給へ。ヲおほくの人取《と》り殺《ころ》しつる蔵《くら》なり。まづ御覧《らん》ぜよ、こゝらの人の屍《かばね》を。去《さ》らせ給ひなん時、ありやうは申さん」とて、〔随身ガ仲忠ニ〕言《い》へば、あやしがりて、うち去《さ》りて立《た》ちたまひたり。

（五）一三二―一三三頁〈六・一八―一九頁〉

　そこは、傍線部リのように、かろうじて寝殿の塗籠だけが遺っていたという荒廃ぶりで、そもそも敷地の範囲が見定めがたいほどであったが、傍線部ヌのように「西北の隅に、大きにいかめしき蔵」があった。調べさせると、蔵は敷地内の

ものだという。そこで、仲忠が蔵に近寄ってみると、傍線部ルのとおり、蔵の周囲は人の死体が数え切れないほどあったという。この状況はすさまじい。その後、「累代の博士の家」であった清原氏所有の貴重な文献が蔵の中にあることを察した仲忠が、この蔵を開けさせようと思ったとき、大変な高齢の「嫗、翁」が這うようにしてやって来て、傍線部ヲのように、この蔵が「おほくの人」を「取り殺し」たと告げ、まずはここから立ち去るようにと懇願する。

その後あらためて、嫗と翁が仲忠にこの二十数年にわたる三条京極邸の大きな変化について語る。なお、その話の前半の内容は、「俊蔭」巻の中盤、俊蔭の帰国後から俊蔭の娘（そして仲忠）がこの邸宅から出て行くまでの物語と照応している。そして、その後の三条京極邸は、「河原《かはら》人、里《さと》人」がわずか一、二年のうちに「毀《こほ》ちはてゝ」（㈢一三四頁〈四・二一頁〉）、多くの物も持ち出してしまったので、あとは蔵の中に何かあるのだろうと近寄ってきた者が多数いたものの、彼らはいずれも蔵の近くで倒れ、死んでしまったという。

(2) 蔵の民俗学的な意味、そして蔵の中身の意義

「荒れたる宿」あるいは廃墟的というにはとどまらない、そして平安時代の物語文学ではほかに類を見ない、「死屍累々」のカオス状態が三条京極の地に生じていたのである。そもそも近づく者を必ず死に至らしめるというこの蔵のパワーには、瞠目させられる。

戌亥《いぬゐ》（乾）の方角を恐れ慎しむ日本の信仰について論じた三谷榮一論文[5]は、先の本文⑧の傍線部ヌのように蔵が「西北《にしきた》」、つまり戌亥の「隅《すみ》」にあったことに注目し、「宇津保物語の作者の思想の根拠には、戌亥に祝福をもたらす祖霊の方向を考へてゐたことが明らか」だとする。また、三谷論文もふまえながら三条京極の蔵を論じた三苫浩輔論文[6]は、「クラ」には「神座《かみくら》の意義」があるとしつつ、蔵の中に「祖霊神が坐ました」こと、そして蔵の中の「文書類も祖霊神そのもの」であると論じた。あわせて、蔵が近づく者を取り殺すことについては、祖霊神が鎮座している蔵の守護者としての「物部《もののふ》が弓弦を打ち鳴らす民俗を根柢に踏まえ」ると解しながらも、「祖霊神が子孫を守護する話と、物部による神座守護の話と」の「混線」が生じているのだろうと解している。

民俗学的には、蔵というものが右のように解されてきた。それまで誰も近づくことすら困難であったこの蔵を開くことができたのは、結局、俊蔭の孫である仲忠だけであった。重要なのは、その中身である。本文⑧で仲忠も察したとおり、蔵の中には「累代の博士の家」にふさわしいたくさんの書物があり、また俊蔭とその父母の遺文集もあった。これまでに

も三田村雅子、室城秀之、大井田晴彦、武藤那賀子の各氏の論文(7)で論じられてきたように、それらの書物を得ることにより、仲忠は学問の家の後継者たりえた。加えて、朱雀帝以下の代々の帝たちの権威を支える役割をになうことにもなる。この点については、かつて拙稿(8)で論じたとおりで、「学問との縁を深める」朱雀帝以降の「代々の帝像」は、仲忠の貢献によってかたちづくられてゆく。とりわけ朱雀帝、東宮（のちの今上帝）に対する仲忠の進講では、俊蔭と俊蔭の父（清原の大君）の漢詩集、俊蔭の母の歌集、そして俊蔭の日記が取りあげられた。こうして皇統と俊蔭との対立が下の世代において解消されるとともに、「代々の帝は知的成長を遂げることにもなる」のであった。

俊蔭の遺した知的財産を守りつづけたのが、三条京極の蔵であった。さらにその知的財産は、清原氏だけでなく代々の帝にも影響する力を有していた。死屍累々の蔵の周辺と、その蔵の中の最上級の価値をもつ書籍類とのギャップの大きさはこの上ないといえよう。

四、変容する廃墟的な場――むすびにかえて

『うつほ物語』「俊蔭」巻の三条京極邸における俊蔭の娘と若小君との邂逅は、平安時代の仮名の文学において典型的な物語といえる。その邸宅は、廃墟的ではありながら、幾度も「おもしろし」と形容される風情ある場でもあった。「俊蔭」巻では、俊蔭の風流心とその造営との関わりが強調されていたが、物語終盤の「楼の上 上」巻では、三条京極邸が元々は嵯峨院の伯母にあたる皇女から伝領されてきた由緒ある場であることが明かされる。仲忠は、俊蔭の曾孫いぬ宮への秘琴伝授のためにはこの三条京極邸こそが最適であるということを確認し、二つの高楼を造築した。そして、秘琴伝授が完了したのちには、披露の場が設けられ、この上なくめでたい大団円となった。

右のようにおさえてみただけでも、三条京極邸のあり方の振幅はきわめて大きいのだが、途中の「蔵開 上」巻では、廃墟としての度合いが甚だしく、寝殿は塗籠だけとなり、かつ西北の蔵の周辺は人の死体だらけというカオス状態であった。秘琴（音楽）の伝承に加えて、学問の伝承のための書物、また俊蔭とその父母の遺文集を収めた蔵は、民俗学的にいえば祖霊神に関わると解されるが、廃墟というキーワードでこの物語をとらえてみると、三条京極邸は、廃墟的ながら風情あふれる邂逅の場から、最大級のカオス状態にまで陥りながら、そこから見事に再生され、奇蹟的な秘琴の披露の場へと変容を重ねていたのであった。

※『うつほ物語』の本文は、前田家十三行本の表記を確認しやすい野口元大（校注）『校注古典叢書 うつほ物語』〈全五冊〉（明治書院、一九六九〜一九九九年）をはじめ、前田家本を底本とする諸注釈書等の校訂本文を参考にしつつ、筆者が整定した。各引用の末尾には、野口校注書の巻数・頁数に加え、〈 〉内に室城秀之（訳注）『新版 うつほ物語 現代語訳付き』〈全六冊、角川ソフィア文庫〉（KADOKAWA、二〇二二〜二〇二四年）の巻数・頁数を記した。なお、本文整定の方針は、『源氏物語』〈全九冊、岩波文庫〉（岩波書店、二〇一七〜二〇二一年）におよそ近い。

※『古今和歌集』の本文は、小町谷照彦（訳注）『古今和歌集』〈ちくま学芸文庫〉（筑摩書房、二〇一〇年）に、また『伊勢物語』と『大和物語』の本文は、片桐洋一・福井貞助・高橋正治・清水好子（校注・訳）『新編日本古典文学全集12 竹取物語 伊勢物語 大和物語 平中物語』（小学館、一九九四年）に拠った。ただし、一部表記を改めている。

注

（1） 陣野英則「「なにがしの院」と「むぐらの宿」――『源氏物語』の廃墟的な場」（神奈川県立金沢文庫編『特別展 廃墟とイメージ――憧憬、復興、文化の生成の場としての廃墟』神奈川県立金沢文庫、二〇二三年）。

（2） 平野美樹「「荒れたる宿」考――『蜻蛉日記』における「主観的真実」の背景」（『中古文学』六三、一九九九年）。

（3） 三田村雅子「若小君物語の位相――宇津保物語における文脈《コンテクスト》の差異と統合」（『玉藻』二一、一九八五年）では、若小君と俊蔭の娘が詠みあう一連の歌（歌群）が形成される背景として、屏風歌があるということを指摘している。

（4） 野口元大「解説」（『校注古典叢書 うつほ物語 ㈤』明治書院、一九九九年）。

（5） 三谷榮一「日本文學に於ける戌亥の隅の信仰」（『日本文學の民俗學的研究』有精堂、一九六〇年）。

（6） 三苫浩輔「蔵の周辺」（『宇津保物語の研究』桜楓社、一九七六年）。

（7） 三田村雅子「宇津保物語の〈琴〉と〈王権〉――繰り返しの方法をめぐって」（『東横国文学』一五、一九八三年）、室城秀之「うつほ物語の後半の始発における〈蔵開き〉の意味」（『うつほ物語の表現と論理』若草書房、一九九六年）、大井田晴彦「仲忠と藤壺の明暗――「蔵開」の主題と方法」（『うつほ物語の世界』風間書房、二〇〇二年）、武藤那賀子「書の継承――「うつほ」をはじめとした籠りの空間と継承者」（『うつほ物語論――物語文学と「書くこと」』笠間書院、二〇一七年）など。

（8） 陣野英則「物語文学にみえる学問――『うつほ物語』と『源氏物語』の検討から」（『専修大学人文科学研究所月報』二七二、二〇一四年）。

廃墟に花を咲かせる――『忍夜恋曲者』の方法

矢内賢二

やない・けんじ――明治大学文学部教授。専門は日本演劇史・芸能史。主な著書に『明治キワモノ歌舞伎 空飛ぶ五代目菊五郎』（白水社、二〇〇九年）、『ちゃぶ台返しの歌舞伎入門』（新潮社、二〇一七年）などがある。

山東京伝作の読本『善知安方忠義伝《うとうやすかたちゅうぎでん》』が示した平将門の娘・滝夜叉姫の造形は歌舞伎に大きな影響を与えたが、浄瑠璃所作事『忍夜恋曲者』は従来姫や上臈の姿で描かれてきた滝夜叉姫を傾城の姿で登場させ、廃墟と化した古御所という空間設定を共有しつつも、従来とは対照的なイメージを融合させることに成功した。

はじめに

宝田寿助作『忍夜恋曲者《しのびよるこいのくせもの》』(1)は浄瑠璃常磐津節の名曲として知られる現行の歌舞伎舞踊曲で、通称を「将門」、別名題を「忍夜孝事寄《しのぶよるこうにことよせ》」という。天保七年（一八三六）七月江戸市村座で、『世善鳥相馬旧殿《よにうとうそうまのふるごしょ》』（以下『相馬旧殿』）の第一番目大詰の所作事として、二代目市川九蔵の滝夜叉姫、十二代目市村羽左衛門の大宅太郎光国で初演された。梗概は次のとおり。

平将門の討伐後、将門山の古御所に妖怪変化が棲んで人々を悩ますというので、源頼信の命を受けた大宅太郎光国が詮議のためにやって来ると、都島原の如月《きさらぎ》と名乗る傾城が現れて光国に言い寄る。光国が油断したふりをして将門の討死の様子を物語ると、如月が落涙するので光国は怪しむ。やがて如月は錦の旗を取り落として、その正体が将門の娘滝夜叉姫であることを見顕され、蝦蟇の妖術を使って光国と激しく争う。

現行の上演では、荒れ果てて廃墟と化した古御所を舞台に、大蝦蟇を従えた凄艶な姿の妖姫と凜々しい武芸者とが対決するという草双紙的な怪奇味と幻想性、またかつては人口に膾炙した「嵯峨や御室の花ざかり」の詞章に始まる如月の艶冶なクドキ（切々と心情を訴える場面）、大道具の大仕掛けによって古御所を崩壊させる「屋体崩し」の演出などが見どころとされ、女形のための演目として近年では六代目中村歌右衛門、四代目中村雀右衛門、五代目坂東玉三郎らが滝夜叉姫を演じている。

『相馬旧殿』は「前太平記の世界」に拠る作品である。近世の芸能や文芸において、時代背景、登場人物、地名、事件の概要など、物語の基本的な枠組みと構成要素を定める設定の集まりのことを「世界」という。世界は文芸作品、歴史書等によって知られた逸話や、時には実際に起きた事件等にも基づいており、同じ設定が芸能や文芸の作品で繰り返し用いられることによって確立し、人々に広く共有されるものとなる。

「前太平記の世界」に拠る作品は平安時代の中後期を舞台に清和源氏代々の武功を描くが、特に源頼光と四天王が活躍し、大江山の酒呑童子退治、葛城山の土蜘蛛退治、山姥伝説などと関連付けられる筋立てのものが多い。また将門の遺子相馬太郎良門らの反乱を中心に描く場合には「将門記の世界」と呼ばれることがあり、いずれも特に江戸歌舞伎の顔見世狂言で好んで用いられた。

この前太平記の世界に基づく作品にはしばしば将門の娘が登場して良門とともに反逆を企てるが、その造形や意匠にはいくつかのパターンがあり、特に『忍夜恋曲者』の滝夜叉姫の設定は、将門の娘が登場する数多い作品の中でも独自性が高いと思われる。ここでは近世演劇における「将門の娘」の造形を概観しつつ、『忍夜恋曲者』での古御所における滝夜叉姫のイメージの特色について考えたい。

一、山東京伝『善知安方忠義伝』における滝夜叉姫

『相馬旧殿』は早稲田大学演劇博物館（以下演博）が四種の台帳を所蔵する。(2)「安方忠義伝は、近年天保七丙申夏狂言に、中村座にてせり」（『戯作六家撰』安政三年〈一八五六〉成立、『燕石十種 第二巻』中央公論社、一九七九年）、「是山東京伝著述のうとふ忠義伝を仕組し也」（石塚豊芥子『花江都歌舞妓年代記続編』安政六年〈一八五九〉以降成立、鳳出版、一九七六年）とあるように、その内容は山東京伝作の読本『善知安方忠義伝』（文化三年〈一八〇六〉刊、以下『忠義伝』）を脚色したものであり、同じく『忠義伝』を劇化した先行作品である義太夫節『玉黒髪七人化粧《たまかづらしちにんけしょう》』（文化五年〈一八〇八〉三月初演）の趣向

を部分的に加える。初演時の評判は「大当りにはあらねども、此狂言評判ありしなり」(『戯作六家撰』)、「何れも大出来大評ばん」(『花江都歌舞妓年代記続編』)と概ね好評であり、役者評判記『役者早速包丁』[3](天保八年〈一八三七〉刊、演博所蔵、チ13-03849-0099)には羽左衛門の光国に「大当り〳〵」との言及がある。

『忠義伝』は『将門記』をはじめ『前太平記』などに伝えられた将門伝説と、謡曲「善知鳥」などで知られる善知鳥伝説を集大成したもの」(佐藤深雪「解題」『叢書江戸文庫18 山東京伝集』国書刊行会、一九八七年)であり、「平将門の遺児である如月尼(滝夜叉姫)と平太郎(良門)が、父の遺業を継いで蜂起を企てる物語を縦筋とし、善知安方夫婦の忠義と受難の物語を絡ませている」(同右)が、次に将門の娘に関わる部分の梗概を示す。

将門討伐後、奥州に逃れた将門の息女は出家して如月尼と名乗り、恵日寺の傍らに庵を結んで仏道修行に励む。如月尼は異母弟の平太郎を養育することになり、人目を憚って常陸国の筑波山麓に移る。ある日平太郎は山中で肉芝仙と名乗る異人姿の蝦蟇の精霊に出会い、自分が将門の実子であることを告げられる。往時の相馬内裏の栄華の幻を見せられ、天下転覆を決意した平太郎は、蝦蟇の妖術を伝授される。平太郎の妖術で本心を失った如月尼は良門と名を変えた弟とともに反乱を企て、大願成就のため百日無言の難行を行い、毎夜手下に命じて殺した人の首を筑波明神に供える。還俗して滝夜叉姫[4]と名乗るようになった如月尼は、内裏跡を本拠として天下を狙い、宝刀と妻の探索にやって来た大宅太郎光国を味方に付けようとするが失敗。源頼信の率いる大軍に攻められて自害すると、その胸間から蝦蟇の霊が飛び去り、姫は本心に立ち返って絶命する。

『忠義伝』が如月尼後に滝夜叉姫という名で示した将門の娘の人物像は、『元亨釈書』『前太平記』等[5]に記述のある如蔵尼の伝承を原型とする。将門の死後、奥州恵日寺の傍らの庵で仏道修行に専心した将門の息女は、一度病死したものの地蔵菩薩の加護によって蘇生し、名を如蔵尼と改めて、地蔵菩薩に深く帰依したことから地蔵尼とも呼ばれたという。諸書はいずれも篤い信仰のうちに生涯を終えた清廉な尼として将門の娘を描いている。

『忠義伝』はこの伝承を出発点としつつも、信心堅固な尼という将門の娘のイメージを大胆に改変し、父の復讐と天下奪取を企てる冷酷でおどろおどろしい妖女としての滝夜叉姫を創り出した。前述の通り歌舞伎では江戸の顔見世狂言を中心に前太平記の世界が盛んに用いられ、滝夜叉姫が「七綾姫」「辰夜叉姫（辰夜叉御前）」という名でも登場することがあるが、『忠義伝』の示した斬新な滝夜叉姫のイメージは後代の演劇にも大きな影響を与え、将門の娘を描く場合の一典型として定着、継承されることになる。

図1　『善知安方忠義伝』巻之五（九州大学附属図書館所蔵、読本IX-1/文化3/サ-1-5）

二、上臈姿の滝夜叉姫

『忠義伝』で、生い茂る草をかき分けて相馬の内裏跡にやって来た光国は、焼け残ったまま今にも崩れ落ちそうな古御所を発見し、そこで戦死した人々の亡霊や妖怪変化に次々に遭遇する。かつての壮麗さをうかがわせながらも見る影もないその荒廃ぶり、そしてさながら百鬼夜行絵巻のような異類異形の化物たちが、本文と挿絵によって念入りに描写される。

一方、暈繝縁《うんげんべり》の厚畳と唐錦の褥の上に座して光国と対峙する滝夜叉姫は、「綾羅《れうら》の五衣《いつゝきぬ》を穿《うかち》、濃《こき》くれなゐの袴をひき、蘭麝のかほり馥郁として鼻をおそひ、装束の繍《ぬひもの》きらめきて金屏にかゞやきあひぬ」[6]と、廃墟と化した周囲の光景にはふさわしからぬ絢爛たる上臈の姿で描き出される（図1）。なおこの場面については巨大な骸骨が印象的な歌川国芳による通称「相馬の古内裏」がよく知られている（図2・口絵3）。

往時の将門の隆盛を想像させるとともに、荒れ果てた光景との対照が異様さや不気味さを増す効果を発揮することから、以後の歌舞伎の前太平記物においても、滝夜叉姫は十二単等の装束を着した姫や上臈の姿で登場するのが通例である。

一例として四代目鶴屋南北作の顔見世狂言を取り上げると、

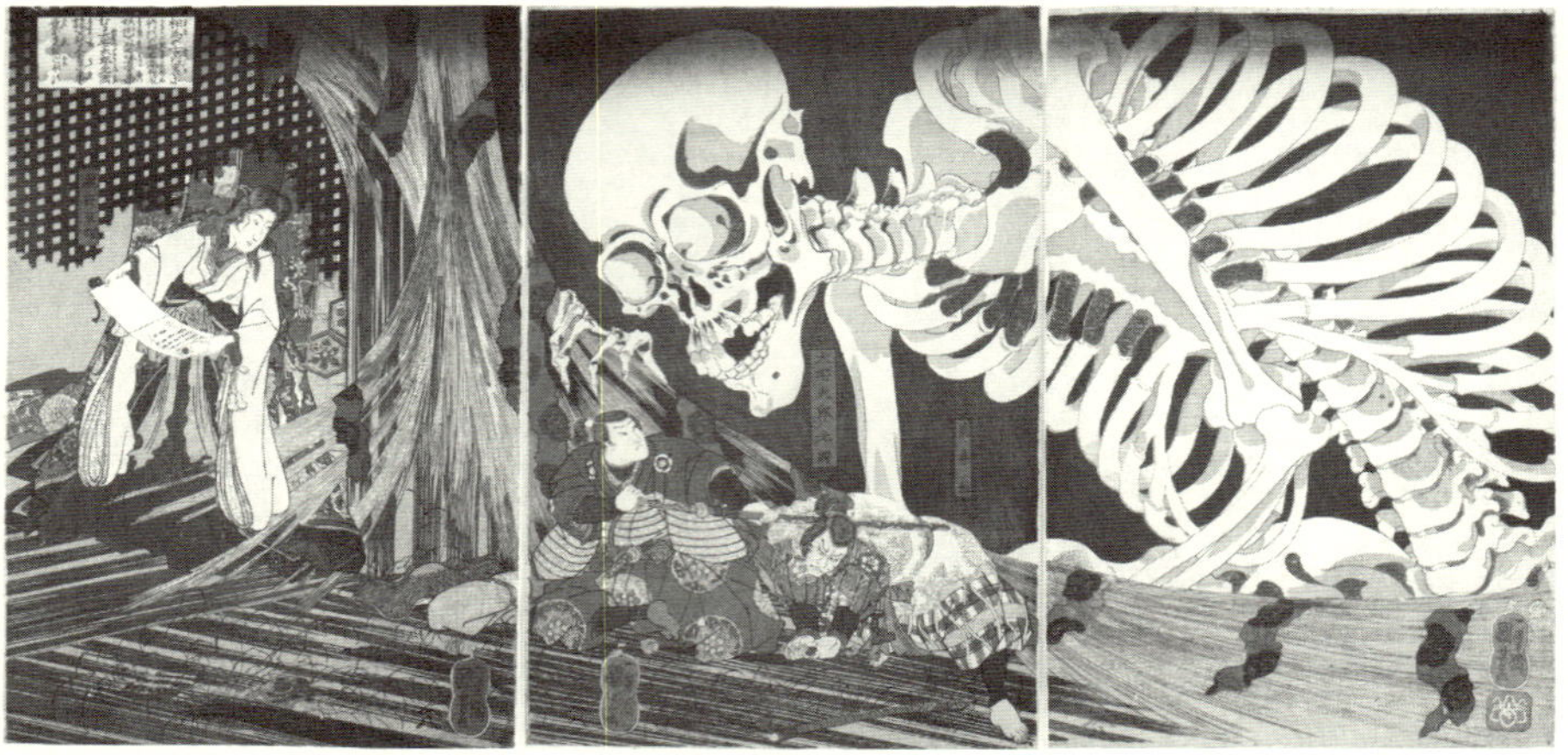

図2　一勇斎国芳画「滝夜叉姫と骸骨の図」（国立国会図書館所蔵、寄別7-3-1-2）

文化十年（一八一三）十一月市村座初演の『戻橋背御摂《もどりばしせなにごひいき》』第一番目三建目「花山古御所無言の場」はいわゆる「だんまり」（暗闇の中で複数の人物が手探りで宝物等を奪い合う場面）で、五代目岩井半四郎演じる将門娘七綾姫が「凄き下げ髪、白の着付、鼠地の十二単衣、いづれも蜘の糸ちら〳〵と見ゆる模様。色の変りし緋の袴」(7)という姿で現れ、袴垂保輔、良門と争う。七綾姫は田舎娘に化け、上使を装った良門とともに頼光の館に入り込むが、正体を見顕され、蜘蛛の妖術も破られる。

また文政十二年（一八二九）十一月中村座初演『金幣《きんのざい》猿島郡《さるしまだいり》』では、五代目瀬川菊之丞演じる滝夜叉姫が死後蘇生し、その体に将門の霊が乗り移って再起を企てるという奇抜な趣向を見せる。第一番目三建目「鼓ヶ瀧の場」では、髑髏が甦って滝夜叉姫の姿に変じ、「おどろなる髪、白袷の振り袖、破れたる緋の袴、その先を破り、ちぎれし所より片足出し、上に薄き袷の三重衣、白の扱帯《しごき》」(8)という扮装で現れて一旦せり下がる。続いて「すべらかし、結構なる広振り袖、紫の扱帯、経櫃を背負ひ、独鈷を咬へ、印を結び、素足にてセリ上がる」と改めて登場し、男女同体の心で六方（手足を大きく振り動かす演技）を振って花道を引っ込む。

いずれも『忠義伝』と同様に高貴な姫や上臈の扮装が採用

されるが、やはり各場面の異様さや凄まじさを強調するのに大きな効果を挙げている。

三、土蜘蛛との関連

一方、将門の娘を描く作品で年代の早いものとして近松門左衛門作の浄瑠璃『関八州繋馬』（享保九年〈一七二四〉正月初演）が挙げられる。

将門の遺子将軍太郎良門と妹の小蝶は父の復讐を企て、小蝶は頼光の館に潜入するが、頼光の弟頼信に恋慕してしまう。計略が顕れて殺された小蝶の怨霊は、頼信の室伊予の内侍を悩まし、ついには葛城山の土蜘の精霊に変じて争うが、名剣の威徳で退けられる。

三田村鳶魚が「一生不犯の如蔵尼を唯だ色気ばかりの女にしたのみか、果ては土蜘蛛の怪物として取扱つたのを厭はしく思ふ」（『芝居と史実』政教社、一九一一年）と記すように、本作に如蔵尼伝承の面影は全く伺えない。しかし一つには『忠義伝』に先立って将門の娘を源家に敵対する反逆者として設定したこと、また一つには胡蝶という名の侍女が登場する謡曲『土蜘蛛』を採り入れつつ、前太平記の世界と関連の深い土蜘蛛という怪物と将門の娘とを直接に結び付けた点に本作の特色が指摘できる。しかし同じグロテスクな怪物でも土蜘蛛ではなく蝦蟇を採用した『忠義伝』の影響もあって、七綾姫が蜘蛛の妖術を使う前述『戻橋背御摂』のような例はあるものの、概して前太平記物においては土蜘蛛と滝夜叉姫との結び付きは薄らぎ、土蜘蛛が禿・座頭など様々な姿で現れ頼光や頼信を襲う場面が「蜘蛛の拍子舞」と総称される変化舞踊（一人の踊り手が次々に異なる役に扮して複数の曲を踊り分ける舞踊）として別に定型を確立させていく。

なお『相馬旧殿』には「賤の女小蝶実は葛城山土蜘の精」が登場して頼信を狙うが、これは直接には『玉黒髪七人化粧』から採り入れたものであろう。また『相馬旧殿』の辻番付（演博所蔵、ロ22-00042-169）が描く滝夜叉姫の背後には巨大な土蜘蛛が描かれている。錯誤によるものか、あるいは当初何らかの形で土蜘蛛の趣向を採り入れる構想があったものかは不明だが、いずれにせよ将門の娘と土蜘蛛とが前太平記の世界という同じ枠組みに属することもあり、本作初演の時点でも『関八州繋馬』以来の両者を結び合わせる連想の糸が残存し、この取り合わせがさほど不自然なものとは受け取られなかったのかもしれない。六代目尾上梅幸「芸談 蜘蛛になる滝夜叉」（『演芸画報』一九三一年四月）には「国太郎さんが滝夜叉を演つた時（筆者注・明治八年〈一八七五〉六月中島座）、振附が何う間違へたのか、蜘蛛の術を使ふのだと思つ

図3　「世善鳥相馬旧殿」（早稲田大学坪内博士記念演劇博物館所蔵、右より100-3724・100-3725・100-3726）

て傘まで蜘蛛の模様に誂らへたといふ珍談があるのです、之は蜘蛛の拍子舞と間違へたのでせう」とあり、滝夜叉姫―土蜘蛛という連想もしくは混同の糸は明治初期の時点で残っていたことがうかがえる。また現行の上演でも演者によって仕掛（打掛）に蜘蛛の巣の意匠が用いられることがあるのはそのかすかな名残りであろう。

四、『忍夜恋曲者』における滝夜叉姫

(1) 傾城姿の滝夜叉姫

以上のような表現の流れに対して、『忍夜恋曲者』は将門の娘を傾城の姿で登場させるという新奇な趣向を創り出した(9)（**図3**）。台帳に即して見ていくこととする。

舞台の大道具は「本舞台正面、高二重、高欄附の古御所、一ぱいに破御簾を卸《おろし》、狐格子、葦戸なども朽そんじ、折傾きたる体」と、かつての栄華は見る影もない廃墟と化した古御所である。「舞たい前、いつもの水船、三方共吹水の樋」とあるように、滝夜叉姫があたかも水の吹き上がる中から出現するかのように見える仕掛けが備えられており、各種番付にも吹水の仕掛けが印象的に描き込まれている。

「雨もしきりと古御所に解語の花の立姿」の浄瑠璃で、「水中に九蔵、洗髪の傾城、しごきの形《なり》にて、蛇の目傘をかたげ、

黒の足駄をはき、件の状をひろげよんで居る見得」[10]と滝夜叉姫が登場する。各種番付には髑髏柄の仕掛が描かれる。

「恋は曲者世」の人の、迷ひの淵瀬気の毒の、山より落る流の身、浮キ寝の琴の夫《そ》レ成らで、夫《つま》鳴かわす雁金の、其玉章《たまづさ》をかくばかり」と振りがあって、「卜此間、九蔵右の状を巻納め懐中して、しづかに水舟のあゆみを渡り、花道へ上る」と花道へ移動する。次の「色に手だれの傾城も、楽屋はただの女にて、こがるゝ人に逢見ての、後の思ひを競ぶ山、忍ぶ泪の春雨を、傘に凌いで来りける」で本舞台へと進む。吹水の演出とともに、浄瑠璃の詞章には淵瀬、流れ、涙、春雨、傘と、水=陰のイメージがふんだんに散りばめられ、傾城に似つかわしく色恋にちなんだ濃艶な語句が連なっている。

うたた寝から覚めた光国がその様子を怪しむのに対し、如月が光国を見初めた際の様子を物語るのが有名なクドキである。

> 嵯峨や御室の花盛り、浮気な蝶も色かせぐ、廓の者に連られて、外めづらしき嵐山、それ覚てか君さまの、袴も春の朧染、おぼろげならぬ殿ぶりを、見染て染て恥しの、森の下露思ひは胸に、光国さまといふ事は、其時知ツて明暮に、寝られぬ夜のやるせなき、女子の念がけふの今、届いて嬉しい此おふせ、疑ひ晴して下さんせ、やいの〳〵と取すがり、赤らむ顔の袖屏風、粋ほど愚痴は深かりし

嵯峨、御室、嵐山と都の名所を織り込んで、浮き立つような遊山の気分を醸し出し、花盛り、蝶、朧と、夢幻的な春爛漫の景色を背景に熱烈な恋のイメージを提示する。

光国はわざと心を許したふりをして、将門討死の様子を勇ましく物語る。如月が思わず落涙するのを光国が見とがめると、如月は「サア此涙は[11]〇ヲ、夫れ〳〵、可愛男に別れの鶏鐘、衣々告る朝雀、すゞめが啼たといふ事イなア」と言い紛らし、涙―泣く―鳴く―雀という連想から、廓の夜明けの風情を背景に遊女と客との後朝が如月と光国との掛け合いによって描かれる。

> ほの〳〵と雀さへづる奥座舗、ともし火しめす男共、屏風ひとへのこなたには、まだ睦言の聞ゆれど、（中略）（九）帯隠さるゝたわむれも、（羽）憎ふはあらぬうつり香に、又盃の数ふれて、三の切れたる三味せんも、引るゝ程は引て見ん、仇し心の仇枕、（九）かわさぬ先もある物を、いなばいなんせよしや只、独り浮身をかぞへ唄

廓での濃やかな一夜の終わりを示して、傾城如月が一貫して物語ってきた遊女の恋のイメージは終結する。

やがて軍勢が攻め寄せる様を表す「遠寄せ」の太鼓が聞こ

えると、驚いた滝夜叉姫が錦の旗を取り落とす。詰め寄る光国に如月は「下総の国猿島郡岩井の郷に内裡を築き、威を東国に震ひたる、平親王将門が娘滝夜叉とは我事なるハ」と正体を明かして激しい争いとなる。幕切れは「九蔵、羽左衛門の衿髪を掴みし侭、仕掛にて両人を宙へ引上る。是と共に、件の傘、焼酎火にてくる〳〵と廻る。片輪車のもやう宜しく」と、宙乗りと焼酎火（布を焼酎に浸して火をつけ人魂や狐火を表す）によって妖術の怪異を示す演出が行われる。現行のように屋体崩しの演出や大蝦蟇・捕り手の登場は見られない。

(2) 廃墟に立つ遊女

以上のように、光国が将門の最期を物語るくだりを除けば、本作には視覚的にも聴覚的にも桜花爛漫の春景色と艶めかしい色恋のイメージが充満しており、それは浄瑠璃の語りの声と三味線の音、そして女形の身体と所作によって、あくまでも現実の廃墟とは遊離した想像・幻想の時空間として紡ぎ出されていく。

『忠義伝』の滝夜叉姫は、「光国をながし目に見やりて、かたほに打笑たる形勢《ありさま》、此世の人とは思はれず。はら〳〵とこぼれかゝりたる鬂《びん》のはづれより、ほのかに見えたる青黛《せいたい》の眉の匂、丹花《たんくわ》の口つき愛々しく、桃李の粧《よそほひ》芙蓉の眸《まなじり》いとけだかく、緑の簪雪の肌《はだへ》、愛敬百《もゝ》の媚一ツもかけず。うたがふらくはこれ九天玄女の下濁にませるかと思はれぬ」とその際立つ美貌を強調されている。また光国に対しては「妾大儀を企るといへども、いまだ定る夫なし。汝今より心をかたぶけて、妾が帳内《ちやうだい》ちかくつかへなんや」と媚態を示し、そこにはわずかに性的なイメージが顔をのぞかせる。しかしあくまでも高貴な上臈という〈雅〉の姿で記憶されてきた滝夜叉姫を、同じ華麗な姿ではあっても〈俗〉の遊女という対照的な存在に鮮やかに転換してみせたのが『忍夜恋曲者』の画期的な着想であった。なお如月の名は言うまでもなく『忠義伝』の如月尼に由来するが、偶然ながら傾城としてはいかにも自然な名であり、この着想に至る一助になったと思われる。

将門の息女として周知の登場人物である滝夜叉姫が、新たに島原の傾城として登場し、光国を相手に架空の恋を語り続ける。荒涼とした古御所の風景の中にはたちまちに華やかな都の春景色、そして美しい男女の濃厚な色模様が、あたかも『忠義伝』で平太郎の見た内裏の幻のように立ち現れる。それは「嵯峨や御室の花盛り」のクドキにおいてピークを迎えると、やがてカメラが切り替わるように景色は廓の部屋へと移り、しめやかな後朝の描写が幻の時間と空間とを締めくくることになる。

『忠義伝』は、数々の伝説に彩られた平将門という謎めいた反逆者の記憶を背景に、体制と秩序に対する復讐と攪乱、そして蝦蟇の妖術や異形の化物という幻想怪異を主な成分として、滝夜叉姫という斬新なキャラクターを創り上げた。その成果を引き継いだ『忍夜恋曲者』は、浄瑠璃による甘美で劇的な音楽性、そして女形、ことに傾城の艶めかしい扮装と演技といった歌舞伎の方法を用いてそれを換骨奪胎することによって、春の桜と華やかな廓、そして遊女の恋という、『忠義伝』の描く古御所の滝夜叉姫とは対極的なイメージをこの場面の中核に据えることに成功した。背景となるのはいずれも物凄まじい廃墟の光景だが、『忠義伝』で破れ御簾の内に座する滝夜叉姫の上臈姿がもはや潰えた過去の栄光への執着を象徴するのに対し、傾城姿の滝夜叉姫は歌舞伎で定型的に描かれる遊女の意匠をまとうことによって、あくまでも現世的で享楽的な肉体へと束の間の変貌を果たすことになった。

(3) 辺境と都

また先に触れたように、『忠義伝』は滝夜叉姫・良門姉弟の反逆を主筋にして、忠義を貫き犠牲となる善知安方夫婦の物語を絡ませた内容であるが、佐藤深雪は特に善知鳥伝説の舞台である陸奥外が浜という場所に注目し、本作が前編全二十条の各条に陸奥の地名を冠することによって「古来変わらぬ辺境としてあった陸奥という空間を読本の世界として招き寄せることができたのである」「新たに陸奥という辺境の空間性を、歴史小説にふさわしい世界として選びとったのである」とした上で、「この陸奥という辺境の空間性を象徴するのは、『忠義伝』では、言うまでもなく陸奥外が浜であった。そして、この外が浜とは、将門伝説と善知鳥伝説が交錯する地なのである」と述べている（前掲「解題」）。さらに梶原正昭・矢代和夫『将門伝説』を参照しつつ「陸奥は、京都に対抗して東国に都を建てようとした将軍将門をささえる後背地であり、所縁の者たちが落人となって四散し、再びめぐりあう最果の地でもあった」としている。『忠義伝』の大きな興味の一つは、主軸となる将門伝説に対して、その背後に広がる陸奥の風景を接続させることによって「古来変わらぬ辺境」の風を呼び込み、将門伝説の舞台となる下総国猿島郡の古御所を中心とした関東の辺境の地と並置させたところにあった。「反逆者が拠点とする悪の辺境に対して、外が浜は、ほかならぬ善知安方・錦木という一対の夫婦の犠牲によって善の空間として贖われたのではなかったか」という佐藤の指摘は妥当であろう。そして陸奥に落ち延びてから筑波での劇的な変身を経てついに相馬に陣取ることになる滝夜叉姫、さらに宝刀と妻を探して一旦は「陸奥のはて」にまで至り、怪異の噂を聞いてその足で下総に戻って来る光国は、まさにこの二つの辺境を順に経た上で、最終的に古御所での対決を迎えることになる。

滝夜叉姫を守護するように幽霊や異形の化物が跋扈する古御所は、遠い都の政治権力を模倣し、それを凌駕しようとする、「悪の辺境」の内でも最も象徴的な場所であった。『忠義伝』をほぼ忠実に劇化した『相馬旧殿』は善知安方夫婦に関する場面もそのまま引き継いでいるが、この古御所の場面については大きな改変を加えた。すなわち『忠義伝』がまるで化物草紙のごとく挿絵と本文でたっぷりと描写した怪異の数々をすべて省略し、もっぱら滝夜叉姫に焦点を絞ったシンプルな構造の舞踊劇に仕立て上げた。音楽と振りによって観客の想像を喚起し、舞台上に現に設定されている空間とはかけ離れた、もう一つの具体的情景を幻視させるのは近世の舞踊の本質的な特徴の一つである。『忍夜恋曲者』は京伝が筆を揮った奇怪な古御所の場面を浄瑠璃による舞踊劇に変換し、さらに滝夜叉姫を都島原の傾城に擬するという大胆な仕掛けを用いることによって、反逆者と異界の者たちが集う「悪の辺境」たる古御所とは決定的に対立する、平穏と全盛を謳歌する花の都のイメージを新たに導入してみせた。

おわりに

昭和六年（一九三一）三月に東京劇場で滝夜叉姫を演じた六代目尾上梅幸は「滝夜叉が何も女郎にならなくとも良いだらうと思ふのですが、昔の人は面白い考をもつて居たのですねエ」[12]という談話を残しているが、まさに『忍夜恋曲者』は滝夜叉姫を傾城として登場させることによって以下の三点の効果を挙げることができた。

第一に、荒廃した不気味な廃墟の情景に対して絢爛優美な桜の春景色を対置したこと。第二に、悪の蟠踞する辺境に対して繁華全盛の都を対置したこと。第三に、古御所の上臈という〈雅〉に対して廓の遊女という〈俗〉を対置したこと。

こうして、まるで廃墟に満開の花を咲かせるかのように、『忍夜恋曲者』は古御所に春の都の廓という対極的な空間を幻視させることに成功した。ここに古代以来の荒々しく血腥い将門伝説は、いかにも近世らしい華美で洒脱なイメージを一時的にまとうことになったのである。

この傾城姿の滝夜叉姫を継承するのが安政六年（一八五九）九月中村座初演の『英皎《はなのつき》うとふ一諷《ひとふし》』である（**図4**）。

四代目尾上菊五郎演じる滝夜叉姫は、一度反乱に失敗するものの伊賀寿太郎の妖術によって甦り、傾城七綾太夫に身をやつして良門とともに反逆を企てる。

しかし上臈姿の滝夜叉姫のイメージは根強く、『相馬旧殿』を増補したとされる天保十三年（一八四二）六月河原崎座初演の『世善知鳥東内裡《よにうとうあずまだいり》』では、九蔵が七役の内の一つとして「白拍子七綾実は葛城山の土蜘の精」を、初代岩井紫若が「将門娘滝夜叉」を演じているが、演博所蔵の絵本番付（ロ23-00001-0707）の五幕目古御所の場には、髑髏と巨大な化物の顔を背にし、裃姿で檜扇を掲げる滝夜叉が描かれる。これは『忠義伝』に描かれる異形の怪物に満ちた古御所の場面を即座に想起させるもので、『忍夜恋曲者』の示した傾城の姿を踏襲することなく、あえて上臈の姿に戻したものと思われる。また近代に入って河竹黙阿弥作『相馬祭礼音菊月《そうままつりおとにきくづき》』（明治二年〈一八六九〉十月中村座初演）、勝諺蔵作『滝夜叉』（明治二十七年正月春木座初演）のいずれにも傾城姿の滝夜叉姫は登場しない。

なお付け加えると、恐らくは先述の『英皎うとふ一諷』の上演を契機として、一八六〇年代初めには行者姿の滝夜叉姫のイメージが流布する（**図5**）。[13] これは『忠義伝』で百日の行を行う滝夜叉姫を写したもので、同書では「胸に鏡を掛け、手に剣をもち、銅鈴をふりならし、明松の両方に火をともして口にくはへ、高足駄をふみならして」「かの宇治の橋姫が、貴船にまうでし形勢《ありさま》も、かくやとおもふばかりなり」という

図4　歌川豊国画「今様押絵鏡 七綾太夫」（国立国会図書館所蔵、寄別2-5-2-1）

図5　歌川豊国画「豊国揮毫奇術競 滝夜叉姫」（国立国会図書館所蔵、寄別7-7-1-6）

奇怪な姿で描かれる。この姿は、尼の姿とはうって変わって、深い恨みに囚われた復讐者、そしてまがまがしい呪術者へと変身していく過程を視覚的に示して劇的であるが、演劇における影響は必ずしも大きいとは言えない。

このように傾城姿の滝夜叉姫は、近世演劇における将門の娘の造形としては決して一般的とは言えないのであるが、それゆえにこそ『忍夜恋曲者』の着想の新奇性と独自性が浮かび上がるのではなかろうか。そして先に挙げた『金幣猿島郡』などが復活上演を経て時折再演の機会を得ているとはいえ、歌舞伎における滝夜叉姫は、十二単の上臈姿よりもむしろ、人気曲となった『忍夜恋曲者』の「廃墟に立つ遊女」という蠱惑的なイメージによってもっぱら現代に命脈をつないでいる。

注

(1) 現行の読みは「しのびよるこいはくせもの」。

(2) イ55は表紙原題（判読困難）の上に『東紅葉相馬文談』の貼紙がされた改題本で、残存する袋の裏に「本主 弁天座本家」とある。成立・上演の経緯は不詳だが、全七冊に第一番目三建目発端から六建目大詰までを収め、役割・内容から『相馬旧殿』の初演台帳に近いものと思われる。本稿における本文の引用はこれにより、文字遣い・振り仮名・句読点を適宜改め補った。イ12-990は浄瑠璃の詞章が大幅に省略された『忍夜恋曲者』のみ一冊。イ12-991は「第一番目五幕目 頼信御殿の場」「同奥庭泉水の場」のみ一冊。裏表紙に明治二年九月とあり、役割・内容からも表題の『世善知相馬旧殿』ではなく後述の『相馬祭礼音菊月』の台帳と思われる。ロ16-01094は全九冊で、第一番目発端から六立目大詰までと、第二番目『本朝丸彩絵組上《ほんちやうまるいろゑのくみあげ》』の序幕から大切までをすべて収めるが、『忍夜恋曲者』の幕切れに捕り手が出るなどイ55と異同がある。

(3) 「包丁」は「丁」を偏、「包」を旁とする合字。

(4) 滝夜叉姫という名の由来については梶原正昭・矢代和夫『将門伝説——民衆の心に生きる英雄』（新読書社、一九六六年）に考察がある。

(5) 『元亨釈書』第十八「尼女」、『前太平記』巻十八「如蔵尼並平良門事」及び第十九「平良門蜂起事附多田攻事」など。

(6) 『山東京傳全集 第十六巻』（ぺりかん社、一九九七年）。以下『忠義伝』の引用は本書による。

(7) 『鶴屋南北全集 第五巻』（三一書房、一九七一年）。

(8) 『鶴屋南北全集 第十二巻』（三一書房、一九七四年）。

(9) 寛政元年（一七八九）十一月市村座初演『花御江戸将門祭』には将門の娘が傾城七綾として登場するが、将門の影武者伝説にちなんで七人の傾城が出るのが眼目であり、本作の趣向とは大きく異なる。

(10) 現行演出ではすっぽん（花道にある小型のせり）から傘をさしてせり上がり、煙硝と差し出し（長い柄の先に蝋燭を立てて役者を照らす道具）による演出で怪奇味を強調する。

(11) 表情や体の動きによって心理状態を表現する「思い入れ」を示す記号。

(12) 前掲「芸談 蜘蛛になる滝夜叉」。

(13) 歌川豊国画「戯場銘刀揃 滝夜叉」（演博所蔵006-4059）、一

恵斎芳幾画「今様擬源氏十」（同201-2335）など。

参考文献

大屋多詠子「京伝・馬琴読本における辺境——外が浜と鬼界島」（『馬琴と演劇』花鳥社、二〇一九年）

国立劇場調査養成部編『〈正本写合巻集・三〇〉英皎うとふ一諷』（日本芸術文化振興会、二〇二二年）

柴田恵理子「『善知安方忠義伝』と演劇」（『会誌』第四号、一九八三年八月）

善塔正志「『善知安方忠義伝』滝夜叉姫の造型」（『日本文藝研究』第五十六巻第一号、二〇〇四年六月）

高木元「戯作者たちの〈蝦蟇〉——江戸読本の方法」（『江戸読本の研究 十九世紀小説様式攷』ぺりかん社、一九九五年）

樋口州男『将門伝説の歴史』（吉川弘文館、二〇一五年）

西洋美術史における廃墟表象

——人はなぜ廃墟に惹きつけられるのか？

平泉千枝

ひらいずみ・ちえ——渋谷区立松濤美術館学芸員。専門分野は十七世紀フランス美術および近現代日本美術。主な論文に「ジョルジュ・ド・ラ・トゥールの《いかさま師》」（共著『フランス近世美術叢書V　絵画と表象II』ありな書房、二〇一六年）、「日本に廃墟画はあったのか——江戸から現代まで」展覧会図録（『終わりのむこうへ：廃墟の美術史』渋谷区立松濤美術館、二〇一八年）などがある。

戦後の日本ではいわゆる「廃墟ブーム」が起こり、廃墟を訪ねることや写真などを通し鑑賞する態度が一部で根付きつつある。これらは新たな潮流と映るが、西洋美術史のなかでは廃墟はすでに確立された絵画主題であり、その歴史と意味を振り返りながら、廃墟に惹きつけられる人々の心性をさぐる。

はじめに

「廃墟」という言葉が、今日の日本でポピュラリティーを得ている要因は、まずは一九八〇年代からのいわゆる「廃墟ブーム」を抜きにして考えることはできない。この現象を解析することは本論の範囲を超えるが、大きな影響を与えたのが、写真家の宮本隆司による『建築の黙示録』、丸田祥三の『棄景　廃墟への旅』、小林伸一郎の『廃墟遊戯』などの一連の写真集、また栗原亨の監修の『廃墟の歩き方』などの出版であった(1)。一九八〇年代後半から二〇〇〇年代初めに相次いで出たこれらは、大規模施設から住宅までの近現代の建築、廃線、廃鉱などの廃墟風景の写真で構成されている。最後のガイドを参考に、実際に撮影地を訪ねた積極的な読者も少なからずいたという。しかし大部分は、日常生活のなかで本の頁を繰りながら、その風景をただただ「眺めていた」のではないかと想像される。人々はなぜかくも廃墟に惹きつけられたのか。

最初にあげた宮本の『建築の黙示録』は、一九八八年に出版され、解体されようとする日本や欧州の壮大な建築をモノクロの画面で静謐に映し出していく。この本に磯崎新が「廃墟論」という文章を寄せていた。一九三一年と戦前生まれの彼は、一九七〇年の大阪の日本万国博覧会での「お祭り広場」、一九八三年の筑波学園都市での「つくばセンタービル」の設計など国家的プロジェクトに携わり、明るい未来へ向けた都市を作り出すことを要請されてきた建築家だ。だが時折その脳裏に去来するのは、戦時下の少年時代に見た、都市が焼野原となった光景だったという。磯崎は次のように述べる。

廃墟とは、すぐれて西洋的な概念である。それは無数の歴史的な含意にあふれている。同じような概念を私たちはこの国のなかに持ってはいる。だが物理的光景はいちじるしく異なるといわねばならない。にもかかわらず、私が廃墟に関心を抱くとするならば、あの空虚そのもののなかに立ちつくした瞬間の記憶と連結していると考えねばなるまい。心理的傷痕になっているといってもいいのだが、あの焼跡の光景が、この西洋的な光景である廃墟へと結びつけられるのに、さしたる障害はない。建築家としての仕事のなかに、廃墟がまず立ち現れたのだ。[2]自分の建築もいつかは廃墟となる、だから建築とは「それが構想されたときから、既に廃墟をみずからのうちに包含している」と語る磯崎は、一九六八年のミラノ・トリエンナーレでは、後に「ふたたび廃墟となったヒロシマ」と題することとなるモンタージュ作品を発表。また設計したつくばセンタービルが廃墟と化した姿をシルクスクリーンや水彩画で描くなど、「廃墟」にこだわり続けていた。[3]なお『建築の黙示録』の出版年を今から振り返れば、それはいわゆるバブル景気が最高潮に達する頃だ。廃墟写真がさかんに撮影された背後には、好景気や地価の高騰により、見慣れた風景が開発のスクラップアンドビルドで痕跡もなく消えていく現実があり、あるいは未曾有の繁栄のなかでの漠とした崩壊の予感などもあったのかもしれない。

一方、磯崎が「廃墟とは、すぐれて西洋的な概念」と評するように、廃墟ブームにおける、このときはおもに写真を通じて廃墟を鑑賞するという態度については、もともと西洋美術に長い歴史がある。[4]なぜなら廃墟というモティーフはルネサンス期頃から絵画中に登場するようになり、その後主題として確立した歴史あるテーマだからだ。しかしよく見れば廃墟の表象の意味合いは時代や地域によって様々に変化しており、一様ではない。本稿ではまずは大まかにこの西洋美術史のなかでの廃墟主題の変遷を追っていくことで、廃墟に投影されている多重の意味性を解きほぐしていきたい。そしてその歴史を手掛かりに、今日の日本においてなぜこのテーマへの共感が生まれるのかを考えてみたい。

一、廃墟の供給源、再生の都ローマ

二〇〇二年出版の『廃墟の歩き方』では、次のように定義している。

廃墟とは、「廃屋」「廃工場」「廃病院」「廃宿泊施設」「廃寮」などをふくむ建物や、「廃村」「廃鉱などの廃墟の複合体」「廃線」の総称である。

このように現代日本で探訪の対象となる「廃墟」は、主に近現代の建造物で、さらに「廃墟とは、人の手をはなれ放置されてから、人工的な取り壊しや自然による崩壊に至までのほんの一瞬の存在である」と、おそらく実体験に裏打ちされての認識だろうが、極めて短命とみなされている。(5)

これに対して、「ruere（崩壊する）」から派生したラテン語の「ruinae（廃墟、残骸）」に由来する英語の「Ruins（廃墟）」という言葉は、「荒廃、崩壊」、「荒廃、崩壊した建物」という以外に「遺跡」をも意味し、ずっと長い継続性を持った建造物が想定されている。近年の建築史の研究から、言葉の源流の古代ローマ末期の碑文では、都市のなかの「ruinae（廃墟）」が言及される場合、そこにはこれを復旧しようとする責務、あるいは意識が見られたという報告がある。(6) ところが文明の終焉によって、都市を創り管理していた人々が去り、廃墟が復旧されることなく放置され「遺跡」として残った場はヨーロッパの各地にある。その最たるものがローマだろう。

ローマのもととなる都市は前八世紀頃から建設が始まり、やがて西欧最大のローマ帝国にまで発展した。三九五年の帝国の東西分割後は、都市ローマは西ローマ帝国のなかで四七六年にゲルマン族の侵入によって帝国が滅亡するまで、何度か首都の役割を果たした。長い帝国時代に、土木・建築技術にすぐれたローマの人々は、先達である古代ギリシアの技術にも学びつつ、コロッセウム、パンテオン、水道、街道など多種多様の建造物を生み出した。これらで彩られた最盛期の都市ローマの威容はどれほど壮麗だったろうか。堅牢な石材やコンクリートの建造物のなかには、約二〇〇〇年を超えて現役活用されているものすらある。だが侵入してきた異民族はローマ人ほど建築技術を持ち合わせていなかったので、帝国滅亡後は荒廃していったものも多かった。

都市ローマの特異な点は、次の文明である中世ヨーロッパが開始された後、その中心宗教であるキリスト教の教皇庁がここに置かれたことだ。前の文明の痕跡である古代ローマの廃墟は、次にやってきた人々によって、見つめられ続けることなった。中世期には教皇庁の何度かの一時移転もあったが、ローマは没落と再生をくりかえしつつ巡礼者などを引き寄せる文化圏の中心地としての地位を維持した(7)。詩や文学のテクストを手掛かりに、廃墟の受容を体系的に追った哲学者ローラン・モルティエによれば、中世期、古代ローマの廃墟に対する視線は、滅びた前の文明から「教訓」を引き出すという意味合いが強かったという。十二世紀、イギリスからローマに来た旅行者の次のような言葉が伝えられている。

廃墟は、全ての世俗的なものがやがて滅びることを示している。全ての世俗的なものの頂点にあったローマが、今日これほどまでに衰え凋落しているのだから(8)。

「全ての世俗的なもの」が滅びる証としてのローマの廃墟という考え方は、不滅であるキリスト教の神の国との対比から導き出されている。それは世俗の世界にはいずれ終わりが訪れるとする聖書の黙示録の終末思想とも合致するものだった。

こうした古代の廃墟への眼差しは、ルネサンス期のギリシア・ローマの古典文化の復興に伴い徐々に変化をとげていく。一方で古代遺跡の大理石は焼くと石灰として利用できるため、建築資材として持ち去られるなどし、終末を待つまでもなく崩壊が加速しつつあった。ルネサンス期の人文主義者であった教皇ピウス二世はこの状況を憂い、一四六二年に最初期の文化財保護に関する規則といわれる教皇勅書「Cum almam nostram urbem」を出し、教会や聖遺物だけではなく、「古代の美徳のあかし」としての古代の建物や廃墟(遺跡)も保護の対象として破壊や撤去、焼却を禁じた。後者は教会にとっては異教の遺産なので、勅書では、時代やその他要因に打ち勝てず崩壊していく人間の業のはかなさを古代の廃墟に見いだせること、を重視する教訓的な位置づけだった。だが、廃墟を保存し、それを見つめることに論理的根拠や価値づけが行われた意味は少なくなかった(9)。

実際に、この十五世紀頃からは廃墟が「見られる」機会は増大していき、聖書主題の絵画の背景などに、古代の遺跡や廃墟が描きこまれるようになっていく。例えばフィレンツェで活動したボッティチェッリ(一四四四/四五~一五一〇)は絵の背景に崩壊した古代風の建物をたびたび描き、有名な《東方三博士の礼拝》(**図1・口絵2**)の左後方にも崩れかけた古代ローマ風のアーチと列柱が立ち並んでいるのを認められる。本作では、廃墟で暗示されるローマ文明の崩壊と残骸のなかで、画面の中心に描かれた幼子キリストの到来によって始まる新世界という、宗教的な象徴性を読み取ることは容易である。しかしさほど象徴性や意味性を担わず、奇岩や珍しい風景と同様に画面に刺激をもたらす造形的機能のために、廃墟が描きこまれることもしばしばあった。[10]

約半世紀後にオランダのハールレム出身の画家マールテン・ファン・ヘームスケルク（一四九八～一五七四）が描いた《エジプトへの逃避上の休息》（一五三〇年頃、ナショナル・ギャラリー・オブ・アート）では、聖母子が休む自然風景のなかに、聳え立つゴツゴツした岩山と対をなすような壊れかけた塔や建物が点在しているのが見える。この後一五三二年にヘームスケルクはローマに来て、数年間の滞在の間、古代の彫刻や遺跡などの風景を多数スケッチして帰国した。帰国後の彼の自画像（**図2**）は、草が生え朽ちかけたコロッセウムを前にこちらを向く姿を描き、ローマ滞在をいかに重視していたかが窺える。遠景には、自身を模したと思われる遺跡を熱心にスケッチする別の男の姿が小さく描きこまれている。郷里で有力な画家となった彼は、描きためた膨大スケッチを自らの絵の背景のほか、多くの版画の原画を手がける際にも利用し、大きな影響を与えることとなる。彼ほど恵まれずイタリアに行く機会がない他の地域の画家たちも、版画を通して遺跡や廃墟の風景を知り、自らの制作に利用することができたからだ。[11] 文化的な求心地であり続ける都市ローマは、ヘームスケルクら北方の画家たちをはじめ、外部からの多くの芸術家たちをひきつけた。そして彼らに遺跡や廃墟の視覚的リソースを豊富に供給し続けたことで、それらは絵画上の語彙化され、様々にアレンジを加えられながら拡散されていくことになったのである。

図1　サンドロ・ボッティチェッリ《東方三博士の礼拝》（1470～75年頃、フィレンツェ、ウフィツィ美術館）

二、絵画の時間と空間と廃墟

ここで少し視点を変えて、廃墟モティーフが画中に登場する時代の絵画のなかの時間について考えてみたい。よく知られるようにルネサンス期は、遠近法や油彩画法など、いわゆる西洋古典絵画を形づくる基礎的な技法や方法論が固められていく時期である。その方向性は大きく見れば理論家レオン・バッティスタ・アルベルティ（一四〇四～一四七二）が一四三六年の『絵画論』で述べる有名な比喩、絵画の枠組みを「描こうとするものを通して見るための開いた窓であるとみなそう」という、再現性に向かうものであったと言えるだろう[12]。「窓」とは、すでにあったカメラ・オブスクラで映し出される画像のように、あるいは約四〇〇年後に発明される写真のように、基本的にはあるひとつの視点から、ある時点に眺めた風景を絵画上に再現することになり、絵画の中の時間と空間の範囲はおのずと整理され狭められていく。ルネサンス以降の私たちは、この単一視点・単一時間のルールに縛られた世界の認識方法に違和感を覚えることはない。だがアルベルティに先立つこと約一世紀前、例えば後期ゴシックの画家ジョットが十四世紀初頭にスクロヴェーニ礼拝堂に描いたキリストの生涯伝では、実際には別々の時刻や場所に起こった複数のエピソードが統一的に描きこまれるなど、より複雑な時間と空間が絵画の中にあった。日本の絵巻などの画面形式「異時同図法」に類するものだが、別々の「時間」のみならず別々の「空間」で起こっているエピソードも同画面に描かれることもあり、正確には益田朋幸の分類のように

同時同景（単一の時間と単一の空間／場面）

同時異景（単一の時間と複数の空間）

図2　マールテン・ファン・ヘームスケルク《コロッセオのある自画像》（1553年、ケンブリッジ、フィッツウィリアム美術館）

異時同景（複数の時間と単一の空間）
異時異景（複数の時間と複数の空間）

の選択が可能だった[13]。それが最初の「同時同景」に統一され、逆にいえば絵画が複数の空間や時間を内包しうる自由を失っていく中世から近代への転換期と、廃墟モティーフの増殖は重なりあうようにも見える。単一時間単一空間の縛りのなかで、そこに時間的奥ゆきを表現することは難しい。しかし廃墟は、長い時の経過の視覚的証拠であり、滅びた別の文明の事物である。いま・ここしか見つめることが許容されない視野のなかで異質な存在として揺らぎを与え、重層的な時間や空間を呼び込むため風穴の役割を担うこととなったのかもしれない。

三、廃墟主題の発展

ルネサンス期には絵の背景に描かれるなど、どちらかというと副次的に登場してきた廃墟モティーフであったが、十七世紀頃からこれをより積極的に自らの画中に取りいれる画家たちも現れはじめる。ここでは主に二人に絞って紹介したい。まず、近代になってからシュルレアリストたちから奇想の画家として注目された「モンス・デジデリオ」がいる。再発見までは歴史に埋もれた存在であった「モンス・デジデリオ」とは、現在では、複数人の画家の作品が誤ってこの名前に帰属されてしまったものと判明している[14]。主には同時期にナポリで活動したフランソワ・ド・ノメとディデエ・バッラで、ふたりはともにフランス北東部ロレーヌ地方の都市メス出身、また両者とも緻密な都市風景画を得意としていた。そして、フランス語の「ムッシュー」を縮めた「モンス」と、「ディデエ」に由来する「デジデリオ」を組み合わせた筆名はバッラのものであったが、この名前のもとで知れ渡ることになった、都市景観図であっても古代風の建物が倒壊する幻想的な作風はフランソワ・ド・ノメ（一五九三頃〜一六四四以降）のほうのものなのである。彼の描く廃墟は、すでに朽ちて静かに風化している風情ではなく、垂直にそそり立つ列柱等が今まさに倒壊しようとする瞬間を、強い明暗の対比のなかに浮かび上がらせる劇的なものだ（**図3**）。これらの場面は、聖書の災禍の場面を描くという物語の要請上の場合もあるが、単なる都市風景がことさらに廃墟化して描かれるなど文脈が判然としないこともしばしばある。幼いころに郷里を離れたフランソワ・ド・ノメはナポリに着く前にまずはローマで数年の画家修業をしたことがわかっており、遺跡や廃墟についてはローマで目にした経験に負っている可能性はある。後にはナポリを中心に活動したと考えられるが、廃墟画をくりかえし描いていることから、彼の周辺にはこの主題の確固たる需要層があったとみられる。

「モンス・デジデリオ」の終末的な廃墟都市とは対照的に、明るい日差しのもと、堂々たる古代風の神殿の廃墟を描き出したのはクロード・ジュレ、通称クロード・ロラン（一六〇〇〜一六八二）である。[15] ロラン（Lorrain）という呼称から察せられるように彼もまたロレーヌ地方の出身で、少年時代に郷里を離れ、ドイツやイタリアを渡り歩き、一時期郷里に戻ったりもしたが、最終的にはローマに腰を据えて活動した。得意としたのは神話や聖書の説話の場面という物語画の形式をとりながら、むしろ背景の水平線上に広がる陽光や大気、風にそよぐ木立などに比重を置いて描く清明で穏和な風景表現であった。場面設定上、古代の建築物が描かれることは頻繁にあり、それらはかつてそうあったと想像される完全な姿で描かれていることもあるが、不思議なことに過去と現在が混在してしまっているように、建物だけはすでに廃墟となってしまっている場合もあった（**図4**）。この画家にとって廃墟は単に場面が古代であることを示す指標として、おおらかに取り入れていたのかもしれない。彼の作品は王侯貴族に愛され、ヨーロッパ各国に送られた。

図3　フランソワ・ド・ノメ《聖アウグスティヌスと子供のいる幻想的廃墟》（1623年、ロンドン、ナショナル・ギャラリー）

図4　クロード・ロラン《アポロとクマエの巫女のいる海岸風景》（1645〜49年、サンクトペテルブルク、エルミタージュ美術館）

「モンス・デジデリオ」

と「クロード・ロラン」の作風は著しく異なるが、二人の画家はまずロレーヌという異国からイタリアにやってきて、外部からの眼で古代の遺跡を含むその風景を主題とし、眺めるべきものとして発信していったという共通項はある。また地縁のない異国で自力で画家としての地位を築くために、特徴的な作風を確立しなくてはならなかった。その両者にとって、廃墟は崩壊によって衝撃を与えるにせよ、古代のアルカディア的理想郷を演出するにせよ、有効なモティーフであったのかもしれない。

とくにクロードの絵は、構成された架空のイタリア風景であったが、後にイギリスでの画家への愛好熱が高まり、この国に彼の絵画が集まるなかで別の現象を引き起こす。それはまず、次の世紀にかけて盛んになっていく、貴族・富裕層の子弟が教養育成の総仕上げのために欧州を巡る大修学旅行「グランド・ツアー」で、最終目的地とされるイタリアへの憧れをよびさます旅への誘い水となる。のみならず、十八世紀につくられた英国の庭園には、古代の神殿や廃墟が人工的に新造されあるいは移設されるなど、ロランの絵のような風景を模したものがあり、架空だった風景が、現実に影響を与えていくことになるのである。

四、廃墟主題の興隆の時代

十八世紀から十九世紀にかけては、ヨーロッパでは廃墟主題の興隆の時代となる。要因は大きく二つあり、ひとつは、十八世紀にイタリアでヘルクラネウム（発掘開始一七三八年）やポンペイ（発掘開始一七四八年）などの遺跡の発見や発掘が相次ぎ、それまで歴史物語上の存在だった古代都市が現実に姿を現し、考古学的な関心を生み出したこと。もうひとつは、「グランド・ツアー」で歴史遺跡や廃墟を訪ねることが流行し、土産や記念としてのその絵画の需要が高まったことだった。廃墟は、以前とは一線を画し、現地での写生や、一定の地誌的、歴史的な正確さに基づいて描かれるようになる。

この頃のローマはツアーの終着点として賑わい、景観図の需要が高まり、遺跡を描くことを得意としたジョヴァンニ・パオロ・パニーニ（一六九一～一七六五）などの画家が人気を博していた。その只中にこの都市にやってきた若者がジョヴァンニ・バッティスタ・ピラネージ（一七二〇～一七七八）であった。[16] 彼は、「ヴェドゥータ（景観画）」と呼ばれる実景に即した都市風景画が発達していたヴェネツィア近郊で建築業の父のもとに生まれ、透視図法や版画技術を学んでいた。一七四七年からは本格的にローマに移り、版画制作に乗り出す。『ローマの古代遺跡』『ローマの景観』などの版画集を刊行し、建築、遺跡、廃墟、考古学的遺物、ヴェドゥータ、空想的風景を描く版画作品は千点以上に及ぶ。

いわゆる廃墟画の流れのなかでピラネージについて特筆すべきは、彼が古代ローマを称揚したいという歴史意識を強く持ち、失われた景観を補い、再現しようとする意図が働いていたことだ。このため、考古学的な知識に裏打ちされた精緻な写実描写に自身の空想が加味され、彼の描く風景は「カプリッチョ（奇想画）」とも称された。例えば《古代アッピア街道とアルデアティーナ街道の交差点》（**図5**）ではローマ時代の街道沿いに、無数の彫像、墓碑、オベリスク、ピラミッド、建築などの遺跡が集結させられている。奇妙なことに、古代を舞台としたはずの画中で建造物の一部は既に朽ち、苔や植物などが生えて廃墟化している。古代と現世とを自由に往来するピラネージの奇想が横溢している。

図5　ジョヴァンニ・バッティスタ・ピラネージ『ローマの古代遺跡』（第二巻Ⅱ）より：古代アッピア街道とアルデアティーナ街道の交差点（1756年、ハーヴァード大学付属フォッグ美術館）

ピラネージにとって廃墟は壮麗な古代を思い描く想像力の培地のような役割を果たしたが、このピラネージに影響を受けた画家が、「廃墟のロベール」とよばれ、廃墟主題では最も著名なひとりとなるフランスのユベール・ロベール（一七三三〜一八〇八）である。[17] パリに生まれた彼は、一七五四年にローマに赴き、約十年間の滞在の間にジョヴァンニ・パオロ・パニーニやピラネージと親交して学び、また遺跡や風景の写生に励んだ。フランスに帰国すると王立絵画彫刻アカデミーに建築画家として入会を許され、十四点の絵画を出品した一七六七年のサロンではその廃墟画が文学者ドゥニ・ディドロ（一七一三〜一七八四）に賞賛される。彼の作風は、廃墟となった古代の壮大な建築と、そのもとで続く人々の営みを描くものだった。画中の人の数が多すぎると文句をつけつつも、ロベールを絶賛し、その画中の廃墟に触発された次のディドロのサロン評はつとに有名である

廃墟が私のうちに目覚めさせる想念は雄大である。すべてが無に帰し、すべてが滅び、すべてが過ぎ去る。世界だけが残る。時間だけが続く。この世界はなんと古いことか。

私は二つの永遠のあいだを歩む。どこに目をやっても、私を取り囲む事物は終焉を予告し、私を待ちうける終焉を諦観させる。崩れ落ちたこの岩、穿たれたこの谷、いまにも倒れんばかりのこの森、頭上に覆いかぶさって揺れているこの塊りといった存在に比べれば、私の束の間の存在とはいったいなんだろう。（谷川渥訳）[18]

モルティエは、この評のなかで、唯物論者であったディドロにとって「時間だけが永遠である」ことに着目し、廃墟へのアプローチの大きな転換があったことを指摘する。中世やルネサンス期以来の廃墟は、滅びた世俗の古代文明の象徴である一方、天上の神の国や新しく始まったキリスト教世界といった、「滅びざるもの」がカウンターパートとして暗示されていた。しかしディドロの世界観では、そのような絶対的存在はなく、一直線の時の流れの先に平等な滅びが待ち受けるだけだ。この平等性ゆえに廃墟は、かつてあったこと、を示すだけでなく、これから起こること、を想起させる。「廃墟についての白昼夢はかつては記憶であったが、ここでは予見となった」のである。[19]

ただし、ディドロがその画中に読み取ったような終末観を、ルイ十六世の治世下で売れっ子画家として社交に忙しく、文化行政から庭園の設計まで様々な仕事を請け負っていたロベール自身が必ずしも共有していたわけではないようだ。彼にとっては廃墟とは依然、甘美なノスタルジーの対象の昔日のモティーフであったのかもしれない。

五、革命と廃墟主題

ところが一七八九年にフランス革命が勃発しユベール・ロベールは国家の崩壊に直面することになる。一七九一年、エカチェリーナ二世の芸術品購入の代理人をつとめたドイツ出身のフリードリヒ・メルヒオール・グリム男爵（一七二三〜一八〇七）が、ロシア皇帝への書簡で、この画家についてなんとも皮肉な見解を述べている。[20]

みんなは、廃墟を描くのが得意なロベールは、いま、祖

国にいて、よく養われている鶏のように快適だろうとみています。どちらを向いても彼は、自分の専門のジャンルがこの上ない状態で、つまりこの世で最も新鮮で最も美しい廃墟群が、目の前にあるのを見るわけですから

ここで廃墟主題の興隆の時代は、図らずももう一つの問題を提起することとなる。グリムの言葉は、絵画主題として発展してきた鑑賞対象の遺跡などの「廃墟」と、現実の紛争や破壊の結果出現する同時代の「廃墟」が、教養人の彼の意識においても同一視されるほど、視覚上は接近している事実を浮き彫りにする。だが両者は同列に扱えるものなのだろうか。

この問題に関して考察を残しているのが、フランス革命を目撃した時には若き子爵であったフランソワ＝ルネ・ド・シャトーブリアン（一七六八〜一八四八）だ。政治家、作家、旅行家として波乱万丈の人生を送ることになる人物だが、一八〇二年に刊行した『キリスト教精髄』において廃墟を論じた項がある。執筆中ローマを訪れたこともある彼は、時代の廃墟趣味の美学を共有していた。だからか彼は「ひとはみな、廃墟に密かな魅力を感じる」とまず述べている。そのうえで「廃墟には二種類ある。ひとつは時間の仕業（ouvrage du temps）によるもの、もうひとつは人間の仕業（ouvrage des hommes）によるもの。前者には何の不都合もない」としつつ、「第二の廃墟は、廃墟というより荒廃である。復旧する力もなく、無のイメージしかもたらさない」「さらに、人の破壊は時代の破壊よりも暴力的で、完全である」と定義している。続く文章から、第二の廃墟とは、彼が目にしたフランス革命後の荒廃し解体されつつある修道院や教会から想起されているとわかり、教会の破壊への批判と、それでも途絶えることのない信仰という教訓的な結びとなっている。[21]

自らの属する社会や信仰の礎が歴史上の動乱により実際に廃墟と化したとき、シャトーブリアンはそこに「魅力を感じる」わけにはいかなかった。それは彼に負の感情を抱かせるものだった。しかし彼が「何の不都合もない」とした昔日の廃墟にも、「人間の仕業」のものは含まれ得るし、本来は明確に区分することはできない。それを不都合なく眺められるとしたら、「時間」によって対象との間に安全な距離が設けられているからに過ぎない。革命の時代は、この矛盾と自己欺瞞を孕みつつなおも廃墟に惹き付けられる人々の姿を露わにしたのである。

ところでここでロベールに話を戻すと、ルーヴル宮の美術館開設計画にも関与する王政下の成功者だった画家は、革命期には一時逮捕され投獄されるなどの憂き目を味わう。釈放後は巧みに世渡りをし、共和制のもとで一七九三年に開館し

図6　ユベール・ロベール《廃墟化したグランド・ギャラリーの想像図》（1796年、パリ、ルーヴル美術館）

た共和国美術館（のちのルーヴル美術館）での美術館管理委員会に加わった。一七九六年には美術館が多くの観衆でにぎわう場面を描く《グランド・ギャラリーの改造案》とともに、同じ場所が未来に廃墟となっている《廃墟化したグランド・ギャラリーの想像図》（図6）をサロンに出品した。この主題についてはユベールが完全な先駆者というわけではなく、将来の廃墟を描く先行作例は僅かに存在する。[22] とはいえ、「廃墟のロベール」である画家がここで過去ではなく、開館したばかりの自分たちの美術館を舞台に、「将来の廃墟」を描いたことは廃墟画の歴史上では画期的なことだった。数々の古代の廃墟と同じ手法で描かれた遠い未来のルーヴルは苔生し、抜け落ちた天井から青空がのぞく。石像が転がる荒廃した回廊には、ディドロなら眉をひそめるかもしれないほど様々な人々がいて、煮炊きをする者もいれば、倒れずに残った古代の彫像ベルヴェデーレのアポロンのデッサンを続ける者もいる。この未来の廃墟画に託されているのは、逆説的だが、人々の営みや文明が続いていくことへの希望のようにみえる。

六、ピクチャレスクと廃墟趣味

さて、グランド・ツアーの帰結としてヨーロッパ大陸から古代の廃墟の情報や美術品が流れ込んだイギリスでは、十八世紀後半、新たな美学が育まれることとなる。このころ聖職者のウィリアム・ギルピン（一七二四～一八〇四）は、一連の旅行記を執筆し、旅の目的として鑑賞するべき「ピクチャレスク（絵のよう）」な風景という概念を提唱した。そして廃墟はその対象とされ、一七九二年の『ピクチャレスクについての三つの試論』では「廃墟となった塔、ゴシック様式のアーチ、城の遺構や僧院といった古代建築の遺跡」はピクチャレスクな視線が最も惹かれるものとしている。ギルピンには、十年前に上梓した旅行記『ワイ川紀行』で中世の修道院のティターン・アベイの廃墟の風景を賞賛しつつ、「木槌」を使えば、つまりより崩壊すれば、より良くなる、とさえ述べた逸話がある。[23] このように彼の考える「ピクチャレスク」の美の規範に、荒々しさ、不規則性などおよそなどそれまでにはない概念が加わるのは、すこし前に思想家エドマンド・バーク（一七二九～一七九七）が著書『崇高と美の起源』（一七五七年）で唱えた、恐怖や驚嘆から引き起こされる感動「崇高」に対して快を生じる「美」、という対立理念が大きな反響を呼ぶなか、[24] これを調和する審美理念という役割を担おうとしたためでもあった。

図7　ジョン・セル・コットマン《ハウデン共住聖職者教会の東端、ヨークシャー》（1811年、スコットランド国立美術館）

ギルピンの著作は国内旅行を奨励し、余暇にイギリス各地の廃墟などを訪れる、いわゆるピクチャレスク・ツアーが流行した。産業革命後の交通機関の発達で「観光」が興隆していくこと、フランス革命につづくナポレオン戦争で、旅行者がヨーロッパ大陸から締め出されていたという時代背景がこれを後押しした。出かけた先のイギリスの地方や田園のなかで人々は修道院や城の美しき廃墟を見いだした。コンスタブルやターナーも、風景の中に崩れかけた教会や修道院を描いた。ヨークシャーの教会の廃墟の前に佇む見学者の姿を描いた十九世紀初頭のジョン・セル・コットマン（一七八二～一八四二）の版画（**図7**）は、こうした情景をよく伝えている。社会に膾炙していく廃墟趣味は、ツーリズムの原型のひとつとも言え、形としてははるか後の日本の廃墟探訪にも近いかもしれない。

ところでギルピンがピクチャレスクなものとして、中世のキリスト教文明の建築様式である「ゴシック」を挙げ、ゴシック建築であるティターン・アベイの廃墟を称えるなど、ここでのついに古代ローマではなく、自分たちと地続きの文化、歴史の廃墟が大々的に鑑賞の射程に入ってくる点には注

図8　カスパー・ダーヴィト・フリードリヒ《エルデナ修道院の廃墟》（1825〜26年頃、ベルリン美術館）

目しておきたい。[25] 少し後のドイツのカスパー・ダーヴィト・フリードリッヒ（一七七四〜一八四〇）も好んで森や大自然のなかのゴシックの教会建築の廃墟を主題としている（図8）。

かつてグランド・ツアーでは、偉大なローマ帝国の遺産であることが旅行の見学の目標の廃墟を価値づけていた。この構造を逆に利用し、自国の歴史遺産をこの位置にすげ替え、鑑賞の対象とすることは、近代ヨーロッパの国々の国家意識の高まりのなかにおいて、誇るべき過去の表象をつくりだし、自国の歴史を称揚することにつながっていく。廃墟は歴史的価値を創出するものとなったのである。

七、断片化される廃墟

十八世紀以降のピクチャレスク・ツーリズムでヨーロッパ諸国の自国の歴史に目が向けられる一方、古代文明への愛好は依然魅力を失ったわけではなかった。この時代の特筆すべき人物としてイギリスの建築家ジョン・ソーン（一七五三〜一八三七）がいる。[26] 彼は革命前の一七七八年にグランド・ツアーに旅立ち、イタリアではピラネージとも出会っている。帰国後、建築家として大成し、ロイヤル・アカデミーで建築学の教授をつとめ、イングランド銀行などの設計に携わるかたわら、膨大な古代エジプト・ギリシア・ローマの遺物、美術作品、建築図面などを蒐集し、一七九二年にロンドンのリンカーンズ・イン・フィールズに購入した邸宅にて展示・公開した。その様子は、彼の蒐集対象でもあったピラネージが版画の紙上に古代ローマの威信を示すために遺跡や遺物を集

図9　ジョセフ・マイケル・ガンディ《イングランド銀行鳥瞰図》（1830年、ロンドン、サー・ジョン・ソーンズ美術館）

結させていた光景を彷彿とさせるものだった。この自邸は現在では美術館となっている。

ただピラネージにとって古代の遺物は、その歴史や文明の一部として切り離せないものだったが、ソーンにとってそれは自邸の壁に飾る数々の物品と同じく、断片化し、状況に応じて引き出して使用することができる建築上の語彙や様式だったのかもしれない。彼は手ずから「人工廃墟」をふたつこしらえたが自邸に建てたものは「ゴシック風」、ロンドンのイーリングの別邸に建てたものは「ローマ風」と様式を使い分けたうえ、後者については発掘されたものというフェイクの情報を流すいたずらまで行った。この廃墟をめぐる諧謔の頂点は一八三〇年頃、自身が四十年以上に設計・建築に携わってきた都市のごときイングランド銀行の威容を、助手のジョセフ・マイケル・ガンディ（一七七一〜一八四三）に、ローマの遺跡群のような姿の鳥瞰図（**図9**）で描かせたことだろう。これは、たとえロンドンが崩壊しても自分が手掛けた堅固な建物は古代の遺跡のように残るという彼の自信のあらわれでもあったが、実際には二十世紀前半の再建の際、ソーンの建築は大部分取り壊されてしまった。

こうして歴史的文脈を離れ、断片となった古代の遺跡は、二十世紀にはいるとイタリアのジョルジョ・デ・キリコ（一八八八〜一九七八）や、ベルギーのルネ・マグリット（一八九八〜一九六七）の画中に突然に出現し、その謎めいた空間の地理的、時間的感覚をさらに惑わすこととなる。想像力の解放と合理主義への反逆を唱えるシュルレアリスムという新たな芸術潮流を背景に、歴史ある廃墟モティーフには、絵画に異化効果をもたらす別の役割が振られることとなった。

一方、二つの大戦の時代である二十世紀、人々は長い間脇に置かれてきたもうひとつの廃墟の問題といよいよ直面せざるを得なくなる。それはシャトーブリアンのいう「人間の仕業」の廃墟であった。

八、記憶の場としての廃墟

十三世紀から十四世紀にかけて建造されたランスのノートルダム大聖堂は、フランス国内のゴシック建築の最高傑作のひとつだが、第一次世界大戦中の一九一四年にドイツ軍の空襲で壊滅的な被害を受けた。このとき、建築家オーギュスト・ペレ（一八七四〜一九五四）は、大聖堂は細部においてその美しさは失ったものの、パトス（悲哀を引き出す力）を得たのだとして現状保存を主張した。「一言で言えば、廃墟を排除すべきではない」「戦争の痕跡は消すべきではない。記憶の風化はあまりにも早い」と、ペレは述べたという。[27] コンクリート建築の先駆者であった彼は、コンクリートの屋根をつけて廃墟を保存することも主張したが、この時意見は受け入れられず、見事に修復された大聖堂は今日ユネスコの世界遺産に登録されている。しかしその後、「証人」としての廃墟という思想は、二十世紀の破壊と悲惨を記録するために、わが国の原爆ドームを含めて、いくつもの遺産を残すことになった。今世紀にはいると人為的要因だけではなく自然災害も含めた悲惨の跡地へと赴く「ダークツーリズム」という概念にもつながってゆく。[28] パトスの廃墟は従来と違い、長い時間の経過を表象するものではない。逆に見つめる人々を大惨事が起きた過去のゼロ地点へと強力に引き戻す時間の方向性をもち、なおかつ「その時」を未来には繰り返さないという意思を示すためのものだ。けれど、記憶のための場としての存在理由は、いままで見てきたように、廃墟が様々な思いを投げかけられながらも、社会的、集団的に見つめられ永続してきた歴史に支えられているといえる。

ここで現代の日本での廃墟の役割に話題を転じたい。冒頭で触れた宮本隆司は一九七〇年代から数々の建築が解体される場に立ち合い、写真集『建築の黙示録』にまとめたが、後に「写真というのは紙の上の廃墟である」「紙の上の廃墟のような像があるんじゃないかと」と述べている。[29] 彼が撮影した建築の多くは、廃墟としてすら生きながらえることが許されなかった存在だった。宮本の作業は、これに代わる集団の記憶の場を、つまりは理念としての廃墟を、写真という新しいメディア上に築き上げることだったのではないか。それは廃墟ブームで写真に焼き付けられた多くの短命の日本の建物にも言えることである。

一九九五年に阪神・淡路大震災が起こると、宮本は逡巡しながら神戸に向かい、市街の倒壊の様子を撮影した。だが背後に死者がいる震災の廃墟の撮影は「なかなか作品だなんて言えない」という葛藤も吐露している。翌年のヴェネツィア・ビエンナーレ国際建築展のコミッショナーは奇しくも『建築の黙示録』に文章を寄せた磯崎新だった。彼は震災をテーマとすることを決断し、宮本と建築家の石山修武、宮本佳明を指名した。巨大に引き伸ばされた宮本の震災の写真と、建築家らが神戸から持ち込んだ何トンもの瓦礫で構成された日本館は賛否両論を呼ぶが、最高賞の金獅子賞を受賞した。宮本によれば反対派の意見は「建築展であるにもかかわらず、何にも建築してない」というものだったという。[30] しかし廃墟の美術史の視点から眺めれば、磯崎と宮本らは震災の記憶の場を創出するため、そこに確かに廃墟という建築をつくりあげていたのではなかったか。

おわりに

本稿を書く機会をいただいたのは、勤務先の渋谷区立松濤美術館で『終わりのむこうへ：廃墟の美術史』（二〇一八～一九）という西洋と日本の廃墟主題の絵画を紹介する展覧会を企画したことによる。開催時、渋谷は二〇二〇年のオリンピックを控え、沸騰せんばかりだった。廃墟主題が興隆した十八世紀や十九世紀の都市パリやロンドンはいずれも古代ローマに比せられてきたが、戦後の焼跡から出発したこの日本の都市も続くかと思われた。実際、ピラネージに想を得てスクランブル交差点を古代の遺跡の風景のように描いた野又穫《交差点で待つ間に -Listen to the Tales-》（二〇一三年）などの絵がすでに生まれていた。あるいはユベール・ロベールのように未来の廃墟化した姿を元田久治《Indication: Shibuya Center Town》（二〇〇五年）が描いていた。これらを紹介しなければという焦りは、果てのない発展の裏返しの畏れから生じた。その頂点がくる前年に、「裏企画」としてひっそりと終えるつもりだったが、思いがけず多くの人々が集まった。会場は「人はなぜ廃墟に惹きつけられるのか？」という宣伝惹句の体現のようだった。廃墟ブームに馴染んでいた人々は、メディアが写真から伝統の絵画に立ち戻っても、磯崎流に言えばその連結にさしたる障害はない様子だった。

その後、予期されたような二〇二〇年は来なかった。また二〇二二年以降、「人間の仕業」の廃墟が再び世界で大規模に作り出されている。これまで見てきた廃墟の美術史を踏まえれば、廃墟とは、過去であり未来の表象だ。今思えばあのとき、廃墟の絵を見つめながら、人々は、この世界と向き合う準備をしようとしていたのかもしれない。

注

(1) 宮本隆司『建築の黙示録』（平凡社、一九八八年）、丸田祥三『棄景　廃墟への旅』（宝島社、一九九三年）、小林伸一郎『廃墟遊戯』（メディアファクトリー、一九九八年）、また栗原亨監修『廃墟の歩き方　探索編』（イースト・プレス、二〇〇二年）。

(2) 前掲書『建築の黙示録』四—一〇頁。

(3) 田中純「磯崎新論」（『群像』二〇二三年二月号）四八〇—五〇二頁、「追悼特集　いまこそ知りたい！建築家磯崎新入門」（『芸術新潮』二〇二三年一〇月号）二八—二九頁。

(4) 廃墟論、廃墟表象に関する総論として邦文献では以下を参照。谷川渥『廃墟の美学』（集英社、二〇〇三年）、谷川渥編『廃墟大全』（中央公論新社、二〇〇三年、初刊はトレヴィル、一九九七年）、谷川渥編『形象と時間　美的時間論序説』（講談社、一九九八年、初刊は白水社、一九八六年）、クリストファー・ウッドワード、森夏樹訳『廃墟論』（青土社、二〇一六年）、欧文献では以下を参照。Roland Mortier, *La poétique des ruines en France: ses origines, ses variations, de la Renaissance à Victor Hugo*, Genève：Droz, 1974／Michel Makarius, *Ruins*, trans. David Radzinowicz, Paris: Flammarion, 2004.

(5) 前掲書『廃墟の歩き方　探索編』二五、三〇頁。

(6) 堀賀貴編『古代ローマ人の都市管理』（九州大学出版会、二〇二一年）三四—四〇頁。

(7) 石鍋真澄『教皇たちのローマ　ルネサンスとバロックの美術と社会』（平凡社、二〇二〇年）。

(8) Mortier, *op.cit.*, p.24

(9) Ruth Rubinstein, "Pius II and Roman ruins", *Renaissance Studies*, Oct 1988, Vol. 2, No. 2, pp. 197-203 勅書については以下のサイトの伊語訳も参照した。[https://online.scuola.zanichelli.it/ilriccoditeodoro/files/2011/11/legislazione_01.pdf]（最終検索二〇二四年三月）。

(10) Makarius, *op.cit.*, pp. 28-41, p.242

(11) Arthur J. DiFuria, "Remembering the Eternal in 1553 Maerten van Heemskerck's "Self-Portrait before the Colosseum"", *Netherlands Yearbook for History of Art*, 2009, Vol. 59, pp. 90-109

(12) レオン・バッティスタ・アルベルティ、三輪福松訳、『絵画論（改訂新版）』、（中央公論美術出版、二〇一一年）二六頁。

(13) 益田朋幸『描かれた時間』（論創社、二〇〇一年）一四—七二頁。

(14) Exh. cat., *Enigma Monsù Desiderio. Un fantastique architectural au XVIIe siècle*, Musées de la Cour d'Or, Metz, 2004-2005

(15) 展覧会図録『イタリアの光――クロード・ロランと理想風景』（国立西洋美術館、一九九八年）、David C. Ditner, "Claude and the Ideal Landscape Tradition in Great Britain", *The Bulletin of the Cleveland Museum of Art*, Apr.1983, Vol. 70, No. 4, pp. 147-163

(16) ピーター・マレー、長尾重武訳『ピラネージと古代ローマの壮麗』（中央公論美術出版、一九九〇年）、長尾重武編著『ピラネージ《牢獄》論：描かれた幻想の迷宮』（中央公論美術出版、二〇一五年）。
(17) 展覧会図録『ユベール・ロベール：時間の庭』（国立西洋美術館、福岡市美術館、静岡県立美術館、二〇一二年）。
(18) 前掲書『廃墟の美学』一一〇―一一一頁。
(19) Mortier, *op.cit.*, pp.24, 88-106
(20) Exh.cat.,*Hubert Robert et la Révolution*, Musée de Valence, 1989, p.61 および前掲書『廃墟論』二二九頁。
(21) François-René vicomte de Chateaubriand, *Christianisme: ou Beauté's de la religion chrétienne*, Paris 1802, Tome 3, Chapitre III, pp.163-167 および前掲書『形象と時間』七六―八〇頁。
(22) Makarius, *op.cit.*, p. 108, p.243
(23) William Gilpin, *Three Essays: on Picturesque Beauty; on Picturesque Travel; and on Sketching Landscape: to which added a poem on Landscape Painting*, London,1792, p.46 /*Observations on the River Wye: and several parts of South Wales, &c. relative chiefly to picturesque beauty; made in the summer of the year* 1770, 5th ed., London 1880（1782）, p.49
(24) エドマンド・バーク、大河内昌訳『崇高と美の起源』（平凡社ライブラリー九六五、二〇二四年）。
(25) Makarius, *op.cit.*, pp. 133-149, pp. 244-245
(26) 前掲書『廃墟論』二三八―二五九頁。
(27) Makarius, *op.cit.*, p. 277, p.245
(28) 東浩紀編『思想地図beta vol.4-2（福島第一原発観光地化計画）』（ゲンロン、二〇一三年）、井出明『ダークツーリズム 悲しみの記憶を巡る旅』（幻冬舎新書、二〇一八年）、J. John Lennon, Malcolm Foley, *Dark Tourism: The Attraction of Death and Disaster*, Continuum, 2000
(29) アーティスト・トーク第一二回 宮本隆司（写真家）、二〇〇七年八月二四日東京国立近代美術館。[https://www.youtube.com/watch?v=63uD1CZRSMU]
(30) 前掲アーティスト・トーク。

［コラム］

前近代中国における廃墟イメージ

――読碑図・看碑図・訪碑図など

板倉聖哲

清時代中国において、近代的な意味での「廃墟」イメージは、西洋から訪れた画家によって一八〇〇年前後には既に生み出され、十九世紀後半には西洋人写真家たちに流行した。「廃墟」は消滅への方向を示し、「遺跡」は残存の側面に注目した言葉である。前近代の中国において、過去の遺跡を観る人々の姿を絵画化した「読碑図」「看碑図」の成立が古く、画題として、三国魏の曹操（一五五〜二二〇）・楊修（一七五〜二一九）が曹娥碑を解読する姿などと見なされた。清初の個性派、石濤（一六四二〜一七〇七）の画いた「黄山図冊」（一六六九年頃　北京故宮博物院）では実景の中に朽ちた建造物を画き入れている。又、清時代中期に活躍した文人・金石学者、黄易（一七四四〜一八〇二）は広い範囲の遺跡を訪れ記録し、実景図として「訪碑図」を盛んに遺した。これらは、近代的な「廃墟の美学」への接続、前段として見なすこともできよう。

廃墟のイメージは、西洋において「崇高」と結び付いた近代的な所産だという見方がある。清代中国において、一八〇〇年前後には早々に、西洋から訪れた画家たちが雷峰塔などを主題にした水彩画や版画を遺しており、そうした意味での「廃墟」を発見したと言える。乾隆年間（一七三五〜一七九五）末、ジョージ・マカートニー（一七三七〜一八〇六）の対清使節団に製図師として随行したイギリス人職業画家、ウィリアム・アレグザンダー（一七六七〜一八一六）の水彩画「中国人墓地から見る西湖湖畔の雷峰塔」（一七九五年、Martyn Gregory Gallery）（**図1**）などはその典型的な作例とされるが、この画中の景観は単なる風景のスケッチではなく、幾つかのスケッチを合成させて作

いたくら・まさあき――東京大学東洋文化研究所教授。専門は中国を中心とした東アジア絵画史。主な著書に『李公麟「五馬図」』（羽鳥書店、二〇一九年）、『アジア仏教美術論集 東アジア4（南宋・大理・金）』（共著、中央公論美術出版、二〇二〇年）、『コレクションとアーカイヴ――東アジア美術研究の可能性』（共編著、勉誠出版、二〇二一年）などがある。

図1　ウィリアム・アレグザンダー「中国人墓地から見る西湖湖畔の雷峰塔」（1795年、Martyn Gregory Gallery）

り上げたものであることが現存するスケッチ群からわかる。その後、十九世紀後半にはフェリーチェ・ベアト（一八三二〜一九〇九）やジョン・トムソン（一八三七〜一九二一）といった西洋人写真家たちが頤和園（一八五六年破壊）・円明園（一八六〇年破壊）など中国の廃墟をカメラで撮り、単なる記録としてのみならず、西洋的な廃墟イメージをフレームとしてエクゾティシズムと結び付け、少なからず作品を遺している。さらに、そうした動向を受けて、近代の「国画」においても、中国人画家の間で雷峰塔（一九二四年倒壊）などを主題とした作品が流行するようになり、近代的な廃墟イメージが広がり、国内でも定着した様を確認することが出来る。

「廃墟」の他に「遺跡」という語があるが、「廃墟」の「廃」「墟」が共に消滅の方向を示すとすれば、「遺跡」の「遺」「跡」は共に残存・存在の指向を示すものと見なされる。前近代の東アジアにおいても廃墟もしくは遺跡がイメージとして表されることがあったことは言うまでもないが、言葉に内包される二つの方向性を意識しつつ、現存する前近代の中国絵画を見てみよう。

宗教的なテクストの中で見られる廃墟に関する言及を絵画化したものはもちろんあるが、時間を経たモニュメントを主題としたものとして、まず「読碑図」「看碑図」を挙げることが出来る。北宋・徽宗（在位一一〇〇〜一一二五）の絵画コレクションの内容を示す『宣和画

図2　北宋・李成・王暁（款）「読碑窠石図」（大阪市立美術館）

譜』を見ると、北周～隋の鄭法士の「読碑図」四、唐・韋偃の「読碑図」二、北宋・李成（九一九～九六七）の「読碑窠石図」二などが数えられている。現存作品には、宋画を原図とする元時代の重摸本と見なされる、北宋時代の李成・王暁（款）「読碑窠石図」（大阪市立美術館）（**図2・口絵6**）があるが、画中には、寒林と石、その間から亀趺と螭首を備えた大型の石碑、それを見上げ読解しようとする人物たちが描かれている。北宋・米芾（一〇五一～一一〇七）『画史』には唐・王維（六六九～七六一）の「魏武読碑図」が見えることから、この碑文を読む人物の候補としてまず魏武帝、つまり曹操が挙げられる。曹操・楊修と曹娥碑をめぐる「有知無知三十里」の故事は、後漢末、曹操が楊修と共に曹娥碑の側を通った時、碑の背面に記された「黄絹幼婦外孫齏臼」の八字の意を楊修はすぐに悟ったが、曹操はそれから三十里行った後にやっと解き、自分の才は卿に三十里及ばない、と言った、というもの。この故事は『世説新語　捷悟』などによって流布し定着しており、元時代以降も読碑とこの二人物の繋がりを示す題画詩が多く認められる。例えば、（伝）北宋・郭熙「看碑図」（台北・國立故宮博物院）（**図3**）に登場する二人物はその恰好から曹操・楊修と見られる。他にも、碑を読む人物の候補として唐時代の欧陽詢（五五七～六四一）や孟浩然（六八四～七四〇）らを挙げられるが、彼らはみな失われた碑文のメッセージを解読することが主眼となっており、消滅の美学で詠嘆したわけではない点でも共通している。

明時代中・後期以降、実景を主題とした作例が増え、その中に古い建造物がしばしば描き込まれた。清初に活躍した個性派、「四僧」の一人に数えられる石濤は「画禅一如」の批判精神で、自らの著作『画語録』「変化章」に「我之爲我、自有我在（我の我為る、自ずから我の在る有り）」とあるように、伝統によらない個性的な画風「我法」を展開させようという意思を表明した。慣習や伝統といった、直面している旧弊が生まれる前の芸術的創作上の基本的問題に立ち帰るように促したのである。近代において個性重視の発想を重んじた絵画史の言説が再編成される段になって、石濤のこの言説は改めて注目されることになる。

　石濤や梅清（一六二三～一六九七）らは黄山派と称され、訪れた黄山を題材に多くの作品を「奇観」として画いたが、石濤の画いた「黄山図冊」には、「石門」「舎利塔」（図4）といった、明らかに時間を経た、朽ちた建造物が主題化となっているものが含まれている。これらの画面に見られるような、朽ちたものを鑑賞する態度は近代的な「廃墟の美学」への接続、前段としての側面を看て取ることもできよう。

図3　（伝）北宋・郭熙「看碑図」（台北・國立故宮博物院）

　実景としての「訪碑図」を盛んに画いた画家としては、清時代中期に活躍した文人・金石学者、黄易を挙げるべきであろう。黄易は杭州府仁和県の人、字は大易・小松、号は秋影庵主・小蓬萊閣。書・画・篆刻に通じており、篆刻は丁敬に学び、「西冷四家」に数えられる。著書に『小蓬萊閣金石文字』『小蓬萊閣集』『秋景庵印譜』がある。中国全土の遺跡を訪問、金石文を探して収集・研究し、金石家である翁方綱（一七三三～一八一八）・孫星衍（一七五三～一八一八）・阮元（一七六四～一八四九）らと交流した。山東省嘉祥県にある後漢時代の遺跡、武氏祠は現在でこそ著名だが、当時、石室

図4　清・石濤「黄山図冊」（1669年頃、北京故宮博物院）部分

は荒れるに任され、黄易はそれを見出し、保存のために武氏祠堂を建て保護したのである。

彼は五十代を中心に、河北・山東一帯を訪れたことを記した「得碑十二図冊」12開（天津博物館、一七九三年）、江浙地区の「訪古紀遊図冊」12開（北京故宮博物院、一七九五年）、河南地区の「嵩洛訪碑図冊」24開（北京故宮博物院、一七九六年）（**図5**）、山東地区の「岱麓訪碑図冊」24開（北京故宮博物院、一七九七年）、さらに草稿の「訪碑図冊」（上海博物館）など「訪碑図」を複数制作したが、各図葉には、実景に基づき、自然景観の中に様々な遺跡や石碑が描き込まれている。この行為は金石学の流行が前提となり、この画冊とは別に解読された文字や様々な痕跡の記録があることから、合わせて考えれば、やはり失われた意味の解読が大きな主眼となっている。その一方で、広範囲に遺跡の風景が集められることで、石濤の画冊に見られたような、時間を経過したものを愛でる感覚もあったと理解すべきであろう。

つまり、黄易が晩年盛んに「訪碑図」を画いた時期は、既に先に触れた近代的な廃墟イメージの見出された一八〇〇年前後に重なっており、この時期、いわば「前近代」と「近代」が併行もしくは接続したと見なすことが出来るのである。

参考文献

谷川渥監修『廃墟大全』（トレヴィル、一九九七年）
Regine Thiriez, *Barbarian Lens: Western Photographers of the Qianlong Emperor's*

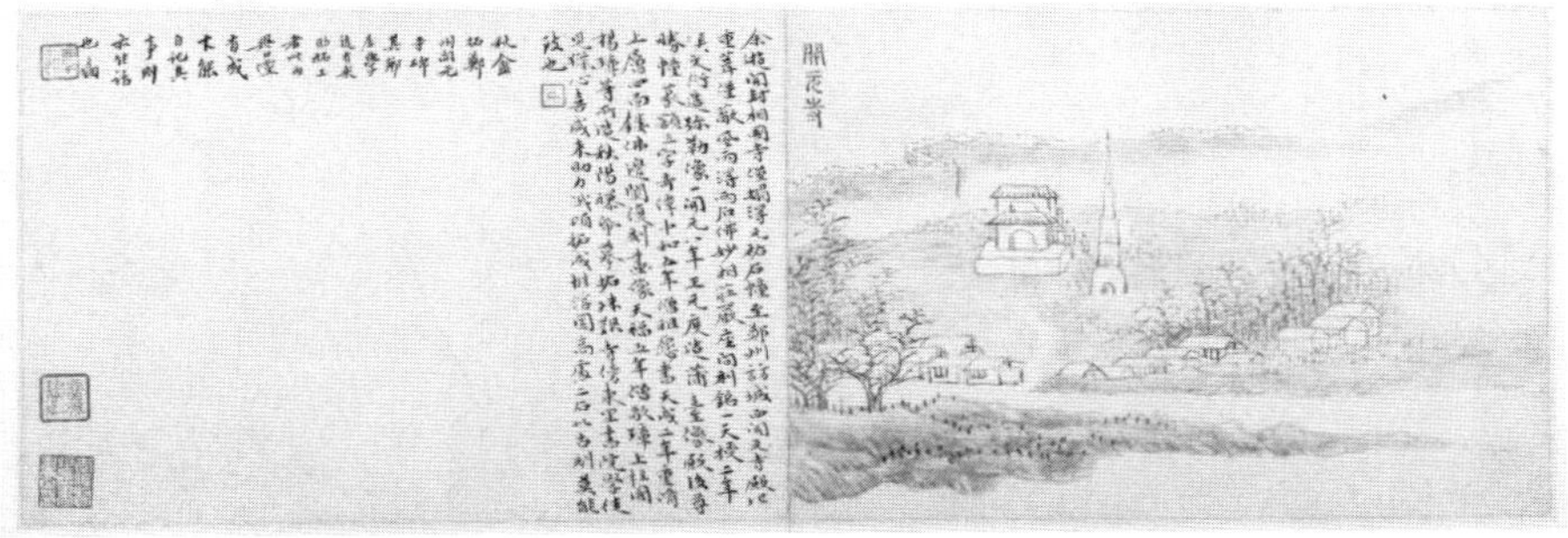

図5　清・黄易「嵩洛訪碑図冊」（1796年、北京故宮博物院）部分

European Palaces, Routledge, 1998.（翻訳：『バーバリアン・レンズ』（国書刊行会二〇一六年）として刊行）

中野美代子「中国廃墟考――紙上の楼閣から廃屋まで」（『チャイナ・ヴィジュアル――中国エキゾティシズムの風景』河出書房新社、一九九九年）

Christopher Woodward, *In Ruins*, Pantheon Books, 2001（翻訳：『廃墟論』（青土社、二〇〇四年）として刊行）

谷川渥『廃墟の美学』（集英社新書、二〇〇三年）

袁文林『中国の環境保護とその歴史』（研文出版、二〇〇四年）

佐藤彰『崩壊について』（中央公論美術出版、二〇〇六年）

『西泠印社』総第27輯「黄易研究専輯」（栄宝斎出版社、二〇一〇年）

Anne Lacoste, *Felice Beato : a photographer on the Eastern road*, Paul Getty Museum, 2010.

Wu Hung, *A Story of Ruins : Presence and Absence in Chinese Art and Visual Culture*, Princeton University Press, 2012.

北京故宮博物院編『黄易与金石学論集』（故宮出版社、二〇一二年）

ウィリアム・シャング（安田震一）「イギリス人画家ウィリアム・アレグザンダーが演出した18世紀末期の中国」（『年報非文字資料研究』9、二〇一三年）

李明『清代絵画与金石学関係研究』（上海社会科学院出版社、二〇一八年）

『終わりのむこうへ：廃墟の美術史』展図録（渋谷区立松濤美術館、二〇一八年）

竹浪遠「（伝）李成・王暁「読碑窠石図」を読み解く」（『阿部コレクションの諸相――文化的意義とその未来』大阪市立美術館、二〇一九年）

薛龍春『古歡：黄易与乾嘉金石時尚』（生活・讀書・新知三聯書店、二〇一九年）

朱琪『蓬莱松風：黄易与乾嘉金石学（附武林訪碑録）』（上海古籍出版社、二〇二〇年）

『大観』166「黄易専輯」（雅墨文化事業有限公司、二〇二三年）

『特別展　廃墟とイメージ：憧憬、復興、文化の生成の場としての廃墟』図録（神奈川県立金沢文庫編集、神奈川県立金沢文庫、二〇二三年）

言葉としての「廃墟」——戦後文学の時空

藤田　佑

ふじた・ゆう——相模女子大学専任講師。専門は日本近代文学。主な著書に『小説の戦後——三島由紀夫論』（鼎書房、二〇二二年）、共著に『三島由紀夫小百科』（水声社、二〇二一年）などがある。

敗戦直後の言説には、「焼跡」と「廃墟」の語が同居し頻出するが、両者にはどのような用法上の差異があるのだろうか。この問いを皮切りに、戦後文学における、言葉としての「廃墟」の機能を考察する。扱う時期は、昭和二十年（一九四五）代から昭和四十年（一九六五）前後まで。加藤周一・中村眞一郎・原民喜・三島由紀夫・小松左京らの表現を取り上げる。

一、「焼跡」と「廃墟」——エキゾチシズムの表現

敗戦直後の都市の光景を、「焼跡」と指呼するか、あるいは「廃墟」に喩えるか。〝秩序の建設〟や〝文化再建〟等、建築の喩で向後のスローガンが示された占領期下の言説には、やはり建造物を眼差すこれらの語句が頻出する。両者はしばしば同義のように、あるいは「焼跡」と「廃墟」が並列して、ある時は〝焼跡の廃墟〟といったかたちで用いられるが、その用法に差異はないのだろうか(1)。

そもそも、一面の焼け野原を平面的に見渡す、もしくは俯瞰する「焼跡」と、焼け遺った残骸や建造物（の一部）、及びその集合物を立体的にとらえる「廃墟」とでは、結ばれる視覚像が異なるだろう。〝焼跡からの出発〟なる常套句があるように、更地のイメージが強い前者には、復興・再建・刷新といった〝始発〟の寓意が託される傾向にある(2)。一方、崩壊や没落のニュアンスが色濃い後者からは、荒廃した現在との

落差から、在りし日の過去を想起するのが、とりあえずは一般的だろう。敗戦後の言説に同居し頻出する「焼跡」と「廃墟」は、実は時間的に逆のベクトルを向いている。

実際の都市にも、焼跡的光景と、廃墟的光景とが混在していたことだろう。興味深いのは、同一の空間であっても、それを「焼跡」と指呼するか、あるいは「廃墟」に喩えるかで、異なった意味とイメージとが表出される点である。試みに、加藤周一・中村眞一郎・福永武彦ら「マチネ・ポエティク」による『１９４６・文学的考察』（眞善美社、昭和二十二年五月）から、いくつかの文章を見てみよう。まずは、加藤周一「焼跡の美学」（初出は『世代』昭和二十一年十一月）である。

> 地表と空との自然の美、崩れた石や煉瓦の素材の美、そして第三にバラツクの必要の美が、東京の焼跡の美をつくる三つの要素であらう。之程、浪漫的美から遠い廃墟はない。
> （「焼跡の美学」）

破壊された東京を眺め、在りし日の「想出」に耽り、「その焼跡の美しさの眞に悲劇的な意味」に感応する者がいる。しかし彼等が追想する東京の「想出」――「大川の濁つた水、浅草の夜の巷、銀座のカフエーの大きな硝子窓」――は、実のところ「一切がにせ物であり、怪しげな模倣であり、根のない文明の贋造紙幣であり、葬るべく苟かの感傷にも値しない」。「想出はもう沢山だ。昔はもう沢山だ」。こう述べる加藤は、あらゆる様式や形式、そして「想出」が剥ぎ取られ、むき出しになった「素材そのもの丶美」にこそ「焼跡の美」を見出す。

右の引用で注目すべきは、「東京の焼跡」（傍点は引用者）が、直後には「浪漫的美から遠い廃墟」（同上）へと言い換えられている点である。つまり加藤は、二つの差異を視覚像という水準ではとらえていないのである。が、それでは両者が置換可能かといえば、同文に「廃墟」の語が登場するのは、右と後述する引用内のわずか二例しかない。加藤が説くのは、あくまでも〝焼跡の美学〟なのである。加藤の語法で注意すべきは、月並みではあるが、「廃墟」に冠された「浪漫的美（から遠い）」という枕詞だろう。

> 焼跡の美が我々を打つのは、想出の甘美なるが故ではない。「ほろびしもの」は、日本の軍国主義と共に成長し、呪はれた青春を荷ふ我々の世代にとつて、寸毫も愛惜の対象ではあり得ない。我々の前に横はる廃墟は江戸文明のほろびし跡でもなければ、況や、洛陽の、アテナイの、ローマの、文明と光栄との過去つた跡ではない。
> （「焼跡の美学」）

「焼跡（の美）」が「（我々の前に横はる）廃墟」に言い換えられていることから、ここでも一見すると、両者は語句として置換可能に見える。しかし「廃墟」は、「ほろびしもの」「文明と光栄」なる語と呼応し、甘美な想出、愛惜の対象として措定される。ところが加藤によれば、「焼跡の美が我々を打つのは、想出の甘美なるが故ではない」。軍国主義とともに呪われた青春を送った「我々」(3)は、ロマン主義的な憧憬——同文の表現でいえば「浪漫主義的情調」——とはまた別の感性から「焼跡の美」に心打たれる。すなわち〝焼跡の美学〟は、過去への耽溺ではなく、過去の徹底的な破壊のうえに露出した「素材そのもの、美」への「新即物主義的感覚」によって成り立つというのである。このように加藤は、「廃墟」に含意される「浪漫主義的情調」を拒否し、視覚像としてはどちらにも表現可能な眼前の光景を、あえて「焼跡」と指呼するのだ。人口に膾炙した〝廃墟の美学〟に、あえて「焼跡」を代入することで、加藤は自らと、そして日本の「呪はれた青春」を葬送するのである。(4)

続いて、やはり『1946・文学的考察』から、中村眞一郎による創作風のエッセイ「「アガメムノン」と共に」を見てみよう。なお、加藤の「焼跡の美学」と中村の同文は、ともに『世代』第五号（昭和二十一年十一月）の「CAMERA EYES」欄に掲載されている。(5)

> 僕は焼け跡の激しい日射しを避けて、或るバラック建てのカフェ・レストランへ入つた。中庭に奇蹟的に焼け残つた何本かの大木の下の陽蔭に、籐製の卓と椅子とが列べてあるのを目にとめた僕は、いつそ屋根の下より戸外の方が気楽な気がして、その片隅に席を取つた。（中略）僕は上衣を脱いでネクタイまで外し、パイプをくはへて、さてマッチを借りやうとすると、薄暗い室内の奥の方から、あくどい花模様の服を着た、女主人らしい痩せた女が急ぎ足で出て来て、眞赤な唇に挟んだシガレットから火を移してくれる。
>
> （「「アガメムノン」と共に」）

「僕」は「焼け跡」から逃げ込むように、あるカフェへと立ち入る。内装、「僕」の身なりやふるまい、女主人の挙動等、「バラック建てのカフェ・レストラン」にはおよそ似つかわしくないエキゾチシズムを帯びている点が、まず目を引く。「僕」はこのカフェで、アイスキュロスの悲劇『アガメムノーン』を紐解いていく。エッセイの内容自体は、トロイア戦争と今次大戦の文明論的比較考察が占めるのだが、同文でむしろ特徴的なのは、右のような小説風パートである。興味深いことに『アガメムノーン』を読み進めるプロセスで、「僕」を取り巻く世界は、「焼け跡」には不釣合いなカフェからギリシア悲劇の舞台へと変貌していくのである。

> 私の三時間の友、アイスキュロスの「アガメムノン」は、二千五百年の時の彼方から、今此の「又繰り返された」戦争の廃墟の中の私に、永遠の嘆きの声を遙かにそして新しく送つてくれる。そして私を、何らのコンヴェンショナルな合言葉なしに、生き生きとした現実感覚で満して行く。（「「アガメムノン」と共に」）

> 然しクリテムネストラは生きてゐる。生きて此処で歎いてゐる。惨憺たる敵の都の光景を。彼処では敗者は兄弟や両親の上に倒れ伏し、此処では子等は老人の上で、今は奴隷となつた叫びで、愛する死者の死を泣いてゐる。その間を、勝者らは餓え疲れて、廃墟の上を狼のやうに右往左往し、食物と戦利品を求めてゐる。（同右）

『アガメムノーン』の舞台に没入し、「生き生きとした現実感覚」に充たされた「僕」（「私」）は、現在と二五〇〇年前の時空の境界、現実と本の世界の分別を見喪う。アガメムノーンの后・クリテムネーストラが佇む場所は「此処」と指呼され、登場人物達の挙動も「てゐる」と現在形で結ばれる。読み手である「私」は、舞台と同一平面上で、今まさに物語を見ているのである。

注意すべきは、「私」がいる場所も、「焼け跡」のカフェから「廃墟の中」「廃墟の上」へと変貌している点である。この細かな語句の変化が意図的であることは、次の叙述からも裏付けられよう。読書の合間、「僕」は本を置き周囲を見廻す。

> 僕は暫くの忘我の後にまた本を手放した。喉が焼けつくばかりだ。店の外の焼跡と、頭の中の悲劇とが僕を渇かし続ける。「ハイボール・五十円、ミリオンダラー・百円」僕は又水を貰ふことにする。（「「アガメムノン」と共に」）

> 夕方の街は疲れ切つた人々の顔に埋まつてゐる。闇市の入口で押し合つてゐる人の波。トラックの捲き上げる焼跡の埃り。ラヂオは「結婚行進曲」を鳴らしてゐる。（同右）

法外な値段で酒を売る闇市、疲れた群衆、トラックにラジオ。いずれも、いかにも戦後的で蕪雑な道具立てだが、場所の表記はともに「焼跡」である。本を離れ、戦後的現実＝今に引き戻されるや否や、一度は「廃墟」と指呼された世界は、再度「焼跡」に戻るのである。

このように「焼跡」と「廃墟」を弁別するのは、視覚像ではない。二つの語は、現在と過去、現実と空想を切り替えるスイッチさながらに機能するのである。とりわけ「廃墟」と呼ばれることで、蕪雑な戦後的現実は、時空を超脱し、別様の世界へと塗り替えられていく。とすれば、その別様の世界とはいかなるものか。加藤・中村の語法に共通するのは、「廃墟」という語から召喚される世界が、決してニュートラルな過去ではなく、ある種の国籍――江戸・洛陽・ギリシア・ローマ――を有しているという点だ。[6]

言論ジャーナリズムの範囲で、近代以降、当該時期までの「廃墟」用例を概観してみると、その登場頻度に、大きく三つのピークがあることがわかる。[7] 大正十二年（一九二三）の関東大震災、昭和二十年（一九四五）の終戦はわかりやすいが、もう一つの山は昭和十二年（一九三七）。すなわち日中戦争の開戦時で、しかも大陸での戦況を伝える報道記事に、この語が頻出するのである（「南苑忽ち廃墟」「汕頭、廃墟と化す」等）[8]。無論、「廃墟」自体には以前からの用例があるが、日本では一般に、ギリシア・ローマ・エジプト等の史跡に用いられることが多かったようだ。[9] つまり、石造の建築物が少ない日本では、漢語＝外国語である「廃墟」とは異国の表象であり、異国の言葉なのである。[10] 昭和十年（一九三五）前後、数度にわたって朝鮮・中国を旅行し大陸紀行を著した保田與重郎が、中国・熱河について「それは西欧のルネツサンス期以後の詩人美学者を感動させ、さうしてその感動のまゝを誌した詩文にも見られぬ「廃墟」であつた」[11]と語り、「しかし熱河のもつ廃墟の詩は日光にはない」[12]と述べていることは示唆的である。もともと西欧の概念であり、日本には存在しない「廃墟」が中国に見出されたという保田の論旨は、「廃墟」の語の流通経路と相似をなしている。

付言すれば、「われわれは自分自身が廃墟とならないうちは廃墟を理解しえない」というハイネの一句をエピグラフに掲げる岡本潤『襤褸《らんる》の旗』（眞善美社、昭和二十二年一月）には、「襤褸」（ぼろきれ）「焦土」「瓦礫」等、いかにも廃墟的な詩語が頻出するが、「廃墟」という語そのものは一例しか登場しない。[13] その一例――「一九四六年／敗戦日本の廃墟の街をあるき、／その日の開化をおもふ／フィレンツェの古橋《ポンテヴエツキヨ》」（「橋上開化」）――もやはり、「敗戦日本」の光景と「フィレンツェの古橋」を重ねた時に登場している。「廃墟と化す」という慣用句は、日本ではこの語があくまでも比喩であることを物語っている。[14]

「廃墟」は、単にノスタルジックな追想、荒廃への憧憬を誘う言葉ではない。今ここではない場所――ここではエキゾチックな異国の情景――であることが、「廃墟」と呼ばれるための条件なのである。

二、戦争体験と「廃墟」——原民喜

これまでの例は、「廃墟」の語に付帯するエキゾチックなイメージを、眼前の光景に重ねるという、ロマン主義的美学の範疇にある。他方、日常の景色が、比喩でしかなかったはずの「廃墟」に化してしまった戦争体験は、どのように表現されたのだろうか。やはり考えるべきは、自身も広島で被爆した原民喜による小説集『夏の花』(能楽書林、昭和二十四年二月)の連作だろう。同集には、『廃墟から』(『三田文学』昭和二十二年十一月)と題する一篇が収められている。

まずは補助線として、標題作『夏の花』(『三田文学』昭和二十二年六月)を見てみよう。八月六日、郷里で被爆した「私」は、焔に包まれた広島を逃げ惑いながら、「このことを書きのこさねばならない」という使命感に駆られる。妻を喪って一年足らずの「私」は、〝書きのこす〟ことに「己が生きてゐることと、その意味」を見出すのだ。だが「私」によれば、「その時はまだ、私はこの空襲の真相を殆ど知ってはゐなかった」。「原子爆弾の広島の姿があざやかにうつされてゐる」(野間宏)[15]と評され、原爆文学としての記録性が評価されてもきた『夏の花』は、むしろ〝書きのこす〟ことが不履行に陥るプロセスをこそ描いている。

作中に頻出する絵画や文学作品の喩は、〝書きのこす〟ことの挫折を予め示唆している。小説家と思しい「私」は、原爆投下以前から、郷里の「残酷な無機物の集合のやう」なよそよそしさを『アッシャー家の崩壊』になぞらえるなどしている。周囲の事物を文学作品に置き換える「私」の性向はいかにも小説家的だが、ここで持ち出されたのが、ゴシック小説として知られるポー『アッシャー家』であった点は興味深い。寒々とした壁、虚ろな眼のような窓、それらを覆いつくす苔。陰鬱な影と「荒廃の兆候」[16]を帯びたゴシック調のアッシャー邸は、小説の最終部で、轟音を立てて崩落していく。『アッシャー家』への言及は、あたかも郷里の崩壊を予知している。〝ゴシック建築と廃墟〟という取り合わせも、十八世紀のイギリス・ドイツでは定番だったようだ[17]。

こうした「私」の態度は、倒壊した家屋を脱出し、現実の惨禍を目の当たりにしていく過程も続いていく。濛々と煙る砂塵、空を舞い狂う樹木、膨れ上がった屍体。「私」はこれらに「惨劇の舞台」「映画」「地獄絵巻」等の喩をあてがうが、爆心地に近づくにつれ、「言語に絶する」「言葉は出なかった」等の文言が見え始める点は重要だ。被害の最も甚大な己斐周辺に出た条では、ついには「この辺の印象は、どうも片仮名で描きなぐる方が応はしいやうだ」と記述される。そこで掲出されたのが、カタカナ漢字交じりの詩句（「ギラギラノ破片ヤ／灰白色ノモエガラガ／ヒロビロトシタ　パノラマノヤウニ／アカクヤケタダレタ　ニンゲンノ死体ノキメウナリズム」……）であったことは有名である。いかなる既存のイメージや想像力をも超えてしまった現実の光景。「私」はそれらを平仮名／散文という日常言語で叙述することに躓くのだ。

この『夏の花』の後日譚にあたるのが、『廃墟から』である。一命を取りとめた「私」は、親族とともに八幡村に身を寄せるが、近親者が火傷や原爆症で死んでいく様が、本作では静かな筆致で綴られる。ところが作中、投下の日の体験や光景は「あの日」「あの瞬間のこと」等とぼやかされるばかりで、ほとんど具体的に呈示されない。作者に従い『廃墟から』を『夏の花』の連作と見なすならば、〝書きのこす〟ことの躓きというモチーフは、本作にも通底している。(18)

妻の一周忌を控えた「私」は、ふと広島市街に向かうことを思い立つ。

> 家の跡を見て来ようと思って、私は猿猴橋を渡り、幟町の方へまっすぐに路を進んだ。左右にある廃墟が、何だかまだあの時の逃げのびて行く気持を呼起すのだった。京橋にかかると、何もない焼跡の堤が一目に見渡せ、ものの距離が以前より遙かに短縮されてゐるのであった。さういへば累々たる廃墟の彼方に山脈の姿がはっきり浮び出てゐるのも、先程から気づいてゐた。（『廃墟から』）

本作の「廃墟」用例を分析した大高知児に詳しいように、右の引用は本作に同語が登場する、唯一の箇所である。(19) ここで注目すべきは、「左右にある廃墟」（傍点は引用者）と「何もない焼跡」（同上）の対句だろう。「累々たる」といった枕詞も示すように、「何もない焼跡」とは対照的に、倒壊した建物や焼け遺った残骸が、確かにこの場所には存在したはずだ。が、それらの具体的な様相は描写されず、「廃墟」という一語に集約されてしまう。『夏の花』の「私」が〝書きのこす〟ことに躓いたように、あるいは『廃墟から』では八月六日の出来事が「あの瞬間のこと」としか語られないように、「私」の眼前にあるそれらの集積物は、「廃墟」としか呼び得ないのである。

それにしても、前掲大高も「題名はあくまでも〈焼跡から〉ではなく〈廃墟から〉なのである」(20) と述べるように、作中にほとんど「廃墟」の語が登場しない本作が、にもかかわらず標題を〝廃墟から〟としているのはなぜだろうか。ここでも重要なのは、「左右にある廃墟」と「何もない焼跡」の、語句と景色のコントラストだろう。「何もない焼跡」ごしに景色を覗くと、「ものの距離が以前より遙かに短縮されて」

感じられてしまう。まっさらな「焼跡」には、「あの時」の記憶も、かつての街の痕跡もが存在しないのである。ところが「左右にある廃墟」を見やると、「あの時の逃げのびて行く気持」が呼び起こされ、「私」は「あの時」の記憶の内部に置かれる。「廃墟」は、記憶も痕跡も何も存在しない「焼跡」から、今ここではない場所——この場合は「あの時」の記憶——へと「私」を連れ去るのだ。

私の考えでは〝廃墟から〟という標題は、戦後まもなくから流布した〝焼跡から〟なるフレーズを照準している。〝焼跡の美学〟が、〝廃墟の美学〟という常套句を改変することで生まれたように、〝焼跡から〟という常套句に「廃墟」を代入したのが本作である。何も存在しないまっさらな更地に、戦時体制のリセットと日本再建を託した〝焼跡から〟のスローガン。しかし本作が描くように、そこには未だ「廃墟」が存在しており、「あの日」の記憶も、街や生活の痕跡もが保存されているのだ。

『廃墟から』には、「このあたりにもう人間は生活を営み、赤ん坊さへ泣いてゐるのであらうか」「焼跡には気の早い人間がもう粗末ながらバラックを建てはじめてゐました」という一節も見える。一方で、全てが「焼跡」＝ゼロに帰し再出発が始まったかといえば、本作では「廃墟」と隣合せに営まれる「私」と家族の消息、そして原爆症という新たな惨禍が、静かにそして淡々と報告される。あくまでも標題を〝廃墟から〟とした本作は、人間の持つ生命力への感動と併せて、過去の痕跡を消し去ることへの躊躇と、「あの時」に縛り付けられる人々の姿をあらわしているのだ。こうした作品内外の文脈をふまえるならば、〝から〟という格助詞からも、始発や起点の意味ではなく、場所（〝にて〟）のニュアンスが感じられるのだ。

ただし、広く戦後文学を概観していえば、「廃墟」は決して文学の主要な素材とはならなかった。敗戦後数年を領導した戦後派は、戦時体制からの解放を言祝ぎ、日中戦争勃発前に舞台を設定した野間宏『暗い絵』（『黄蜂』昭和二十一年四〜十月）のように、同時代ではなく転向期＝昭和十年（一九三五）代の再検討を主題化した。[21] その間にも時代は復興へと向かい、戦後派の次に躍りでた風俗小説は、廃墟に取って代わった都市風俗を作品のコンテクストに置いたのである。無論、石川淳『焼跡のイエス』（『新潮』昭和二十一年十月）、椎名麟三『深夜の酒宴』（『展望』昭和二十二年二月）、田村泰次郎『肉体の門』（『群像』昭和二十二年三月）等、敗戦後の混沌を凝視した例もあるが、必ずしも「廃墟」はリアルタイムな主題とはならず、時が過ぎたのである。ところが、これから約十年を経た昭和三十年（一九五五）前後から、「廃墟」はあるいは敗戦直後以上に、文学の重要なモチーフとなる。

三、核時代の「廃墟」——三島由紀夫・小松左京

六月二五日、朝鮮に動乱が勃発した。世界が確実に没落し破滅するといふ私の予感はまことになつた。急がなければならぬ。（『金閣寺』）

昭和二十五年（一九五〇）の鹿苑寺放火事件に取材した、三島由紀夫『金閣寺』（『新潮』昭和三十一年一〜十月）の一節である。朝鮮戦争の勃発を知った「私」は、急かされるように決行へと向かうのだが、興味深いのは「世界が確実に没落し破滅する」という、いささか過剰なまでの「私」の強迫観念である。私の考えでは、戦災を免れた京都で、朝鮮戦争の勃発に世界の破滅を予感する主人公の心性は、物語時間——昭和二十五年（一九五〇）——のそれではなく、発表年——昭和三十一年（一九五六）——のそれが被せられている。[22]

米ソ冷戦に伴う第三次世界大戦＝核戦争による世界滅亡が絵空事ではない現実味を帯びた昭和三十年（一九五五）代。「もはや「戦後」ではない」と叫ばれ、高度経済成長の只中にあった日本では、眼前の繁栄とは裏腹な「廃墟」のモチーフが、世界崩壊の終末観とからまりつつ、再び文学にもせり出してくる。

例えば、この作者にはめずらしく戦争——原爆被爆——に言及した谷崎潤一郎『残虐記』（『婦人公論』昭和三十三年二〜十一月、未完）。戦後十年を経て、遅ればせながら谷崎が原爆を扱った昭和三十三年（一九五八）は、米ソが累計一〇〇回に及ぶ、熾烈な核実験競争を繰り広げた年である。[23] あるいは唐木順三『無常』（筑摩書房、昭和三十九年二月）。同書の主眼は、著者の言を借りれば「「はかなし」といふ言葉がふくんでゐる王朝的な心理と情緒が、王朝末から中世にかけて、「無常」に急勾配で傾斜してゆく跡」を記述するところにある。ただし、こうした古典回帰的な構えとは裏腹に、同書「序」には「この繁栄、この進歩が、死への、滅亡へのそれではないかといふ不安は世界の現実である」という一節がある。一見、時代錯誤なこれらの言説にも、核時代の終末観が宿っているのだ。

三島に戻ろう。『金閣寺』が発表された昭和三十年（一九五五）前後は、〝第三の新人〟や石原慎太郎が文学賞を席巻し、後に「核時代の想像力」を主題化する大江健三郎が『死者の奢り』（『文学界』昭和三十二年八月）等で登場した時期である。戦後十年を経て廃墟が一掃され、小市民的な日常生活

の閉塞感・倦怠感が文学のテーマになり始めた頃に、すでにその向こうに世界の破滅を眺めていた三島の例は、戦後文学でも少し早い。『金閣寺』からほどなくして、三島は「廃墟」と「日常生活」という一見相反する鍵語を元に、長篇小説を著す。『鏡子の家』（新潮社、昭和三十四年九月）である。

作品の時間は昭和二十九年（一九五四）から昭和三十一年（一九五六）にかけて、高度経済成長の前夜から黎明期にあたる時期である。大正十三年（一九二四）生れの鏡子の家には、彼女よりも少し年少の、四人の青年が出入りしている。鏡子と彼らは退屈を持て余し、それぞれに「廃墟」に魅せられている。

時たま鏡子は大袈裟に、一つの時代が終つたと考へることがある。終る筈のない一つの時代が。学校にゐたこと、休暇の終るときにはこんな気持がした。充ち足りた休暇の終りといふものがあらう筈はない。それは必ず挫折と尽きせぬ不満の裡に終る。——再び真面目な時代が来る。大真面目の、優等生たちの、点取虫たちの陰惨な時代。再び世界に対する全幅的な同意。人間だの、愛だの、希望だの、理想だの、……これらのがらくたな諸々の価値の復活。徹底的な改宗。そして何よりも辛いのは、あれほど愛して来た廃墟を完全に否認すること。目に見える廃墟ばかりか、目に見えない廃墟までも！（『鏡子の家』）

鏡子は戦後という「一つの時代」の終焉と、「真面目な時代」の復活を右のように呪詛する。目に見える光景ばかりでなく、目には見えない「諸々の価値」＝既成道徳もが「廃墟」になっていた戦後という時代を、鏡子は愛したという。「廃墟」を媒介して在りし日を追想するのではなく、「廃墟」そのものがノスタルジーの対象となっている点に、戦後十余年の経過が見られるだろう。それもふまえて興味深いのは、「廃墟」の時代が「休暇」に喩えられている点である。鏡子のいう「廃墟」は、過去へと誘う契機でも、未来へと向かう起点でもない。日常生活という今ここから自らを遮断し、そこへの参与を留保するモラトリアムが、「廃墟」なのである。

一方、「つい先月にも、日本の漁船がビキニ環礁のちかくで原爆実験の降灰をうけ」云々と、折に触れて同時代の核の危機に言及する本作は、世界終局後の「廃墟」をも見据えている。鏡子の家に出入りする青年の一人・サラリーマンの清一郎は、誰よりも小市民的な日常生活を送りながら、その裏では頑なに世界の滅亡を信じている。

未来に確実な破滅があり、その前に結婚があるといふことは、法に叶つてゐた。不安や誘惑よりも、それは現実の壁をおぼろげに見せ、許嫁の前にゐてすら彼をときどき幻想へ運んだ。すべては終末の前のひとときの休止だった。　（『鏡子の家』）

やがて世界が破滅するのならば、この現在も「終末の前のひとときの休止」に過ぎない。かような思考によって清一郎は、この耐えがたく退屈な現実をも、モラトリアムに転化する。鏡子のノスタルジーが「廃墟」そのものに向かい、それ以前の過去を志向しないのと逆ベクトルながら同様に、清一郎が見据える破滅には、その先の復興がないのである。このように、〝戦後の終焉〟に伴う日常生活の復活と、核による世界滅亡という同時代のモチーフを、同時ながらに取り込んだのが『鏡子の家』である。そしてこの小説は、戦争よりも、核の恐怖よりも耐えがたい脅威として、日常生活の退屈さを戴くのである。

　過去へも未来へも向かわない、時間の静止したモラトリアムとしての「廃墟」。『鏡子の家』に言及した橋川文三「若い世代と戦後精神」（『東京新聞』昭和三十四年十一月十一〜十三日↓『日本浪曼派批判序説』未来社、昭和三十五年二月）にも「あの「廃墟」の季節は、（中略）不思議に超歴史的で、永遠的な要素がそこにはあった」（傍点は原文）とあるように、如上の廃墟観は、終戦を〝解放〟とは受け取らなかった、大きく〝戦中派〟世代に共有されている。[24] 東西冷戦に伴う核開発・宇宙開発競争の激化は、戦後SFの世界観の背景となるが、「〈廃墟〉の思想家」[25] とも評される小松左京「廃墟の文明空間」（『現代の眼』昭和三十九年九月）には、次のような一節がある。

実をいえばあの時——晴れわたった青い空の下で、ききとりにくいラジオの声によって「戦場」が突如として「廃墟」にかわった時、私の中で一つの時計がこわれたのである。その時以来、「廃墟」は永遠に私の中に生きつづけた。そこには、ただ空間的な広がりだけがあって、時間がなかった。（中略）——初心忘るべからずというわけではないが、私の中に生きつづけるこの廃墟は、戦争の終結と戦後の始まりの間に存在する一つの時間と歴史の裂け目——戦前でもなく、むろん戦後でもない、いかなる「状況」にも属さない赤裸々な始元状態、時間と時代の流れ、歴史の進展の一切の否定としての意味をもつ。

（「廃墟の文明空間」）

言葉としての「焼跡」と「廃墟」が、恣意的に切り替えられ得ることは確認したが、やはり小松も、敗戦を知らせる「ラジオの声」で、「戦場」が突如「廃墟」に切り替わったと述べる。そして小松は、「いかなる「状況」にも属さない赤裸々な始元状態、時間と時代の流れ、歴史の進展の一切の否定としての意味」を、この「廃墟」に含意する。小松によれば、「それは歴史のなごりをとどめる「国土」でもなく、再建の手がそこにふれるのをまっている「焼け跡」ですらなかった」。すなわち、歴史の名残りでも未来への起点でもない、時間という概念が弾き出された「絶対空間」が、小松の述べるところの「廃墟」である。かくして、「時間、価値、意味等を完全に除去された」ただの空間＝「絶対空間」では、世界の割合《プロポーション》を測定する「科学的認識」が倫理的基準となり得る。このようにして小松は、「廃墟」という素材と、「科学的認識」＝SFという方法の有機的繋がりを理論化するのである。

とすれば、あらゆる人間的意味付けを拒む、ただの空間でしかない「廃墟」が今ここではない未来へと投射されたとき、何が起きるか。生物化学兵器＝ウイルスによって人類が死滅する小松『復活の日』（早川書房、昭和三十九年一月）、（自称）宇宙人達が人類の処遇をめぐって大論争する三島『美しい星』（『新潮』昭和三十七年一～十一月）等、SFに隣接するこれら諸作が描く終末は、世界の破滅ではなく人類の破滅である。付言すれば、大江健三郎もまた『ヒロシマ・ノート』（初刊は岩波書店、昭和四十年六月）のエピローグで「放射能によって細胞を破壊され、それが遺伝子を左右するとき、明日の人類は、すでに人間でない、なにか異様なものでありうるはずである。それこそが、もっとも暗黒な、もっとも恐しい世界の終焉の光景ではないか」と述べている。つまりは「廃墟」が、外部の対象にではなく、それを眼差す人間それ自体に重ねられるのである。空間から時間・価値・意味が除去されるとは、すなわち、それらを決定する人間の不在を意味するのである。

最後に今一度、三島に戻ろう。『美しい星』には次のような一節がある。

> 誰も人間のゐなくなつた地球は、まだしばらく水爆の残んの火で燃えつづけるだらう。世界中の山火事は、樹々が灰になるまでつづき、その間、宇宙の遠くから見た地球は、多分今よりも照り映えて、美しい星に見えるだらう。
>
> （『美しい星』、傍点は原文）

（自称）「白鳥座六十一番星あたりの未知の惑星」からやって来たという羽黒は、人類の救済を主張する（自称）火星人の重一郎に、右のように説く。核によって人類が滅亡すれば、水爆に燃える地球の光景が、宇宙の遠くから眺められる。その時の地球は、まさに「美しい星」だろう――。『鏡子の家』では「廃墟」を鍵語とし、終末観というモチーフからその延長線上に『美しい星』を著した三島だったが、こうしたおあつらえ向きの素材を扱いながら、同作には「廃墟」という言葉がまるで登場しない。それを「廃墟」と表現し意味を託す人間が不在となった核戦争後の未来、人間であれば「廃墟」と名付けるだろう地球のありさまを、（自称）宇宙人は「美しい星」という言葉で表現するのである。

だがしかし、地球がその美しい姿を開陳したこの瞬間、「美しい星」の誕生に立ち会える人類は誰もいない。人々が「廃墟」と呼ぶ時空は、ここでは人間の不在をこそ成立の条件とするからである。人々を今ここではない場所へと連れ去る「廃墟」は、それをそう呼び眼差す人間を、その場から追放するのである。『美しい星』に「廃墟」なる言葉が登場しないことは、「廃墟」が、つまるところはヒトの言葉であったことの事情を、象徴的に示している。

注

（1）例えば谷川渥『廃墟の美学』（集英社、平成十五年三月）は、磯崎新「廃墟論」（宮本隆司写真集『建築の黙示録』平凡社、昭和六十三年九月）を引きつつ「たしかに「一面の焼野原」は「光景」であったろう。しかし「すぐれて西欧的な概念」である「廃墟」は、はたして「光景」であったのだろうか。やはりこれは「表象」というべきものではないのか」と述べている。谷川は日本の廃墟論の先駆として立原道造の卒業論文「方法論」（昭和十一年）を挙げ、ベッカーやジンメル等、ドイツ美学の影響を指摘している。

（2）戦後の焼跡表象については、逆井聡人『〈焼跡〉の戦後空間論』（青弓社、平成三十年七月）に詳しい。同書は「「焼跡からの出発」という際、その説話的な力点は「からの出発」に置かれ、「焼跡」という言葉のシニフィエは常に空白として、戦後日本の「グラウンド・ゼロ」に定められてきた」と述べ、同語を「言説上の復興のレトリック」と規定している。

（3）加藤は大正八年（一九一九）生れ。当時のジャーナリズムは、「三十年代使命説」を標榜し「第二の青春」（荒正人）を言祝ぐ三十代知識人が主導していた。

（4）花田清輝「廃墟の美」（初出題「破壊について」、『鱒』昭和二十三年二月→『二つの世界』月曜書房、昭和二十四年三月）には加藤「焼跡の美」への言及がある。花田は同文で「その美は、かれの主張するごとく、即物的な「物質そのものの美」ではなく、反対に、マッス（塊）の運動としてとらえられた物質にあらわれる明暗の効果にあり、「一言にしてつくせば仮象の美にすぎ」ないと述べている。

（5）他に、福永武彦「六音綴モンテルラン・テ・ドリュ」。

（6）例えば磯崎新「廃墟論」注1には「廃墟とは、すぐれて西欧的な概念である。それは無数の歴史的な含意にあふれている」とある。

（7）ヨミダス（https://database.yomiuri.co.jp/about/rekishikan/）、朝日新聞クロスサーチ（https://xsearch.asahi.com/）、雑誌記事索引データベース（https://zassaku-plus.com/）、国立国会図書館デジタルコレクション（https://dl.ndl.go.jp/）等を参照。

（8）「南苑忽ち廃墟――沙河鎮・清河鎮を占拠」（『読売新聞』昭和十二年七月二十九日）、「完膚なき迄に猛襲――汕頭、廃墟と化す」（『東京朝日新聞』夕、昭和十二年九月十一日）。

(9) 飯島洋一「リアルな廃墟――ウィーン、神戸」(谷川渥編『廃墟大全』中央公論新社、平成十五年三月)には「廃墟は、この国では人々の生活とは無関係に、単純に「欲望」としてのみ氾濫しているだけなのだ」とある。

(10) 漢語・漢文脈と「異国」との親和性については、齋藤希史『漢文脈と近代日本――もう一つのことばの世界』(日本放送出版協会、平成十九年二月)を参照。

(11) 保田與重郎「アジアの廃墟」(『蒙古』昭和十五年一月↓『風景と歴史』天理時報社、昭和十七年九月)。

(12) 保田與重郎「日光雑感」(『アトリヱ』昭和十三年九月↓『風景と歴史』注11)。

(13) 同集には「廃墟」という詩篇もあるが、詩中に「廃墟」の語はない。

(14) この点は大高知児『紙に刻まれた〈広島〉――原民喜『小説集 夏の花』を読む』(三省堂、令和二年八月)にも指摘がある。

(15) 野間宏「小説 スティルに就て」(『綜合文化』昭和二十二年九月)。

(16) 引用は『ポオ全集』第一巻(東京創元社、昭和四十四年十月)所収本文(河野一郎訳)による。

(17) 今泉文子「「廃墟」とロマン主義――断片が生い育つ――ティーク、ノヴァーリスに見るロマン派の廃墟のモティーフ」(谷川渥編『廃墟大全』注9)、クリストファー・ウッドワード・森夏樹訳『廃墟論』(青土社、平成十五年十二月)等参照。

(18) 『夏の花』『廃墟から』『壊滅の序曲』(『近代文学』昭和二十四年一月)の三篇について、原は「正・続・補の三部作」(「後記」、小説集『夏の花』能楽書林、昭和二十四年二月)と位置付けている。

(19) 大高知児『紙に刻まれた〈広島〉』注14。

(20) 大高知児『紙に刻まれた〈広島〉』注14。

(21) 例えば安藤宏『近代小説の表現機構』(岩波書店、平成二十四年三月)には、「いわゆる第一次戦後派の作家たちが、焼け跡と闇市――戦後の日常的な現実そのもの――を直接の題材に選ぶケースが意外なほどに少なかった」とある。

(22) 『金閣寺』と昭和三十年(一九五五)前後の時代状況の相関については、拙著『小説の戦後――三島由紀夫論』(鼎書房、令和四年七月)第十章を参照のこと。

(23) 日本原水協「antiatom.org」(https://www.antiatom.org/GSKY/jp/Rcrd/Politics/-99/j_45-98nt.html)等を参照。昭和三十三年(一九五八)の各国核実験実施回数の合計は、昭和三十七年(一九六二)に次いで歴代二位。

(24) 三島は大正十四年(一九二五)、橋川は大正十一年(一九二二)、小松は昭和六年(一九三一)の生れ。

(25) 長山靖生・成田龍一「〈廃墟〉の思想家――小松左京と戦後日本」(『現代思想』vol.49―11、十月臨時増刊「総特集 小松左京」令和三年九月)。

廃墟と霊場——闇から現れるものたち

佐藤弘夫

廃墟が本来的に抱えるイメージの揺らぎは、分析概念としてのその不安定さにつながるものであった。本論では方法としての〈廃墟〉が抱えるそうした課題を克服すべく、〈霊場〉というもう一つの視座を導入する。それら二つの光源から中世の精神世界を照射し、そこに浮かび上がった立体的な透視図のなかに、廃墟を位置付け直す作業を試みる。

はじめに

「廃墟」という言葉に、私たちはなぜか心惹かれる。かつて人が生活の場としていた住居が、荒れ果てて草に埋もれている様子をみたとき、だれもが名状しがたい感慨にとらわれる。それは過去の時代を生きた人々にとっても同じだった。無数の文人・歌人や芸術家が、廃墟を題材とする作品を制作してきた。それほどに廃墟は人々の想像力を掻き立てるテーマだった。学問研究の分野でも、廃墟は重要な研究テーマとなってきた。

しかし、研究の対象としてより広い視野から廃墟を取り上げようとするとき、そこには一つの大きな問題があった。それは分析概念としての〈廃墟〉の不安定さである。廃墟という言葉が例外なく人々の心を波立たせるとしても、その中身は個人ごとに異なり、容易に一つのイメージへと収斂することがない。

そのため文学や芸術などの個別分野で、広義の廃墟に関わ

さとう・ひろお——東北大学名誉教授。専門は日本思想史。主な著書に『「神国」日本』（講談社学術文庫、二〇一八年）、『アマテラスの変貌』（法蔵館文庫、二〇二〇年）、『日本人と神』（講談社現代新書、二〇二一年）などがある。

る豊かな成果が蓄積されてきても、それらを総体としていかに把握し、その先にどのような研究を展望するかといった点をめぐっては、必ずしも十分な議論がなされることはなかった。

廃墟は日本列島だけの問題ではない。国際的な比較研究のテーマとしても、きわめて魅力的な題材である。だがそこでも廃墟概念の揺らぎが、地域を跨いだ比較研究を進める上で、高い障壁となって立ち塞がることになった。

こうした課題を超克して、廃墟研究を次のステージに押し上げるためには何が必要であろうか。方法としての〈廃墟〉の不安定さを克服するためには、何が求められているのであろうか。私が試みたいのが、廃墟を相対化しつつそれを補完できるもう一つの分析視点、〈霊場〉の導入である。

本論では日本列島の精神世界を照射するにあたって、二つの光源を用いることによって、方法としての〈廃墟〉が抱える課題の克服を目指す。さらに、複数の光源の交差のなかに浮かび上がった立体的な透視図に改めて廃墟を位置付け直し、その文化史上の特性と意義を考察しようとするものである。

本論に入る前に、なぜ〈廃墟〉と対になる視点として〈霊場〉を採用したのか、その理由を説明しておきたい。一つは両者の共通性である。いずれも過去に実在した人物と深い関わりをもち、内部に歴史を抱え込んでいる。人々の思いが染み込み、蓄積されたスポットである。

もう一つは、この世の中にありながら、日常生活の場の単なる延長にとどまらず、現世とは異質な世界への通路として把握されていたことである。廃墟も霊場も、時代と地域を超えて超常現象の生起が記録されているのは、人々のそうした共通認識にもとづくものであった。

他方で、廃墟と霊場には対照的な側面もあった。同じく異界との接点でありながら、霊場が聖なるものたちの出現の場と捉えられていたのに対し、廃墟は逆に幽霊や鬼などの忌避すべき存在の住処とみなされていたことである。両者のイメージがここまで隔たることになった原因は、どこにあるのだろうか。

本論では前後の時代を視野に入れながら、日本列島の中世を主たる対象として、この問題を探っていくことにしたい。

一、中世的な世界観の構造

(1)「本物の仏」と「本物ではない仏」

なぜ廃墟と霊場は真逆のイメージで把握されることになったのであろうか。この世のなかに、いかにして対照的な二つのスポットが生まれることになったのだろうか。

それを考えるためには、廃墟と霊場を別個に分析しても解答を導き出すことは困難である。中世人が共有していた世界観の全体像を明らかにし、その構図の内に廃墟と霊場を位置付けるという作業が求められる。

廃墟も霊場も異界との関わりを強くもつ概念である。そのため本章では、中世において現世と他界がどのように把握され、いかなる関係性をもって同時代の空間のなかに配置されていたかを確認しておきたい。

私見によれば、日本列島の中世を覆う世界観の特色は、人間の認識を超えた不可視の他界のイメージの膨張である。他界のリアリティの拡大とこの世からの分離が、古代から中世へ向けてのコスモロジーの変動の基調だった。

この点をもう少し具体的に説明しよう。例えば現代人が「仏」という言葉を聞いたときに、何を思い浮かべるであろうか。大方の人が想像するのは、東大寺の大仏や長谷寺の観音などの仏像であろう。具体的な形態をもって特定の場所に鎮座している「像」こそが、私たちの共有する仏のイメージにほかならない。

しかし、中世まで遡ったとき、このイメージはもはや通用しなかった。中世人にとって、この世にある仏像は本物の仏ではなかった。(1)他界に実在すると信じられていた不可視の仏こそが真実の仏だった。生死の輪廻を超え、浄土の真の仏の身許に到達することが中世人の究極の理想だった。その代表的な存在が、西方極楽浄土にいると信じられた阿弥陀仏だった。

(2) 救済観念の発生

通常の人間が認知できない救済者としての仏の観念は、「法身」などとしてすでに大乗仏教の段階で概念化されていた。しかし、最澄・空海などの傑出した仏教者を例外として、古代でそれを見出すことはできない。平安初期に編纂された仏教説話集の『日本霊異記』では、怪異を起こす主体はすべて形を与えられた仏像だった。

「聖」とよばれた不可視のあるものが、像に憑依して霊異を惹き起こすというケースはある。(2)しかし、それは中世にみるような他界の根源神ではなかった。空中を浮遊して依代に取り憑くような現世内的な存在であり、機能としては同時代の「神」に近いものだった。古代の仏が像の形態をとる此岸的存在であったため、その救済も、生死を超えた彼岸への到達を志向することはなかった。

仏は死者を異次元の他界に誘うことはなく、人もまた死後の浄土への再生を願うことはなかった。仏の役割は人を不幸な死から救い出すことであり、悪道に落ちないように気を配ることだった。古代における幸福な死者は、生者と同じこの世界にあって、遺体を離脱して、鳥や蝶のように空中を軽やかに飛翔していると考えられていたのである(3)。

そうした世界観は平安時代後期を転機として、しだいに変貌を遂げる。目に見えない他界＝浄土の観念が膨張し、その地を主宰する超越的存在（カミ）のイメージが肥大化していく(4)。人は死後にこの地を離れて首尾よく浄土に到達することを、人生の究極の目的と考えるようになるのである。

日本列島の古代では、神仏や死者の住む「他界」は、「現世」の内部に「現世」とほとんど重複する形で存在していた。それに対し、中世は「他界」が大きく膨らんで「現世」から分離するとともに、そこに阿弥陀如来や大日如来のような根源的な救済者の世界（浄土）が想定された時代だった。「他界」と「現世」との距離、及び彼岸世界のイメージは、宗派や人によって同じではなかったが、現実世界の背後に容易に伺い知ることのできない根源神の世界＝浄土が実在するという世界観が、しだいに時代の主流となっていく。

それは日本列島において大衆レベルで、生死の輪廻を超えた救済という大乗仏教の核心部分を受容できるだけの思想的基盤が成熟したことを意味した。一般大衆を救済の主客に据えるいわゆる「鎌倉仏教」誕生の背景には、こうしたコスモロジーの転換があったのである。

二、他界から来訪するものたち

（1）この世とあの世を繋ぐもの

理想の浄土への到達を目的とする中世固有の世界観ゆえに、中世人の生はこの世だけで完結することはなかった。現世での生を終えた後に、彼岸の救済者の力によって理想世界＝浄土に生まれ変わることが、大方の中世人の最終的な目標となった。

ただし、彼岸の仏たちは異次元世界の存在であったため、娑婆世界の衆生が直接その姿を目にすることは叶わなかった。しかし、それではいかに浄土が素晴らしい地であると力説されても、末法の愚かな衆生が浄土に往生したいという気持ちを起こすことは困難だった。そのため、彼岸の仏たちは浄土に向けて娑婆の衆生の背中を押すべく、この世界にふさわしい姿を取って化現＝「垂迹」した。それが弘法大師や聖徳太子などの聖人祖師であり、八幡や春日などの日本の神々であり、堂舎に安置された阿弥陀像などの仏像だった。

垂迹という概念は、今日もっぱら仏と神の関係に限定して用いられている。けれども中世人にとっての「垂迹」とは、「目に見えない」根源の仏が人々と縁を結ぶために、「目に見

写真1　現在の高野山奥の院

える」姿、あるいは生々しい存在感を認識できる形態を取ってこの世に出現することを意味した[5]。

それらの垂迹は彼岸への案内人であり、その所在地は来世への通路＝この世の浄土だった。人々は垂迹のいる地に足を運び、祈りを捧げることによって、死後にその後押しを受けて遠い浄土への旅たちが可能になると信じられた。生者だけでなく死者もまた、その遺骨を特定の霊場に納めることによって、魂の彼岸への飛翔が可能となるのである。

中世の〈霊場〉は、垂迹が跡を留める彼岸世界への通路だった。その代表的なスポットとして、弘法大師空海が入定していると信じられた高野山の奥の院がある。高野山金剛峯寺は創建当初、八葉蓮華の中心に位置する密教の聖地と捉えられていた。しかし、平安時代も後期に入って浄土信仰が興隆すると、空海は人々を極楽浄土に導くために奥の院で瞑想を続けていると信じられるようになり、浄土往生を願う人々がその御許に足を運ぶようになった。遺骨を携えた縁者たちが奥の院を訪れ、故人の冥福を祈った。その結果、奥の院には、参道に沿って無数の納骨の卒塔婆が立ち並んだ[6]（**写真1**）。

彼岸への橋渡しの役割を担う〈霊場〉は、神々の世界にも出現した。中世において、人々が神社に参詣して死後の往生を願うことはごくありふれた光景だった。当時流行していた今様を後白河院が編纂した『梁塵秘抄』には、「大宮権現は、思へば教主の釈迦ぞかし。一度もこの地を踏む人は、霊山界会の友とせん」（二―四一二）という歌が収められている。比叡山の麓に位置する牛尾山（八王子山）に祀られた大宮権現は霊山浄土の釈迦（インドの釈迦とは別次元の根源的存在）の垂迹であるゆえに、そこに参拝することによって浄土への通路が開かれるのである。中世に多数制作された日吉山王曼荼羅には、人々を浄土に迎えとるべく牛尾山に出現した本地仏が描かれている。

彼岸への道案内としてもっともポピュラーな存在が仏像である。先に述べたように、平安時代の後半から彼岸のイメージが膨らむに従って、仏像はそれ自体が完結した信仰の対象ではなく、仏が娑婆世界の衆生に浄土の荘厳を認識させるべく、慈悲の心でもって垂迹したものと考えられるようになった。藤原頼通の平等院鳳凰堂をはじめとして、平安時代には列島各地に多くの阿弥陀堂が建立されるようになるが、そこも彼岸への通路＝〈霊場〉とみなされたのである。

(2)「勝地」に立つ霊場

注目すべき点は、それらの霊場の多くが「勝地」といわれる開けた見通しのよい場所に作られていたことである。(7)垂迹の鎮座する「奥の院」は、高野山や室生寺・醍醐寺に典型的にみられるように、通常寺院内部の一番の高みに設けられた。高所を重視するこうした伽藍配置は、山の頂こそがこの世でもっとも清浄な地であるという古代以来の観念を背景としたものであると推測される。

旅立ちの地は光に満ちた、現世でもっとも美しい場所（この世の浄土）でなければならなかった。平安後期に建設ラッシュが起こる阿弥陀堂に典型的にみられるように、人工的に霊場を作り出す場合でも、その建設は彼岸との直結を連想させるよう、自然条件や地勢などの環境面が十分に考慮された。さらに彼岸の浄土世界の情景を彷彿させるべく、庭園・池などの大道具をフルに駆使して荘厳された。(8)

中国でも敦煌壁画などに、浄土の様子を描いた浄土変相図が数多くみられる。そこには池や鳥や樹木が描かれることがあるが、あくまで人工的・幾何学的な構図で配置されていて、自然の風景や山が登場することはない。MOA美術館所蔵の朝鮮・高麗時代の来迎図では、来迎する三尊が画面いっぱいに大きく描かれるだけで、他の要素は切り捨てられている。山を不可欠の舞台装置とし、周囲の自然景観をふんだんに取り入れた中世の来迎図は、列島の浄土信仰が大陸とは異なった方向に発展したことを端的に示す事例だったのである。

死者の霊魂は、霊場にいる垂迹に後押しされ、彼岸から迎えに訪れた「生身」と呼ばれた来迎仏に手を引かれて、この世の浄土から真の浄土へと飛翔を開始するのである。

三、彼岸に飛び立たない死者

(1)墓地に棲むものたち

中世は、救済が確定した者はこの世にいない時代だった。霊場に祀られる聖人・祖師など、あえてこの世に留まって救済を志す人物を除いて、死者は現世にいてはならなかった。逆にいえば、残されたものは救いから漏れたものたちだった。罪人の刻印を押され、邪念や欲望を身に纏って六道輪廻を繰り返す死者たちは、この世の片隅にひっそりと暮らすことを余儀なくされたのである。

悪道に堕ちた者たちが棲む代表的な地が、墓地だった。中世の墓は基本的に集団墓地の形を取っていた。高野山の奥の院のように、垂迹の聖人の所在地を中核にして、周囲に納骨の場が広がるという形式がよくみられるものだった。それ以上に一般的だったのが、共同墓地の中央にシンボルとなる石塔を立てて、その周辺に遺体や火葬骨を収めるという葬法だった。

中心となる石塔は西日本では五輪塔が、東日本では板碑が多く用いられた。五輪塔も板碑も単なる石像物ではなく、仏像と同等の機能をもつ彼岸の仏の垂迹だった。その周囲には墓地の〈霊場〉としての機能を補強すべく、経塚の造立や一字一石経・多字一石経の埋納などが行われた(9)。近世以降のものとは異なり、中世の墓地は死者が安らぐ場所ではなく、浄土への通路にほかならなかった。墓地はそれ自体が、聖なるスポット＝〈霊場〉としての側面を備えていたのである。

しかし、中世の墓地はそれと対照的にみえるもう一つの側面をもっていた。救いから漏れたものたちがたむろする地である。

十二世紀に制作された『餓鬼草紙』には墓地の光景が描かれているが、そこを徘徊して死骸をあさっている餓鬼たちの群れがみえる。仏の力によって引き上げられたものたちは、墓地を回路として浄土へと飛び立った。それゆえ、彼ら彼女らの墓はあっても、そこに死者はいない。けれども、何らかの理由でそれが叶わなかった者たちは、救済の機会が巡ってくるまで、死体を貪り食う餓鬼道の生活に耐え続けなければならなかったのである。

(2) 山の機能

深山もまた、中世では六道を脱出できない者たちの住処と考えられていた。中世の説話集には、山中の地獄で死者と遭遇するという話が収められている。

十一世紀に書かれた『法華験記』(巻下―一二四)という説話集の話である。越中(富山県)立山には、死者の堕ちる地獄があると信じられていた。その立山の山中で、修行者が若い一人の若い女性に出会った。魔物の出現かと恐れおののく行者をみて、女は、自分は邪悪な変化の者ではないと告げ、地獄に堕ちることになったわけを語った。

女性の話によれば、彼女の父は近江国蒲生郡に住む仏師だった。しかし、生活のため、本来仏のために使うべきものを日常の衣食代に流用していた。その罪が原因となって彼女は死後地獄に堕ちて、責苦を受け続けているのである。

こう述べた後、女性は行者に、故郷の父母のところに行って、自分をこの地獄から救い出すために『法華経』の書写・供養をしてくれるよう話して欲しいと依頼する。行者の伝言に従って両親が『法華経』の供養を行ったところ、女が父の夢に現れ、立山の地獄を出て、無事天上に転生することができたと告げた。天界は迷いの世界である六道の最上位に位置する世界である。女は『法華経』の功徳によって悪道を離れ、悟りの世界との中間点まで到達することができたのである。

古代の場合、三輪山などの神奈備にみられるように、山は神の棲むこの世もっとも清浄な地だった。山に上ることを許される人間もいたが、それは修行が最終段階に到達した行者や浄化の完了した死者に限定されていた。山は神に匹敵する存在だけが入ることの許された場所だったのである。

中世では、先に述べたように、美しい山は彼岸への通路とみなされるようになり、山上には多くの〈霊場〉が創建された。他方で、立山の説話に見られるように、山に留まっている死者はまだ救済が成就しない者たち、という観念も広まった。比叡山（『日吉山王利生記』七）、東大寺（『今昔物語集』一九―一九）、興福寺（『春日権現験記』一六）、宇佐（『八幡宇佐宮御託宣集』）などでは、悟りを求めてそれぞれの寺社と縁を結びながらも、さまざまな理由によってそれが叶わなかった僧侶が、寺近くの山中で苦しい試練に耐えつつ、最終的な救済を待っているという説話が伝えられている。

墓地と同様、山は彼岸への回路であると同時に、救済を求める人々の待機の場所とみなされていた。ただし同じ山であっても、彼岸への回路としての霊場は、山中でも見通しのよい高みに設けられることが多かった。それに対し、悪道に堕ちて試練を受けている者たちが棲んでいたのは、もっぱら谷や奥山など見通しの効かない場所だった。

四、廃墟の位置付け

(1) 河原院の幽霊

中世ではこの世に留まる死者は不幸な存在だった。仏の救済から漏れた者たちは、人目につかないこの世の片隅で、ひっそりと仏と縁を結ぶことのできる日を待ち続けていた。その吹き溜まりとでもいうべき場所が墓場や深山だった。そして〈廃墟〉もまた、救いの手の届かない者が居着く場所だったのである。

代表的な廃墟としてしばしば取り上げられるスポットが、

源《みなもと》融《のとおる》の河原院である。融が亡くなった後、その子孫によって河原院は宇多上皇に献上された。宇多院がこの屋敷に滞在していた時のことである。夜半に西の対の塗籠《ぬりごめ》が開いて、正装して束帯をつけた人物が現れた。宇多院が畏って控えているこの者を誰何《すいか》したところ、果たして融の霊であった。わが家なので住んでいるが、院がおいでになると自分の居場所がないとかこつ融に対し、ここはお前の子孫が献上したものであり、「者の霊」であっても道理を弁えよ、と院が叱責したところ、霊は掻き消すようにいなくなって、二度と現れることはなかった……(『今昔物語集』二七―二)。

類似のエピソードは『江談抄』(三―三二)・『宇治拾遺物語』(一五一)などにも採られており、十二世紀には広く人口に膾炙した話だったようである。なぜ融は死後もここに留まっているのであろうか。

河原院の広大な敷地内には、融によって陸奥の塩竈の風景が再現されていた。融がこよなく愛したこの屋敷には、贅を凝らした意匠が施されていた。融は生前に抱いていた河原院への執着の念によって、死後もこの地を離れることができないまま、そこに住み続けていたのである。

『古今著聞集』に収められた「宇治殿頼通、平等院の居間に執心の事」(一五)では、平等院にはいまなお藤原頼通が棲んでいるらしいといううわさ話を記した後、「ご執心を留めていらっしゃるゆえであろうか」と結んでいる。彼岸への通路であるはずの平等院が、ここでは逆に解脱の足枷となっている。彼らは現世に対する妄執によって、悟りの世界への入場を拒否された人物だったのである。

宇多上皇亡き後、河原院は荒廃の一途を辿ったようである。

河原院にて荒れたる宿に秋来たるといふ心を人々詠み侍りけるに

八重葎茂れる宿のさびしきに人こそ見えね秋は来にけり

(『拾遺和歌集』巻三秋)

「百人一首」にも採用されたこの歌の作者・恵慶法師は、十世紀後半に活動した人物である。宇多上皇の時代から半世紀を経て、手入れされることもないまま、屋敷に草木が生い茂っている様子が描写されている。『源氏物語』「夕顔」では、河原院をモデルにしたと思しきさびれた屋敷で、夕顔の女がそこに棲みつく女性の霊(「もののけ」)に取り殺されている。(10)十二世紀成立の『今昔物語集』には、京に上った「東国の人」が荒れ果てた川原院に宿を借りたところ、夜にその妻が鬼によって殺害される話が収められている(二七―一七)。

平安後期には、河原院は邪悪なものが棲みつく荒廃した地であるというイメージが、京の人々によって共有されていた。

融の幽霊の話も、そうした認識を背景として生み出され、広まっていったものと考えられる。

（2）土地に縛られる悪鬼

荒廃した屋敷に鬼や死者が棲みつくという理解は、河原院だけでなく廃墟一般に共通するものだった。美しい女を盗み出した在原業平が、行く場所もないままに山科にある無人の古屋で一夜を過ごしたところ、そこの倉に棲む鬼によって女が食われてしまった（『今昔物語集』二七―七）。

廃墟を住処とする邪悪なものたちは、その地に縛られて自由に移動することができなかった。被害を避けようとすれば、その生息地を回避する必要があった。先ほど取り上げた在原業平のエピソードでも、その末尾は、「案内知らざらむ旧き所には、宿りすべからずとなむ、語り伝へたるとや」という言葉で締め括られている。同じ『今昔物語集』には、「人なからむ旧き堂などには宿すまじきなりとなむ、語り伝へたるとや」（二七―一六）という言葉もみえる。悪鬼の出没するスポットは定まっているため、そこに足を踏み入れないための用心が肝要だった。

『今昔物語集』の融の幽霊の前話にあたる、「三条の東の洞院の鬼殿の霊のこと」（二七―一）では、彼の地に「鬼殿」と呼ばれるところがあり、そこに「霊」がいるという話が語られる。

平安京に遷都する以前、この地には松の大木があった。馬に乗って通りかかった男が急な雷雨に遭い、この木の下で雨宿りしているときに、落雷によって馬もろとも命を失ってしまった。やがて男は「霊」となり、都が移って来て人家が立ち並んでも、その地に居残り続けた。それが鬼殿の由来であり、そのためにいまに至るまで「不吉」な事件が止むことがないと記されている。不幸な死を遂げたものは、救いの手が及ぶことのないまま、命を落とした場所に留まり続けるのである。

〈廃墟〉が悪道に落ちた者たちの居着く場所であったゆえに、同じく異界との接点であっても、〈霊場〉のように異次元の他界に繋がることはなかった。霊場が悟りの世界である浄土への回路として機能していたのに対し、廃墟は現世の内部にある、救済から疎外された邪悪な者たちの吹き溜まりの地だった。

廃墟に棲む者たちは、普段はひっそりとその地に忍んで、獲物を待ち受けていた。人の住まなくなった家屋敷は、身を隠すための最適な場所だった。応天門や羅城門などの古い建物も、人目につきにくい場所であるために、しばしば霊や鬼が住み着いた。廃墟の住人は、餌食になりそうな人物が入り込んできたとき、闇に乗じて出現しては危害を加え、貪り食うという行動をとったのである。

五、闇と音と

(1) 生身との対面

〈廃墟〉と〈霊場〉が同じく異界との接点であっても、その回路の先にある他界の中身はまったく違っていた。廃墟が現世内で完結する異界であったのに対し、霊場は現世を超えて、異次元の広大な救済者の世界につながっていた。そうした両者の性格の相違を端的に示すものが、音の表現だった。〈霊場〉描写において音がきわめて重要な要素をなしていたのに対し、〈廃墟〉では音の記述がほとんどみられないのである。

日本最古の往生伝とされる慶滋保胤の『日本往生極楽記』には、ある人物が極楽に往生した証拠として、夢想や紫雲の出現などさまざまな瑞相が記載されている。[11] なかでも重視された要因が音と香気だった。「音楽空に遍く、香気室に満てり」(増命)、「命終の日、室に香気あり、空に音楽あり」(済源)といったように、臨終の前後に音楽が聞こえ、香気が漂ったという記述を至るところに見出すことができる。それが往生者個人の主観の次元に留まらず、「時に村里の人、音楽あるを聞きて、歎美せずといふことなし」(越智益躬)と、共同体験として周囲の人間に共有されていた。

『日本往生極楽記』以降の往生伝でも、往生の成否を分ける重要なポイントは音と香気だった。それがない場合、「天に音楽なく、室に薫香なし。往生の願は、本意相違せり」(『拾遺往生伝』頼暹)という言葉に示されるように、往生の成就を確認できないのである。

霊場には、通常聖人、神、仏像などの形をとった垂迹が鎮座しており、死後の救済や現世利益を願う場合、そこに参詣して祈願することが基本的な形態だった。参籠の理想は、祈願者の祈りに応えてその場に「生身」の仏が直に姿を現す、「来迎」の実現だった。これは本地仏が祈願に応えて、その人物のためだけに特別に垂迹する現象だった。そのため祈願者の祈りの成就を意味するものと解釈され、尊重されたのである。

『続本朝往生伝』(一六)は、「生身の仏」をみたいと願っていた真縁という僧がその念願かなったことを記した後、「真縁已に生身の仏を見奉れり。あに往生の人にあらずや」という評語を付している。浄土の仏の化現である生身との対面は、もっとも確実な往生の約束と信じられていたのである。

(2) 浄土から響く音

来迎は聖なる音を伴った。音楽が近い空中に聞こえたとき、「定めてこれ如来相迎へたまふなり」（『日本往生極楽記』平珍）と推測するのは、当時の人々がそうした思考回路を共有していたことによるものだった。

本地仏の所在地（浄土）は、経典によれば美しい音に満ちた世界だった。源信の『往生要集』は浄土教典の記述にもとづき、往生人が浄土でえることのできる五つの楽を解説している。その四番目に挙げられた「五妙境界の楽」では、たくさんの天人が「常に伎楽を作し、如来を歌詠し」ている極楽の宮殿の様子が描かれている。池のほとり、川岸にある栴檀の樹に風が吹くときには枝葉が「微妙の音」を出し、聞くものはおのずから「仏法僧」を念じた（巻上）。

日本においてもっともよく読まれた経典の一つである『法華経』もまた、釈迦の常在する霊山の浄土の様子を説明して、「諸天は天の鼓を撃って、常にもろもろの伎楽を作し、曼陀羅華を雨《あめふら》して仏及び大衆に散じ」ている、と記している（方便品）。彼岸の浄土は良い音楽と香りに満たされた世界だった。彼岸と此岸のあいだに通路が開き、彼岸から仏が化現するとき、彼岸世界に充ち満ちていた聖なる音と匂いが、その通路から生身仏の来迎に伴ってこの世に流れ込んだ。来迎仏に同伴する諸天や化仏が音楽を奏する場合もあった。

その音は先に引用した『往生要集』と、それが依拠した『大無量寿経』（巻下）では「微妙《みみょう》」と形容されていたが、日本の文献でもしばしば「微細」、あるいは「微妙」と表現された。「微妙」は、経典では仏の説く法や仏の身体など、浄土の仏の素晴らしさを讃えるときによく用いられる言葉である。この世で経験したことのない不思議な音を感じたとき、人は彼岸への回路が整えられたことを知るのである。

それと比べたとき、廃墟の記述には音や香気に関する情報がほとんどみられない。異界との接点といっても、現世の内部で完結する廃墟に、彼岸世界から流れ込む「微妙」な音楽が登場する余地はなかったのである。

六、聖衆から幽霊へ

(1) 縮小する浄土

浄土信仰は中世をもって終焉を迎えるというイメージが強いが、近世にも継承されていた。江戸時代にはむしろ中世以上に、多数の往生伝が編纂されていくのである[12]。しかし、二つの往生伝の間には大きな隔たりがあった。それは、中世の往生伝であれほど重視されていた音に関する記述が、近世のそれではきれいに消え去っていることである。近世人はある人物が極楽に往生した証拠として、その臨終に立ちあった人々が天からの音楽を耳にしたり、かぐわしい香りを嗅いだりすることはほとんどなかった。

その背景にあったものは他界のリアリティの衰退だった。「現世」と「他界」を峻別し、絶対的存在のいる彼岸への到達を理想とする中世的世界観は、室町時代に入って転換期を迎える。それまでの動きとはまったく逆に、人々の世界観において彼岸のもつ意味が相対的に低下し、それに比例して現世の生活がクローズアップされてくるのである。これは中世において現世から分離した浄土が、再び現世に滑り込んでくる現象を意味した。日本列島は平安後期に続いて、再度巨大なコスモロジーの変動に見舞われるのである。

この変動は社会の「世俗化」「近代化」と表現される現象と密接な関係を有している。人間が実際には体験できない超越的世界・彼岸世界を、抽象的な思弁のみによって再構成しようとする中世神学は、自然界に対する人々の知見が広がり、その仕組みを実証的に解き明かそうとする精神が勃興するにつれて徐々に存在する足場を狭められていった。医学や農学・暦学などを中心に、自然界や人体のメカニズムが解明され、超越的存在(カミ)の領域と考えられていたさまざまな現象が科学的・理論的に説明された。人はしだいに多くの分野で、神に祈るよりも世俗的な技術を用いて直面する課題を改善する道を選択するようになったのである。

(2) 来迎のない時代へ

社会の世俗化と神仏の地位の低下は、「現世」の拡大と「他界」の縮小として現出することになった。人は見知らぬ他界に往生するよりも、まずは浮世の生活を存分に楽しみ、死後もこの世の一角に安らいで、縁者と親しく交渉を続けることを願うようになった。

室町時代の謡曲『融』では、河原院の源融の幽霊はもはや仏による救済など求めなかった。悪道に堕ちたわが身を嘆くこともなかった。優雅な舞を披露して、夜明けと共にただ姿を隠すのである。『采女』もそうであるが、謡曲に登場する幽霊からは、現世を超克して悟りの世界へ向かおうとする志向性をほとんど感じ取ることができない。ただ静かにそこに佇むのである。〈廃墟〉は、仏の救済から疎外されたものたちがたむろする場所ではなくなってしまったのである。

それは化仏(生身)の来迎という中世人が理想とした臨終形態が、その存立基盤を喪失する時代が到来したことを意味するものであった。〈霊場〉は彼岸から切り離された。そこは人々が現世利益を願う場所であっても、彼岸への旅たちの場ではなかった。他界からの音がこの世に響くことは、もはやないのである。

江戸時代には、不遇な死などによって丁寧なケアが履行されないとき、死者は幽霊となって夜な夜な生者の世界に彷徨い出ると考えられるようになった(13)。社会のなかで他界から飛来する聖なるものの位置が相対的に低下していくなかで、幽霊の突出ぶりはよりいっそう強烈なインパクトを発揮した。闇は聖なるものの顕現の舞台ではなく、忌むべきものが出現する空間として、近世の人々の脳裏に定着していくことになるのである。

おわりに

日本の中世は目にみえない他界浄土のリアリティが増幅して、世界観の土台をなしていた時代だった。〈霊場〉は浄土に至る回路であり、〈廃墟〉は浄土への入場を拒否された衆生が待機する場所だった。浄土往生が大方の人々の最大の関心事であったため、〈霊場〉も〈廃墟〉も、その大方のイメージは死後の「救済」との関わりにおいて規定されることになった。

近世になると、他界浄土の後景化にともなって〈霊場〉は理想世界への通路としての位置を喪失し、遊楽と現世利益を求める衆庶が群れ集う観光地と化した。他方、〈廃墟〉は救済からの疎外という枠組みを外れて、多種多様な異形の存在が隠れ住むスポットとして認識されるようになる。〈廃墟〉と〈霊場〉は、コスモロジーの変貌に伴って、時代ごとにその意味内容を大きく変化させていくのである。

最後に、一つの霊場を取り上げて、その変貌の実例を示してみたい。岩手県奥州市にある黒石寺である。

黒石寺は創建が九世紀に遡る古刹である。いまも本尊として、貞観仏の薬師如来を伝えている。当時岩手県内陸南部に位置する江刺郡は、中央政府が武力によって蝦夷から奪取してまもない時期にあった。江刺郡の黒石寺は蝦夷の本拠地に撃ち込まれた、示威的な意味をもあわせもつ文化的な楔だった。

平安後期になると、黒石寺は律令国家の変容に伴って国からの援助を打ち切られ、他の国立寺院と同様に財政的な危機に直面する。存続のための財政基盤を確立する必要性に迫られた黒石寺は、新たな財源として土地と人に着目する。みずから土地を集積して領主化するとともに、人を寺に呼び込んで寄付を集めようとするのである。

しかし、寄進を推奨するためには、それを可能にするだけの魅力的なアイテムが不可欠だった。黒石寺が着目したのが、平安後期から流行をみせていた浄土信仰だった。高野山や醍醐寺では本来の伽藍の背後に新たに聖域（奥の院）が設けられ、往生を願う人々の信仰を集めていた。
　黒石寺を包み込むようそびえる裏山は大師山と呼ばれている。素晴らしい眺望に恵まれたその山頂直下には「大師堂跡」という平場があり、かつてここにあったお堂には慈覚大師像が安置されていたという。この伝承を裏付けるかのように、黒石寺には永承二年（一〇四七）の銘墨書をもつ、「慈覚大師像」とされる僧形の像が残されている。山頂を挟んだ反対方向には、慈覚大師が籠って修行したと伝えられる巌窟（入定窟）がある。中世の黒石寺は古代以来の薬師堂を本堂とし、大師山上の大師堂・入定窟を奥の院とする、彼岸への回路＝〈霊場〉としての機能を担っていたのである[14]。

写真2　廃墟と化した大師窟

　その後、浄土信仰の衰退に伴って、奥の院はその本来の役割が忘れ去られ、黒石寺自体も近世には現世利益の祈祷寺院として存続していくことになる。いま大師山を訪れると大師堂は跡形もなく消失し、大師窟は屋形が崩れ落ちて入り口を塞いでいる（**写真2**）。時代の移ろいのなかで、かつて信仰を集めた〈霊場〉は、草木に埋もれた〈廃墟〉と化してしまうのである。

注

（1）佐藤弘夫「〈日本の仏〉の誕生」『日本思想史――その普遍と特殊』（ぺりかん社、一九九七年）。
（2）八重樫直比古「『日本霊異記』における「聖霊」」『古代の天皇と仏教』（翰林書房、一九九四年）。
（3）堀一郎「万葉集にあらわれた葬制と、他界観、霊魂観について」『宗教・習俗の生活規制』（未来社、一九六三年）。
（4）本章の以下の記述は、佐藤弘夫『アマテラスの変貌』（法藏館、二〇〇〇年）、『死者のゆくえ』（東京、岩田書院、二〇〇九年）を踏まえている。
（5）佐藤弘夫『起請文の精神史』（講談社選書メチエ、二〇〇六年）。

（6）「特集 中世の納骨信仰と霊場：高野山奥之院への納骨」（『季刊考古学』一三四、雄山閣、二〇一六年）所収の諸論考を参照。

（7）千々和到『板碑と石塔の祈り』（山川出版社、二〇〇七年）。

（8）冨島義幸「現世と浄土をつなぐ景観——平等院鳳凰堂仏背後壁画の解釈をめぐって」（『中世寺院 暴力と景観』（高志書院、二〇〇七年）。

（9）恵美昌之「大門山の板碑と墓」よみがえる中世七『陸奥の都 多賀城・松島』（平凡社、一九九二年）。

（10）佐藤弘夫「彼岸に通う音——神仏の声がノイズになるとき」『文学』一一巻六号（二〇一〇年）。

（11）佐藤弘夫「江戸の怪談にみる死生観」（『死生学年報』東洋女学院大学死生学研究所、二〇一三年）。

（12）陣野英則「「なにがしの院」と「むぐらの宿」——『源氏物語』の廃墟的な場」図録（『廃墟とイメージ——憧憬、復興、文化の生成の場としての廃墟』神奈川県立金沢文庫、二〇二三年）。

（13）主要なものは、『近世往生伝集成』（全三巻、山川出版社）に収録されている。

（14）佐々木徹「陸奥黒石寺における「往古」の宗教的コスモロジー」（『岩手史学研究』八四、二〇〇一年）。

廃墟と詠歌——遍照寺をめぐって

渡邉裕美子

九世紀に源融が造営した河原院は、融の没後、荒廃が進んだが、歌人たちが集まって詠歌する場となった。遍照寺は、河原院より一世紀ほど遅れて歴史に登場し、荒廃してよく似た軌跡をたどる。内乱の激化する院政期に、両寺は〈文学を生み出す廃墟的な場〉として再生し、連想で結びつけられて共振し、詠歌の場としての機能を増幅させたのだった。

わたなべ・ゆみこ——立正大学文学部教授。専門は和歌文学・中世文学。主な著書に『『毎月抄』の〈読者〉考』（『古典文学研究の対象と方法』花鳥社、二〇二四年）、『『百人一首』と歌仙絵』（『百人一首の現在』青簡社、二〇二二年）、『新古今時代の表現方法』（笠間書院、二〇一〇年）などがある。

はじめに

（1）廃墟化した河原院と文学

河原院は、九世紀に源融《とおる》（八二二〜八九五）が造営した豪壮な邸宅である。『伊勢物語』（八一）にも登場する、陸奥国の塩釜の景を模した庭があったことで、よく知られる。透の没後、宇多天皇に献上されるが、紀貫之が「君まさで煙たえにし塩釜のうらさびしくも見え渡るかな」（古今集・八五二）と歌ったように、本来の主《あるじ》を失った邸宅は徐々に荒廃が進んだらしい。

それでも、正暦二年（九九一）三月十八日には、仁康《にんこう》上人[1]が、寺院となっていた河原院で、丈六《じょうろく》（約五メートル）の釈迦像を造立して五時講《ごじこう》（五部大乗経を順次に講説する法会）を修したことが知られ（『日本紀略』等）、その盛儀のさまが鎌倉初期成立の『続古事談』（四―二四）に語られている。しかし、河原院は鴨川の洪水に脅かされていたらしく、『続古事談』は「そののち、この所、鴨川、水みなぎり入りて、苑池、ほとほと水底になりぬべかりければ、上人、広幡《ひろはた》院に移し作りけり」[2]と、仁康がこの釈迦像を河原院から移してしまったことを伝える。さらにその後、融の曾孫の安法《あんぽう》法師（生没年未詳、九八三〜九八九天王寺別当）が河原院の一角に住むようになるが、寛仁元年（一〇一七）には、藤原実資《さねすけ》の日記『小《しょう》右記《ゆうき》』（九月二十九日条）に「荊棘盈満《けいきょくえいまん》、水石荒蕪《こうぶ》」と記され、庭が藪のようになり、泉水・庭石も失われて、かなり荒廃が進んでいることがわかる。

それにもかかわらず、あるいは、それだからこそと言うべきなのかもしれないが、河原院は歌人たちが集まって詠歌をする場となり、文学的トポスとして機能したことはよく知られる。近藤みゆきは、河原院では「僧俗・文人歌人が自由に相集い、隠逸と風雅と宗教の交錯する世界を織りなして行く」ことを指摘して、これを〈河原院文化圏〉と名づけた。[3]近藤は「河原院」という場を重視しつつ、単なる場所の問題とせず、そこに集う人々の、特定の表現を「共有し合うような享受の仕方」を重視して、〈文化圏〉ということばを用いている。

（2）遍照寺の荒廃と文学

ところで、河原院から一世紀遅れて史料に登場する遍照寺という寺がある。遍照寺は、宇多天皇の孫にあたる真言僧の寛朝《かんちょう》（九一六〜九九八）によって、平安京の西郊、広沢池畔に創建された。当初は寺院として栄えたものの次第に荒廃し、応仁の乱で完全に廃墟化して、現在の広沢池の南の地に移ったという。

河原院ほど注目されていないが、実は、この遍照寺は荒廃が進行する中で、やはり詠歌の場として新たな性格を帯び始める。詠歌の場としての遍照寺と河原院の変遷の軌跡が重なることは偶然とは思われない。近藤みゆきは、河原院の場としての特殊性を視野に入れつつ、そこに形成された〈文化圏〉に着目して問題に切り込んでいるが、本稿では、廃墟的な場そのものに着目して、詠歌を生み出す営為と場の関係について通時的に考えてみたい。

（3）遍照寺における詠歌史の区分

遍照寺をめぐる詠歌史については、安藤美保に非常に行き届いた論考がある。[4]安藤は、建久四年（一一九三）の『六百番歌合』において、従来にはない「広沢池眺望《ひろさわのいけちょうぼう》」という歌題が設定されたことに、どのような背景や意義があるのかということを、対になる「志賀山越《しがのやまごえ》」題と比較しつつ丁寧に検証している。

本稿で取り上げる資料は、安藤論に導かれて重なるものが多いが、廃墟的な場と詠歌という別の観点から整理し、考察の射程を新古今時代以降にまで伸ばしたい。

遍照寺に関わる詠歌の変遷をたどると、以下の四期に区分できる。

一、開創前後（十世紀末〜十一世紀初）

二、和歌六人党の時代（十一世紀）

三、院政期から新古今時代（十二〜十三世紀前半）

四、十三世紀後半以降

以下、順に遍照寺と詠歌のかかわりを見ていこう。

一、開創前後——寛朝の活躍

(1) 風雅の地、広沢池

広沢池周辺は、十世紀初めごろから貴族たちの逍遙の場なっていた。たとえば、源重之《しげゆき》は、広沢池を訪れて、次のような歌を詠んでいる。

広沢の池にいみじう波の立つを、そうの君などして

広沢の池に浮かべる白雲は底吹く風の波にぞありける

（『重之集』三二）

また、清原元輔《もとすけ》には屏風歌の例がある。

天延元年九月、内の仰せにてつかうまつれる御屏風の歌、広沢の池

広沢の池の汀《みぎは》の秋萩《あきはぎ》は波の底なる錦《にしき》なりけり

（『元輔集』九二）

この二人は河原院文化圏に属する歌人である。広沢池周辺が、当初から「隠逸と風雅と宗教の交錯する世界」を愛した歌人たちに好まれる景観を持っていたことには注意してよい。遍照寺や広沢池は後に「月」の名所とされるが、安藤論が指摘するように、この時代には「月」を詠む例（『公任集』四〇六）もあるが、特に強く結びついているわけではない。重之は広沢池の水面に映る「白雲」、元輔は池の水際に咲く「秋萩」を景物として取り上げている。

遍照寺を開創した寛朝は、開創以前からこの広沢池畔に山荘を所有していた。譲位したばかりの円融院は寛和元年（九八五）三月に西山に花見に訪れて、寛朝の山荘に遊んでいる（『小右記』三月十六日条）(5)。同年八月に円融院が病により東大寺で出家する際に、受戒の師を務めたのも寛朝である（同八月二十九日条）。円融は、それより十年以上さかのぼる天延元年（九七三）に、前掲の屏風歌を元輔に詠ませており、広沢池周辺の地に親しんいたと思われるのだが、寛朝への深い帰依の心情と相まって、広沢池畔はますます親しみ深いものになっていたのだろう。

(2) 遍照寺を開創した寛朝

永祚《えいそ》元年（九八九）に寛朝の山荘を寺に改めたのが遍照寺

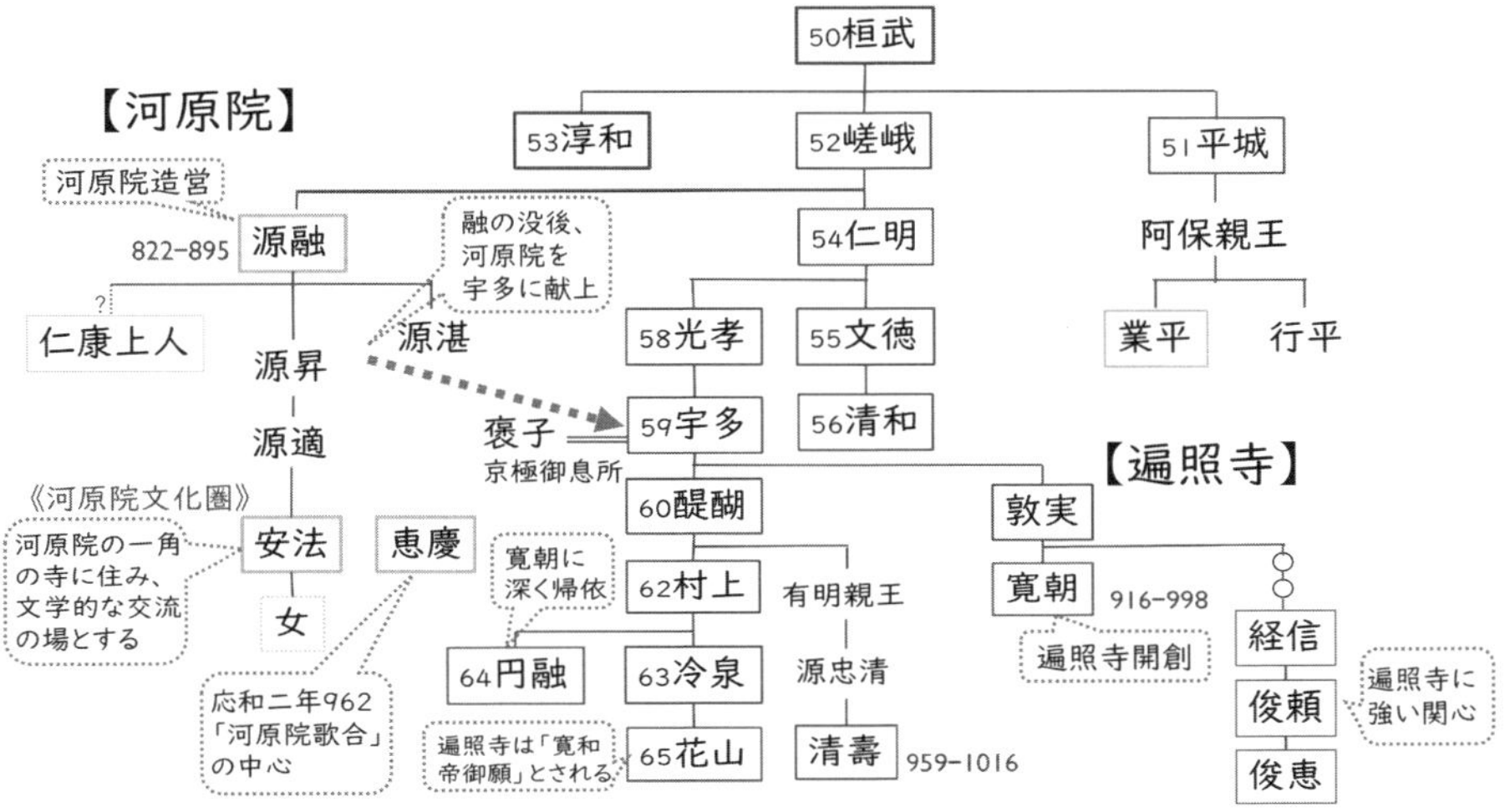

図1 「遍照寺・河原院」関係系図

である。落慶供養には、円融法皇が渡御して盛大に行われた。遍照寺供養の盛儀のさまは、『小右記』（同年十月二十五日条）にうかがうことができる。

今日遍照寺供養日也、仍辰時許渡御、春宮大夫・修理大夫・余騎馬、侍臣等多扈従、巳時許発乱声、供音楽、又供養大般若経、又大行道、大唐・高麗各二曲、皆是童舞、一両公卿脱者賜舞童并身高等、酉時許還御。(6)

記主の実資初め多くの侍臣が円融に付き従い、音楽が奏でられて、大般若経の供養が行われ、大勢の僧侶による行道《ぎょうどう》、そして童舞が行われたという。

寛朝は宇多天皇皇子敦実《あつみ》親王の息子である。(7) 寛和二年、七十二歳で大僧正《そうじょう》にのぼり、日本第三代の大僧正、東寺大僧正の初例となった。『今昔物語集』には寛朝が老僧になっても怪力で盗賊を懲らしめた話（巻二三―二〇、『宇治拾遺物語』一七六に類話）や、阿倍晴明が寛朝の許に話を聞きに伺ったとする話（巻二四―一六）が見える。また、『十訓抄《じっきん》』（一―二一）には、横川《よかわ》の慈恵《じえ》大僧正と並ぶ傑出した僧として名を挙げられ、修法《しゅほう》によって降三世明王《ごうさんぜみょうおう》として現じることができる法力を持っていたと記される。後世まで常人を越えた力を持つ僧として記憶され、説話が語り継がれる名僧だった。

寛朝は、遍照寺を創建後、ここを宗教的な拠点として活動し、「遍照寺僧正」また「広沢僧正」と号した（『血脈類集《けちみゃくるいじゅう》記《き》』）。

（3）寛朝没後の遍照寺

寛朝の没後、付法《ふほう》の弟子である権少僧都《ごんのしょうそうず》清壽《せいじゅ》（九五九～一〇一六）が跡を継いで遍照寺の法務となり（『仁和寺諸院家《にんなじしょいんげ》記《き》』）、「遍照寺僧都」と号した（『血脈類集記』）。清壽は醍醐天皇の曾孫、宇多天皇にとっては玄孫にあたる。恐らくこの時代まで遍照寺は栄えていたのだと考えられる。

二、和歌六人党の時代

（1）定頼の月見の逍遙

清壽の没後、遍照寺は急速に衰微したようである。没後すぐと思われる歌が『定頼《さだより》集』（明王院旧蔵本系統）に見える。

八月十七日の夜、いみじく月明かかりしかば、内に参りてさぶらふに、大殿《おほとの》などおはしまして、女房などに物言はむも便なかりしかば、南殿《なでん》の御前に行きて月をながむるに、夜のいたく更くるままに、言はむかたなし、蔵人《くらうど》もとなかを呼びて、「今夜の月いづこいみじくおもしろからん、歩かばや」など言ひて、「まづただ車に乗りなん」と言ひて、「広沢こそおもしろからめ、そち行かん」と言ひて行くほどに、二条にて西ざまに見やりたる、さらに言はんかたなし、門《かど》どもの見え続きたる八省《はっしょう》の門の、楼《らう》の上ばかりただほのかに絵にかけると見ゆ、嵯峨野過ぎて、かの寺に行き着きたるに、所の様、げにいといみじ、西なる僧房の人も住まず荒れたるに、月を見いだしたるに、思ひ残す事なし、いたく破れたる反橋《そりばし》、たどるたどる渡りて、堂の許《もと》に行きたれば、みなあけて人も無し、月の影に見れば、みな金色《こんじき》の仏見え給ふ、あはれなりとは世の常なり、長押《なげし》のもとまで、秋の野よりも繁く草おひ、虫の声ひまなし、「いみじくもあるかな」などい言ひ合はせて、後《しり》へなる山の東《ひんがし》に、鹿のただ一声鳴きたる、物おぼえず言はんかたなし、「さらに今夜は歌詠むべきかたなし、何事を詠み、何事をすべきにもあらず」など言ふほどに、「さりとて又無下《むげ》にてあらんも、物狂はし、ただしのびてはやむとも」とてかく言ふ

水草《みくさ》引く人し無ければ水の面《おも》に宿れる月もすみぞわづらふ （二九）

すけなり

山の端《は》に入《い》りにし月はそれながらながめし人ぞ昔なりける （三〇）

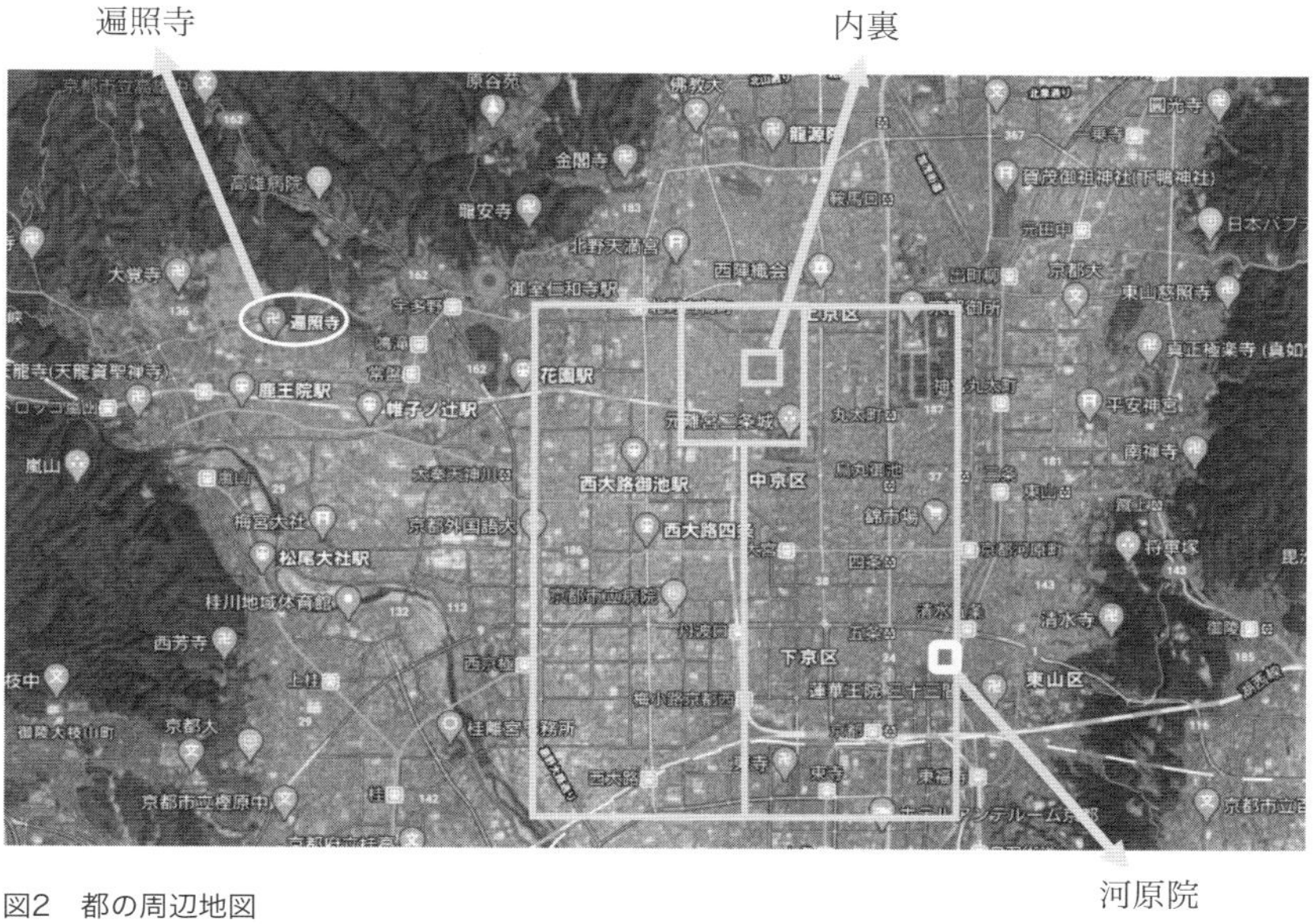

図2　都の周辺地図

範永《のりなが》

住む人もなき山里の秋の夜《よ》は月の光も寂しかりけり（三一）

年経《ふ》れど秋もとまらぬ水の面に幾夜《いくよ》か月のすみわたるらん（三二）

かく言ふほどに、あか月になりぬるにや、鐘つけば返りぬ、嵯峨野より東ざまに車をやりたるに、西に傾ぶきたる月の、水の面を照したる、はるばるとして眼の及ぶべきにもあらず、露置きわたりたる、西は小倉山、東は太秦《うづまさ》の杜《もり》をきはに見ゆ、「池の上の月」といふ詩を誦《ず》して過ぎしほどは、思ふ事少し忘れたりき

八月十七日、内裏に伺候していた藤原定頼（九九五〜一〇四五）は、あまりに月が明るく美しいので、藤原資業《すけなり》と藤原範永[8]を誘って牛車に乗って月見に出かけることにする。中秋の名月からやや欠け始めた、美しい月を見るのにふさわしい場所として選ばれたのが広沢だった。

この月見の逍遥は寛仁二年（一〇一八）であると森本元子によって考証されている。[9] それは清壽没の翌々年に当たる。清壽が亡くなってまだ日が浅く、寛朝の活躍した時代を身近に聞き知ることができた定頼たちにとって、遍照寺の盛時は、はるか遠い昔のことではなかった。

図3　広沢池の周辺地図

（2）月夜の廃墟で金色に輝く仏

　さて、一行が遍照寺に行き着いて見ると、人が住まなくなって荒れた「西なる僧房」に月が射し込んでいる。定頼はその様を見て、まず「思ひ残す事なし」と、物思いの限りを尽くしてしまうと感じている。壊れた反橋を恐る恐る渡って、堂の許に行き着くと、人気は無く、堂の長押の高さまで雑草が生い茂り、虫の声が響いている。そして、その堂に月の光に照らされた仏像が金色に輝いているのを見いだす。広沢池の後方の山の東から一声響いた鹿の声に、「物おぼえず、言はんかたなし」と言葉を失っている。

　『定頼集』の中でも異例の長文の詞書は、この出来事の衝撃の強さを物語っている。池畔にある荒廃した静謐な聖なる空間、そこに射し込む月光、人から忘れ去られてもなお金色に光り輝く仏。二十代前半の定頼の記憶に深く刻まれた経験であったに違いない。

　定頼歌の「水草引く人」、資業歌の「ながめし人」、範永歌の「住む人」は、繁栄していた昔日の人の姿を想起させる。かつては存在しながら、今はそういった人々が不在であることを表現している。

（3）遍照寺の観音堂

　ところで、遍照寺には観音堂があって、そこには等身の十

一面観音像が安置されていたことが、十二世紀末成立の『別《べっ》尊雑記《そんざっき》』（心覚編仏教図像集、巻一九、裏書一三五）に、

　遍照寺観音堂等身十一面像。巡頭十面。頂上仏面也。二臂像也。[10]

とあることによって知られる。[11] それが現在の遍照寺の本尊と考えられており、国指定重要文化財となっている（**図4・口絵4**）。観音堂については、『伝燈広録《でんとうこうろく》』が次のように記す。

　於大池西北設釣殿、池中作嶋岡、建大悲閣、安十一面観音像、掛橋梁、皆是遍照一境也。[12]

大池の西北に釣殿を設け、池の中には島岡を作って、十一面観音を安置する大悲閣《だいひかく》（観音堂のこと）を建てて、島に渡る橋を架けていたという。『伝燈広録』の成立は十八世紀まで下るが、何らかの伝承があったのかもしれない。同時期に成立した『山城名勝志《やましろめいしょうし》』（九、葛野郡）も、池の中、西方に観音堂島あって、いにしえからこの島には橋が架けられており、堂の本尊は十一面観音像だったと記す。

　土人云旧跡在広沢池西北、池西側有釣殿名、池中西方有観音堂島、古自遍照寺此島有橋、此堂本尊十一面像、今在池裏村草堂、弘法大師作云、[13]

『定頼集』の記述からは、定頼たちが見たのが観音像であったかどうか明確ではないので断定はできないが、この伝承に拠れば現存する観音像を見たということになろう。

　定頼たちが訪れた時期に、どの程度、遍照寺の寺域全体が荒廃していたかは明かではない。清壽の没年を考えると、広大な敷地の管理が行き届かず、池畔の西方の一画が特に荒廃が進んでいたのではないかと推測される。そのため範永の「住む人もなき山里」には誇張があると考えたほうがよい。むしろ、ことさらに遍照寺を廃墟として描こうとしているのではないだろうか。

図4　遍照寺本尊「十一面観音像」（重要文化財、平安時代、10世紀末）

（4）和歌六人党と遍照寺

　このとき定頼と同道した範永は、和歌六人党を主導した歌人として知られる。[14] 前節で引用した範永の「住む人も」の歌

は、定頼の父公任《きんとう》から激賞されたという説話が伝わる（『袋草紙』『十訓抄』）。和歌六人党とは、『拾遺集』から『後拾遺集』にかけての約八十年間の勅撰集空白期に活動した、和歌に執心する数寄人《すきびと》の集団である。範永だけでなく、和歌六人党の源頼実《よりざね》（一〇一五～一〇四四）や橘為仲《ためなか》も、それぞれ別の機会に、人々と連れだって遍照寺を訪れて詠歌している。頼実の歌を挙げてみよう。

八月十五日に、大学頭《だいがくのかみ》義忠《よしただ》にさそはれて、遍照寺にまかりて、池上の月といふ題を

あかなくにあまつ空なる月影を池の（　）にうつしてぞ見る　（『故侍中《じちゅう》左金吾《さきんご》家集』三七）

頼実の場合は、定頼たちの逍遙とは異なり、「池上の月」という歌題を設定して歌が詠まれており、初めから中秋の名月の日を選んで遍照寺に向かっている。高重久美はこれを藤原義忠が大学頭になった長元九年（一〇三六）のことと推測している。(15) そうであれば定頼らの月見逍遙より二十年近く後のことで、ちょうど和歌六人党が精力的な活動を展開していた時期になる。

（5）広沢の池を照らす月光

ほぼ同じころに成立した『明衡往来《めいごうおうらい》』は、中秋の月見に遍照寺に誘う手紙の文例を載せる。その返信には、

月の秋、思ひを遍照寺に懸《かく》るは、常の事なり。しかるに時は仲秋の夕に属し、処《ところ》は明地《めいち》の砌《みぎり》に当れり。遊興、何ぞ黙止《もだ》すべけんや。(16)

とある。遍照寺は仲秋の月見にふさわしい地として、まず思い起こされる名所に成長し、広沢池周辺は「明地」、つまり建造物のない、使われていない場所と認識されている。

ところで、頼実歌の「池上の月」という歌題をめぐっては、少し時代は下り、場所も異なるが、源俊頼《としより》に注意される例がある。

まことの仏は池になんあらはれ給ふといへる事をよめる

世の中に沈むとならば照る月の影をならびの池にすまばや　（『散木奇歌集』九一五）

『散木弃歌《さんぼくきか》集標注』（村上忠順著、一八五〇序）は、この詞書が『観無量寿経《かんむりょうじゅきょう》』の「若欲至心生西方者、先当観於一丈六像、在池水上」を踏まえると指摘する。この経文は、西方極楽浄土に生まれ変わるために、一丈六尺の阿弥陀仏を観ずる観法を勧めるものである。出典の当否は措くとしても、『散木集』詞書は「池上の月」が仏の顕現のイメージと結びついていたことを示している。

(6) 河原院文化圏と和歌六人党

和歌六人党には、蔵人経験者の四位を極官とする中堅官僚という条件があり、六歌仙に倣った六人という成員数にもこだわっていて、自由に歌人・文人が集う〈河原院文化圏〉とはずいぶんと異なる性格を持つ。しかし、和歌六人党はちょうど〈河原院文化圏〉と交替する形で登場し、詠歌することで交流し、成員同士が影響関係を強く持っていた集団という点では共通する。

また、遍照寺は和歌六人党にとっては詠歌の場のひとつに過ぎないので、その活動史から見れば過大評価はできないが、遍照寺の詠歌史から見ると、和歌六人党の活動はそのトポス化に大きな意味を持ったと思われる。

河原院と遍照寺は、荒廃が進む中で、風雅に淫する歌人集団の活動の場となったこと、その風雅には隠逸と宗教が大きく関わっている点で重なっているのである。

(7) 遍照寺と漢詩文

河原院と遍照寺の詠歌の場として重なりはそれだけではない。遍照寺は、河原院と同様、漢詩文とも関わりが深い。

前掲の定頼たちの月見逍遙では、帰途、「池の上の月」という詩を吟じているが、これは白居易の詩句だと指摘される。(17)後年、その詩句は藤原基俊撰『新撰朗詠集』(一一三〇)に採られ、同じ秋部の「月」の項には範永の「住む人も」の歌が「遍照寺　範永」として収載されている。

定頼と同車していた資業(九八八~一〇七〇)は、儒者の要職を歴任した実務官僚で、漢詩文に長じていたことで知られる。定頼の父公任が、和歌と漢詩からなる『和漢朗詠集』の編者であることは改めて言うまでもないだろう。

また、和歌六人党の頼実を遍照寺に誘ったのは、頼実父頼《より》国《くに》と旧知の間柄であった大学頭義忠である。そもそも和歌六人党は、漢詩文にも親しむ和漢兼作の歌人たちで構成されている。『本朝続文粋《もんずい》』に見える藤原実範《さねのり》(九九八?~一〇六二)の詩序「八月十五日夜於遍照寺翫月詩一首併序」と、『本朝無題詩』に載る「遍照寺翫月」と題する藤原明衡《あきひら》と実範の漢詩(一五一・一五二)は、先掲の頼実の「あかなくに」の歌と同時のものだと高重論は指摘する。このうち実範の詩を次に挙げてみよう。

対月適逢三五晴　月に対《むか》ひ　適《たまたま》三五《さんご》の晴れたるに逢ひ
蕭然古寺感方生　蕭然《せうぜん》たる古寺に　感方《おもひまさ》に生ず
最明素択今宵色　最明《さいみやう》　素《もと》より択《えら》ぶ今宵の色
遍照弥知此地名　遍照　弥《いよいよ》知らる此の地の名
松磴荊扉秋雪宿　松磴荊扉《しようたうけいひ》　秋雪宿り
寒原荒野白沙平　寒原荒野　白沙《はくさ》平らかなり

漏更暁到将帰処　漏更　暁に到りて将《まさ》に帰らんとする処《ところ》
帳望山西影已傾(18)　帳望す　山の西に影の已《すで》に傾きたるを

実範は遍照寺を「蕭然たる古寺」と表現しており、そうであるならば、ここは完全にうち捨てられた廃墟とは言えない。しかし、物寂しくひっそりとした寺の周辺には、月光に照らし出された寒々とした荒野が広がっている。そうした廃墟的な場こそが月を見るのにふさわしいとして求められたのである。また、実範の詩では、「遍照」（あまねくてらす）という寺名が明確に意識されている。そのことによって、この時代、「月」との結びつきを強めたのだと思われる。

三、院政期から新古今時代

(1) 説話の誕生と六条源家

さて、寛朝・清壽の遍照寺の盛時から約一〇〇年が経過して院政期になると荒廃はさらに進み、遍照寺と河原院を結びつける説話が誕生して遍照寺の詠歌史は新たな段階に入る。『仁和寺諸院家記』で、清壽の後に遍照寺法務として名が記されるのは経範法印（一〇三一～一一〇四、一〇六一より法務）で、経範没後は十四世紀まで約二〇〇年間、名を記される人物がいない。院政期から新古今時代がすっぽりその時期に入っている。

河原院を造営した融の歌としては、『伊勢物語』初段に見える次の歌がよく知られている。

陸奥のしのぶもぢずり誰ゆゑに乱れそめにし我ならなくに
（『古今集』恋四・七二四、第四句「乱れむと思ふ」）

源俊頼《としより》（一〇五五～一一二九）は、『俊頼髄脳』にこの歌を掲出して、「しのぶもぢずり」とは陸奥国の信夫郡産出の摺り文様であると解説した後、次のように記す。

遍照寺の御簾《みす》のへりにぞ摺《す》られてありしを、四五寸ばかり切り取りて、故帥大納言《そちのだいなごん》、山荘の御簾の縁にせられてありしかば、世の人みな興ぜし。(19)

「故帥大納言」とは俊頼の父大納言経信《つねのぶ》（一〇一六～一〇九七）のことである。経信は遍照寺の御簾の縁に用いられていた「しのぶもぢずり」を一五～二〇センチほど切り取って、自身の山荘の御簾の縁にして、訪れる人を興じさせていたという。

御簾の縁に使われた「しのぶもぢずり」とは、都から遥か彼方の異郷を想起させる断片である。その異郷の断片は源融とも強く結びついている。その断片が、遍照寺と河原院を結びつけている。経信や彼の趣向に興じた人々、そしてそれを記す俊頼にも、遍照寺から河原院を連想する回路が共有されていたと見てよいだろう。経信は実際に遍照寺を訪れて、

「初冬遍照寺即時」（『本朝無題詩』六〇四）と題する七言律詩を残している。

俊頼もまた八月十五夜に遍照寺を訪れて月を愛でる歌を詠んでいる（『散木奇歌集』四八五）。さらに、その息子の俊恵《しゅんえ》（一一一三〜一一九四）も同じく遍照寺で詠歌している。経信たち三代は六条源家と呼ばれることがあるが、彼らは寛朝父の敦実親王の子孫の宇多源氏で、そのことが遍照寺への強い関心を呼び起こしているのかもしれない。

(2) 遍照寺の「しのぶもぢずり」

興味深いのは、俊恵が二首、遍照寺で「しのぶもぢずり」を詠んだ歌を残している点である。うち一首を挙げてみよう。

十月ばかり遍照寺に人人まかりて、歌よみはべりしに

昔きししのぶもぢずり跡きえて庭の浅茅《あさぢ》ぞ乱れたりける

（『林葉集《りんようしゅう》』六四四）

俊恵は歌林苑《かりんえん》という自らの僧房に、世にあまり入れられない中下流貴族や出家者を集めて歌会を開いていたことで知られる。その俊恵が「人々」――恐らく歌林苑に集まるような親しい歌人たちと連れだって遍照寺に出かけて歌を詠んでいるのである。庭に乱れて繁ると歌われた「浅茅」は荒廃ぶりを象徴的に示す植物である。

「月」と強く結びつくようになっていた遍照寺で「しのぶもぢずり」を詠む歌は珍しいが、もう一人だけ取り上げている歌人がいる。俊恵より一世代若く、博覧強記の歌学者として名を馳せた顕昭《けんしょう》である。

仁和寺《にんなじ》二品《にほん》親王、雪の朝《あした》、遍照寺におはしまして、人人歌よませ給けるに、よみ侍りける　顕昭法師

玉すだれ昔をかけて降る雪に山さへ今朝はしのぶもぢずり

（『玄玉集』三一九）

「仁和寺二品親王」とは後白河院皇子で仁和寺御室《おむろ》となった守覚法親王《しゅかくほっしんのう》（一一五〇〜一二〇二）のことで、和歌に優れ、仁和寺には守覚を中心とした和歌圏が形成されていた。守覚は、雪の朝、恐らく歌会を開くことを目的として顕昭初め近習の人々を引き連れて遍照寺を訪れたのであろう。遍照寺はこのころ仁和寺の管轄になっていた。顕昭は、広沢池背後の山に、雪がまばらに降り積もる様を乱れ文様の「しのぶもぢずり」に見立てている。

(3)「しのぶもぢずり」への愛着

顕昭が遍照寺の「しのぶもぢずり」に、なみなみならぬ関心を寄せていたことは、著書の『袖中抄《しゅうちゅうしょう》』からもうかがわれる。顕昭は、前掲の『俊頼髄脳』の記事をそのまま引用した後に、次のように記す。

私云、先年、民部卿成範《なりのり》卿、左京大夫修範《ながのり》卿などにいざなわれて、西山の寺めぐりし侍りしに、遍照寺にまうでては侍りしかば、かの母屋《もや》御簾はみくりのつると申す物にて、しのぶずりのへりは皆失《う》せて侍らざりしかば、をのをの御簾を折りつつこそ持て帰り侍りしか。(20)

顕昭が、信西《しんぜい》の息男兄弟の藤原成範・修範に誘われて西山の寺めぐりをしたときのことである。一行が遍照寺を訪れると「しのぶずり」の母屋の御簾の縁はすっかり無くなっていた。そこで、ミクリ（ガマ科の多年草）で作られた御簾を各々折って持ち帰ったという。これは成範が民部卿に任ぜられた一一八一年以降、修範出家の一一八三年以前のことであろうか。そうであれば、治承寿永の内乱期の出来事ということになる。

時代をさかのぼって、和歌六人党に先達として仰がれた歌人に能因《のういん》がいる。その和歌への執心ぶりを伝える説話に、歌枕「長柄橋《ながらのばし》」の「鉋屑《かんなくず》一筋」を大切にしていて、同じく数寄人の藤原節信《たかのぶ》が重宝とする「井手《いで》の蛙《かわず》」の干からびた死骸と見せ合ったという著名な話がある（『袋草紙』）。「しのぶもぢずり」の代わりに「みくりのつる」を持ち帰る行為は、「鉋屑一筋」を重宝としていた能因の説話を彷彿とさせる。

(4) 霊物が住み着く廃墟

さらに時代をくだって十三世紀に入ると、次のような説話が『古今著聞集《ここんちょもんじゅう》』（四五六）に見える。

後中書王《のちのちゅうしょおう》、雑仕《ざふし》を最愛せさせ給《たま》ひて、土御門《つちみかど》右大臣をば儲《まう》け給ひけるなり。朝夕これを中に据《す》ゑて、愛し給ふこと限りなかりけり。月の明《あ》かりける夜、くだんの雑仕を具し給ひて、遍照寺へおはしましたりけるに、彼《か》の雑仕、物《もの》にとられて失《う》せにけり。中書王歎き悲しみ給ふこと、ことはりにも過ぎたり。(21)（後略）

後中書王とは、村上天皇皇子の具平《ともひら》親王（九六四〜一〇〇九）のことである。親王が身分の低い雑仕女を寵愛して、子供（土御門右大臣源師房《もろふさ》）までもうけたが、月の明るい夜に、遍照寺に女を連れて出かけたところ、物の怪《け》に取られて亡くなってしまったという。

角田文衞《つのだぶんえい》は、この説話を史実と考えて、「紫式部は、夕顔の最後を描くに際して、そのプロットの着想をこの雑仕女の死から得た」とし、『源氏物語』では「『遍照寺』を六条の辺に所在する『なにがしの院』と変え」たのだと推測する。(22) しかし、この説話は『源氏』の時代から約二五〇年も下って初めて登場するもので、『源氏』成立以前に流布していた確証がない。また、遍照寺の創建は永祚元年のことで、具平親王生前は、遍照寺が寺院として最も栄えていた時代と重なる。親王が愛人を連れて出かけたり、霊物が住み着く場所とイメージされたりするとは考えがたい。

　事実はまったく逆で、『源氏物語』への連想からこの説話は誕生したのであろう。『源氏』の「なにがしの院」は、『光源氏物語抄』や『紫明《しめい》抄』といった鎌倉時代成立の古注以来、河原院がモデルではないかとされ、宇多法皇が月の明るい夜に京極御息所《みやすんどころ》を伴って河原院に訪れて楽しんでいたところ、融の霊が出て御息所を襲ったという『江談《ごうだん》抄』に見える説話の類話が引かれる。遍照寺の荒廃が進み、河原院とイメージが重ねられるようになって、『源氏物語』への連想の回路が開かれて、『古今著聞集』が語るような説話が誕生したのだと推測される。

（5）遍照寺をめぐる詠歌史

　遍照寺に関わる詠歌史を振り返ったとき、和歌がもっとも多く詠まれたのが院政期後半から新古今時代にかけてである。寺院としての繁栄ははるか遠い昔のこととなり、荒廃が一層進み、荒廃ぶりを物語る説話が誕生する、まさにその時期に多くの歌が詠み出されているのである。

　和歌六人党に続いて、遍照寺に関心を示すのが、俊恵を中心とした歌林苑の歌人たちや顕昭であることは先述した。この時代の詠歌については、安藤論が特に詳しく検討しているので、安藤論に拠って概要をたどると、その後、歌林苑と接触のあった慈円が好んで歌に詠んでいるという。その詠みぶりには、「寛朝とその時代を回顧」するような「古典への傾斜」がありながら、「まったくの観念だけで景物を組み立てるのではなく、現実のその場所にふさわしく詠む」ことが求められていたと安藤論は指摘する。

　このような流れが、新古今時代初期の代表的な催しである『六百番歌合』において「広沢池眺望」題が設題されることにつながっていく。

（6）遍照寺に身を置くこと

　新古今時代の直前の院政期の詠歌に注目すると、この時期、題詠中心の時代でありながら、遍照寺については、そこに身を置いて詠むことが重視されているようである。『千載集』（冬・四五六）には、前節で掲出した顕昭の歌と同じ時に遍照寺を訪れて詠まれたと推測される守覚の歌が入集している。

　そのことには寛朝ゆかりの地であるという記憶が、まだ保たれていたことが関わるのだろう。守覚は仁和寺の法統を継ぐ者であるから、それは当然と言えるかもしれない。しかし、守覚のような立場の者だけでなく、寛朝ゆかりの地であるという歴史認識は、同時代において共有されていたのだと推測される。平康頼《やすより》著とされる『宝物集《ほうぶつ》』の冒頭、鬼界《きかい》ヶ島から帰還した男が釈迦堂へ参詣する道行きの中に、次のような一文が見える。

遍照寺のほどをみるにも、敦実親王の御子、寛朝僧正の、孔雀経の行の隙には、広沢の池にむかひて、鳳凰鴛鴦《ゑんあう》のしらべに思ひをのべ、流泉啄木《たくぼく》の曲に、心をすまして過し給ひけるに、跡を見捨ては過ぎがたくぞ侍るめる。(23)

『宝物集』はこの文に続けて、先の範永の「住む人も」の歌、守覚の「浪かけば」の歌とともに、次の源頼政《よりまさ》の歌を引用する。

遍照寺の月を見て
いにしへの人は汀に影絶えて月のみぞすむ広沢の池
(『頼政集』二四四、第四句「月のみすめる」)

頼政は、人影のない広沢池畔で、月だけが澄んだ光を投げかける情景を歌っている。ここで「いにしへの人」は、盛時の遍照寺に集った人を指すともとれるが、寛朝が「心をすまし」て過ごした場所という前文からの文脈では、寛朝その人を指すとも解釈できよう。

このような昔日とは打って変わった寂しい場所でありながら、遍照寺では歌合も開催されたらしい。季経(『季経集』四九)、平経盛《つねもり》(『経盛集』五六・七九)、俊恵(『林葉集』五〇六・七八三)の家集には、「遍照寺歌合」という詞書が見える。歌合の名称が開催場所ではなくて、奉納先を示す場合もあるが、遍照寺の場合は開催場所を示していると考えてよいだろう。『経盛集』は巻末に寿永元年(一一八二)六月十日の自跋を持つので、歌合の開催はそれ以前のことになる。

(7) 院政期の河原院歌合・歌会

注目されるのは、同時期に「河原院歌合」が開催されていることである。

「河原院歌合」としては、河原院文化圏の活動が盛んだった応和二年(九六二)年九月五日に、安法法師を中心として恵慶法師が参加して開催された歌合の証本が伝わっていて、よく知られている。それから約二〇〇年後の安元二年(一一七六)にも、四月二十日と十月三十日の二度、河原院で歌合が催行されている。(24)

そのうち四月二十日の歌合は、顕昭が主催し、清輔が判者となって開催され、季経や藤原隆信《たかのぶ》が参加している。

河原の院にて、人人歌合し侍りしに、故郷瞿麦《ママなでしこ》といふ事を
種撒《たねま》きし籬《まがき》は野辺と荒れはてて浅茅に混じるとこなつの花
(隆信集・三〇)

隆信の歌は、その昔、籬のあたりに種を撒かれた「とこ

なつの花」（瞿麦のこと）が、荒れ果てた野辺で雑草に交じって咲いていることを詠む。この歌合の歌題は、「古籬瞿麦」の他、漢字四字の結題「雨中水鶏」「卯花傍池」「伝聞郭公」「暫談帰恋」の計五題で構成されている。そのうち四題は開催時期の夏の当季題で、いずれも河原院の景を意識した設題となっている。これは応和二年の「河原院歌合」において、同様の漢詩句題[25]で荒廃した景が詠まれていることを意識しているかもしれない。

この他、『教長《のりなが》集』（四二四）や『忠度《ただのり》集』（三六）には、河原院で開催された歌会の歌も見える。

（8）〈河原院文化圏〉の記憶の再生

従来、〈河原院文化圏〉の活動の終息後、その文学伝統がどうなったのかについては、あまり注目されることがなかったのではないか。

河原院歌人たちが去った後、河原院は「いよいよ荒れまさりて」、その面影を伝える松の木も風に倒れてしまったと語られる（『古本説話集』二七）。さらに、院政期に入ると頻繁に火災に見舞われた。永長元年（一〇九六）（『中右記』正月二十九日条）、康和五年（一一〇三）（同十二月二十八日条）、久寿二年（一一五五）（『百錬抄』三月十八日条）、平治二年（一一六〇）（同十一月二十六日条）に、河原院やその近辺の焼亡の記事が見える。

そうでありながら「河原院」は詠歌の場として再び注目されて、人々がわざわざ赴いて歌合や歌会を開いている。それは〈河原院文化圏〉の記憶の再生が、身体的パフォーマンスを伴って行われていると考えてよいのではないだろうか。

（9）共振する遍照寺と河原院

ところで、安元二年四月に「河原院歌合」を主催した顕昭は、遍照寺に関心を寄せていた歌人の一人であり、参加歌人の季経は「遍照寺歌合」でも詠歌していた。同年十月の「河原院歌合」の判者は俊恵であるが、俊恵も遍照寺に強い関心を抱いていた歌人である。さらにまた、河原院歌会への参加が確認できる忠度と教長にも遍照寺とのつながりが見える。忠度は「遍照寺歌合」に参加していた経盛と同じ平家歌人、教長は「教長家廿五名所会[26]」を開催し、その第一の名所題に「遍照寺」を加えている。

遍照寺の歴史の舞台への登場は、河原院より一〇〇年遅れるが、その文化的な存在としての軌跡は河原院と重なる。際だった個性を持つ最初の主《あるじ》の退場後、その場は荒廃の一途をたどるが、文学を愛好する集団が昔日を懐古して集い、和歌と漢詩文が出会う宗教的な場となる。そして、院政期にもう一度文学的な場として再生する。

この院政期の段階で、遍照寺の歴史は河原院に追いついて、両所を結びつける説話が誕生し、共通する歌人が両所を訪れて、歌合や歌会を開いて詠歌している。河原院では、〈河原院文化圏〉の記憶の再生が行われていると先に述べたが、遍照寺の存在がそこに重なることで、詠歌の場としての河原院と遍照寺は共振し、「僧と俗、和歌と漢詩文、そして「昔」〈過去と歴史〉と現在の出会う文化的・宗教的な場」(27)の記憶の再生は増幅しているのではないだろうか。

開催年が明確な「河原院歌合」が安元二年（一一七六）、また、顕昭が遍照寺を訪れて御簾を折って持ち帰ったのが一一八〇年代と推測されること、「遍照寺歌合」や「河原院歌合」に参加していた忠度や経盛の歌人としての活動時期は一一八〇年頃までであることなど、院政期の中でも内乱期に突入する末期に、遍照寺と河原院をめぐる文化活動が活発化していることは、やはり時代背景として気になるところである。文化的な活動と時代背景を安易に結びつけることは慎まなければいけないが、別稿で論じた西行や寂蓮の廃墟をめぐる詠歌活動(28)とも響き合う。和歌は、南都のような戦乱により焼け野原になった地や、傷ついた人々を、生々しく直接的に歌うことはしない。その代わりに、人々の危機感や哀しみや祈りを表しているのが、廃墟をめぐる詠歌なのではないか。

四、十三世紀後半以降

（1）遍照寺の荒廃の質の変化

こうして詠歌の場としての遍照寺と河原院は、院政期に〈廃墟〉という空間的な性格によって重なり、共振していると考えられるのであるが、その後の軌跡は大きく異なっている。

室町時代になって、世阿弥が河原院を舞台にして、「融」という謡曲の名作を生み出していることはよく知られる。

一方、『徒然草』（一六二）は、遍照寺を舞台として、次のような話を伝えている。

遍照寺の承仕《じようじ》法師、池の鳥を日来《ひごろ》飼ひつけて、堂の内まで餌《え》を撒きて、戸一つ開けたれば、数も知らず入り籠りける後、おのれも入りて、たて籠《こ》めて、捕《とら》へつつ殺しけるよそほい、おどろおどろしく聞えけるを、草刈る童《わらは》聞きて、人に告げければ、村のをのこども、おこりて入りて見るに、大雁《おほかり》どもふためきあへる中に、法師交じりて、打ち伏せ、捩《ね》ぢ殺しければ、この法師を捕へて、所より使庁《しちやう》へ出だしたりけり。殺す所の鳥を頸に懸けさせて、禁獄《きんごく》せられにけり。基俊大納言、別当の時になん侍りける。(29)

「承仕法師」とは寺院の雑事を司る役僧を指す。殺生戒を厳しく守るべき僧侶が、広沢池の大雁を残虐な方法で大量に殺す罪を犯して投獄されたという。『古今著聞集』に遍照寺で雑仕女が物の怪に殺されたという説話が見えることは先に触れたが、『徒然草』が記すのは、こともあろうに僧侶が殺生の大罪を犯すという衝撃的な話である。同じく荒廃を物語る説話であっても、その荒廃の質が、より現実的でグロテスクなものに変化したことを思わせる。

（2）遍照寺のその後

遍照寺をめぐっては、十四世紀初めごろ後宇多天皇（父は亀山天皇）の周辺で復興の動きがあったようで、『仁和寺諸院家記』には後宇多の弟にあたる益性《えきしょう》親王（一二八五〜一三五二）の名が遍照寺法務として記される。(30) 嘉元元年（一三〇三）成立『新後撰集』（雑下・一四六八）には、後宇多の護持僧の天台座主道玄が広沢の池で詠んだ歌が一首だけ見える。『徒然草』の記す事件の時に検非違使別当だったとされる源基俊がその任にあったのは、弘安八年（一二八五）四月から翌年九月までのことで、武石彰雄はこの事件は、復興前のことと推測している。(31)

後宇多の時代の後、遍照寺をめぐる詠歌は見いだせない。もはや遍照寺は文学的なトポスとして機能しなくなったと言ってよいであろう。

むすびに

それにしても、同じく廃墟化して、一時期、詠歌の場として共振していた河原院と遍照寺の道が、その後、分かれてしまったのは何故なのであろうか。

平安中期の〈河原院文化圏〉を提唱した近藤みゆきは、文化圏が形成されるにあたって、かつての主《あるじ》・源融の存在の重要性を指摘している。遍照寺の場合、融に擬されるのは寛朝であろう。寛朝が開創した遍照寺は広沢流の本源地とみなされ、寛朝は名僧としての説話が語られるだけでなく、声明《しょうみょう》音曲に詳しく、舞楽を好み、管弦の達者とも伝えられる。しかし、寛朝には融のような文学的な活動は見られない。遍照寺はあくまで宗教的な拠点であった。それに対して、河原院は文人貴公子の風雅な社交場として誕生し、その核となったのが融だった。融のような強力な文学的象徴を欠き、豊かなイメージを湛えることができなくなって、遍照寺は文学的なトポスとしての機能を失ったのだろう。

しかし、河原院より短命であったとは言え、寛朝・清壽が没して以降、約一五〇年間、遍照寺は確かに〈文学を生み出す廃墟的な場〉であった。

＊和歌の引用は、私家集は新編私家集大成に、その他は新編国歌大観により、表記は私意により改めたところがある。

注

（1）仁康は『日本人名大事典』等で、「融の三男」と説明されるが、年代が合わず不審。なお、仁康が河原院から仏像を移して祇陀林《ぎだりん》寺（広幡院）を開創したのは、長保二年（一〇〇〇）四月二十日（『権記《ごんき》』等）。

（2）引用は、新日本古典文学大系に拠る。表記は私意。

（3）『古代後期和歌文学の研究』（風間書房、二〇〇五年）。以後、引用する近藤論は本論考に拠る。関連する近藤論に、「「河原院文化圏」再考」（『中古文学』一〇三、二〇一九年三月）がある。

（4）「「志賀山越」と「広沢池眺望」――六百番歌合四季題の花月」（『国文』七四、一九九〇年一月）。以後、安藤論の引用は本論考に拠る。

（5）中山照玲「寛朝僧正の事跡について（四）」（『成田山仏教研究所紀要』四一、二〇一八年）参照。中山は、遍照寺供養以前に寛朝が円融法皇に胎蔵法の供養法を「遍照寺」で授けたという記録があることから、この地には開創以前から皇室関係者か貴族の別荘があり、その屋敷内に「遍照寺」と称する仏堂があったのではないかと推測している。

（6）引用は大日本古記録『小右記』（岩波書店）に拠る。

（7）中山照玲「寛朝僧正の事跡について（五）」（『成田山仏教研究所紀要』四二、二〇一九年）参照。

（8）詞書の「蔵人もとなか」は該当者が見当たらず、森本元子は、三一・三二番歌の作者として記されている範永の誤写ではないかと推測する（『定頼集全釈』風間書房、一九八九年）。

（9）前掲注8『定頼集全釈』。

（10）引用は、『大正新脩大蔵経』図像部第三巻（大蔵出版、普及版一九八八年）に拠る。

（11）前掲注5中山論参照。

（12）引用は、『続真言宗全書』三三（続真言宗全書刊行会、一九八四年）に拠る。

（13）引用は、宮内庁書陵部蔵（柳・四二八）正徳元年版本に拠る。

（14）範永については、『範永集新注』（青簡舎、二〇一六年）加藤静子「解説」参照。また、加藤は「藤原家経の家集を起点にして――関白頼通時代における万葉集接取、歌会の動向」（『和歌文学研究』一二八、二〇二四年六月）で和歌六人党の成員について言及する。

（15）「長元九年八月十五夜遍照寺詩歌会：摂津源氏頼実と藤原南家実範」（『文学史研究』四四、二〇〇四年三月）。以後、高重論の引用は本論考に拠る。

（16）引用は、重松明久『新猿楽記・雲州消息』（現代思潮社、一九八二年）に拠る。

（17）『定頼集全釈』（前掲注8）は「親故適廻駕　妻奴未出関　鳳凰池上月　送我過商山」を挙げる。他に、『和漢朗詠集』（雑「鶴」四四七・劉禹錫《うしゃく》）に見える詩句も挙げるが、この場面には合わない。

（18）引用は、本間洋一『本朝無題詩全注釈一』（新典社、一九九二年）に拠る。

（19）引用は、家永香織・小野泰央・鹿野しのぶ・舘野文昭・福田亮雄『俊頼髄脳全注釈』（勉誠社、二〇二三年）に拠る。

（20）引用は、『歌論歌学集成』（第五巻）川村晃生校注「袖中抄〔下〕」（三弥井書店、二〇〇〇年）に拠る。表記は私意。

(21) 引用は、日本古典文学大系に拠る。表記は私意。
(22) 『紫式部伝――その生涯と『源氏物語』』(法蔵館、二〇〇七年)。さらに角田は、本稿では引用を省略した『古今著聞集』(四五六)の後半の記述から、この雑仕女の名前を「大顔」であると推測する。この角田の推論に拠って、夕顔のモデルは、遍照寺で霊物に取り殺された具平親王の雑仕女「大顔」であるという記述を見かけることがあるが、注意が必要である。
(23) 引用は、新日本古典文学大系に拠る。表記は私意。
(24) 『平安朝歌合大成 増補新訂』四〇五・四〇六参照。
(25) 『平安朝歌合大成 増補新訂』六一。歌題は、「霜鶴立洲」「緑松臨池」「旅雁聞雲」「夜虫鳴叢」「花薄招人」「秋萩鹿鳴」「露光宿菊」「月影漏屋」「瓜生坂霧深」「佐保山紅葉浅」の十題。このうち最初の「鶴」と「松」を含む最初の二題は祝題。また、最後の「瓜生坂」と「佐保山」を含む二題は名所題。それ以外の六題は秋の当季題。
(26) 松野陽一『鳥箒 千載集時代和歌の研究』(風間書房、一九九五年)参照。
(27) 前掲注3近藤著書。
(28) 拙稿「彷徨する寂連――寿永百首家集『寂連集』雑歌をめぐって」(『私家集――和歌と自己語り』日本文学研究ジャーナル二〇、二〇二一年十二月)、同「廃墟を見つめる西行」(『廃墟とイメージ――憧憬、復興、文化の生成の場としての廃墟』神奈川県立金沢文庫、二〇二三年九月)。
(29) 引用は、小川剛生訳注『新版徒然草』(角川ソフィア文庫)に拠る。
(30) 櫛田良洪『真言密教成立過程の研究』(山貴房佛書林、一九六四年)参照。
(31) 「遍照寺の承仕法師」(『日本文学研究』一六、一九七七年二月)。

附記 遍照寺ご本尊の写真掲載をご許可くださいました同寺副住職の生石唯我様に御礼申し上げます。

夢幻能と廃墟の表象
——世阿弥作《融》における河原院描写に注目して

山中玲子

やまなか・れいこ——法政大学能楽研究所教授。専門は中世日本文学、特に能楽。主な著書・論文に『能の演出 その形成と変容』（若草書房、一九九八年）、「能〈通小町〉遡源」（『国語と国文学』93—3、二〇一六年三月）、「《半蔀》の小書「立花供養」の諸相」（『能楽研究』47、二〇二三年三月）などがある。

河原院の廃墟を舞台とする能《融》（古名《塩釜》）は、同所を怪奇の場とする作品群とも、また和歌の伝統を踏まえ世阿弥や禅竹が完成させた女体夢幻能とも異なる独自の方法で、河原院の荒廃とそれを嘆く人物を描いている。その廃墟描出の独自性を明らかにし、特に前シテの人物像について再検討の余地があることを述べる。

はじめに

「廃墟」と聞いたときに人が思い浮かべるイメージは様々だろう。言うまでもなく、西洋の美術史の中で意識され言及されてきた、いわば「正統派」の廃墟——古代ローマの建物や中世の修道院の石組みが何百年もの時を超えて崩れつつも残っている跡——は、日本の木造建築には当てはまらない[1]。だが、現在では「廃墟」の語が示す範囲は遙かに広くなり、爆撃によって破壊され瓦礫となった街も、うち捨てられた温泉街や遊園地なども、「廃墟」と呼ばれるようになっている。そうであれば、日本の室町時代に生まれた演劇である能の中に「廃墟的なるもの」の表象を探すことも許されるだろう。以下本稿では、西洋の美術史で語られてきた狭義の「廃墟」ではなく（なぜなら日本には存在しないのだから）、もう少し緩やかな「廃墟的なるもの」を広く指す語として「廃墟」を用いたいと思う。

本稿で扱う能の作品は、標題にも示したように「夢幻能」と呼ばれる一群である。以下で特にことわりなく「能」と言う場合も夢幻能のことを指す。夢幻能には亡霊が出てくるのだから廃墟の例も多いように思われるが、たとえば修羅能の舞台となる源平合戦の跡は須磨や八島の海岸であって廃墟ではない。小さな石塔や古木の傍らにも亡霊は現れるがそれらも廃墟とは呼べない。夢幻能は、そこがかつて何かコトやモノが在った場所、人が居た場所だという記憶さえあれば、成立してしまう。したがって、「廃墟」という言葉の意味を広く緩やかに取ってもなお、能に登場する廃墟（的な場所の描写）はけっして多くはない。廃墟的な空間を意識的に書き込み作品世界に特定の情趣を加えようとする試みは、世阿弥とその後継者たる金春禅竹の限られた作品にのみ見ることができるのである。

それらの作品のシテは亡霊だが、どこかに棲みついているというイメージはない。建物に棲みついているのは鬼や化け物であって、(2) 亡霊たちはあの世からやって来る。だから、夢幻能の舞台として、建物（の残骸）が直接描かれることは少ない。そこが人目の無い荒れ果てた場所だということは、朽ち果てた建物そのものの描写ではなく、建物を取り囲む自然の情景によって示されることになる。蔦や雑草に覆われ、少しずつ朽ちていこうとしている場所である。以下ではまずそうした諸曲、「能に描かれた廃墟」あるいは「廃墟を舞台とした能」と聞いたときに（繰り返しになるが「廃墟」という言葉を広く理解したうえで）すぐに思い浮かぶような女体夢幻能の完成形において、世阿弥や禅竹がおこなった廃墟描出の工夫を明らかにする。一つ目の小さな目標である。

一方、これらの女体夢幻能とは別に、有名な河原院の廃墟を舞台とした能も、世阿弥作の《融》をはじめ複数存在する。河原院はかつての贅を尽くした風流の記憶と鬼や物の怪が棲む恐ろしい場所のイメージと、両者を兼ね備えた実在の廃墟であり、本稿でも避けては通れないテーマと考える。本稿の二つ目の、より大きな目標は、能《融》（古名は《塩釜》）における河原院の廃墟描出の特徴を見極め、その意味について考えることである。怪異の場所である河原院を舞台とした他の能作品についても簡単に確認した後、同曲の特に前場の詞章を丁寧に検討していきたい。

なお、以下に引用する謡曲本文のうち、日本古典文学大系旧版『謡曲集』に古写本のテキストが収められている《井筒・定家・芭蕉・融・松風》はその本文を、それ以外の《野宮・夕顔・殺生石・錦木》については新潮日本古典集成『謡曲集』のテキストを用い、記号や役名等の表記を適宜省略したり変更したりしている。

一、夢幻能における廃墟表象のアイテム

世阿弥およびその後継者の禅竹が完成した女体夢幻能の中には、廃墟と呼び得る場を舞台とするものが複数存在する。それらの能では、曲趣に相応しい廃墟的な場を描く際にどのような描写がされているのだろうか。世阿弥自身が傑作であると言明し、現在においても夢幻能の代表作とされる《井筒》は、最も廃墟らしい場を描き出している能とも言うことができる。本曲中で「かつて在原業平と紀有常娘が夫婦として月日を送りやがて業平を本願として在原寺となった」と紹介されるその寺は、すでに「ここは昔の旧跡にて、主こそ遠く業平の、跡は残りて…」（第3段［掛ケ合］）と言われる、いわば廃墟である。だが先にも触れたとおり、能に登場する廃墟は建物自体の破損ぶりや荒廃ぶりではなく周辺の自然の様子によって描写されることになる。

ワキ僧の前に現れたシテの視点による描写（第2段［サシ］）と、シテ・ワキの応対の後の地謡による描写（第3段［上ゲ哥］）を順に掲げる。

・［サシ］さなきだに物の淋しき秋の夜の、人目稀なる古寺の、庭の松風更け過ぎて、月も傾く軒端の草、忘れて過ぎし古へを、忍ぶ顔にていつまでか、待つことなくてながらへん、げになにごとも思ひ出の、人には残る世の中かな。

・［上ゲ哥］名ばかりは在原寺の跡古りて、〳〵、松も老いたる塚の草、これこそそれよ亡き跡の、ひと叢薄の穂に出づるは、いつの名残なるらん。草茫々として、露深々と古塚の、まことなるかないにしへの、跡なつかしき気色かな、〳〵。

人の訪れも稀な古い寺の境内では樹齢を重ねた松が風に吹かれており、境内は草茫々である。古い塚の周りも草で覆われ、ひとかたまりの薄が揺れる。地面だけではなく、荒れて傾いた軒にも草が生えている。草の名前は明示されてはいないが、続く詞章に「忘れ草」「忍ぶ草」「いつまで草」などの名が重ねられていることは諸注の指摘するところである。そのような荒れた庭を眺めて女は「（そこに在った建物も消え庭も荒れてしまっても）過去の記憶というものは人の心に残るものだ」と嘆くのだ。言うまでもなく、彼女が抱えている記憶とは、この後に一曲の中で展開される業平との子供時代から結婚生活の波乱まで含んだ長い記憶である。

かつて何かが在って今は荒れ果てている場所は、《井筒》と同じ女体夢幻能の代表作でともに金春禅竹作とされる《野宮》や《定家》の舞台にもなっている。《野宮》では、かつ

て御息所が滞在し光源氏が一度だけ訪れた野の宮の跡の様子が、ワキ僧とシテの掛け合いとそれに続く地謡によって、

［掛ヶ合］…森の下道秋暮れて、紅葉かつ散り、浅茅が原も
［上ゲ哥］末枯れの、草葉に荒るる野の宮の、〱、跡なつかしきここにしも、その長月の七日の日も、今日に廻り来にけり…

と描写される。その当時でさえ「ものはかなしや小柴垣、いとかりそめのおん住居」（右の［上ゲ哥］の続き）だった場所は

…小柴垣、露打ち払ひ、訪はれしわれも、その人も、古り行く跡なるに、たれ松虫の音は、りんりんとして、風茫々たる、野の宮」（破ノ舞）前の［ノリ地］）

と謡われる。かつては宮が在ったけれど、そこで繰り広げられた恋の思い出も遠い過去となり、宮の跡も古び、草叢では松虫が鳴き、風が激しく吹きすさぶ。これも廃墟である。

《定家》では、北国からやってきたワキ僧がシテ（式子内親王の霊の化身）に出会う時雨亭が、「今降る（古る）も、宿は昔の時雨にて」（今も時雨が降っているが、今は古びてはいてもこの宿は昔の時雨亭で）、「庭も籬もそれとなく、荒れのみ増さる草叢の、露の宿りも枯れがれに」（庭と籬の区別も「それ」と付けられぬほど荒れ果て生い茂った雑草も、秋になって枯れ、露が置くことも少なくなった）と描写されている。

廃墟の表象がこのように、崩壊しつつある建物ではなく、人の暮らす空間を侵食してくる植物の繁茂によって行われるのであれば、その描写が、そもそも自然の世界に埋もれるようにしてひっそりと住まう山居の庵、草庵を描くのにも用いられるのはごく自然なことだろう。同じく金春禅竹作の《芭蕉》は僧が一人住む荒れ果てた山寺を舞台とする。「風茫々と、物凄き古寺の、庭の浅茅生、女郎花 刈萱…」（結末部［ノリ地］）とあるように、その寺の庭には雑草が生い茂っている。また、シテの芭蕉の精が世の無常を嘆く［クセ］には「身は古寺の軒の草、忍ぶとすれど…」「芭蕉葉の、脆くも落つる露の身は、置き所なき虫の音の、蓬がもとの…」という文言もあり、《井筒》の場合と同じくこの古寺の軒に忍ぶ草が生えていることや、庭の雑草（蓬も雑草）の辺り一面で虫がすだいている様子が示されている。僧が一人住んではいても、やはりこれも廃墟の風景であり、植物の精が人目をはばかり現れるための場として機能していると考えられる。

振り返って考えてみるに、《井筒》の舞台となった在原寺も、その片隅に誰かが住んでいたからといって廃墟としての資格を失うわけではない。結末部の「…在原の寺の鐘もほのぼのと明くれば古寺の…」という詞章からは少なくとも鐘を

鳴らす人間はいるのかもしれない。だが、堂守なりとも人がいて鐘を鳴らしているのならそれは厳密には廃墟ではない、と考えるのは、現代的に過ぎるだろう。また、そもそも世阿弥当時、現実の在原寺は廃寺ではなかったことが知られているが(3)、そのことも作品世界の廃墟描写とは関係がない。広い寺の境内の片隅、忘れ去られたような草茫々の場所に、今はあまり人も寄り付かない、かつての業平と紀有常女の「住まい」の名残りがあり、そこに記憶の蓄積があるのなら、そこは過去からの亡霊が現れるのには十分な「廃墟」的な空間と言えよう。

蓬や浅茅や傾く軒等で荒れ果てた場所を描くのは和歌や物語などでごく普通に使われる方法であって能の発明というわけではない。だが、手入れが行き届かない、それだけの経済力がない、受け継ぐ者がいない、というような現在の状況を示すアイコンとしてだけでなく、かつてはそこに在ったけれど今は無いもの、そこに存在しない何かの記憶を呼び起こす装置としての廃墟的な空間、過去から亡霊が現れてくるような空間を、鬼や魔物が棲みつく建物としてではなく描き出す手法は、世阿弥から禅竹へと受け継がれ完成した夢幻能の詞章制作の一つの成果と言うことができよう。

大谷節子氏は《井筒》について、詞章のみならずシテの舞う「移り舞」(序ノ舞)や井戸を覗く演出まで含め、俊成以来の「幽玄」の詠みぶりに他ならないと説く(4)が、その際に引用される「幽玄」のさまざまな定義のうち、「もはや失われてしまった、従って現在においては見られない幻影としての風景へ向かう心が詠嘆的な措辞によって表現されていること」という久保田淳氏の定義(5)は、「御裳濯河歌合」における俊成の判詞についての解説でありながら、そのまま如上の女体夢幻能諸曲において何故廃墟の描出が必要だったかを端的に説明してくれるものでもある。

二、河原院を舞台とする能(一)
怪異の起こる場所

本節では、廃墟の代表のような存在である六条河原院が能の中でどのように描かれているかを検討する。河原院の廃墟は、『源氏物語』を素材とした《夕顔》、源融の霊がかつての六条河原院での栄華を回想して舞う《融》(古名《塩釜》)、さらに観阿弥の得意曲だったが現在ではテキストも残っていない散逸曲「融の大臣の能」の三曲の舞台となっているが、まずは、世阿弥作《融》以外の二曲について見ていくことにする。この二曲は説話で語られてきたのと同じ、怪異の起こる恐ろしい場所としての河原院を描いていると思われるからである。

(1)融の大臣の能

「融の大臣の能」は現在テキストも何も残っていない散逸曲だが、それでも『世子六十以後申楽談儀』[6]に見える二箇所の記事からある程度の内容の推測が可能である。一つめは観阿弥の芸風を語る箇所に見える

又、怒れることには、融の大臣の能に、鬼に成て大臣を責むると云能に、ゆらりききとし、大になり、砕動風などには、ほろりと、ふり解き〳〵せられし也。

という記事、二つ目は《鵜飼》の後場に出る地獄の鬼についての「後の鬼も、観阿、融の大臣の能の後の鬼を移す也」という文言である。これらによって、「融の大臣の能」は前・後場があったらしいこと、地獄の鬼が融大臣を責める内容で、観阿弥が演じたのは融ではなく地獄の鬼だったであろうことなどが、推定されている。地獄の鬼が罪人を責め立てる能というのは観阿弥時代の大和猿楽の得意芸だったようだが、融大臣をめぐっては、まさにその構造にぴったり当てはまるような巷説もあった。良く知られた話だが、「宇多院の河原院左大臣の為に没後諷誦を修する文」[7]によれば、とある宮人に融の霊が憑いて次のように訴えたと言う。

我在世の間、殺生を事と為す。その業の報ひに依りて、悪趣に堕つ。一日の中、三度苦を受く。剣林に身を置きて、鉄杵骨を砕く。楚毒至痛、具に言ふべからず。ただその笞掠の余、拷案の隙に、昔日の愛執に因りて、時々来りてこの院に息ふ。…(中略)…冥吏捜り求めて、久しく駐ることを得ず。

右の引用の中略部分には、自分にはそのつもりがなくても、地獄に堕ちている身の性として結果的に害をなすことになる、というような言い訳が述べられている。宇多院の房事の際に腰に抱きつくような融の亡霊が現れるのも恐ろしいことだが、その亡霊がしばしば、地獄の呵責から逃れるために河原院を訪れ、それを追って地獄の鬼まで現れるというのは、我々人間にとってとてつもなく恐ろしい場所ということになろう。

実は、地獄に堕ちた人間が片時の暇を得てこの世に戻ってくることやそれを追って地獄から鬼が迎えにくるという設定は、そのままの形で《松山鏡》に見えるほか、細部を変更すれば《昭君》《雲林院(世阿弥自筆本)》等、古作の能に共通する構造でもあり、観阿弥所演の「融の大臣の能」は、地獄を舞台にした鬼能なのではなく、河原院に戻ってきて憩う融を地獄の鬼が追ってきて責める能だった可能性も高い。ただしその場合も、能の趣向の中心は、恐ろしい鬼が現れて融を責める様子を見せることにあったはずである。もとより詞章

も残っておらず、鬼が出る場所としての河原院の荒廃ぶりをどのくらい丁寧に描いていたかはまったく判らない。

(2) 夕顔

能《夕顔》は《井筒》や《野宮》等と同じ女体夢幻能だが、夕顔上の霊が現れて自分の過去を再現する場所の描写は他の女体夢幻能とは違っている。前場では都にやってきた僧に向かい、前シテの女が

ここはまたもとより所も名を得たる古き軒端の忍ぶ草、忍ぶ方々多き宿を紫式部が筆の跡に、ただなにがしの院とばかり書き置きし世は隔たれど…

と、ここが紫式部の記した、有名な「なにがしの院」であることを教え、さらに、その「なにがしの院」というのは実は、

古りにし融の大臣住み給ひにし所なるを、その世を隔てて光君、また夕顔の露の世に、上なき思ひを見給ひし、名も恐ろしき鬼の形、それもさながら苔むせる、かはらの院と御覧ぜよ

と説く。光源氏に誘い出され、夕顔がそこで命を失う「なにがしの院」とは、融大臣の邸だった「河原院」のことであると明言しており、そこが恐ろしい場所だとは説いているが、この叙述の中に、河原院の荒廃という要素は含まれていない。あの有名な場所、そして、軒端に忍ぶ草が生え（傾いてはいない）、瓦が苔むしているほど古い場所として紹介されている。ところがその同じ「なにがしの院」は、後場になると僧の眼前で、夕顔が命を失った恐ろしい夜と同じ様子を見せる。

見給へここも自づから気疎き秋の野らとなりて、池は水草に埋づもれて古りたる松の蔭暗く、また鳴き騒ぐ鳥の嗄声身に沁みわたる折からを…

という情景は、『源氏物語』[8]夕顔の巻の

いといたく荒れて、人目もなくはるばると見わたされて、木立いと疎ましくもの古りたり。け近き草木などはことに見どころなく、みな秋の野にて、池も水草に埋もれたれば、いとけ疎げになりにける所かな。

松の響き木深く聞こえて、気色ある鳥のから声に鳴きたるも、梟はこれにやとおぼゆ

という描写をそのまま用いている。『源氏物語』では、引用箇所以外にも物の怪の出現、遠くに控えている人間、灯りのことなど、邸の内部の様子も描かれているのに対し、能《夕顔》での「なにがしの院」は、やはり建物ではなく建物を囲む荒廃した庭の様子によって、その様子が描き出される。その点は先述の女体夢幻能と同じだが、水草に埋もれた池や薄暗く茂る古松など、用いられるアイテムはまったく違い、しかもここでは嗄れ声で鳴く鳥（能の詞章では省かれているが光

源氏は梟と推測している）も登場する。特に、廃墟を表象する動物として狐とともに知られている梟が出てくることに注目したい。

（３）狐と梟

古典文学の中でも絵画の中でも、荒れ果てた邸の跡に狐が出没し、木深い場所で梟が鳴く様子は、しばしば見られるところである。たとえば同じく『源氏物語』の蓬生巻には、末摘花の住む邸について

もとより荒れたりし宮の内、いとゞ狐の住み処になりて、疎ましうけ遠き木立に、梟の声を朝夕に耳馴らしつつ、人げにこそさやうのものもせかれて影隠しけれ、木霊など、けしからぬ物ども所を得て…

という描写があり、近世の『雨月物語』「浅茅が宿」でも、宮木の亡霊は既に家も崩れまさに浅茅原になった場所で、狐や梟を友として時を過ごし夫の帰りを待っていた。『徒然草』（235段）では、心に浮かぶ思念の比喩としてではあるが、「狐、梟やうの物も、人気に塞かれねば、所得がほに入り住み、木霊などいふけしからぬ形も顕るゝ物也」[9]の文言が見える。狐と梟をセットにするのは、元を辿れば白居易の「梟鳴松桂枝狐藏蘭菊叢（梟は松桂の枝に鳴き、狐は蘭菊の叢に藏る）」（凶宅）に至ることも良く知られているが、能では、そもそも狐や梟の語が登場すること自体が非常に少なく、その少ない用例はすべてこの白居易の詩から「蘭菊の狐と松桂の梟」の文言をそのまま使う点が特徴である。そのうち、地名の「狐川」を引き出すレトリックとして蘭菊を用いる《忠度》の例を除くと、あとは《殺生石》と《錦木》に、左掲の用例が見えるのみである。両曲の該当箇所を左に掲げる。繰り返しになるが、《夕顔》には「梟」の語は現れない。

・《殺生石》…なすのの原に立つ石の、苔に朽ちにしあとまでも、執心を残し来て、また立ち返る草のはら、ものすさましき秋風の、ふくろふ松桂の、枝に鳴きつれ狐、蘭菊の草に蔵れ棲む、この原の時しも、物凄き秋の夕べかな。

・《錦木》…嵐木枯村時雨、露分けかねて足引の、山の常蔭も物寂び、松桂に鳴く梟、蘭菊の花に隠るなる、狐栖むなる塚の草、もみぢ葉染めて錦塚は、これぞと言ひ捨てて、塚の内にぞ入りにける、〳〵。

《殺生石》の場合は、都から遠い那須野の原のしかも「殺生石」などという恐ろしい石がある場所で、もちろん人も寄りつかず、なんとも不気味で寂しげな秋の風が吹きすさぶ草原の描写の中に、「ふくろふ松桂の、枝に鳴きつれ狐、蘭菊の草に蔵れ棲む」が組み込まれる。もちろん九尾の狐から

の連想も働いているのだが、いずれにせよここは、かつてそこにあった人々の暮らしの跡としての廃墟ではない。《錦木》の場合はさらに遠く山深い、陸奥「狭布の里」を描く素材として、嵐や木枯らし、時雨と合わせ、「松桂に鳴く梟」や「蘭菊の花に隠るなる狐」が謡われる。「…花に隠るなる狐栖むなる」と二度も伝聞の「なり」が使われているのは、それだけワキ僧にとって未知の世界、習俗も異なる地の果てだということだろう。ただし、都から遠く離れた恐ろしい場所、ほぼ異国の地ではあっても、そこは初めからそういう場所なのであって、「廃墟」ではない。狐も梟も、能の作品の中では、かつて栄えた場所の廃墟を描く際の記号としては機能していないのだ。

《夕顔》の場合、本説たる『源氏物語』に出ているにも関わらず「梟」という詞自体が用いられていないのは、「狐と梟は乱菊や松桂と一緒に使う」という能の詞章のパターンに収まっているとも言える。だが、梟と名指しされずともイヤな声で鳴く鳥によって描写される河原院の雰囲気は、在原寺や時雨亭や野宮よりも、遠い北の果てで習俗も異なる場所や鳥獣も命を奪われる殺生石の持つ雰囲気に近いということでもある。《夕顔》での「なにがしの院（=河原院）」は、あくまで『源氏物語』の記述に拠って恐ろしくおぞましい場所として描かれており、かつての栄華の記憶などまったく関係ない。鬼や物の怪が現れる「あの河原院」の荒廃は、同じくシテが〈序ノ舞〉を舞う女体夢幻能の舞台ではあっても、《井筒》や《野宮》等が描く物寂しさや喪失感の漂う場所とは異なる性質のものである。

三、河原院を舞台とする能（二）世阿弥作《融》に見える廃墟

説話でも能でも河原院の恐ろしいイメージが語られる一方で、多くの歌人たちが河原院の廃墟に集って歌を詠んだこともまた、よく知られた事実である。源融の子孫にあたる安法法師が河原院に住み、彼のもとを訪れる歌人たちが「河原院文化圏」と呼ばれるネットワークを形成したことについては、近藤みゆき氏の論[10]に詳しい。氏は同論文で、この期の河原院で多く詠まれた「荒れたる宿」の歌には「必ずと言って良いほど「昔の人」が詠じられている」ことに注目し、かつて「河原院に群れ集った「昔の人」とは、源融や業平ら『伊勢物語』塩釜の段の人々」（躬恒や貫之たちも含むかもしれないとされる）であって、安法や恵慶たちは、荒廃の進む河原院の一角で「今は無い「昔の人」融を主と慕い」、「かつての繁栄と風雅の時を幻視し」していたのだと説く。歌人たちのこ

うした姿勢は、前節で確認した女体夢幻能での廃墟の描き方とも通じるものであり、読み込まれる景物も、葎・浅茅・古い松・茂る草・荒れた宿・人の気配のない宿等、両者でほぼ重なってくる。言うまでもなく、先に見た謡曲の文言が、このように遠く河原院の歌人たちまで遡るような歌の伝統を受け継いで廃墟を描写している、ということである。河原院をめぐる恐ろしい説話がそのまま河原院を舞台とする能の素材となる一方で、河原院の廃墟に集った歌人たちの伝統は、目の前の荒廃の風景の奥に今は無いけれどかつては在ったものを見るという方法として六〇〇年後の世阿弥や禅竹にも受け継がれ、河原院のような実在の廃墟だけにとどまらず、虚構の上での廃墟を創り出すことに寄与したと言えよう。

だが面白いことに、この方法は、当の河原院を舞台に世阿弥が創った《融》（古名《塩釜》）では用いられなかった。《融》において、河原院が廃墟であることは、河原院に集った歌人たちのやり方とは別の形で表現された。本節では現行《融》の特に前場の詞章を精読し、この能における廃墟の表象や、廃墟の向こうに幻視される世界を探っていきたいと思う。

世阿弥自身が自らの作だと言明している《塩釜》は、応永二十六年奥書『音曲口伝』にも同じ《塩釜》の題名のもと、現行《融》の詞章（シテの登場から河原院の荒廃を嘆く［上ゲ哥］まで）が引かれていることから、《融》の古名であることが知られている。以下では現行曲名の《融》を用いるが、世阿弥が『三道』に人曲として掲げ『申楽談儀』で自らの作と明言している《塩釜》も、現行曲《融》とほぼ同じ内容であったろうという前提で以下の議論をおこなっている。[1]

（一）ワキとシテの登場・出逢い

東国から初めて都を訪れ、河原院に着いた僧は、「急ぎ候ふほどにこれははや都六条河原の院とやらに着きて候、しばらく休らひ一見せばやと思ひ候」と言う。河原院は、東国の僧でも知っている有名な場所であり、都へ来たからには見物してみようというわけである。そこへ、腰蓑をまとい田子桶をかついだ老人が登場してくる。シテの老人は目に映る情景と己の感慨を次のように詠嘆する。

［一セイ］月もはや、出潮になりて塩竃の、うら寂び渡る夕べかな。

［サシ］陸奥はいづくはあれど塩竃の、恨みて渡る老いが身の、寄るべもいさや定めなき、心も澄める水の面に、照る月並みを数ふれば、今宵ぞ秋の最中なる、げにや移せば塩竈の、月も都の最中かな。

［下ゲ哥］秋は半ば身はすでに、老い重なりて諸白髪。

［上ゲ哥］雪とのみ、積もりぞ来ぬる年月の、積もりぞ来ぬる年月の、春を迎へ秋を添へ、時雨るる松の風までも、わが身の上と汲みて知る。潮馴れ衣、袖寒き、浦曲の秋の夕べかな、浦曲の秋の夕べかな。

ここで老人が見ているのは、陸奥塩竈の浦が月に照らされる、秋の夕暮れのうら寂しい情景である。傍線部に「移せば」「都の最中」とあるのだから、本当の塩竈ではなく、遙か陸奥からそのままそっくり都に写し（移し）取った、塩竈の浦のミニチュア版を見ての感慨に間違いはないのだが、この傍線部がなければ、これが陸奥の塩竈の風景であり、そこで長い年月を過ごしてきた海人の感慨であると受け取れるような詞章となっている。つまり、それほどに河原院に造られた塩竈のミニチュアは、ホンモノとそっくりで遜色ないということだ。ここで老人が見ているのは、けっして、廃墟となった河原院ではない。

有名な河原院の廃墟に立つ東国の僧と、腰蓑を着け田子桶を担いで夜潮を汲む気満々で現れ、水面に照る月を見ている老人。まるでパラレルワールドに居るかのような二人が、ここで出逢う。ワキの問いかけにシテが「この所の潮汲みにて候」と名乗り、さらに「海辺にてもなきに、潮汲みとは誤りたるか尉どの」と不審がるワキの言葉に「あら何ともなや（がっかりだ）」と言って、この六条河原院の謂れ、ここに潮汲みがいることの正当性を語る…という流れは、愚かな（あるいは風流心のない）ワキの言葉をシテが咎めつつ作品の舞台やキーワードを説明していくという、夢幻能でおなじみのパターンである。

［問答］…（シテ）あら何ともなやさてここをばいづくと知ろしめされて候ふぞ　（ワキ）この所は六条河原の院とここそ承りて候へ　（シテ）河原の院こそ塩竈の浦候よ、[a]融の大臣陸奥の千賀の塩竈を都のうちに移されたる海辺なれば。名に流れたる河原の院の、河水をも汲め池水をも汲め、ここ塩竈の浦人ならば、潮汲みなど思さぬぞや。（ワキ）[b]げにげに陸奥の千賀の塩竈を都のうちに移されたること承り及びて候。さてはあれなるが籬が島候か　シテ　さん候ふあれこそ籬が島候ふよ、[c]融の大臣常はみ舟を寄せ、ご酒宴の遊舞さまざまなりし所ぞかし

（以下略）

シテとワキのやりとり（傍線a・b）から、ワキ僧も「河原の院こそ塩竈の浦候」というシテの言葉の意味を理解している（塩竈を移したという謂れは知っている）ことは判るが、だが「それでは潮汲みの様子を…」と、今は塩を焼いているわけでもない池の畔に目が行くことはない。籬が島に目を向け、

「昔の跡を陸奥の、千賀の浦曲を眺めんや…」と、塩釜の浦の風景を写し取った庭全体を眺めることとなる。そうした興味の方向は、たとえば『伊勢物語』八一段に記されている、融の生前に多くの親王たちが集まり花や紅葉を愛で詩歌管弦の楽しみを尽くしていた河原院のあり方にも沿っており、また傍線cからは、その様子をシテの老人も見知っていたことがうかがえる。河原院（およびその主人であった融）にとっては、塩竈の浦の形をそのまま庭の池や島に移し（写し）、塩竈にそっくりのレプリカを造り、その風景を愛でつつ風流を尽くすことが重要なのであって、塩屋から立ち上る煙は、あくまで、そのリアリティを高め歌枕としての情趣を出すための演出だっただろう。池に塩を蒔き（あるいは海水を運び）海水魚を飼い貝殻を蒔いたというのと同じく、レプリカを形作るさまざまなディテール、点景に過ぎなかったはずだ。もちろん、河原院に関する後世の興味が、難波から海水を運んだというエピソードに集中していくことや、融の死没後の寂しさを塩屋の煙が途絶えたことで喩えた貫之の歌の影響を無視することはできない。次項に掲げる［語リ］の詞章からも明らかなように、この二点こそが本曲前半を支えているとも言えるのだが、しかしそれは、融本人にとって、潮を汲んだり塩を焼いたりする業があの世から戻ってきて懐かしむほど重要だということではないし、まして、融やここに集った貴人たちが潮を汲んで楽しむようなことはあり得ない。だからこそワキも、「昔と同じ潮汲みの様子」を見たがるのではなく、池の中に浮かぶ籬が島を見つけ、「塩竈の浦を都に移されたる謂はれおん物語候へ」と、この有名な庭の謂れを聞こうとする。

（2）河原院荒廃の新しいイメージ

ワキの要請に応えてのシテの［語リ］とそれに続く地謡の全文を左に掲げる。

［語リ］昔嵯峨の天皇のおん時、融の大臣と申しし人、陸奥の千賀の塩竈の眺望を聞こしめし及ばれ、都のうちに移し置き、あの難波の御津の浜よりも、日ごとに潮を汲ませ、ここにて塩を焼かせつつ、一生御遊の便りとし給ふ、しかれどもその後は相続して玩ぶ人もなければ、浦はそのまま干潮となつて、池辺に淀む溜り水は、雨の残りの古き江に、落葉散り浮く松蔭の、月だに住まで秋風の、音のみ残るばかりなり、されば歌にも、君まさで、煙絶えにし塩竈の、うら淋しくも見え渡るかなと、貫之も詠めて候

［哥］地 げにや眺むれば、月のみ満てる塩竈の、うら淋しくも荒れ果つる、後の世までも塩染みて、老いの波も返

るやらん、あら昔恋しや。

［上ゲ哥］地 恋しや恋しやと、慕へども嘆けども、かひも渚の浦千鳥、音をのみ泣くばかりなり、音をのみ泣くばかりなり。

老人は塩竈の浦を都に移した謂れを聞かれたはずだが、前述のとおり、融の大臣が塩竈を都に移したということ自体はシテ・ワキ両人とも既に知っている事実として確認されている。新たに付け加わったのは、第一に難波から海水を運んで来て塩を焼かせたということであり（二重傍線部）、もう一点は、河原院を造った謂れではなく河原院が荒廃していく様子である（波線部）。［語リ］に続く謡の文言を見ても、また描写の丁寧さを見ても、シテ老人がより力を込めて語りたいのは、「大臣の死後は廃墟になってしまった」という物語の方だろう。しかも、その廃墟の描出である波線部

浦はそのまま干潮となつて、池辺に淀む溜り水は、雨の残りの古き江に、落葉散り浮く松蔭の、月だに住まで秋風の、音のみ残るばかりなり

は、第一節で見た能の中でのような、植物の繁茂による描写とは明らかに違うし、当の河原院の廃墟に集った歌人たちにも詠まれなかった情景である。そもそも河原院の池のほとりの溜まり水に落ち葉が散り積もっていたなどという「本説」はなかったはずなのだが、それならば「干上がりかけている池のほとりの溜まり水に落葉が散り落ち、松の木陰の隙を通してかすかに入ってくる月影が美しく澄むこともない」というようなミクロな視点による描写は、どこから生まれてきたのか。

ここで注目されるのが、世阿弥の音曲伝書『五音』の記述から観阿弥作曲と知られている、《松風》前場の次の謡である。

［上ゲ哥］影恥づかしきわが姿、影恥づかしきわが姿、忍び車を退く潮の、跡に残れる溜まり水、いつまで住みは果つべき。野中の草の露ならば、日影に消えも失すべきに、これは磯べに寄り藻掻く、海人の捨て草いたづらに、朽ち増さりゆく袂かな、朽ち増さりゆく袂かな。

引き潮の後に残った溜まり水は次第に濁っていき、海人が浜辺に捨て去っていった海藻がその場で朽ちていく、というこの謡の「退く潮」は《融》の「干潮」に、「跡に残れる溜まり水」は「池辺に淀む溜まり水」に、「海人の捨て草いたづらに」は「落葉散り浮く」、「いつまですみは果つべき」は「月だにすまで」に、それぞれ相応する表現と見える。河原院の場合はもちろん本当の海浜ではないのだから、潮だまりができるはずもないのだが、わざわざ「雨の残りの」と補っ

てまで、池のほとり、昔は入り江に見立てていたところに水溜まりができる様子を描いている。しかもそこには浜辺に落ちる「海人の捨て草」のように落ち葉が散り積もり、少しずつ朽ちていくという。これが本当の干潟なら、また潮が満ちてくれば情景も変わるだろう。実際、《松風》では右の引用部の直前に「…うらやましくも澄む月の、出潮をいざや汲まうよ、出潮をいざや汲まうよ」という［下ゲ哥］があり、潮が満ちてきた須磨の海岸に月光がきらめく中、その情景とは正反対の「干潟の溜まり水で朽ちていくような我が身」を嘆いているのが右に引用した［上ゲ哥］なのだが、河原院に人工的に造った池のほとりの溜まり水の方は、いつまでも淀んだ溜まり水でしかない。日に当たってすっかり蒸発してしまうこともできない（日影に消えも失すべきに）干潟の溜まり水は、塩竈の浦を模した人工的な場所が次第に朽ちていくのを表すのに非常にふさわしいものだったと思われる。これは、木深い庭のどこかで梟が鳴き池を水草が覆う「なにがしの院」とも、歌人達が詠んだ八重葎の茂る「荒れたる宿」とも異なる、河原院の廃墟の新しいイメージだと言えよう。

これが、能《融》における廃墟の表象の、第一の特徴である。

(3) シテとワキが見ているもの

［語リ］は続けて、このような寂しい風景になったから（されば）貫之は「君まさで…」の歌を詠んだ、と説明する。『古今和歌集』の哀傷の部にある当該歌は、本来は融の死を悼む歌であって、河原院の荒廃を嘆いた歌ではないはずだが、河原院をめぐる様々な説話の中ではこの歌の存在が、融の死後に河原院が荒廃したことの証しのように扱われたようだ。(12)《融》のシテの口調も自分の物語の傍証を挙げるかのようである。そして、自分が潮を汲もうとやってきた、このニセモノの塩竈の浦には潮はけっして満ちておらず、月の光のみが満ちており、「うら淋しくも見えわたるかな」と詠まれた場所は「うら淋しくも荒れ果つる」状況であること、そしてそんな後の世になっても自分だけは潮汲むわざを続けて「塩じみて」おり、老いの波は寄せ返しても昔は帰らないことに、この老人は気づいてしまう。

そもそもこの能が始まって以来、同じ河原院の廃墟に立っていたシテとワキが廃墟の向こう側に幻視しようとしていたものは、微妙に異なっていた。ワキ僧が、かつて栄えた河原院の跡を見つつ、融大臣生前の栄華を思い起こそうとしていたのに対し、シテの老人は、今も河原院には塩竈の浦さながらに潮が満ちており自分には潮汲みの仕事があるという幻想の中で登場し、有名な「河原院が融の死後に廃墟となった」という物語を語ることによって、目の前の廃墟に気づいてしまったのだ。［語リ］の小段でシテが語っていたのは目の前にある今の河原院の荒廃ではなく、その昔、融の大臣の死後に貫之が見た（ことになっている）過去の、荒廃の様子だったはずだが、［哥］になると「げにや」という詞が示す通り、彼が認識し嘆くのは、いま目前にある荒廃である。

さらに言えば、見ているものだけではなく、この二人が見ようとしているものも、ズレているのではないだろうか。このの後もワキは、号泣しているシテに「見え渡りたる山々はみな名所にてぞ候ふらんおん教へ候へ」と尋ねる。このワキ僧は、初めから一貫してこの場所でのかつての風流に心を寄せているのであって、関心の対象は、塩竈の浦を模した池が干上がってしまったという点ではない。それは河原院文化圏にいた歌人たちと同じ姿勢とも言えるし、また、融大臣が後シテとなって現れる後場の描かれ方ともしっかり対応している。月光の下、かつての河原院の栄華を再現して舞う後シテ融大臣が思い返すのは、籬が島に舟を寄せておこなった詩歌管弦であって、ここでも潮汲みや塩焼きの話はいっさい出ない。逆に言えば、塩竈の浦を移した池のほとりが荒れ果ててしまったこと、潮汲みや塩焼きの煙が途絶えてしまったことを嘆いているのは前シテだけだということだ。同じ河原院の廃墟に立っていながら、シテとワキがその廃墟の中で見ているものも見たいと思っている物もズレており、さらには前シテと後シテが廃墟の向こうに見ようとしているものも異なっている。このようなことは、他の夢幻能では起こりえない。この不思議な乖離を、《融》における廃墟描出の、二つ目の特徴として指摘したい。

なぜこのようなことが起こるのか。河原院の場合は、回想すべき過去の時間の中に、栄華とともに荒廃の物語が含まれているという特殊事情があることも忘れてはならないが、それでも、荒廃のイメージを担うのは貫之の歌が示す「煙絶えにし」という状況だけではない。河原院の廃墟の描出は、八重葎や蓬や荒れた籬などを用い、多くの歌人たちによって成されており、第一節で見た女体夢幻能も同様の方法を用いているにもかかわらず、何故、本曲においてだけ、干潟の潮溜まりのイメージで語らねばならなかったのだろうか。これらの点は廃墟の問題とは別の能作上の問題でもあり、また紙幅も尽きようとしているため、あらためて他曲も併せ、別稿で論じ直す予定だが、最後に、今のところの見通しを述べておきたいと思う。

《融》の前場のシテは本来、融の化身ではなかったという可能性を考えてみるべきではないだろうか。《融》の前シテが一度も「自分は源融の化身である」と発言も匂わせもしないことはテキストを読めば自明のことだが、それでもやはりこの前シテは後場に登場する源融の霊の化身であると、広く理解されていると思う。しかし、融の霊が生前にやりもしなかった潮汲み姿の化身となって現れ潮を汲むだろうか。すでに述べてきた前シテと後シテの乖離も、同一人物であることを疑わせる。小理屈を捏ねるなら、融自身は自分の死後の河原院の荒廃を知らないはずだ。融の死後の荒廃について思い出し号泣するのは、別の老人（特別に寿命が長くても老人の霊でもかまわないが）であるほうがふさわしいように思われるのである。

　では、それはどのような人物か。前掲の『伊勢物語』八一段には、河原院の庭や池を塩竈の浦に喩え「塩竈にいつか来にけむ朝なぎに釣する舟はこゝに寄らなん」と詠んだ「かたゐ翁」が登場していた。この段で河原院と塩竈を結びつける唯一の人物であり、周知のようにそれは業平と理解されている。だから能《融》の前シテの正体も業平であるなどと言うのは、あまりに乱暴で拙速に過ぎるだろう。だが、実は古作の面影を残す世阿弥自筆本《雲林院》の前場にも、後シテとうまく繋がらず、業平の化身かとも見える正体不明の老人が登場する。そしてこの能の舞台となる雲林院も、寺院となる前は淳和天皇の離宮であり、河原院と同じく雅な記憶を蓄積している場所でもある。能《雲林院》には廃墟のイメージはほとんどないが、登場したワキの台詞では「古跡と見えて、甍破れて瓦に松生ひたる気色」と言われる場所でもある。

　両曲の前シテ老人の正体については詳細な検討が必要ではあるものの、少なくとも古作の能の中では、こうした文化的な廃墟に不思議な老人が徘徊していたということは注目に値する。夢幻能の前シテを常に機械的に後シテの化身と見ることへのゆるやかな疑問も、エッセイの形ながら提示されている[13]。次なる課題として、世阿弥により夢幻能の典型が完成されていく過程に「風雅の記憶を蓄積した廃墟を徘徊する老人（の霊）」が過去の世界への案内役となるようなパターンを想定しうるのではないかという予想を示し、本稿を閉じる。

注

（1）西洋美術史で語られる正統派の「廃墟」論の代表例として「廃墟が成立するためには建造物の素材が石のようなある程度破壊に抗しうる堅固な物質である必要がある。したがって、日本におけるように建物が伝統的に木でできているところでは、廃墟の成立の可能性はほとんどない。日本の場合、建造物はいわば廃墟としての持続に耐えないのである」（谷川渥『形象と時間 美的時間論序説』講談社学術文庫、一九九八年、六二頁）

を挙げておく。

(2)《黒塚》の鬼女や、《大江山》《羅生門》で退治される鬼など。ただし、こうした作品はどれも夢幻能ではない。

(3) 天野文雄「在原寺は廃墟にあらず」阪大リーブル一二『能苑逍遥 上 世阿弥を歩く』、大阪大学出版会、二〇〇九年、一九〇―一九五頁。本稿第一節は、天野氏のこの論に対する反論となることをめざしたものである。なお、能では古刹や古宮を描く際には廃墟を描く場合とはまったく違う表現のセットが用いられていることを、「能に描かれる廃墟」(金澤文庫特別展図録『廃墟とイメージ――憧憬、復興、文化の生成の場としての廃墟』、二〇二三年、一〇四―一〇六頁)に記した。

(4)『世阿弥の中世』岩波書店、二〇〇七年、七一―七六頁。初出は二〇〇一年。

(5)「幽玄とその周辺」『中世和歌史の研究』(明治書院、一九九三年、二六〇頁。初出は一九八四年)。

(6) 世阿弥伝書の引用は『世阿弥 禅竹』(日本思想大系二四。岩波書店、一九七四年)によるが、読みやすさの便宜のため、校訂に関する記号や括弧等を省略している。

(7) 新日本古典文学大系二七『本朝文粋』(岩波書店、一九九二年)による。

(8)『源氏物語』の引用は、日本古典文学全集『源氏物語 一・二』(小学館、一九九四・九五年)による。

(9) 新日本古典文学大系三九『方丈記 徒然草』(岩波書店、一九八九年)による。

(10)「平安中期河原院文化圏に関する一考察――曽祢好忠・恵慶・源道済の漢詩文受容を中心に」『古代後期和歌文学の研究』(風間書房、二〇〇五年、一〇四―一一一頁。初出は一九九〇年)。

(11) 表章「作品研究〈融〉」(『観世』四七巻八号、一九八〇年)が、《塩釜》《融》《融の大臣の能》の関係も含め本曲に関する問題を整理・検討しており、《塩釜》=《融》と考えることは定説となっている。《融の大臣の能》と《融》の関係については、両者の関係を想定する伊藤正義「各曲解題」(新潮日本古典集成『謡曲集 中』。一九八六年)、それを否定する竹本幹夫『観阿弥・世阿弥時代の能楽』(明治書院、一九九九年、二二頁)等、諸説がある。

(12) 伊藤正義『謡曲集 中』頭注は、東大本『和漢朗詠集見聞』の「…大臣失玉ヒテ後、河原院ノ名所ノアレタリシ心ヲヨメリ」を挙げる。

(13) 藤田隆則「「化身」だと意識していない前シテもいるのでは」『能』六〇三号(京都観世会館、二〇〇八年)。

［コラム］

生きた廃墟としての朽木《くちき》——風景・記憶・木の精

ハルオ・シラネ（翻訳：衣笠正晃）

私は旅に出るとき、日本語と英語、二種類の旅行案内書を持参するようにしている。というのも見るべきもの、経験すべきものがそれぞれで大きく異なっているからである。典型的な日本語の旅行案内書では三つのことが強調される。（一）その土地の来歴や盛衰、（二）名物（最良の食べ物）、（三）お土産、である。そこがどんなタイプの場所なのか、歴史と文化的な意義、暮らした人々、土地にまつわる物事や出来事などについて、長い説明がなされる。英語のガイドブックにも土地の歴史の解説はあるが、なにより優先されるのは「見る価値があるか否か」についての判断である。過去が保存されておらず「見るべきものがない」場合、記述は短くなり、ほとんどなくなることさえある。対照的に日本語の案内書では、その場所が今どんな姿になっていようと——過去に似たものが何もない場合でさえ——歴史的説明がなされるのである。

Haruo Shirane——コロンビア大学教授。専門は日本文学・比較文学。主な著書に『芭蕉の風景 文化の記憶』（衣笠正晃訳、角川叢書、二〇〇一年）、『世界へひらく和歌 言語 共同体 ジェンダー』（共編著、勉誠出版、二〇一二年）、"Japan and the Culture of the Four Seasons:Nature, Literature, and the Arts"(Columbia Univ Press, 2012)、『四季の創造 日本文化と自然観の系譜』（北村結花訳、角川叢書、二〇二〇年）などがある。
きぬがさ・まさあき——法政大学国際文化学部教授。専門は比較文学・日本文学研究史。主な論文に「『文検』と国文学研究——疑似教室空間のなかの文学」（『言語と文化』第二〇号、二〇二三年）、訳書にトマス・カスリス『インティマシーあるいはインテグリティー——哲学と文化的差異』（法政大学出版局、二〇一六年）などがある。

日本の旅人にとっての風景にはふつう、現在の風景と過去の風景の二種類がある。後者は案内書や文化的記憶から浮かび上がるもので、その場所を訪れることで旅人は過去をさかのぼり、物理的には見えないかもしれないものを見ることができる。これに対して英語のガイドブックはものとしての遺物、物理的な建造物、美しい景色などに集中する。見るべきものがただの岩や地面、土くれなどということはあってはならないのだ。いったいどうしてこうした文化的な違いがあるのだろうか。そこから廃墟の性質や機能について何がわかるのだろうか。風景や記憶、非＝人間的な存在についてはどうだろうか。

ヨーロッパにおいて、過去が劣化したかたちで存在する「廃墟」という概念には長い歴史がある。美術史家のポール・ザッカーはその（ヨーロッパの伝統における）「廃墟」についてのよく知られた分析のなかで、廃墟とは「美的な混成物」だと指摘している。「時間あるいは故意の破壊により荒廃し、不完全なものとなってはいても、（廃墟は）人の手になる形態と有機的自然との組み合わせを表象している」のである。(1) ウー・ホンが『廃墟の物語――中国の美術及び視覚文化のなかでの存在と不在』のなかで述べているように「典型的なロマン主義的（ヨーロッパ的）観点からすると、廃墟は移ろいやすさと時を超えた永続性――二つながら廃墟の物質性を特徴づける、相互補完的な領域である――の両方を象徴する」。(2) こうしたヨーロッパの「廃墟」においては（建物や壁といった）人の手になる形態の保存が必要となる――時を超えて存続してきたもの、廃墟が他方で示唆する無常観ないしノスタルジーとは対照をなすものの存在が必要とされるのである。観る者の側からすれば、古典的ないしゴシック的廃墟は崩れ切っていなければ喪失感を生み出すに至らないし、またきちんと保存されていなければ望ましい感情の交錯を生み出すに至らないのである（二一頁）。

日本においても昔から廃墟に関心がよせられてきた。詩歌における最古の例の一つに、柿本人麻呂の歌（『万葉集』巻第一、二十九、三十）がある。ここで人麻呂は、近江京の旧跡を行き過ぎながら往時に思いを馳せている。あるいは次に引く藤原良経の歌（『新古今和歌集』巻第十七、雑歌中、一六七九番）がある。(3)

百首歌よみ侍りけるに
摂政太政大臣
故郷《ふるさと》は浅茅《あさぢ》が末《すゑ》になり果てて月に残れる人の面影

さまざまな要因から日本の建物は伝統的に木材と土で作られており、モンスーン気候や地震、火災の影響を受けやすく、長持ちはしない。その結果日本の廃墟では、焦点は崩れた壁や人気のない城館には置かれない。廃墟はふつう、絶えず変化する自然の景観のなかに埋め込まれている。多くの場合、人の手になる形態（建物や道路など）は消滅し、かすかな痕跡（「あと」）だけを残すのである。

これと同じ傾向が中国にも見られる。ウー・ホンは中国の伝統における「廃墟」を、庭園設計の一種と、詩的な刺激やイメージとの二種類に分けている。詩的刺激としての廃墟のもっとも顕著な例は「懐古」であり、詩人が失われた過去をノスタルジックに振り返る、というものである。ウー・ホンによれば「懐古」詩の意義は文学に限定されるものではなく、それは抹消と想起、その両方の総合的な美的体験をあらわすものとなっている。廃墟となった都市、人気《ひとけ》の失せた宮殿、あるいは歴史が生んだ物言わぬ「空虚」を見たり考えたりすることで、観察者は自分が過去と密接に結びつきつつも、それから絶望的なまでに隔てられていると感じるのである。ウー・ホンによると中国語で廃墟をあらわす最古の語は「丘」であり、それは元来自然の塚ないし小山を意味したが、のちに村や街、都の遺跡を意味するようになった。街や建物はもはや存在しないかもしれないが、訪う者の眼前にある塚や瓦礫はいまだに、「過去の想起」についての詩を詠むのに足りるほどに、過去の記憶を呼びさます。過去の物理的不在を場所の内的記憶が埋め合わせるのである。

　こうした現象を松尾芭蕉の『奥の細道』にある有名な場面に見ることができるが、これは杜甫の詩「春望」の変奏となっている。(4)

偖《さて》も義臣すぐつて此城《このじやう》にこもり、巧《こう》名一時《めいいちじ》の叢《くさむら》となる。国破れて山河あり、城《じやう》春にして草青みたりと、笠打《かさうち》敷《しき》て、時のうつるまで泪《なみだ》を落《おと》し侍《はべ》りぬ。

夏草《なつくさ》や兵《つわもの》どもが夢の跡
卯《う》の花に兼房《かねふさ》みゆる白毛《しらが》かな　曾良

義経や勇猛な武士たちが戦った古戦場には、人の手になる形態（城館や砦）は何も残されていない。それらはみな草原に姿を変えてしまった。残されているのはただ、ここで落命した武士たちの「夢の跡」ばかりである。白い卯の花は、義経のために戦った老武者・兼房の白髪を髣髴とさせる。

　これら二首の発句が示唆するように、風景にはそこにとどまっている死者の霊が「付きまとう」ことがある。このことは亡霊、つまり死と来世とのあいだにとらわれた死者の霊についての伝統や信仰にもとづく能楽において、重要なテーマとなっている。いわゆる複式夢幻能では、（通常旅の僧の姿をとる）ワキが死者の霊にゆかりのある場所を訪ねると、霊は通常村人の姿で登場し、自分が何者であるかを語り、夢のなかで正体をあらわす。ここでの旅はある場所への旅にとどまらず、別世界への旅、廃墟に埋め込まれた死者の霊に出会うための旅でもある。その場所は、特定の詩的ないし歴史的連想をともなう歌枕ないし名所でもありうるが、（草木の霊を含む）死者の霊が生者の眼前に登場する場所でもありうる。僧との出会いによって多くの場合、死者の霊を弔う供養がとり行われることになる。

『奥の細道』のなかでとりわけ意味深いのは、旅人が「壺碑《つぼのいしぶみ》」に出会ったときのことを記した一節である。「壺碑」は碑文が刻まれた石柱のようなもので、過去を物質的な形態で保存している。(5)

むかしよりよみ置《おけ》る歌枕、おほく語伝《かたりつた》ふといへども、山崩《くずれ》、川流て、道あらたまり、石は埋《うづもれ》て土にかくれ、木は老《おい》て若木《わかき》にかはれば、時移り変じて、其《その》跡たしかならぬ事のみを、爰《ここ》に到りて疑《うたがひ》なき千歳《せんざい》の記念《かたみ》、今眼前に古人の心を閲《けみ》す。行脚《あんぎゃ》の一徳、存命《ぞんめい》の悦び、羇旅《きりょ》の労をわすれて、泪《なみだ》も落《おつ》るばかり也。

「壺碑」には日付が刻まれており、幾世代にもわたり語り伝えられてはいるが過去の姿をとどめてはいない「歌枕」とは対照的な存在である。ウー・ホンは、中国絵画で廃墟が描かれる場合に、石碑の隣に古く枯れた木が配されることが多いことに注目している。過去を象徴する石碑とは対照的に、枯木は自然環境の一部をなしていて、日付や名前を欠き、自然な衰えや死と結びつく（前掲書、四〇頁）。中国の作家たちは宋代以前から「枯樹」につよい関心を寄せてきた（四頁）。枯木は死や冬と結びついたが、他方で再生や春の希望を与えるものともなった（四一頁）。ウー・ホンは石碑をピエール・ノラの言う「歴史」と、枯木をノラの言う「記憶」とそれぞれ結びつける。ノラの言葉によれば「記憶は生命であり、その名において築かれた生きた社会によって担われるものである。それは永久に進化し続け、想起と忘却の弁証法に対して開かれている。〔…〕他方で歴史は、もはや存在しないものの、つねに不確実で不完全な、再構築なのである」(6)。ウー・ホンの分析において、こうした絵画のなかの枯木は「生きた廃墟」であり、それに対して石碑は「永遠の廃墟」である。日本文学には、不変の記念碑の例である「壺碑」のような文章は他にほとんどない。代わって焦点が当てられているのは、枯木や繁茂した庭園のような「生きた廃墟」であり、それがノラの言う「記憶の場」となっている。つまり「廃墟」は過去の物理的な遺物というより、自然の風景に埋め込まれた「生きた廃墟」であり、時間の経過（無常観）を明らかにするとともに、時や状況とともに変化する過去の記憶を呼び起こすのである。

　ここで日本における「生きた廃墟」としての枯木の例として、謡曲『遊行《ゆぎょう》柳』を見てみよう。作者とされる観世小次郎信光（一四三五〜一五一六）は、『船弁慶』『紅葉狩』といったダイナミックな作品で知られている。テーマのうえでこの作品は、西行による道端の柳を読んだ『新古今和歌集』所収の和歌を、陸奥に赴く時宗の僧侶・遊行上人の物語と組み合わせたものである。僧が古道をたどっていると一人の老人があらわれ、古塚のかたわらに立つ「朽木の柳」と呼ばれる有名な木について語る。

げにさぞな所から。げにさぞな所から。人跡《じんせき》絶えて荒れ果つる。葎蓬《むぐらよもぎ》生刈萱《うかるかや》も。乱れあひたる浅茅生《あさじう》や袖に朽ちにし秋の霜。露分け衣きて見れば。昔を残す古塚に。朽木の柳枝さびて。蔭踏む道は末もなく風のみ渡る、気色かな風のみ渡る気色かな。(7)

樹下文隆が指摘するように、この一節は、「寄風懐旧といふことを　浅茅生や袖に朽ちにし秋の霜忘れぬ夢を吹く嵐かな（『新古今集』巻第十六、雑歌上、一五六二番）」のような歌に見られる「荒宿」のモチーフに関連する「葎」「蓬生」「刈萱」といった歌語群にもとづいている。(8)老人は僧に、この枯木は西行の歌に詠まれた木だと教える。

道のべに。清水流るる柳蔭。暫しとてこそ立ちとまり。涼みとる言の葉の。末の世々までも。残る老木はなつかしや。

西行の歌（『新古今集』巻第三、夏歌、二六二番）のなかの柳は、暑い夏の日に木陰を提供してくれる、緑の葉の茂った柳である。(9)

題知らず　　西行法師
道のべに清水流るる柳陰《やなぎかげ》しばしとて
こそ立ちどまりつれ

老人（老樹の精）は、その木がまだ生きていた何世紀も昔の時代を振り返る。そして老人は僧に木の霊が救われるよう祈ってほしいと頼み、まるで柳のなかに入るかのように姿を消す。

上人が念仏を唱えて眠りに落ちると、夢のなかで柳の精が白髪の老人男性としてあらわれる。老人は上人の念仏の功徳に感謝し、舞を一指し舞う。最後に西風が柳の葉を吹き散らし、残されるのは散り落ちた柳の葉のみである。樹下文隆が強調するように、西行の歌と次に引く菅原道真の柳を詠んだ歌（『新古今和歌集』巻第十六、雑歌上、一四四八番）とには並行関係がある。(10)

柳を　　菅贈太政大臣
道のべの朽木《くちき》の柳春来ればあはれ昔
としのばれぞする

道真の歌では、道端の「朽木の柳」が春となって作者に（九州への配流以前の、都における）過去を想起させ、輝かしい過去と惨めな現在とを対比させている。『新古今集』のある注釈によると、道真の歌の柳と西行の歌の柳とは同じ枯れ柳で、陸奥へ下る途中の下野国にある。謡曲のなかの「古塚」の上の枯れ柳（墓標として墓の上に植えられた）は、道真の歌の枯れ柳のように、時間の経過と自然の衰え（老い、生命の衰え、死）を示すものだが、また木の精霊が何世紀も生きながらえてきたこと、死後の生を長く保っていることも示唆している。言い換えると、この枯れ柳は過去を現在に現前させる「生きた廃墟」であり、記憶の場なのである。

西行が描いた柳と旅人との出会いの有

名な例に、次に引く松尾芭蕉の『奥の細道』の一節がある。(11)

又、清水ながるゝの柳は、蘆野《あしの》の里にありて、田の畔《くろ》に残る。此所《この》の郡守、戸部《こほう》某《なにがし》の、「此柳みせばや」など、折〳〵にの給《たま》ひ聞え給ふを、いづくのほどにやと思ひしを、今日《けふ》此《この》柳のかげにこそ立《たち》より侍《はべり》つれ。

田一枚植《うゑ》て立去《たちさ》る柳かな

『奥の細道』では夏の暑い日中、旅人はちょうど西行が『新古今集』の歌でしたように、（村人たちが田植えをしている間）柳の木陰に立ち、時を忘れるのである。芭蕉の発句は柳の古木あるいは枯木に言及してはいないが、芭蕉はここで謡曲における旅僧（ワキ）の役を引き受け、何世紀も前にこの柳の下に立ち今や有名になった和歌を詠んだ西行の霊と、言外に対面しているのである。

次に引く与謝蕪村の発句も西行の歌を引いたものだが、これは夏の小川が干上がっていることを示唆している。(12)

遊行柳のもとにて

柳《やなぎ》散《ちり》清《し》水《みず》涸《かれ》石《いし》処々《ところどころ》

蕪村のこの句（『蕪村句集』所収）では、柳は西行の和歌、謡曲、そして芭蕉の発句、これらすべての記憶を喚起する。しかし季節は変わっており（夏ではなく秋の終わり）、冷たい小川は干上がって枯山水のような風景となっている。このことは、川底に白い岩を描いた蕪村自身の俳画によって示唆されるとおりである。風景が変化しても、かつて詠まれた詩歌の記憶と痕跡は消えずに残る。先祖の墓に詣でるように、訪問者は詩歌を詠むことによって、詩的な先駆者たちの霊と対話する。かれらはたえず新しい世代の者たちに詩歌を詠み過去を思い起こすよう促し続けるのである。

『遊行柳』がとりわけ興味深いのは、枯木が主役（シテ）であり、視点の中心は木を見ている人間ではなく、木それ自身に置かれているためである。こうした重要な点をさらに説明するために、木を主人公にした劇の例をあと二つ引こう。十六世紀初めの謡曲『大木《たいぼく》』と、柳の大木についての浄瑠璃（文楽）『三十三間《さんじゅうさんげん》堂《どう》棟《むなぎ》由来《ゆらい》』である。『大木』ではワキは長門国にある寺の僧で、寺の本堂の棟木にするために杉の大木を切り倒すよう命じられる。彼は（少年の姿をした）シテに出会うが、少年は彼に、樹木は成仏でき（「草木国土悉皆成仏」）、「心の種は今迄も、つきせぬ和歌の道」なのだから樹木を敬うようにと説く。(13) 仏教の草木成仏という思想は『遊行柳』や関連する『西行桜』のような謡曲の主要なテーマである。もし僧がこの木を切り倒せば「忽（ち）恨みをなす」はずだと少年は警告し、自分は「木の精」だと告白して突然その姿を消す。するとたちまち大地が鳴動し雨が降る。こうしたお告げに僧は震え上がる。大木は切り倒されてしまい、精霊は怒って悪魔となり、天へと駆け上がる。行者が不動明王にその炎を放って木の霊を払うように祈り、「化生」の者はその姿を消す。

『三十三間堂棟由来』にも同様の葛藤がみられる。病に倒れた帝の命を救うため建立する大仏殿の棟木にするため、柳の大木を切らねばならなくなった。平太郎という侍がこの柳を助けてほしいと懇願する。すると柳はお柳という美女となってあらわれ、平太郎の妻となる。二人は子供に恵まれ幸せに暮らすが、いよいよ柳は切り倒される。お柳は死に、つらい別れの場面となる。柳の幹が引かれて運ばれる途中、家族の前に差し掛かると動こうとしなくなるのである。

このような木にちなむ劇のいずれでも、木には霊（「精」）があり、人間の前に姿をあらわして話すだけでなく、人間の霊と同様に来世があり、その霊の運命が劇の焦点となっている。『遊行柳』では何世紀も枯れたままだった木が最後に救われる。『大木』では木が命乞いをするが、ひとたび伐採されると怨霊と化す。『三十三間堂棟由来』では大木の精が男の妻となり、息子を産むが、そのため別れはいっそうつらいものとなる。これら三つの劇が明らかにするのは、自然と風景に対する非＝人間中心的な見方である。そこでは樹木の霊とその来世が、人間のものと同じくらい中心的な、あるいはそれ以上に重要なものとなっているのである。枯木は観察者としての人間の観点からだけでなく、人間以外の観点から見ても、「生きた廃墟」であり、記憶の場所となっている。『遊行柳』で枯れ木は、自らが生きていた自分自身の過去に思い焦がれてもいるのである。

注

（1）Paul Zucker, “Ruins: An Aesthetic Hybrid,” *The Journal of Aesthetics and Art Criticism* 20, no. 2, Winter 1961, p. 119.

（2）Wu Hung, *A Study of Ruin: Presence and Absence in Chinese Art and Visual Culture*, London: Reaktion Books, 2012, p. 21.

（3）峯村文人校注・訳『新古今和歌集　下』（完訳日本の古典　三六、小学館、一九八三年）三四七頁。

（4）井本農一ほか校注・訳『芭蕉文集・去来抄』（完訳日本の古典　五五、小学館、一九八五年）六九頁。

（5）井本農一ほか校注・訳『芭蕉文集・去来抄』六四頁。

（6）Pierre Nora, “Between Memory and History: Les Lieux de Mémoire,” *Representations* 26, no. 26, Spring 1989, p. 8. Cited in Wu Hung, p. 38.

（7）佐成謙太郎『謡曲大観　第五巻』（明治書院、一九三一年）三一九六頁。

（8）樹下文隆「遊行柳の構想——作品成立の文学的背景をめぐって」（『能　研究と評論』第一六号、一九八八年）二五頁。

（9）峯村文人校注・訳『新古今和歌集　上』（完訳日本の古典　三五、小学館、一九八三年）一四九頁。

（10）峯村文人校注・訳『新古今和歌集　下』（完訳日本の古典　三六、小学館、一九八三年）二三三頁。

（11）井本農一ほか校注・訳『芭蕉文集・

去来抄』五七頁。

（12） 栗山理一ほか校注・訳『蕪村集・一茶集』（完訳日本の古典　五八、小学館、一九八三年）七四頁。

（13） 「大木（金剛流異本）」（田中允編『未刊謡曲集　続七』、古典文庫第五二六冊、古典文庫、一九九〇年）四〇〇―四〇五頁。

廃墟に棲まう女たち——朽ちてゆく建築と身体

山本聡美

本稿では、朽ちてゆく建築と身体をめぐる物語・絵画を逍遥することで、間テクスト的に浮かび上がる廃墟の過去性をひもとき、女の身体を媒介としてそこに希望の物語がたちあらわれる構造を明らかにする。廃墟表象の基底には、漢文学を淵源とする無常のモチーフ群が存在する。しかしそれが和の文脈、すなわち物語文学、そしてやまと絵に取り込まれる時、廃墟は、滅罪、発心、救済といった未来が志向される舞台へ反転する。

やまもと・さとみ——早稲田大学教授。専門は日本古代・中世絵画史。特に仏教説話画を通じて、死生観や贖罪の精神史を探求。博士（文学）。主な著書に『九相図をよむ 朽ちてゆく死体の美術史』（KADOKAWA、二〇一五年、平成二十七年芸術選奨文部科学大臣新人賞・第十四回角川財団学芸賞を受賞、角川ソフィア文庫『増補カラー版 九相図をよむ 朽ちてゆく死体の美術史』として二〇二三年再刊）、『闇の日本美術』（筑摩書房、二〇一八年）、『中世仏教絵画の図像誌 経説絵巻・六道絵・九相図』（吉川弘文館、二〇二〇年）などがある。

はじめに

朽ちてゆく建築、荒れ果てた庭、倒れ伏した築地、そこに跋扈する狐や梟《ふくろう》、鬼、そして魑魅魍魎《ちみもうりょう》。古代・中世日本の文学や美術にしばしば登場する廃墟は、重層するメタファーの舞台でもある。栄枯盛衰の象徴として、失われた理想世界の形見として、発心を促す宗教的聖地として、愛しい人を待ち続ける変わらぬ心の証として。多義的なコンテクストにひらかれた廃墟にひとつだけ共通する意味があるとするならば、それは朽ちてゆく建築が示す「過去性」であろう。過去の栄華、過去の理想、過去に交わされた愛情、それら諸々の過ぎ去った事象と現在とを結びつける依代《よりしろ》が廃墟なのである。廃墟は私たちの眼前に、過ぎ去った、あるいは過ぎ去りつつある時間のしるしとして横たわる。

そうであるからこそ、多くの場合、廃墟を舞台に語られるのは、失われたものごとを梃子《てこ》にして未来へ希望をつなぐような、復興や回復の物語である。そしてそのような希望の結節点に、廃墟に棲み、廃墟と共に朽ち果ててゆくような女たちの姿が浮かび上がる。

一、廃墟の時間と空間――『源氏物語』蓬生巻

（1）白居易「凶宅」のイメージ

朧月夜との密通露見を発端として、須磨、そして明石での蟄居を余儀なくされた光源氏は、やがて赦されて京へ戻る。『源氏物語』蓬生巻では、光源氏が徐々に女君たちとの関係を取り戻しつつある中、すっかり忘れ去られていた常陸宮家の姫君・末摘花を軸に物語が進む。父宮も既に亡く唯一の兄も世慣れぬ僧となっており、他に頼るべき者のいない末摘花は源氏にも見捨てられて窮乏し、年来荒れ果てていた邸宅が、ますます廃墟めいていく（以下、引用は岩波文庫『源氏物語』に拠る）。

> もとより荒れたりし宮の内、いとゞ狐の住みかになりて、うとましうけどほき木立に、ふくろふの声を朝夕に耳馴らしつゝ、人げにこそさやうのものもせかれて影隠しけれ、木霊《こだま》などけしからぬ物ども所得て、やう〳〵かたちをあらはし、ものわびしき事のみ数知らぬに……。

狐が棲みついた邸内、鬱蒼と茂る人気のない木立からは梟の鳴き声が朝夕聞こえる。人の気配があればこそ隠れている木霊などの怪しげなものさえ、我が物顔で次々に姿を現す。物悲しいことばかり数限りない場所……。

この場面が、白居易（白楽天、七七二～八四六）『白氏文集』巻一「凶宅」において詠まれた「梟鳴松桂枝、狐蔵蘭菊叢」の詩文を下敷きにしていることが夙に指摘されており、早くは『河海抄』や『弄花抄』等の古注釈にも見える。[1]

生い茂る草木、跋扈する狐、いずこからか聞こえる梟の声、精霊や妖怪の出没、これらは東洋的な廃墟の指標として、広く、唐代の漢詩から平安時代の物語にまたがって共有されている。その淵源は白居易が生きた中唐をさらに遡り、南朝宋の詩人・鮑照《ぼうしょう》（四一四～六六）作「蕪城賦」に、かつて栄華を誇った都市が廃墟となって、虺《まむし》・蜮《いさごむし》・麏《のろ》・鼯《むささび》・木魅・山鬼・野鼠・城狐・鷹・鴟《とび》・虎などが跋扈する情景が詠まれていることとも通じる。[2]

『源氏物語』蓬生巻では、荒廃した庭の描写がさらに続く。

> かゝるまゝに、浅茅は庭の面も見えず、しげき蓬は軒をあらそひて生ひ上る。葎《むぐら》は西東の御門を閉じこめたるぞ頼もしけれど、崩れがちなるめぐりの垣を馬牛などの踏みならしたる道にて、春夏になれば、放ち飼ふ総角《あげまき》の心さへぞめざましき。

庭を覆い尽くす浅茅、軒まで伸びる蓬、西門や東門を閉ざしてしまうほど生い茂った葎、これらの雑草が庭にはびこっている。さらには垣根も所々が壊れ、総角（未成年男子の髪型、ここでは転じて牧童を指す）が庭に入り込んで馬牛を放し飼いにしている。もはや屋敷としての態を保っていない。

ここで廃墟性の象徴として詳述されるのは、雑草の侵入、馬牛や牧童のごとき招かざる部外者の侵入である。特に、巻名にも投影された蓬はこの後も繰り返し登場し、廃墟表象の重要な一角をなす。そして、この点にも漢詩との接点がある。先述の「蕪城賦」に詠まれた廃墟モチーフの淵源を考察した西川ゆみ氏は、六朝時代の五言詩における「荒廃」の型として「人の作った建築などの人工物が機能しなくなり、植物や動物などの自然が、かつて人が生活した空間に侵入してくる、こうした情景を描くことで表現されている」と指摘する。(3) 蓬生巻ではまさにそのような荒廃の型が踏襲されているのである。随所に漢文学からの影響が指摘される『源氏物語』であるが、特に蓬生巻の物語構造は漢詩の型によって支えられている。

(2) 廃墟の過去性

さらに、白居易が「凶宅」において、邸宅の荒廃と人や国家の栄枯盛衰の因果関係について論じていることを念頭に置くならば、「蓬生」において、生前の常陸宮が丹精込めて整えた屋敷、庭、調度がその没後にむなしく朽ちてゆき、ただひとり遺された姫君だけが荒れ果てた館で光源氏の訪れを待つという情景にも、単なる舞台設定以上の含意を見いだせよう。

『源氏物語』における「凶宅」からの影響を論じた中西進氏は、「思うに「蓬生」における「凶宅」の利用は、その過去性にあった」と指摘し、白居易「凶宅」において題材として用いられる、過去に栄華を極めた将相や公卿の住宅が荒宅となっているという設定が、「蓬生」においては末摘花の棲まう破屋が、父宮によって築かれた過去の栄華を背負いつつ没落してゆく者の世界であることと通じている点を重視する。(4) まさに廃墟とは、そのような場、つまり「栄華」という過去性を背負った場として機能する。

蓬生における廃墟の過去性が物語上重要な働きをするのが、光源氏がこの屋敷に足を踏み入れる過程においてである。

卯月ばかりに、花散里を思ひ出できこえ給ひて、忍びて、対の上に御暇聞こえて出で給ふ。日ごろ降りつるなごりの雨いますこしそゝきて、をかしきほどに月さし出でたり。昔の御歩き思し出でられて、艶なるほどの夕月夜に、道のほどよろづの事おぼし出でておはするに、かたもなく荒れたる家の木立しげく森のやうなるを過ぎたまふ。大きなる松に藤の咲きかゝりて、月影になよびたる、風につきてさとにほふがなつかしく、そこはかとなきかをりなり。橘に代はりてをかしければ、さし出で給へるに、柳もいたうしだりて、築土《ついひぢ》もさはらねば乱れ臥したり。見し心地する木立かなとおぼすは、はやうこの宮なりけり。

卯月のこと、数日続いた雨がまだわずかにそぼ降りながらも月の美しい夜。恋人である花散里のもとへ赴くため、自らの住まいでもある二条院の西の対に住む紫上には暇《いとま》を申し上げて出かけた光源氏。牛車に揺られながら、その胸にかつての花散里への訪問など様々な思い出が去来する。やがて、原型もとどめないほどに荒れ果て、木立が大きく繁って森のようになっている場所に差し掛かった。行き過ぎようとする光源氏を引きとめたのは、その屋敷の庭にひときわ大きくそびえる松の木、そこに絡まり咲きかかり、月影にゆれる藤の花のそこはかとなき香りであった。橘の香り（花散里を象徴する）とは違うが心惹かれる藤の香に誘われて牛車から身を乗り出すと、崩れた築地塀からはみ出し長々と枝を垂らした柳が目に入った。どこかで見たことがある風景であると思う間もなく、実はここが常陸宮の邸宅だと気づくのであった。

昔のことを思い出しながら花散里のもとに向かう光源氏の思考に、月明かり、森のような木立、藤の香、崩れた築土、乱れ臥した柳といったモチーフが交錯することで、この場面には、思い出と現実、過去と現在をたゆたうような時間と空間が出現する。そして、同じ日、このあばら家の主である末摘花もまた、過去と現在を行きつ戻りつしていた。すなわち「昼寝の夢に故宮の見え給ひければ、覚めていとなごりかなしくおぼして、漏り濡れたる廂の端つ方おし拭はせて、こゝかしこの御座引きつくろはせなどしつゝ」と、父宮の夢を見てその名残惜しさ悲しさのあまり、雨漏りで濡れた廂の間を拭き、あちこちの御座所を整えていたのである。

このような末摘花の行動には、朽ちてゆく邸宅が示す圧倒的な「過去性」にささやかな抵抗を示し、父宮在世中の幸福な時間に少しでも時計の針を巻き戻そうとする意志を見て取ることができよう。常陸宮家の廃墟化した邸宅は、あたかも夢幻能の舞台のように、複数の時間を重層させる場として機能している。この廃墟という舞台において、物語の登場人物たちは自らの意思とは異なる運命に導かれるように邂逅するのである。

藤の香りに誘われ、ふと認めた廃墟かと見まがうあばら家を、まずは光源氏の従者の惟光が探索する。人気もなく、誰も住んでいないと判断した惟光が退散しようとしたその瞬間に御簾が動き中から年老いた女房の咳払いと年よりじみた声が聞こえた。末摘花がこの邸宅にて自分を待ち続けていることを知った光源氏は、このような蓬の生い茂る場所で、どのような気持ちで過ごしていたものかと、今まで彼女を訪れなかった自らの薄情を思い知る。そして「尋ねてもわれこそ問はめ道もなく深き蓬のもとの心を」とひとりごち、指貫の裾が濡れるのも構わずに露けき蓬の庭に足を踏み入れるのである。廃墟の庭に茂る蓬は、末摘花が光源氏を待っていた時間の長さ、その想いの深さの証でもあった。

(3)国宝「源氏物語絵巻」蓬生の構図

この場面は、平安時代の絵巻において鮮やかに絵画化されている。国宝「源氏物語絵巻」(十二世紀中頃、徳川美術館蔵)(口絵5)には、中央に月明かりに照らされた庭が銀泥を刷いた地面として表わされ、その上に、現状でほとんどの絵具が剥落してはいるものの、もとは鮮やかな緑青で生い茂る蓬・葎・茨等の雑草が描かれていた。画面右上には傷んだ縁の簀子や欄干、所々が破れた御簾や几帳、その陰から半身を表わす年老いた女房が描かれている。画面左方からは、従者の惟光に先導され、後ろから傘を差しかけられた光源氏が徒歩で庭に足を踏み入れている。さらに彼らの上方には大きな松と、その枝に蔦を絡ませ月影にゆれる藤の花、そして長い枝を垂らした柳が描かれている。

一見すると、光源氏が「尋ねてもわれこそ問はめ……」とひとりごちながら庭に足を踏み入れる一瞬を切り取ったかのようなこの場面が、実のところ「物語の各時点に示された各要素を抽出して巧みに融合させ、一つの画面にまとめ上げたもの」であることを指摘したのは、日本絵画における複数の時間の相の共存を論じた千野香織氏である。[5] 確かに、ここには①光源氏に常陸宮邸の存在を気づかせた藤の花、②惟光に末摘花の現状を知らせる老いた女房、③庭に足を踏み入れる惟光と光源氏といった、短いながらも幅を持った時間に生じた複数の出来事が一つの空間に配置されている。

それら全ての要素を舞台として受け止めているのが、蓬や葎や茨が生い茂る庭、そして朽ち果てそうになっている建築なのである。何より重要な点として、ここに、末摘花の姿は描かれていない。もちろん、零落したといっても宮家の姫君である女性が廂の端近く描かれることはあり得ない。しかしそれ以上に、そこはかとなき香の藤花、生い茂る蓬、今にも崩れ落ちそうな建築、それら全てのモチーフは光源氏を待ち続けた末摘花の身代わり、表徴としても機能する。父宮の遺した邸宅と同化する廃墟としての末摘花。彼女はその廃墟性、過去性によって光源氏の心をつなぎとめる。父宮によって慈しまれた過去という時空に留まって生きる女・末摘花と、須磨と明石への流離という過去を乗り越え京での現在性を回復しようとする男・光源氏との、本来重なり合うはずのない時空が月明かりの下で一瞬交差する夢幻。廃墟が彼らの邂逅のまたとない舞台装置となる。

二、滅罪と鎮魂の場としての廃墟
——『平家物語』灌頂巻

(1) 建礼門院の住居

鮮烈な過去性を示すもう一つのあばら家に目を向けよう。『平家物語』巻末の灌頂巻は、平家一門がたどった盛者必衰の帰結を叙述する章段として重要な役割を帯びる。中でも、建礼門院徳子（一一五五～一二一四）が自らの人生を六道輪廻にたとえる「六道之沙汰」の章段が圧巻であるが、その舞台は比叡山北西の麓に位置する大原寂光院《じゃっこういん》の粗末な庵室《あんじつ》であった。

建礼門院の生涯は平家の栄枯盛衰とともにあった。平清盛の娘として生まれ、承安元年（一一七一）、高倉天皇に入内し翌年には中宮となる。治承二年（一一七八）に皇子を産み、同四年（一一八〇）にはその幼子（安徳天皇）が即位すると、国母として栄華を極める。しかし長くは続かず、寿永二年（一一八三）に上洛した木曽義仲に京を追われ安徳および平家一門と共に、福原、大宰府、屋島、一の谷とめまぐるしく居を移した後、元暦二年（一一八五）壇ノ浦の海戦において、安徳は建礼門院の母二位尼（時子）に抱かれて海中に沈み、平家一門は滅亡する。

からくも生き延びて京に戻った建礼門院は、まず東山の麓、吉田の辺にある中納言法印慶恵《けいえ》なる人物の坊に仮寓の身となる。『平家物語』には、その坊の様子が以下のように記述される（以下、『平家物語』の本文は特に断りのない場合覚一本に拠る。引用は新日本古典文学大系『平家物語』に拠る）。

> 住みあらして年久しうなりにければ、庭には草ふかく、にはしのぶ茂れり。簾《すだれ》たえ閨《ねや》あらはにて、雨風たまるべうもなし。花は色々にほへども、主とたのむ人もなく、月はよなよなさしいれど、詠《なが》めてあかすぬしもなし。昔は玉の台《うてな》をみがき、錦の帳にまとはれて、あかし暮し給ひしに、今はありとしある人にはみな別れはてて、あさましげなるくち坊にいらせ給ひける御心のうち、おしはかられて哀れなり。

長年住んで荒れるにまかせた房の庭は草深く、しのぶ草が生い茂っている。簾が破れちぎれて閨さえ丸見えのあばら家である。文中で「昔は玉の台《うてな》をみがき、錦の帳にまとはれて」に対して「今はありとしある人にはみな別れはてて、あさましげなるくち坊にいらせ給ひける」として、過去と現在が対比されていることに注意を払いたい。盛者必衰が『平家物語』全体を貫く主題でもあるが、ここでは、女院の過去と現在をその住居によって対比させることで、平家一門の栄華と没落が端的に示される。先に『源氏物語』蓬生巻に見たように、ここでも廃墟の過去性が物語の重要な構造を担っているのである。

かつての国母にとってあまりにもわびしい仮棲まいの坊にて、女院は出家を果たす。さらに追い打ちをかけるように、元暦二年（一一八五）七月九日の大地震に見舞われ、この寓居さえもが「築地もくづれ、荒れたる御所もかたぶきやぶれて、いとど住ませ給ふべき御たよりもなし」という状況になってしまう。棲み続けることが難しくなった東山の坊を出た女院がたどり着いたのが、彼女にとって終の棲家となる大原寂光院である。

(2) 廃墟へのまなざし

文治二年（一一八六）の春、そこへ御幸した後白河上皇（一一二七～九二）の目を通じて庵室の様子が以下のように描写されている。

女院の御庵室《あんじつ》を御覧ずれば、軒には蔦槿《つたあさがほ》はひかゝり、信夫《しのぶ》まじりの忘草《わすれぐさ》、「瓢箪しば〳〵むなし、草顔淵《くさがんえん》が巷《ちまた》にしげし、藜藋《れいでう》ふかくさせり。雨原憲《げんけん》が枢《とぼそ》をうるほす」とも言ッつべし。杉の葺《ふき》目もまばらにて、時雨も霜もを《（お）》く露も、もる月影にあらそひて、たまるべしとも見えざりけり。

軒には雑草が繁茂し、屋根板の杉に隙間ができて雨露をしのぐこともできないあばら家の様子を見た上皇は、思わず、顔淵と原憲という孔子の弟子たちが貧窮しながらも学問を究めたという故事に基づく、橘直幹が詠んだ漢詩を思い起こす。『和漢朗詠集』下巻「草」にも収められたこの詩文が挿入されることで、零落した女院の境遇が古代中国の求道者とも重なることが暗示される。漢詩の型が、廃墟に重層的意味を付与する点、これも、先に『源氏物語』蓬生巻において確認した通りである。

灌頂巻「大原御幸」は、終始、後白河のまなざしを通じて建礼門院の零落した境遇が叙述される点に大きな特徴があるのだが、この点も蓬生巻において、常陸宮家の荒れ果てた情景が光源氏の視線で捉えられていることと共通する。廃墟とは「誰の目にそう見えているのか」というまなざしの問題でもあるのだ。両方の物語において、廃墟をまなざす男の視線の先にはそこに棲まう哀れな女の姿が予感されている。ただし、『平家物語』においてこのまなざしを鮮やかに反転してみせるのが、次に登場する阿波内侍《あわのないし》である。

大原の粗末な庵室の描写が尽くされたところで、老い衰え、「きぬ・布のわきも見えぬ物（絹か木綿かの区別もつかないぼろぼろの布地）」を結び集めて身に着けた老尼・阿波内侍が登場する。阿波内侍は、伝記に諸説ある人物であるが、『平家物語』覚一本では後白河近臣であった藤原通憲（信西）とその妻・藤原朝子（紀伊局、後白河乳母）の娘とされている。[6] 物語中、建礼門院と共に大原の庵室に暮らす老尼として登場し、随所で後白河、そして建礼門院を教導する役割を担う。

女院の身の上に同情する上皇に対して阿波内侍は、「五戒・十善の御果報尽きさせたまふによッて、今かゝる御目を御覧ずるにこそさぶらへ。捨身《しゃしん》の行に、なじかは御身をおしませ給ふべき」と、女院が過去において積んだ諸々の功徳の果報が尽きたのでこのような目にあっているのであり、身を捨てて（出家して）仏道に励むからにはわが身を惜しむべきではないと、女院の境遇を仏教的見地から説く。さらには、「過去・未来の因果をさとらせ給ひなば、つや〳〵御嘆あるべからず」と、この境遇が女院自身の、過去から現在を経て未来へと連続する因果に基づくものであり嘆くべきものではないと上皇を教導するのである。学識を誇り、その子孫の多くが鎌倉時代の仏教界を担う学僧となって活躍した信西の縁者ならではの説法というべきで、史実は措くとして、ここでの阿波内侍が「信西の娘」との属性のもとで担う言説は、『平家物語』成立環境や、少なくとも、灌頂巻の語り手の立場が那辺にあるのかを示してもいる。

（3）捨身

阿波内侍の言葉に「身を捨てて」とある。仏教における捨《しゃ》身《しん》とは、自らの滅罪、また他者救済、あるいは仏への供養を目的としてわが身を布施することをいう。第一義的には身体そのものを布施する行為であり、必然的に肉体の損壊や死をともなう。捨身飼虎などの本生譚《ほんじょうたん》に見るように、本来、人間にとって最も捨てがたい身体（命）を供物とする点で、究極の布施と位置付けられよう。ただし広義には、求法《ぐほう》に身を投じる出家、また生命や暮らしの糧となる食物や財物を寺院や僧侶に布施する行為も捨身の一種と見なされる。[7] このような意味で、建礼門院の出家という行為そのものが捨身行と言える。さらに言えば、これは自らの滅罪と他者救済、つまり安徳を筆頭に平家一門の菩提を弔い、ひいては勝者も敗者も分かたず戦によって命を落とした者たちのために行われた、究極の供養としての捨身行をも含意する。以下に、その点を見ておきたい。

上皇と阿波内侍のやり取りの後、濃き墨染の衣を着た二人の尼が、岩がちな山道を降ってきた。一人は摘み集めた岩つつじを入れた花かごを手にした建礼門院。別の一人は薪にする小枝を背負った大納言佐《だいなごんのすけ》（大納言典侍、藤原輔子）、彼女は、平重衡の正妻にして、安徳の乳母であった[8]。山中に自生する岩つつじや薪の採集は、苦しい肉体労働の象徴であり、彼女たちにとってまさに「捨身行」に他ならない。国母としての建礼門院はいうまでもなく、乳母という擬制的母として安徳を養育し、さらには南都焼討という仏教的大罪を犯した重衡の妻でもあった大納言佐が実践する、滅罪と鎮魂の行としての捨身がここで大きな意味を持つ。山中での苦行に精進する登場人物を建礼門院一人に限定せず、大納言佐を寄り添わせることによって、未曾有の内乱にかかわる滅罪と鎮魂の祈りが、彼女たちに代表される「平家の女たち」による集団的、一族的なものへと拡張されるからである。そしてその祈りの磁場は、安徳の祖父であり、建礼門院の舅である後白河をもその内部にからめとる。

かつての国母の零落した姿は上皇に衝撃を与え、彼女自身も当初は消え入りたいほどの羞恥を感じる。自らのみじめな姿を見られることの恥ずかしさに「消も失せばや」と途方にくれ、庵室に入ることもできずにいた建礼門院を、先に上皇に対して道理を説いた阿波内侍が「世をいとふならひ、なにかはくるしうさぶらふべき」と促し、上皇との対面が果たされる。さらに上皇が「天人の五衰《ごすい》の悲《かなしみ》は、人間にも候ける物かな」と、栄華を極めた女性の零落を天人五衰（天道も六道の一部であり寿命が尽きた天人には、衣装が垢にまみれる・頭上の花冠がしぼむ・身体が悪臭を放つ・腋から汗が出る・座っていられなくなるという五つの衰相があらわれる）になぞらえると、意を決した建礼門院から「かゝる身になる事は、一旦の嘆、申に及びさぶらはね共、後生菩提の為には、悦《よろこび》とおぼえさぶらふなり」として語りだされるのが、自らの経験を、天、人、畜生、阿修羅、餓鬼、地獄の順に六道輪廻にたとえて告白する「六道之沙汰」なのである。

国母として人々にかしずかれ「天上の果報も是には過ぎじ」と思われた宮中での暮らし、ところが都落ちし愛別離苦《あいべつりく》（愛しい者と別れる苦しみ）や怨憎会苦《おんぞうえく》（怨敵と出会ってしまう苦しみ）など人間世界の四苦八苦を余さず経験し、甥の清経（平重盛三男）が京都にも鎮西（九州）にも居場所のない自らの境遇を「網にかゝれる魚の如し」と悲観して入水したことを皮切りに、食物も水さえも事欠く海上での「餓鬼道の苦」、戦に明け暮れる「修羅の闘諍、帝釈の諍も、かくや」と思われる苦難の日々を過ごし、挙句に門司・赤間の関（壇ノ浦）において目の前で母と息子が海中に沈み、生き残った人々の叫び声は「叫喚・大叫喚のほのほの底の罪人も、これには過ぎじとこそおぼえさぶらいしか」という地獄を経験した。さらに追い打ちをかけるように、源氏の捕われ人となり京へのぼる道中の明石浦で見た夢に、先帝はじめ一門の公卿・殿上人が威儀を正して現れ、二位尼が平家一門の居場所を「竜宮城」でありその有り様が『竜畜経《りゅうちくきょう》』に説かれているので菩提を弔って欲しいと告げられる。ここに登場する『竜畜経』とは架空の経典であるが、六道輪廻に関する経説において、竜もまた畜生の一種とされており（『長阿含経』巻十八「世記経」閻浮堤州品など）、龍宮城への転生は決して救済ではなく、悪道としての畜生道への転落に他ならない。以上の述懐の後に、建礼門院は「是皆六道にたがはじとこそおぼえ侍れ」と結ぶ。

（4）建礼門院の六道語りと不浄観説話

かつての国母にして女院という、女性として最も高い地位を極めた人物が、自らの半生を余すところなく告白し、しかも六道輪廻にたとえるこのくだりは、中世日本で語り継がれた不浄観説話において、身体、あるいは死体をさらす主体が光明皇后や檀林皇后といった高貴な女性に仮託され、愛欲に迷う男性に敢えて不浄な身体を見せることで、彼らを仏教的に教導する役割が与えられたこととも響きあう(9)。建礼門院は落魄した姿を後白河の視線にさらし、自らの人生を六道輪廻になぞらえて告白することで、説話の中で身体や死体をさらすことで他者を教化し導く女性たち同様の、いわば善智識（仏道への導き手）としての役割を担うのである。

実のところ、『平家物語』諸本のうち、延慶《えんぎょうぼん》本の第二十五段「法皇小原へ御幸成事」には、大原を訪れた後白河上皇が、そのあまりにいたましいわび住まいに、「朝有紅顔誇世路　暮成白骨朽郊原（朝に紅顔有りて世路に誇れども、暮に白骨と成りて郊原に朽ちぬ）」（引用は『校訂延慶本平家物語（十二）』汲古書院）と、『和漢朗詠集』巻下「無常」に収録された、藤原義孝による中陰の願文を思い起こす場面がある。この願文は、伝空海作、あるいは伝蘇東坡作として伝わる九相詩にも通じ、建礼門院の周辺に不浄観説話の気配を想起させるに十分な働きをする。

さらに、承久四年（一二二二）頃の成立と見られる『閑居友』では、不浄観を題材にした下巻第九話「宮腹の女房の、不浄の姿を見する事」の直前に、「建礼門女院御庵に、忍びの御幸の事」（下巻第八話）として、『平家物語』灌頂巻と内容を同じくする後白河による大原御幸と建礼門院による自身の半生についての述懐が取り上げられている。明らかに、これは零落した女院の有り様を不浄観説話へ接続するための構成と言え、中世初頭に不浄観説話を興隆させ、朽ちてゆく死体を主題とした九相図の流行を促した淵源のひとつとして、建礼門院の数奇な運命があったことは疑いない。ただし史実としてではなく、『平家物語』形成過程で語り継がれ、読み継がれた虚像の中にこそ、零落したわが身をさらして他者を教導する女院の気高い姿が立ち現れる。(10)

灌頂巻では、建礼門院が、荒れ果てたわびしい庵室に棲まうことに多くの筆を割く。捨身としての六道語りはそのような空間で語られることに意味があるからである。すなわち、建礼門院にとって、大原のわびしい庵室とは、自らの身を捨てる以外もはや供物として手放すべき財宝は何一つない空間であった。また灌頂巻「大原御幸」冒頭で、建礼門院に先んじて阿波内侍がぼろぼろの衣を着て登場し、老衰した姿をさらしつつ後白河および建礼門院を教導する。阿波内侍には、後から登場する建門院が果たすべき役割をあらかじめ自ら演じる、予型論的な位置を見出すことができるであろう。老衰した阿波内侍、零落した建礼門院、さらにはその変奏としての大納言佐を含む三人の女たちが自らの姿を上皇の目にさらすこと、これ自体を彼女たちが成し得た捨身行と捉えるならば、ここで教化され救済される対象は、勝者の側に立ちつつ彼女たちをまなざしている後白河に他ならない。

衝撃的な場所で物語られた赤裸々な六道語りは、上皇や供奉の貴族たちの心を強く揺さぶり、皆が涙を流し、女院も女房達も共に泣きくれる。この一瞬、その場にいた全員が、この高貴な女性が一身に担わねばならなかった因業とその報いの大きさに戦慄し、彼らの願いと祈りは、滅罪、そして鎮魂という一点に収斂してゆくのである。

平家一門の罪業だけでなく一族を滅亡に追いやった後白河自身の罪をも背負うかのように、建礼門院は廃墟という環境を梃子に発心し、捨身としての六道語りの実践を遂行して、最後に自らも往生する。『平家物語』灌頂巻「女院死去」の段では「西に紫雲たなびき、異香室にみち、音楽そらに聞こゆ」と、女院の往生が伝えられ、阿波内侍や大納言佐を含むであろう近習の女房達も「みな往生の素懐をとげけるとぞ聞えし」と結ばれる。(11)

三、平家絵としての六道絵

(1) 聖衆来迎寺蔵「六道絵」と『平家物語』

『平家物語』の登場人物としての建礼門院は、その六道語りにおいて、人間界の苦しみを「人間の事は、愛別離苦・怨憎会苦共に我身に知られてさぶらふ。四苦・八苦、一として残る所さぶらはず」と述べる。四苦とは生・老・病・死の四つの苦しみを指す。仏教では、人間はこの世に生まれ出ることそのものが苦しみであり、老・病・死に至る苦しみの連続の中で人生が推移すると説く現世否定的な人間観である。また八苦とは上記の四種に、愛別離苦・怨憎会苦・求不得苦（求めるものを得られない苦しみ）・五盛陰苦（人間の体や認識を構成する色・受・想・行・識の五つに由来する苦しみ）の四種を加え八苦と数えるものである。

これら四苦八苦は、中世六道絵における重要な主題でもあった。特に、十三世紀後半の制作と見られる聖衆来迎寺蔵「六道絵」（全十五幅、以下、聖衆来迎寺本と称す）では、生老病死苦を主題とした「人道苦相（Ⅰ）」、愛別離苦・怨憎会苦・求不得苦・五盛陰苦を主題とした「人道苦相（Ⅱ）」（**図1**）があり、[12] 特に後者に描かれた合戦に赴く武士が妻子と別離する場面（愛別離苦）や、戦闘場面（怨憎会苦）は『平家物語』

図1　「六道絵」人道苦相Ⅱ（鎌倉時代、13世紀後半、聖衆来迎寺蔵。出典：泉健夫・加須屋誠・山本聡美編『国宝 六道絵』（中央公論美術出版、2007年）より転載）

との高い親和性がある。この点については、既に加須屋誠氏が本幅に描かれた武士の出立場面が『平家物語』維盛譚を想起させるものであることを指摘している[13]。逆に言えば、維盛譚を六道輪廻の視点で読み解くことで、『平家物語』を背後で支える仏教的世界観や倫理観、また物語の舞台装置としての六道輪廻が鮮やかによみがえってくるのである。これらの文学と絵画は双方向的な影響関係を結んでいる。

そうした見地から、聖衆来迎寺本「人道不浄相」(**図2**)に、建礼門院による六道語りとの接点を見出すこともあながち極端な飛躍ではない。先に建礼門院の六道語りと不浄観説話との接点に触れたが、聖衆来迎寺本「人道不浄相」には、袿を着せ掛けられた高貴な女性の死体が移りゆく四季の草木と共に描かれている。桜花が舞い散る野辺に息を引き取ったばかりの美しい女性の死体が横たえられ、その周囲に蕨や笹など早春の草が芽吹いている。画面下方に向かって季節は移り変わり初夏には新緑の松や楓そして蓬、秋には赤く色づい

図2 「六道絵」人道不浄相(同)

た紅葉や蔦、冬には荒涼とした枯野が広がる。その風景の中に包み込まれるように描かれている死体は、腐乱し、禽獣の餌食となり、白骨となって最後に自然と一体化する。

(2) 漢詩・講式と人道不浄相図

朽ちてゆく死体を描いたこの情景は、本稿で、ここまで見てきた廃墟表象とも連環している。雑草や鬱蒼たる樹木、また禽獣の侵入によって建物が徐々に朽ち果ててゆく廃墟場面の中心を建築から身体に置き換えることで、「人道不浄相」の世界が現れる。そしてこのことは偶然ではなく、朽ちてゆく廃墟と身体の両方に、漢詩に由来する無常の概念が深く関係しているからである。

聖衆来迎寺本「人道不浄相」、特にその四季のモチーフには、この六道絵の主たる典拠となった『往生要集』だけでなく、『続《ぞく》遍照《へんじょう》発揮《ほっき》性霊《しょうりょう》集《しゅう》補闕抄《ほけつしょう》』所収の伝空海作「九相詩」からの影響が認められる。(14) 例えば死体をむさぼる白い蛆虫や青蠅が、伝空海作「九相詩」青瘀相第三に詠まれた「白《はく》蠕《ぜん》は孔《あな》の裏に蠢《うごめ》く、青蠅《せいよう》は骴《ほね》の上に飛ぶ」(引用は『日本古典文学大系』七一に基づく)という内容に対応しており、詩文との深いつながりを確認することができる。

また室町時代に入ると、伝蘇東坡作「九相詩」を詞書とする「九相詩絵巻」の形式が成立するのだが、近年、阿部美香氏によって伝蘇東坡作「九相詩」の序文が、貞慶作『弥勒講式』(五段式)初段「第一罪障懺悔の段」本文とほぼ完全に一致することが明らかにされた。(15) 従来、北宋の文人・蘇軾(蘇東坡、一〇三七~一一〇一)に仮託して日本で成立したものであろうと漠然と考えられてきた「九相詩絵巻」の詞書について、その成立背景をうかがわせる確かな手掛かりが得られた意義は大きい。さらに、『弥勒講式』を編んだ貞慶は信西の孫にあたっており、阿波内侍を信西娘と位置付ける覚一本『平家物語』成立圏との距離も近い。

『弥勒講式』と伝蘇東坡作「九相詩」に共通するのは序文の内容のみで、詩文そのものの出典は依然として不詳である。しかしながら、阿部氏は、貞慶に深く帰依した後鳥羽上皇(一一八〇~一二三九)の作である『無常講式』が、九相図と深く結びついているというさらなる論点を指摘している。

承久三年(一二二一)、鎌倉幕府に挑んだ承久の乱に敗れ隠岐に流された後鳥羽は、野にうち捨てられた死体が臥す情景を「旅宿の草枕」、まさに自らの境遇になぞらえ、第一段で厭離穢土《おんりえど》、第二段で無常(九相)観を勧め、第三段で欣《ごん》求浄土《ぐじょうど》を祈願するという三段構成の『無常講式』を編んだ。このうち、第一段では貞慶の『弥勒講式』初段の本文を引用しつつ「身は旧宅《くたく》危うきが如し、命は僅《わずか》に支ふ。心は旅客《リョウカク》の宿るに似たり、息と与《とも》に去《さん》なんと欲す」と、人間の肉体や命の儚さに触れ、第二段で九相観を中心に据えて世の無常を説く。阿部氏は、この『無常講式』第二段の本文が、『往生要集』や仏典を踏まえつつ、白居易の漢詩、後鳥羽自身による勅撰の『新古今和歌集』哀傷歌撰入歌、また伝空海作「九相詩」等、無常を主題とする多様なテクストを博捜して編まれたものであることを明らかにしている。さらに、『無常講式』第二段で展開する九相観の内容が、聖衆来迎寺本「人道不浄相幅」の画面構成と重なることにも触れ、「その呼応関係からは、後鳥羽院が実際に何らかの九相図を眼前にしていた可能性も提起される」と指摘する。

こうして見ることで、保元・平治の乱から、治承・寿永の乱（源平合戦）を経て承久の乱へと帰結した内乱の時代を経て、同時代的に成立した『平家物語』、不浄観説話、六道絵との間に深い相関関係が浮かび上がってくる。これらの文学と絵画に通底する、朽ちてゆく建築と身体のイマジネーションが、この時代を生きた女性たちの身の上に重なり合うことで、現世における安穏を希求し、後世における浄土往生を願う祈りの情景が輝きを増す。

おわりに

廃墟をめぐる文学と美術の基底には、漢文学の水脈が滔々と流れている。鮑照「蕪城賦」から白居易「凶宅」へ、『和漢朗詠集』、伝空海「九相詩」から伝蘇東坡「九相詩」へ。これらの詩文において同工異曲に詠まれる朽ちてゆく建築や身体は過去性を伴い、形あるものの無常を示す。しかしながらそれが和の文脈、すなわち物語文学、そしてやまと絵に取り込まれる時、無常という諦念に立脚しながらなおも志向される、滅罪、発心、救済といった希望の物語の舞台へと反転する。そのことを考えれば、『源氏物語』蓬生巻において荒れ果てた邸宅の奥で光源氏の訪れを待つ末摘花にも、『平家物語』灌頂巻における建礼門院の祖型としての連環を見出すことができ、廃墟というフレームが、予想以上に長い射程で前近代の日本文化をおおっていることを知るのである。

注

（1）中西進「引喩と暗喩――源氏物語における白氏文集、「凶宅」など」（『日本研究』一、一九八九年、同『源氏物語と白楽天』、岩波書店、一九九七年に収録）、長瀬由美「荒廃した邸宅と狐――『源氏物語』蓬生巻と白居易「凶宅」詩」（『朱』五七、二〇一四年、同『源氏物語と平安朝漢文学』、勉誠出版、二〇一九年に収録）。

(2) 土屋聡「鮑照「蕪城賦」編年考」（『文學研究』一〇四、二〇〇七年）、西川ゆみ「鮑照「蕪城賦」における廢墟」（『六朝学術学会報』一四、二〇一三年）、佐藤大志「都市の荒廃を描く文学――鮑照「蕪城賦」をめぐって」（『中國中世文學研究』六三―六四、二〇一四年）。

(3) 西川前掲注2論文。

(4) 中西前掲注1論文。

(5) 千野香織「日本の絵を読む――単一固定視点をめぐって」（同『千野香織著作集』、ブリュッケ、二〇一〇年、初出一九八八年）。

(6) 阿波内侍の伝記考証については、清水眞澄「『平家物語』と醍醐寺――灌頂巻の阿波内侍像の形成をめぐって」（『軍記と語り物』二七、一九九一年）に詳しい。

(7) 船山徹「捨身の思想――六朝佛教史の一断面」（『東方學報』七四、二〇〇二年、同「捨身の思想――極端な仏教行為」として同『六朝隋唐仏教展開史』、法藏館、二〇一九年に収録）、君野隆久『捨身の仏教 日本における菩薩本生譚』（KADOKAWA、二〇一九年）。

(8) 郭順伊「大納言典侍についての一考察」（『広島女学院大学大学院言語文化論叢』一二、二〇〇九年）。

(9) 拙稿「補遺 朽ちてゆく死体の図像誌――戦の時代の九相図」（同『増補カラー版 九相図をよむ 朽ちてゆく死体の美術史』、KADOKAWA、二〇二三年）で詳しく論じた。

(10) 阿部泰郎「慈円に発する六道語りの諸相とその系譜」（『仏教文学』四八、二〇二三年）。

(11) 櫻井陽子「灌頂巻「大原御幸」の自然描写の考察――覚一本を中心に」（同『平家物語の形成と受容』、汲古書院、二〇〇一年、初出一九九〇年）では、大原御幸の場面における寂光院の景の描写に「文学伝統を背負った言葉を重ねたり、類型的な表現を組み入れたりすることによって、結果的には季節の循環を超越した、現実にあるとは思えない超現実的世界を作り出している」との構造を見出し、「四方四季の庭」の伝統との結びつきを指摘する。さらにこのような自然の描出が、一種の浄土的空間として女院の来たるべき往生を予想させる点を示唆している。このような見方からは、往生という現象を結節点として、廃墟表象の過去性と未来性が重層的に顕現する舞台装置として寂光院を捉える視野が拓かれる。

(12) 聖衆来迎寺本は、迷いの世界である六道（地獄・餓鬼・畜生・阿修羅・人・天）十二幅、口称念仏による堕地獄からの救済説話二幅、閻魔王庁一幅の全十五幅で構成されている。このうち、人道には不浄相（一幅）、苦相（二幅）、無常相（一幅）の四幅が充てられており、二幅ある苦相幅を便宜的に「Ⅰ幅」（生老病死苦）、「Ⅱ幅」（愛別離苦・怨憎会苦・求不得苦・五盛陰苦）と呼称する。

(13) 加須屋誠「全場面解説」（泉武夫・加須屋誠・山本聡美編『国宝 六道絵』、中央公論美術出版、二〇〇七年）。また、野口圭也「聖衆来迎寺本『六道絵』中『阿修羅道幅』について」（『平安仏教学会年報』三、二〇〇四年）では本作「修羅道幅」と『平家物語』の接点が論じられている。さらに拙稿「愛執と闘諍の図像――中世文学と仏教説話画」（『中世文学』六八、二〇二三）においても論じた。

(14) この指摘は、吉谷はるな「聖衆来迎寺本六道絵『人道不浄相』の考察」（『美術史学』二一、二〇〇〇年）参照。

(15) 阿部美香「九相図遡源試論――醍醐寺焔魔王堂九相図と無常講式」（『昭和女子大学女性文化研究所紀要』四八、二〇二一年）。

廃墟になじめない旅人——永井荷風『祭の夜がたり』

多田蔵人

ただ・くらひと——国文学研究資料館准教授。専門は永井荷風を中心とする、日本近代文体史研究。主な著書に『永井荷風』（東京大学出版会、二〇一七年）、論文に「谷崎潤一郎『盲目物語』における材源と方法」（『国語国文』八一巻一一号、二〇一二年）、「言葉をなくした男——森鷗外『舞姫』」（『日本近代文学』一〇五巻、二〇二一年）などがある。

永井荷風の作品は、ある時期から廃墟の情緒に酔いしれる感性をはなれてゆく。その契機として、南フランスで興隆し日本にも一時流入した「地方主義（レジオナリスム）」への、接近と挫折の体験が挙げられる。『祭の夜がたり』における地中海世界の表象には、廃墟に過去の時間を夢みる地方主義の感性に、同化できなかった芸術家の姿が彫りつけられている。

一

住むもののない古寺や邸宅を呼ぶ場合、明治大正の文学では「廃墟」よりも「廃園」ということばを使うことが多い。この語を用いた代表的な書き手としては雑誌「帝国文学」に集った大町桂月・塩井雨江などの「美文」グループ、そして投書雑誌「文庫」の記者たちがいる。[1] W・スコットなどの好古趣味に学びながら前近代の措辞を多種多様に綴りあわせた「美文」の書き手[2]はもちろん、短い叙景文に文章の美を競いあった投書家連にとっても、歴史的記憶が折りかさなり荒廃の美感をあたえる廃園は格好の題材だった。

こうした言葉の系脈をたどってみると、西洋から象徴主義が持ちこまれて少したった明治四〇年代、詩集『廃園』（明治四十二年〈一九〇九〉）で知られる三木露風の第二詩集『寂しき曙』（明治四十三年〈一九一〇〉）の、「この書を永井荷風氏に献ぐ」という献辞に目がとまる。露風『廃園』が影響を受けたとされる荷風の訳詩集『珊瑚集』（大正二年〈一九一三〉）の、廃墟の描きかたは次のようだ。

森《もり》よ、汝《なんぢ》、古寺《ふるでら》の如《ごと》くに吾《われ》を恐《おそ》れしむ。
汝《なんぢ》、寺《てら》の楽《がく》の如《ごと》く吠《ほ》ゆれば、呪《のろ》はれし人《ひと》の心《こゝろ》、
臨終《りんじう》の喘咽《あえぎ》聞《きこ》ゆる永久《とこしえ》の喪《も》の室《へや》に、
DE PROFONDES《デプロフンヂス》 歌《うた》ふ声《こゑ》、山彦《やまひこ》となりて響《ひゞ》くかな。

（ボオドレエル、荷風訳『暗黒』）

原詩のタイトルは *Obsession.* 詩人が森を「古寺《ふるでら》」に喩えたとたん、「心《こゝろ》」は「永久《とこしえ》の喪《も》の室《へや》」になりかわる。闇に吹く風は荘厳な聖歌の響きをたたえ、逃れがたい死のイメージとなってこだまする。フランスから帰ってきたばかりの荷風はこうした表現を日本語に置きかえる際、原詩の cathédrales（「聖堂」というほどの意）をあえて「古寺《ふるでら》」と訳しかえながらキリスト教寺院の歴史の重みを伝えていた。

追懐と恐怖の、両義的シンボルとしての廃墟——こうした歴史的緊張と陶酔にみちた空間はしかし、「若《わか》い廃園《はいゑん》の主人《あるじ》」が滅びゆく庭をながめる『見果てぬ夢』〈明治四十三年〈一九一〇〉一月「中央公論」〉あたりを最後に、あまり荷風小説には登場しなくなる。むしろ荷風がくりかえし描き、ある意味で廃墟よりもさらに荒涼たる光景として眺めたのは、かれが長く住んだ「東京《とうきやう》」だった。次に引くのは長篇小説『冷笑』〈明治四十二年十二月十三日〜四十三年二月二十八日「東京朝日新聞」〉の吉野紅雨が、夜の東京を見つめて物思いにふける場面である。

此《これ》が『東京《とうきやう》』と云《い》ふものだ。此《これ》が『今日《こんにち》』と云《い》ふ時代《じだい》と生活《せいくわつ》との代表者《だいへうしや》である。此《こ》の怪物《くわいぶつ》と相対《あひたい》して紅雨《こうう》は今更《いまさら》の如《ごと》く無限《むげん》の恐怖《きようふ》、怨恨《ゑんこん》、悲哀《ひあい》を感《かん》じる。［略］幾《いく》世紀《せいき》を経《へ》て若《も》し茲《こゝ》に一代《だい》の歴史家《れきしか》が筆《ふで》を執《と》るとしたならば、彼《かれ》は鎌倉《かまくら》江戸《えど》時代《じだい》と、そして吾々《われ》の知《し》る可《べか》らざる何《なに》かの時代《じだい》との間《あひだ》に、この怪物《くわいぶつ》を過渡期と称《しよう》する一小項《せうかう》の中《うち》に造作《ざうさ》も無《な》く葬《はうむ》つてしまふに違《ちが》ひない。だから、紅《こう》雨《う》はいかに煩悶《はんもん》してもいかに努力《どりよく》しても自分《じぶん》の名前《なまへ》は記録家《きろくか》の目《め》に触《ふ》れる事《こと》なく、触《ふ》れる必要《ひつえう》なく時代《じだい》と共《とも》に葬《はうぶ》られてしまふ運命《うんめい》を持《も》つてゐる事《こと》を覚悟《かくご》しなければならない。此《こ》の覚悟《かくご》は芸術家《げいじゆつか》に取《と》つていかに悲惨極《ひさんきは》まるものであらう。ポンペイは地《ち》の下《した》から掘出《ほりだ》されると共《とも》に其処《そこ》に生《い》きてゐた天才《てんさい》の事業《じげふ》は不朽《ふきう》になつた。もし其《そ》れと同《おな》じやうに、他日極東《たじつきよくとう》の古蹟《こせき》を探《さぐ》る旅人《たびびと》があつたならば、彼《かれ》は却《かへつ》て帝国劇場《ていこくげきぢやう》の礎《いしづゑ》には気《き》も付《つ》かずして、江戸城址《えどじやうし》の濠《ほり》と石垣《いしがき》とに時代《じだい》の光栄《くわうえい》を見出《みいだ》すであらう。

（『冷笑』七の五）

紅雨は右の引用で、明治三十七年（一九〇四）に完成した両国橋の欄干から隅田川の情景を望んでいる。目にうつるの

は「高低《かうてい》の揃《そろ》はない屋根《やね》の角形《かくがた》」が空をくぎる対岸の人家と、「梶《かぢ》の上《うへ》に小《ちひ》さな松飾《まつかざ》りをした高砂船《たかさごせん》や伝馬船《てんません》」ばかり。近代の東京にあってはむしろ昔なつかしい情景というべきだが、だからこそ、ということだろう、彼の視線は闇に沈んだ「今日《こんにち》」の「東京《とうきやう》」の方に集中する。紅雨のモノローグは「東京」の姿を、江戸以前の時代と未来とのあいだに挟まれ歴史家にも没却されるべき町、廃墟になっても思い出される資格さえないみじめな繁栄時代として描きだすのである。

荷風が流麗に織りあげた江戸のイメージもまた、「東京《とうきやう》」の奥底にあるのっぺらぼうな様相を浮きあがらせるべく再創出《リプロデユース》された概念だった。(3)「芸術家《げいじゆつか》に取《と》つていかに悲惨極《ひさんきは》まるものであらう」という述懐からするに、こうしたまなざしは近代東京への文明批評的姿勢というよりも、東京における芸術家、つまり自分自身の資格に対する深い失望の感覚に根ざしているようだ。

なぜ東京の芸術家は、東京を未来の廃墟として幻視することさえ許されないのか？　どうして永井荷風の表現は、「廃園」に酔う感性を知りつつ、そこにとどまることに飽きたりないのだろう？　ここではその理由を『ふらんす物語』のうちの一篇、南仏で廃墟を見ずに帰ってきた男の話にさぐってみたい。理由はもしかすると、吉野紅雨が唐突に持ちこんでいた「ポンペイ」の比喩あたりにあるのかもしれない。

二

『祭の夜がたり』（初出明治四十二年〈一九〇九〉一月「新潮」）は、フランス・リヨンの町で書き手と再会した旧友の体験談である。マルセイユなど地中海沿岸部を旅する予定だった旧友の話は、途中立ち寄ったアヴィニョンで美しい娼婦にめぐりあい、彼女のもとを離れられず――というより、離れようとするたび娼婦のもとを訪れる「若《わか》い男《をとこ》」への嫉妬にひきずられるように――何日も宿屋にいつづけ、あげく所持金をあらかた使い果たして、マルセイユで一泊したばかりで帰ってきてしまうというものだった。

ちょっとした洋行失敗談といった趣の話でありながら、この小説は発表当時、かなりの好評を博した。批評では「有《あら》ゆる感官《かんくわん》が充分《じうぶん》に働《はたら》いて居《ゐ》る、官能的《くわんのうてき》な、温《あた》かさ――肉《にく》――の満《み》ちた。卓《すぐ》れた作《さく》」であり「従来《じふらい》の作《さく》に比《くら》べて、著《いちじる》しく客観的《かくくわんてき》に成《な》つた」（無署名「新年雑誌総まくり（二）」明治四十二年〈一九〇九〉一月十二日「東京二六新聞」）といった論調が主で、同時期の『晩餐の夜』（明治四十二年〈一九〇九〉一月「趣味」）や代表作『深川の唄』（明治四十二年〈一九〇九〉二月「趣味」）より評価は高く、(4)話題作だった岩野泡鳴『耽溺』（明治四十二年〈一九〇九〉二月「新小説」）への評にも「「祭の夜がたり」と比べて感じが悪い」（中村星湖「小説月評」明治四十二年〈一九〇九〉三月一日「早稲田文学」）という比較の言葉がある。女性に「耽溺」する男性主人公を描いた『祭の夜がたり』は、当時全盛期を迎えていた自然主義に抗するというよりは、自然主義に新しい風を吹きこむ作品として注目されたらしい。

こうした反応を踏まえて本作を読みかえしてみると、旧友（作中で「彼」と呼ばれ、「僕」「自分」と自称する）が語るアヴィニョンの町に、やや変わった描写があることに気づく。南仏の町に到着した主人公は「中世紀《ちうせいき》の物語《ものがたり》で画《ゑ》に見《み》る通《とほ》りの狙撃《そげき》の小窓《こまど》や女墻《めがき》をつけた高《たか》い城壁《じやうへき》」に感激しながら、聞こえてきた「喇叭《クレーロン》の音《ね》」に、「ボツカチオの物語《ものがたり》で見《み》るやうなローマンチツクの都《みやこ》にさまよつて来《き》た感《かんじ》」を強く抱くのである。今日なお有名なアヴィニョン教皇庁[5]を擁する町についた者の感慨としては、これは自然な連想と見てよいのかもしれない[6]。しかし夕食後、「十四世紀《せいき》の遺跡《ゐせき》と聞《き》いた羅馬法王《ろうまはふわう》の宮殿《きうでん》」を見ようと散歩に出た主人公が「古《ふる》い伊太利亜《いたりあ》の街《まち》もかくやとばかり彼方《かなた》に折《を》れ、此方《こなた》に曲《まが》る横町《よこちやう》」に迷いこみ、やがていかがわしい家に誘われるあたりから、アヴィニョンは別の相貌を呈しはじめる。

突然《とつぜん》、其《そ》の反響《はんきやう》の消《き》え行《ゆ》く遠《とほ》くの方《はう》から、此《こ》れも曲《まが》つた小路《こうぢ》を流《なが》れくて伝《つた》はつて来《く》る細《こまか》いギタールの調《しらべ》が聞《きこ》えた。北《きた》の国《くに》で聞《き》くのとは同《おな》じ楽器《がくき》でも音色《ねいろ》が違《ちが》ふ。どうしても南方《なんぱう》の響《ひゞき》だ。南方《なんぱう》の、艶《なまめ》いた暖《あたゝか》い、香《かんば》しい、又《また》懶《ものう》い情《じやう》から湧出《わきいづ》る響《ひゞき》だ。

主人公が古い町並みやギターの調べに感じとるのは考証的興味などではなく、「北《きた》の国《くに》」とは異なる「南方《なんぱう》」の情熱である。彼は散歩に出る前にも「プラターヌの青葉《あをば》の茂《しげ》り、太《おほ》空《そら》の色《いろ》と星《ほし》のかゞやき」が「他国《たこく》では思《おも》ひもつかぬ程明《ほどあか》るい、美《うつく》しい」という「南《みなみ》フランス」の夜を絶讃していた。

古都アヴィニョンの風景は南欧の生気にみちたイメージによって塗りかえられる。主人公は美しい女性が「出窓《バルコン》の欄《らん》干《かん》」に現れれば「どうしても自分《じぶん》は窓《まど》の下《した》でセレナドを弾《ひ》くドンジヤンと云《い》ふ役廻《やくまは》り」という見立てでスペインの彩りを加え、女性がかくれてしまった「窓掛《リドー》」を眺めながら「南国《なんごく》の秋《あき》の夜《よ》に、イタリヤのオペラの舞台《ぶたい》でなければ、吾々《われ》北《きた》の人間《にんげん》は決《けつ》して見《み》る事《こと》の出来《でき》ぬ美《うつく》しい、美《うつく》しい忍会《しのびあ》ひの場《ば》を目《もく》撃《げき》したかも知《し》れぬものを」と悔しがって「ロメオ」すなわち『ロメオとジュリエット』に触れる。「窓掛《リドー》の花模様」の奥の灯火についてはC・ボードレールの散文詩『窓』（*Les Fenêtres, Le Spleen de Paris*（『巴里の憂鬱』）所収）が引かれてはいるが、『窓』のなかで想像される陰鬱なイメージと主人公の快楽主義的な引用態度とのあいだには、やはり距離があるだろう。(7) そもそも先に主人公が挙げていたボッカチオの物語がそうであるように、ここではイタリアやスペイン——地中海世界——のヴァイタリティあふれる物語世界が思い見られるのである。部屋に誘われた彼の目の前にあらわれる乱れたベッドのさまは、さながら海から流れついた船だ。

船《ふね》の様《やう》な形《かたち》をした大《おほ》きな木造《きづく》りの寝床《ねどこ》の上《うへ》に、鳥《とり》の羽《はね》の蒲団《ふとん》を包《つゝ》む白《しろ》い敷物《しきもの》は、別々《べつぐ》に剥《は》ぎ分《わ》けられ、枕《まくら》は飛《と》んでもない位置《いち》に投飛《なげと》ばされた有様《ありさま》、其《そ》の主《ぬし》の足《あし》や手《て》や、よし身体全体《からだぜんたい》にしても、どうして斯《か》うも掻乱《かきみだ》し得《え》たかと驚《おどろ》かれる程《ほど》である。［略］ボタン留《どめ》の、踵《かゝと》の高《たか》い靴《くつ》が一対《つゐ》、其《そ》の片方《かたはう》がかさかさになつて、丁度《ちやうど》踏《ふ》み潰《つぶ》された魚《さかな》の様《やう》な奇怪《きくわい》な態《さま》して、寝台《しんだい》の下《した》に寝《ね》てゐる。

海のイメージを招きよせる主人公の言葉は偶然ではなく、彼のアヴィニョン行きの理由と密接に関わっていたと考えられる。そもそも地中海旅行をこころざし、「金《かね》が余《あま》つたら伊《い》太利亜《たりや》まで踏出《ふみだ》して見《み》るつもり」だった主人公をアヴィニョンに立ち寄らせたのは、列車で乗り合わせたリセの教師の言葉だった。

汽車《きしや》の中《なか》で、乗《の》り合《あ》はした老人《らうじん》——マルセイユの中学校《リイセー》の先生《せんせい》だとか云《い》つて居《ゐ》た、其《そ》の人《ひと》が、プロヴァンス州《しう》を旅行《りよかう》なさるのなら、行《い》きなり帰《かへ》りなり、アビニオンの古城《こじやう》と、アールにある羅馬人《ローマひと》の古跡《こせき》を見残《みのこ》してはならぬ、と云《い》ふ。

アヴィニョンの名を聞いた主人公が「ドーデの日記《につき》なんぞで地名位《ちめいぐらゐ》は知《し》つて居《ゐ》る」といい、後にA・ドーデの『アルルの女』や『陽気なタルタラン』を思い起こしていることを見ても、主人公はフレデリック・ミストラルを中心とするフェリブリージュ運動（Le Félibrige）について、知識を刺激されたのだと考えられる。

ミストラル（Frédéric Mistral,1830-1914）は一九〇四年のノーベル賞受賞によって広く知られた文学者で、後に述べるように日本でも一時注目された存在である。ミストラルの文学を特徴づけるのは、南仏プロヴァンス諸語——一九世紀、フランス語とパリ文化の広がりによって衰退しつつあった——の再生への志であり、『ミレイオ』（Mirèio, 1859）や『ローヌの詩』（*Le Poème du Rhône*,1897）をはじめとするプロヴァンス語詩を発表したほか、一八五四年にはJ・ルーマニーユ（Joseph Roumanille）やT・オーバネル（Théodore Aubanel）と共にプロヴァンス諸語の復権をめざす結社「フェリブリージュ」を結成し、(8) 辞書『フェリブリージュ宝典』（*Lou Trésor dou Félibrige*, 1876-1886）を刊行した。ミストラルがプロヴァンスのエスノグラフィー構築のため、ローヌ河流域の衣服や家具などの生活記録や固有信仰を示す資料を集めた **Museon Arltaten**（アルル民俗博物館）は一八八四年にパリ・トロカデロに開かれ、さらに構想を拡大した上で一八九九年五月二十一日、フェリブリージュ祭の日にアルルに移転開館し、現在まで続いている。[9]

プロヴァンス語の復権をめざしたミストラルとフェリブリージュの主張は単なる衰退文化の擁護ではなく、この地域の言語文化がローマ・ラテン民族につらなる地中海世界の影響を色濃く残しており、したがって（彼らによれば）パリを中心とするフランス語文化圏よりも伝統的であるとする文化史観にもとづいていた。彼らが構想した民族伝統とは死せる過去ではなく、ローマ帝国時代の生の輝きに満たされ現在に息づいているがゆえに顕揚すべき感性と言語なのである。[10]

「マルセイユから、サンラファエル、カン、ニース、マントン、モントカルロ」を旅先とする『祭の夜がたり』の主人公に「アビニオンの古城《こじやう》」や「アールにある羅馬《ローマ》人《ひと》の古跡《こせき》」（アルルのローマ闘技場）の重要性を力説した老人もまた、これらの廃墟に地中海文化の栄光をこそ見るように示唆していたはずだ。[11] 主人公が愛読しているらしいドーデはミストラルの最も親しい友の一人であり、作中に言及される「ドーデの作劇《さくげき》 **Arlésienne**（アールの女《をんな》）」の原型となった掌編『アルルの女』を収録する『風車小屋だより』（*Letres de mon moulin*,1869）――この本にはプロヴァンスにある作者からの「パリの皆さん」への呼びかけが繰りかえしあらわれる――や「ドーデの日記《にっき》」にも、フェリブリージュ運動の重鎮としてのミストラルがくりかえし登場する。[12]

荷風は後年「正宗谷崎両氏の批評に答ふ」（昭和七年〈一九三二〉五「古東多万」）という文章で、『すみだ川』（明治四十二年〈一九〇九〉一二「新小説」）について、「洋行中仏蘭西のフレデリツク・ミストラル、白耳義のジョルヂ・エツクー等の著作をよんで郷土芸術の意義ある事を教えられ」たことを述べた。[13] ミストラルたちのフェリブリージュ運動は、エックーやローデンバッハがベルギーで創出したゲルマン文化とラテン文化混淆とならんで、荷風がフランス体験において最もつよく意識した芸術運動だったはずだ。『祭の夜がたり』一篇に、南仏を震源地として興隆した地域主義《レジオナリスム》との関わりを読みこむことは許されるだろう。

「或人《あるひと》が南欧《なんおう》の名作《めいさく》を読《よ》む様《よう》な心地《こゝち》がすると評《ひよう》した」（無署名「一月の雑誌」明治四十二年〈一九〇九〉一月二十七日「時事新報」）といった評が伝えられるように、おそらく日本の文壇が本作を歓迎したことにも、こうした地域への視線が関わっていよう。何しろ当時の日本では、「地方色《ローカル・カラー》」を扱う文芸が大はやりだったのである。

三

旧友の話が暗に前提にしていた〈地方〉へのまなざしは、話を聞く書き手の言葉によって補強されてもいた。書き手は、二人が語らうリヨンの町を「フールビヱールと云《い》ふ山《やま》の上《うへ》に聳《そび》えて居《ゐ》る聖女《せいぢよ》マリーの大伽藍《だいがらん》」の祭礼の光のなかに描き出している。「毎年全市《まいねんぜんし》をこぞつて、家毎《いへごと》に、灯明《とうみやう》を点《てん》じ」る祭りの夜、「DIEU PROTEGE LA FRANCE（神《かみ》フランスを守《まも》らせ給《たま》ふ）」「MERCIE SAINTE VIERGE（聖女《せいぢよ》に感謝《かんしや》す）」の大文字が「雨霽《あまあが》りの雲《くも》の往来《わうらい》までが照《てら》し出《だ》されるかと思《おも》はれ」るほど輝くなか、二人はベルクール広場の「メイゾン、ドレー（黄金亭《わうごんてい》）と呼《よ》ぶ料理屋《れうりや》の軒先《のきさき》」で再会する。「明《あか》る い中《なか》にも又《また》明《あかる》い」というレストランの様子は次のようだ。

> 天井《てんじやう》から、壁《かべ》から、柱《はしら》から、黄金亭《わうごんてい》と云《い》ふ其《そ》の屋号《やがう》にそむかず、象牙色《ざうげいろ》に塗《ぬ》つた間々《あひだ》を金色《こんじき》に飾《かざ》つてある。［略］室《へや》の内《うち》は苦《くる》しいほどに暑《あつ》い。眩《めまぐる》しいほどに明《あか》るい。のぼせる程《ほど》に騒《さわ》がしい。胸《むね》が悪《わる》くなる程《ほど》に香水《かうすゐ》が匂《にほ》ふ。かゝるフランス特有《とくいう》の夜《よ》のさわぎの中《なか》に、さて彼《かれ》は語《かた》り出《だ》した。

この少々まばゆすぎるほどの店内の描写には、フランス中部に位置するリヨンの夜をパリと同じ「フランス特有《とくいう》の夜《よ》」として描き、語り出されたアヴィニョンを南側の都市として演出する、書き手の言葉のしかけがある。リヨンは一九世紀後半、とくに第二帝政下においてオスマンのパリ改造計画をモデルとした景観と動線の大改造（「オスマン化」l'éxperience "haussmannienne" とも呼ばれる）が進んだ都市であり、「メイゾン、ドレー（黄金亭《わうごんてい》）」は光の都市パリの輝きをリヨンに伝える場だった。(14) パリの輝きをリヨンにうつしかえた場をえらぶ書き手の空間演出や、「吾々北《われきた》の人間《にんげん》」いう主人公の言葉づかいは、日本人であるはずの彼らの視点を、フランス北部の人々が南部を見るまなざしへと溶けこませる効果を持つ。『祭の夜がたり』の旧友や書き手のように〈地方〉を眺めるやりかたは、当時の日本自然主義が強く奨励したものでもある。

> ローカル、カラーといふことは、全く新しき文芸の所産である。抽象から具象、普遍から特殊、類性から個性に移つて来て、愈々此ローカルといふことが必要になつた。迫実の手法を段々精確に押し進めて行けば行くほど、ローカルに篤い注意を払はなければ駄目だといふことが

解つて来た。

（田山花袋『小説作法』明治四十二年〈一九〇九〉「第五編ローカル、カラー」）

田山花袋のいう「新しき文芸」とはフランスの自然主義のことである。日本における「地方色」の早い用例は諸家が指摘する通り明治二十九年（一八九六）四月「めざまし草」の「三人冗語」、森鷗外の樋口一葉『たけくらべ』評で、その後さかんに用いられたのは明治四十年前後のことである。(15) 花袋が主筆を務めた「文章世界」の明治三十九年（一九〇六）十一月号には「詩文人《しぶんじん》の地方色《ローカル、カラア》」という記事があり（署名「XYZ」）、「ゾラ以下《いか》の仏蘭西作家《フランスさくか》」のころから「ローカル、カラー若《も》しくはローカルトーンといふことを種々《いろ》言《い》い囃《はや》して、自然派《しぜんは》の一特色《とくしよく》だといふやうになつた」と紹介している。雑誌「新声」明治四十二年（一九〇九）一月号の特集は「地方色と作物」、『祭の夜がたり』と同じ明治四十二年一月号の「新潮」では真山青果が対話に方言を駆使した小説『父母の家』が「地方色《ローカル・カラー》」の流行を物語り、『文芸百科全書』（明治四十二年）には「地方色」が繰りかえし言及されていた。こうした時期にイタリアをはじめとする南欧世界に期待が寄せられたことは、たとえばダヌンツィオの流行ぶりに窺えるだろう。(16) 島村抱月「囚はれたる文芸」（明治三十九年〈一九〇六〉一月）は、書き手がナポリの沖で「ポムペイ」の昔を思うところからはじまっていた。

しかし日本での地方色の流行はやがてドイツのグスタフ・イェルンセン『イェレン・ウール』などをモデルとした「郷土芸術」（Heimatkunst）すなわち作者の出身地を描く文学へと移ってしまう。とくに問題になったのは、日本文学における「地方語」の位置の難しさだった。「地方語《ちはうご》の研究は無論《むろん》必要《ひつえう》である」と主張する花袋は、返す刀で「けれど地方語《ちはうご》の研究は実《じつ》に難《むつ》かしい」から「てんでに自分《じぶん》の故郷を舞台《ぶたい》にして、その特色《とくしよく》を出《で》して見《み》るより他仕方《ほかしかた》がない」という。徳田秋声『人物描写法』（大正元年〈一九一二〉）の第五章「会話」にも「地方の会話を書く場合には其の地方の特色的な言葉を取り入れて、成る可く其の地方の会話と云ふことを領かせるやうにするより仕方ない」というただし書きがある。両者の地方語をめぐる主張は、数年後には「今でも私は地方語《ちはうご》には匙《さじ》を投げてゐる」が「大に勉強《べんきやう》して見る」（花袋「小説新論」大正六年〈一九一七〉一〜七月「青年文壇」）、「地方語、即ち方語［ママ］をそのまゝ描く事が必要」としつつ長田幹彦と上司小剣の例を名前だけ挙げる（秋声『小説の作り方』大正七年）といった程度に落ち着いていく。地方語は「用《もち》ゐることが自然派《しぜんは》の一事業と言ふ方が好《よ》いかも知れぬ」（『小説作法』）とまで言いながら、作者の故郷でもないかぎり「迫実の手法」（同）に至ることはできないという花袋の口ぶりには、「地方色《ローカル・カラー》」をリアリズムの手法と捉え、地の文の言文一致――標準語――を揺るがぬものとみる理解が顕著である。[17] できてまだ間もない言文一致文に「何等《なんら》か外形《ぐわいけい》の装飾《さうしよく》を必要《ひつえう》とすることは勿論《もちろん》である」（島村抱月「言文一致と荘厳の文章」）[18] と洗練をめざさなければならなかった時代において、小説の地の文を地方語で書くといった発想は相当に難しかった。

一方、荷風が愛読した十九世紀フランス文学における「地方色（la couleur locale）」は、しばしばリアリズムや現在の首都の価値観では見えない意味を描き出すべく用いられる。たとえばT・ゴーチェ『ポンペイ夜話』（*Arria Marcella ou Souvenir de Pompéi*, 1852）でポンペイの廃墟を見学し、宿で「ファレルノ酒」があると知ったマックスは、宿屋の亭主に飛びつきながら「地方色（la couleur locale）」の一語を口にする。

「いったい、きみは地方色を重んじる気持がないのかね。それじゃ、この古代の遺跡に住む資格はないぞ。だが、きみのファレルノはいいんだろうな。執政官プランクスの時代に甕に詰めたのか。――つまりコンスレ・プランコと呼ばれる酒だ」

（田辺貞之助訳『死霊の恋・ポンペイ夜話 他三篇』昭和五十七年）

同じ夜、マックスの友人であるオクタヴィアンはローマ帝国時代のポンペイに迷いこみ、廃墟でその生の痕跡をみたアリア・マルチェラとの愛にのめりこむことになった。

地方を描写して見えざる歴史の古層をあぶりだそうとする先端的な試みに、反応した日本の文学者もいる。夏目漱石は『ポンペイ夜話』の英訳を収めた*Little French Masterpiece*（1902）に、本作について「結構モ、思想モ措辞モ共ニウマイ者デアル。コンナ者ヲ書カウト思フテ居ルウチ、イツノ間ニヤラ此男が製作シテ居タ」と書入れた。『漾虚集』（明治三十九年〈一九〇六〉）で中世イギリスの世界を探った作者ならではの感想だろう。荷風よりもはやい時期にフレデリック・ミストラルに注目した上田敏はのちに『小唄』（大正四年〈一九一五〉）で俗謡の言葉を集め、[19] 柳田国男は「ドーデの『パリの三十年』」に刺戟されて「田山［花袋］に、「君、東京生活が三十年になつたら、こんな本を書くんだねえ」といつた」という（『故郷七十年』）。森鷗外に会ったアルベール・メーボンはミストラルについて、「絶えず新しきものに牽きつけらるゝかの熱烈なる好奇心を以て」鷗外から質問を受けたことを記している（荷風訳「仏蘭西人の見たる鷗外先生」昭和二十一年〈一九四六〉一「太平洋」）。

荷風の場合、彼がもともと小説に地方語をつかう作家を愛読していた点も見逃しがたい。

先生は篇中人物の対話にばかりでは無く、地の文章にも、写すべき周囲の光景を活かさう為めに、能く俗語をお使ひなさる、其れを解釈しやうと云ふには、是非フランス人の生活に接近しなければならない。

（荷風「モーパッサンの石像を拝す」、『ふらんす物語』所収）

モーパッサンにはノルマンディーの方言（patois）を用いた作品（*Le Petit Fût*, 1884など）やパリ人独特の口語表現（langage populaire）を用いた作（*Bel-Ami*, 1885など）があり、こうした地方語の多用は彼の師であり滞仏中の荷風が熱心に読んだというフローベールにも共通する。[20] 荷風自身、初期作品には対話に方言を用いていたことをみても、地方主義に近づく素地は荷風の自然主義体験のうちにあったと見てよい。

しかし『祭の夜がたり』は、官能リアリズムの「迫実の手法」からも、地方や地方語に見えざる歴史を浮かびあがらせようとする試みからも、少しだけはみだす小説だった。実は先に引用した「メイゾン、ドレー（黄金亭《わうごんてい》）」の描写でも、リヨンをパリと地続きの町に見せかける旧友や書き手の言葉のかげには「苦《くる》しいほどに暑《あつ》い」熱気がただよい、語らいの場における北側と南側のイメージの錯綜ぶりが示唆されてもいた。こうした語りの場の空間構成に見あうように、古都アヴィニョンに秘められた快楽と運動の歴史を見出そうとした芸術家は、結局南欧の情熱に近づきえない自分自身を発見してしまうのである。

かれがアヴィニョンを離れようとするたびに女のもとに現れる男性は、「運動家《うんどうか》のシャンピオンとでも云《い》ひさうな、肉《にく》の逞《たくま》しい、顔色《かほいろ》の燃《も》えるやうな若《わか》い男《をとこ》」[21]。どうも女の誘惑のからくりの一部であるらしい男の「逞《たくま》しい美《うつく》しい骨格《こつかく》」は、主人公に自分でも不思議なほど「羨《うらやま》しい、妬《ねた》ましい気《き》を起《おこ》させる」。嫉妬が女の心情ではなく男の体格、とりわけ「太《ふと》い逞《たくま》しい男《をとこ》の腕《うで》」にくりかえし差しむけられている事実は、彼のコンプレックスの由来を示すものであるはずだ。

・女《をんな》はもう、食《た》べられない程《ほど》、酔《よ》つたと云《い》ふ風《ふう》で、後《あと》から廻《まは》す男《をとこ》の太《ふと》い腕《うで》の中《なか》に、其《そ》の顔《かほ》をば仰向《あふむけ》にもたせかけ、囁《さゝや》くやうな低《ひく》い男《をとこ》の話《はなし》に対《たい》して、時《とき》々は声高《こゑたか》く笑《わら》ふ。

・自分《じぶん》は太《ふと》い逞《たくま》しい男《をとこ》の腕《うで》ばかりを心《こゝろ》に浮《うか》べると、妙《めう》に後《あと》から物《もの》にでも追《お》ひ掛《か》けられるやうな気《き》がして

・自分《じぶん》の眼《め》には士官《しくわん》の腕《うで》が見《み》えて、どうしても帰《かへ》る気《き》になれない。

彫像のように美しく逞しい「太《ふと》い腕《うで》」に成りかわろうとするかのような欲望のまなざし。自分が地中海世界の物語のヒーローではありえないことを思い知らされた主人公は、マルセイユで「急に萎《しを》れ返《かへ》つた。心細《こゝろぼそ》くなつた」としょげかえってブイヤベースも食べずに「すご〳〵リヨンへ帰つて来《き》」てしまい、結局「アールにある羅馬人《ローマひと》の古跡《こせき》」どころか「アビニオンの古城《こじやう》」さえ見ずに旅を終える。彼が女との時間を語る際、ふと思い出したように説明する「崩《くづ》れた髷《まげ》や、皺《しわ》になつた衣服《いふく》を愛《あい》する」理由についての「理論《セオリー》」は、あらかじめ覆されるべきものとして提出されていたと言っていい。

君《きみ》はどう思《おも》ふだらう。自分《じぶん》には、汚《よご》れがないと称《しよう》される処女《しよぢよ》と云《い》ふものは、如何《いか》に美《うつく》しい容貌《ようぼう》をして居《ゐ》ても、何《なん》等《ら》の感興《かんきよう》を誘《いざな》ふ力《ちから》さへないが、妻《さい》、妾《しやう》、情婦《じやうふ》、もしくは其《そ》れ以上《いじやう》の経歴《けいれき》ある女《をんな》と見《み》れば、十人《にん》が十人《にん》、自分《じぶん》は必《かなら》ず何《なに》かの妄想《もうさう》なしに過《す》ぎ去《さ》る事《こと》が出来《でき》ない。［略］経《けい》験《けん》は尊《たうと》い事実《じじつ》だ。事実《じじつ》はつゞいて未来《みらい》を予想《よさう》させる唯《ゆい》一の導《みちび》きだ。往来《わうらい》や料理《れうり》屋《や》や芝居《しばゐ》の廊下《らうか》をば妙《めう》に身体《からだ》を振《ふ》り乍《なが》ら散歩《さんぽ》して居《ゐ》る醜業婦《しゆうげうふ》それ自身《じしん》は、決《けつ》して人《ひと》を誘《ゆう》惑《わく》する力《ちから》を持《も》つて居《ゐ》ない。経歴《けいれき》が證明《しようめい》する予想と、最《も》一つ、強《つよ》い力《ちから》で吾《われ》々を其《そ》の方《はう》へ引張《ひつぱ》つて行《ゆ》くものは形骸、に対《たい》する特別《とくべつ》の磁石力《じしやくりよく》とである。形骸《けいがい》に対《たい》する特別《とくべつ》の磁石力《じしやくりよく》――［略］此《こ》れ等《ら》の動作《どうさ》は、其《そ》の目的《もくてき》、何《なん》の必要《ひつえう》、何《なん》の感動《かんどう》から来《く》るのでもない。唯《た》だ其《そ》の形骸《けいがい》が呼起《よびおこ》す一種《しゆ》の神秘《しんぴ》だ。形《かたち》をもつて居《ゐ》る方《はう》の側《がは》から云《い》へば、かく為《な》されるべき運命《うんめい》に生《うま》れついて居《ゐ》るとも云《い》ふべきであらう。

娼婦の姿態に「嫌悪《けんを》醜劣《しうれつ》な感情《かんじやう》をば、其《そ》の起《おこ》るがまゝに極度《きよくど》まで、極度《きよくど》以上《いじやう》までも高《た》かめさせて、却《かへ》て人《ひと》をして其《そ》の捕虜《とりこ》たらしむる」力があるなどと語る男は、〈中心〉からはずれていると感じられるもの――彼が見るつもりだった廃墟も、その一つなのだろう――にあえて目を向けようとする、ロマンティシズムそのものの視線を隠さない。⑵ しかし「セレナドを弾《ひ》くドンジヤン」にも「ロメオ」にもなれなかった彼に、この視点にとどまる資格はもうない。廃墟にボッカチオの時代を幻視するまなざしをくじかれ、「運動家《うんどうか》のシャンピオン」たちが躍動した地中海世界の伝統に一体化できなかったものの敗北感――廃墟にたどりつけなかった男の物語には、地方人による伝統の再創出に自らを同定できぬままフランスの地方主義に憧れつづける芸術家の、ねじれた距離が揺曳していた。

＊　＊

荷風文学にしばしばあらわれる隠遁者のイメージとはうらはらに、荷風の夢みた「ふらんす」は熱く、明るい。帰国後に書かれた『監獄署の裏』（明治四十二年〈一九〇九〉三月「早稲田文学」）の書き手を散策に誘いだすのも「フランスの夏《なつ》」を思わせるあざやかな晩夏の光であり、三木露風の『廃園』への「「線」が非常に鮮明にして且細微なる」点を「此の特徴は直ちに小生をしてラテン的南方的の芸術を思はせ」る（明治四十二年〈一九〇九〉九月九日露風宛荷風書簡、露風『廃園』再版に掲載）という読後感にも、地中海の光――「ラテン的南方的の芸術」への憧れは読みとれる。

しかし『すみだ川』以降「郷土芸術」の道を江戸趣味に見出したように見える荷風の地域主義への態度は、その実大きく揺れうごいていた。『ひとり旅』（明治四十一年〈一九〇八〉九「中学世界」）はイタリア行を断る画家の手紙であり、『成功の恨み』（明治四十一年〈一九〇八〉一二「新小説」、のち『再会』と改題の上『ふらんす物語』収録）の画家・蕉雨も、「成功の悲み」の哲学を披露しながらイタリアに行かない理由を書き手に伝えている。書き手がダヌンツィオのIl Fuocoなどを引きつつ「日本にはOriginalitéがなかつたやうな気がしてならぬ」と疑問を口にする『帰朝者の日記』（明治四十二年〈一九〇九〉十月「中央公論」）の「二月五日」の項は、単行本『荷風集』（明治四十二年・一〇）収録の際にすべて削除された。ただしこの箇所が第二次大戦後の中央公論社版『荷風全集』五巻「後記」まで再公表されずにいるあいだ、Il Fuocoはくりかえし言及され、戦時中の執筆にかかる『来訪者』（昭和二十一年〈一九四六〉刊）では小説構成の根幹にかかわる重要な役割を担うことになるのである。[23]

「音楽にしろ、建築にしろ、絵画にしろ、文字にしろ、自分は若し日本の芸術にして飽くまで民族的なるものを求めやうとしたら、果して如何なるものを得るであらう……」（『帰朝者の日記』二月五日）という、日本への地域主義の移植を不可能にしかねない文言を一度書いて切り落とした荷風の葛藤は深い。[24]『祭の夜がたり』の主人公は「何《なに》かの機会《はづみ》で「フランスの女性に」思《おも》はれ慕《した》はれでもしたら、僕《ぼく》はとても再《ふたゝ》び日《に》本《ほん》にや帰《かへ》られなくなるかも知《し》れんからね」とちらりと日本への意識を洩らしているけれども、廃墟を見るまなざしに自信が持てなくなった男はきっと、東京にもどっても廃墟への距離の感覚をおぼえつづけることだろう。〈普遍〉の側にたって地域をとらえる視線にも、地方から〈普遍〉を相対化する視線にも同じえないこの感覚は、おそらく日本では受けとられにくいものでもあった。[25]現在からも伝統からも等しく遠い荷風の文学が、ここからはじまる。東京に戻ってからの荷風小説には、江戸と東京の価値意識が交錯する場所で宙づりになった奇妙な物語空間が、くりかえし描かれることになるのである。

注

（1）代表的な作品として、「文庫」の投書家にしてのちに選者となった瀧澤秋暁の『廃園』（明治三十三年〈一九〇〇〉『有明月』所収）がある。

（2）美文については野山嘉正「明治美文の詩史的意義」（昭和五十年〈一九七五〉四月「国語と国文学」）、北川扶生子『漱石の文法』（二〇一二年）、湯本優希『ことばにうつす風景――近代日本の文章表現における美辞麗句集』（二〇二〇年）を参照。

（3）拙著『永井荷風』（二〇一七年）でこの点を論じた。

（4）MY生「最近文芸概観」（明治四十二年〈一九〇九〉二月「帝国文学」）の『祭の夜がたり』評に「「趣味」のよりも慥に好い」とあるのは荷風『晩餐の夜』のこと。霹靂火「二月の小説界」（明治四十二年〈一九〇九〉二月十七日「国民新聞」）に、『深川の唄』について「之《これ》が「祭《まつり》の夜《よ》がたり」の作者《さくしや》の作《さく》かと怪《あやし》まれる」とある。

（5）いわゆるアヴィニョン捕囚以降、十二世紀のローマ教皇が住まった宮殿。

（6）ボッカチオ『デカメロン』四日目第九話は、プロヴァンスにおける嫉妬と復讐の物語。

（7）たとえば窓の奥に美女を想像する『祭の夜がたり』の主人公は、ボードレール『窓』の書き手が窓の奥に「既に齢もたけて、皺をたゝんだ貧しい婦人」や「貧しい年とつた男」（三好達治訳、昭和四年〈一九二九〉）を幻視する詩の後半部を削除して伝えている。

（8）René Jouveau, *Histoire du Félibrige, 1854-1876*, 1984.

（9）アルル民俗博物館創設の経緯は同館カタログ*Museon Arlaten*,2021を参照。以下、フェリブリージュ運動におけるプロヴァンスへの視線についてはC. Rostaing et René Jouveau, *Précis de Littérature Provençale*, 1972、日本での研究成果として「ミストラルとプロヴァンス文学――ロマン主義との関わりをふまえて」（令和六年三月「文明」）をはじめとする安達未菜の論考が参考になる。

（10）雑誌*La Jeune France*,1,1884が同人全員（Tous Nous）の名義で載せた*Le Félibrige.*というみじかい文章は、文壇がフェリブリージュ運動のマニフェストに振りまわされ、地中海世界といえば何でも重要視する動向を強く批判したもので、彼らのもたらしたものは口語（patois）で伝えられたファランドールとシンバルの音であると皮肉っている。

（11）アヴィニョンのローマ教皇庁殿に接するRocher de DomsはLa roco de Domの名でミストラルの劇詩La Rèino Jano（La Reine Jeanne）に描かれる。フェリブリージュの人々は一八八八年にオランジュのローマ円形劇場で「ローマ祭」を開催した。

（12）Charles Saroleaが*Lettres de mon moulin*,1869に寄せた序文には、『風車小屋だより』が「現代文学における最も興味深い運動である、フェリブリージュ運動とプロヴァンス復古運動と結びついている」と言及がある。

（13）エックーGeorges Eekhoudについては『文芸百科全書』（明治四十二年〈一九〇九〉）の「ヱヱクウド」の項と、ドウ・ミイユ著、松原至文訳『近世大陸文学史』（一九〇九）に紹介がある。エックーは*La Belgique artistique et littéraire*, 1913でミストラルに言及した。荷風の随筆や日記にたびたび登場する作家にも、フェリブリージュと関わる人物がいる。ジャン・モレアスはフェリブリージュ運動の支援者だったシャルル・モーラス（Charles Maurras）とともに一八九一年に詩派「ローマ派」（L'Ecole Romane）を創設しており、ジョルジュ・ローデンバックGeorges Rodenbachはゴンクール『日記』一八九九年八月八日に、ミストラル、ローデンバックほかと夕食を共にし、ミストラルが自作のプロヴァンス語を朗読した記事がある。

(14) Pierre Vaisse他執筆、*L'esprit d'un Siecle: Lyon 1800-1914*, 2007.

(15) 明治期における「地方色」をめぐる議論と実作については、椋棒哲也「郷土芸術・田園・地方色《ローカルカラー》」（二〇〇六年、五「日本近代文学」）、中根隆行「語られる青年文化、〈地方〉、自然主義現象」（二〇〇〇年、筑波大学近代文学研究部会編『明治期雑誌メディアにみる〈文学〉』）、田部知季「雑誌『四国文学』と地方色《ローカルカラー》——高浜虚子・自然主義・新傾向俳句」（二〇二三年、八「文学・語学」）を参照。

(16) 明治末のダヌンツィオ流行については、平山城児『ダヌンツィオと日本近代文学』（二〇一一年）、村松真理子編『ダンヌンツィオに夢中だった頃』（二〇一五年）を参照。

(17)「地方色」をリアリズムの手法として取りあげた例として、ほかに、厨川白村『近代文学十講』「第七講 自然派作物の特色」（大正元年〈一九一二〉）がある（「近代の戯曲や小説が所謂地方色local colourを出すのに腐心するのは、要するに其個体の特殊の相を紙上に活躍せしめんがためである」）。

(18) 抱月「一夕文話」（明治三十九年〈一九〇六〉六月「文章世界」）の一章。抱月は「『破戒』を評す」（明治三十九年〈一九〇六〉五月「早稲田文学」）で島崎藤村『破戒』の地域描写を論じながら、「所謂ローカル、トーンを写さんとするの用意からであらうが、同じやうな句法、同じやうな形容の所々に重複して用ひられるのは、修辞上の瑕疵たるを免れぬ」と述べて『破戒』の地方語には触れなかった。

(19) 上田敏は『海潮音』（明治三十八年〈一九〇五〉）に、フェリブリージュの一員であるオーバネルの「白楊」「故国」「海のあなたの」の三篇を訳した（うち「海のあなたの」は杉冨士雄「『海潮音』と南仏詩人オーバネル」（昭和五十三年十月「文学」）によってミストラル作とされた）。石塚出穂「海のあなたの遙けき昔 上田敏と近代プロヴァンス文学」（二〇〇二年「仏語仏文学研究」）は、上田敏のフェリブリージュへの注目が『松の葉』をはじめとする俗謡への関心によるものであり、こうした古い俗語への姿勢はやがて白秋や木下杢太郎の詩語につながってゆくと指摘している。

(20)「わたくしは日本の一友人から、君は頻にフロオベルを愛読してゐるが、君の筆は寧ろドーデを学ぶに適してゐるようだ、と忠告されたこともあつた」（「正宗谷崎両氏の批評に答ふ」）。

(21) 男の職業は初出「新小説」本文では「兵営《へいえい》にゐる士官《しくわん》です」とされ、これは主人公がアヴィニョン到着時に聴く、中世を思わせる「喇叭《クレーロン》の音《ね》」が兵営から響いていたことと照応する（アヴィニョンの駅から見える城壁の裏は、ベデカーのガイド*Le Sud-est de la France, du Jura à la Méditerranée, et y compris la Corse : manuel du voyageur*, 7e éd. rev. et mise à jour), 1901, の地図によれば「兵舎」caserneである）。なお娼婦と男が戯れる箇所は春陽堂版『荷風全集』（一九一九年元版・一九二六年重印）第二巻では削除され、この箇所を復元した中央公論社版『荷風全集』第四巻（一九四八年）では男の職業への言及が「競馬の騎手です」と改められる。いずれも時世をはばかる改変であろう。

(22) 部屋に入った後の女を語る箇所も春陽堂版『荷風全集』（元版・重印）第二巻では全て削除され、主人公の憧れや挫折の核心がわからなくなってしまっている。中央公論社版『荷風全集』第四巻では、文辞に修訂をくわえた形で復元された。

(23) 拙稿「解説——永井荷風・沈黙の論理」(岩波文庫『花火・来訪者 他十一篇』二〇一九年)を参照。

(24) これとは対照的に、書き手と高佐君が「欧州近代芸術のExothisme」について熱っぽく語りあい、オリエントや南方をまなざすくだりには修訂がない。

(25) 拙稿「帰朝者の文学——永井荷風」(井原あや・梅澤亜由美・大木志門・大原祐治・尾形大・小澤純・河野龍也・小林洋介編『「私」から考える文学史』二〇一八年)で、この点を論じている。

附記 本稿は令和五年度人間文化研究機構「若手研究者海外派遣プログラム」の調査にもとづく。調査にあたってご教示・ご助力を得たNicolas Mollard氏、Davin Didier氏に記して御礼申し上げる。科研費課題23K00313の助成を得た。

【コラム】

韓国文学における廃墟

嚴仁卿

一、絵画の廃墟、文学の廃墟

ヨーロッパでは十八世紀において、版画家ピラネージ（Giovanni Battista Piranesi、1720-1778）を中心に、時間の意識を覚醒させる特権的な対象として廃墟の美学[1]が浮上していた。西欧の場合、廃墟崇拝の傾向がしばしば指摘され、日本でも廃墟オタクという表現に度々出会うことからも、廃墟には人を魅了する何かがあるという認識は、今日ではかなり広まっているといっても過言ではあるまい。また、廃墟が保持している持続性と衰退という矛盾した時間性[2]に注目し、廃墟の描写について東西を対照して、西洋はピラネージに代表される絵画から、東洋は杜甫（七一二〜七七〇）の「春望」に代表される詩歌から、それぞれ廃墟を美的に描写する態度を捉えてアジア的な廃墟の可能性を模索する興味深い考察[3]もある。なお、二〇二三年の秋に、神奈川県の金沢文庫にて開かれた〈廃墟とイメージ：憧憬、復興、文化の生成の場としての廃墟〉は、日本古典の文学と美術を通して、廃墟の表象と歴史のみならず、廃墟に接した人の心の作用をもビジュアル的に捉えられる特別展であった。

韓国の美術や文学における廃墟の文化史と言うべきまとまった企画にまだ接していない、寡聞な状態であることを自ら反省しながら、本コラムでは韓国の文学で描かれた廃墟が、如何なるところにおいて特徴的であるかなどを少し整理してみたい。もちろん奇談や怪談が生成する場として認識される点においては、日本や中国などで「廃墟」が連想させる意味の領域とある程度重なりがあり、廃家や空き家などは韓国特有の鬼神や魑魅魍魎のような存在がよく出没する場所でもある。以下では、朝鮮時代に漢文で書かれた古小説の中で主に夢遊（游）録と呼ばれる古小説群から廃墟が描かれた作品を

オム・インギョン――高麗大学校日語日文学科教授。専門は日本語詩歌文学、日韓比較文化論。主な著書・論文に『韓半島と日本語詩歌文学』（韓国語、高麗大学校出版文化院、二〇一八年）、「日韓相互コンテンツ・ツーリズムの比較研究――テキストマイニングを用いて」（『跨境・日本語文学研究』Vol.17、高麗大学校グローバル日本研究院、二〇二三年）、「一九二〇年代中後期の韓半島日本語詩壇研究――詩誌『亜細亜詩脈』（1926.10〜1927.11）を中心として」（『日本言語文化』六二、韓国日本言語文化学会、二〇二三年）などがある。

若干取り上げることにする。

二、朝鮮時代の古小説に描かれた廃墟

韓国における夢遊録は、十六世紀に登場し二十世紀に至るまで、凡そ五世紀にわたって創作され読まれた古小説群であり、韓国文学史を代表する叙事文学様式の一つである。時代が下るにつれてハングル作品も少しずつ登場するが、有名作を含む約七〇パーセントは漢文で書かれ、現代韓国語訳が度々行われてきた。作者未詳のケースが多いが創作層はほぼ両班《ヤンバン》士大夫と見られ、現在韓国文学界で言及されている作品数は三十数編[4]と言われている。激しい論難へと飛び火しかねない、王権や戦乱の責任といった社会問題と批判的な現実認識をテーマとするにも関わらず、夢遊録類が長い間生命力を保った大きな理由は、夢という装置を用いて枠物語の構図を取っているところに因る。

その中で、枠の外側に廃墟が描かれる物語を、三編ほど紹介する。

①『達川《ダルチョン》夢游録』

『達川夢游録』は、一五九二～九八年の壬辰・丁酉の倭亂（日本で言う文録・慶長の役）の際に戦死した朝鮮の忠臣二十七名を弔うための物語で、一六〇〇年頃尹繼善《ユン・ゲソン》（号は坡潭）作と言われる。坡潭《パダム》子《ザ》は王命により達川の視察に臨むことになるが、それに当り、九年前から長引いた日本との戦争が残した悽惨な光景を目の当たりにする。

「東風吹暖 達水淸蕩 叢骨齊白 芳草又靑 九載之間 戰場已古 野鼠山狐 見日而潛伏 飢烏嚇鳶 向人而噪叫[5]」

達川は、戦乱の際に彈琴臺《タングムデ》戦闘が繰り広げられ朝鮮の官軍が大敗した場所である。引用部によると、戦乱から九年が経過した達川河では、今現在春風は暖かく吹き、河水も清くゆったりと流れているが、白骨が至るところに散らばっていて、その色の対比で春草の青さが際立つ。九年の間に、戦場は已に古び果て、野鼠と山狐に占領されており、烏と鳶は人に向かってうるさく啼いている凄まじい廃墟である。この光景に漢詩を三首詠みあげた坡潭子は、その日、夢の世界に入って、李舜臣をはじめ戦死した多くの人々の話を聞くことになる。廃墟にかき立てられ意図せぬ鎮魂の詩を読み上げることで、悲劇的な死に方をした冤魂の吐露の聞き手となれたのである。

②『江都《ガンド》夢遊録』

次は『江都夢遊録』であるが、これは一六三六年に清が朝鮮を攻撃した丙子の胡乱を背景にする。当時の王仁祖は南漢《ナムハン》山城《サンソン》に閉じ籠り、王族や妃嬪、宮人たち、大臣たちは江華島、つまり江都に避難したわけだが、江都は大規模の虐殺や集団自決、降参など、言い尽くせない悲劇が相次ぐ現場となる。江都の廃墟ぶりはこのように述べられる。

「而惟彼江都 魚肉尤甚 川流者血 山積者骨 豕之有鳥 葬之無人(6)」

この物語で夢に入る者は、清虚《チョンホ》という禅師であり、葬ってくれる人もない屍を清めて斂葬しようとする慈悲の心の持ち主で、人家もない廃墟で法事を行い起居する。韓国夢遊録の夢遊者として僧侶は珍しいが、それによって僧侶のワキがシテと出会って話の聞き手となる夢幻能と構造の類似性を強く感じることができる。

当然、『江都夢遊録』の特異性は導入部の廃れた背景の描写などにあるというより、むしろ清虚禅師が夢の世界で会う対象が全てこの戦乱で死んだ婦女であること、そして多種多様な立場に置かれた女性たちが、丙子の胡乱で命を落とした自らはもちろん夫、父親、義理の父、兄弟などが経験した生死の意味を述べる語り手となることにある。近寄る清虚の目に映った彼女たちの姿形は、「則丈餘之索 尺許之鋒 或係於纖頭 惑血於硬骨 惑頭腦盡破 惑口腹含水 基慘惻之形」のように、まさに女性の廃墟といえるグロテスクな身体で、見るにも記すにも耐えないとある。さらに、彼女らの死に「節婦」、「節死」が何度も触れられているので、廃墟と化してしまった女性の身体が、犯されていないと強調されているところが注目を引く。

③『壽聖宮《スソングン》夢遊録』

『壽聖宮夢遊録』は『雲英傳』、『柳泳傳』という別称があり、特に『雲英傳』として知られているが、長い間創作時期も作者も未詳で、異本も非常に多い。韓国古典の愛情伝記小説の中で最もよく知られ、登場人物も多いながら人物関係と心理の描写も優れていることから高評価を得た作品であり、早くも一九二五年には映画〈雲英傳〉として作られたこともある。最近の研究成果で作家を特定したり十七世紀初期の創作説も出ているが、暫定的には枠物語の構成の外側は一六〇一年、内側は朝鮮時代初期の十五世紀の前期、王子安平大君《アンピョンデグン》の処所壽聖宮を背景としている。

自分の貧乏さと容貌を恥じる士人の柳《ユ》泳《ヨン》は、名高い壽聖宮の庭を見物したい一心で注がれて中に入るが、安平大君の最期（一四五三年）と壬辰・丁酉の倭乱を経てやがて「壌垣破瓦 廢井堆砌 草樹茂密(7)」という廃れた情景へと向き合い、儚さを漢詩とお酒に託し述べる。一睡の後に若い善男善女、即ち金進仕と雲英《ウンヨン》に出会うが、雲英の口から一人称で語られる、閉ざされた宮内の生活と女人宮人間の友情と義理、金進仕との許されない恋愛の紆余曲折を聞くことになる。この物語の導入部も夢幻能の構成と似通っている。

ただ、能のシテたちは様々な執心と呼べる一念によってこの世のワキの前に姿を現すが、雲英はあのように昔のことにもかかわらず記憶できるかという問いに対してこう答える。「心中畜怨 何日忘之」、つまり心の中に怨＝恨《ハン》が何重にも積もっているからには忘れることは出来まいという。物語の終盤で金進仕の口から発せられるのは「吾両人皆含怨而死冥司怜其無罪 欲使再生人世」、すなわち罪もなく怨恨を抱いて死に至ったので、人の世への再生に関して冥府を司る存在から許しを得たとなっている。男女の情愛が妨げられたまま死んだからこそ生れた怨恨と、公演を通し何度も繰り返して能舞台に登場するシテの執念とが、物語の動因として働くのに対比をなしているように思える。

易姓革命で始まった朝鮮王朝は、王権を巡った王の最側近の間での争いでも血を流しており、一五九二～八年にかけての倭乱と一六三六～七年の冬の短くとも強烈な恥辱と傷痕を与えた胡乱という外勢による戦争を何度も通過し、国土も人々の心身も荒れ果てる経験をする。この時期の古小説で戦乱による廃墟が前景化し、そこに出没する語り手たちによって男女が偕老できなかった、韓国文学における「恨《ハン》」の転変を指摘できるかも知れない。上掲作品の中で『江都夢遊録』は、二〇二一年に日本語、中国語のみならず、英語、フランス語、ベトナム語に翻訳され、韓国文学翻訳賞（韓国文学翻訳院主催）の翻訳新人賞を受賞した作品であったため、日本、中国、ベトナムの研究者たちの視野にも入ることになり、死者登場の場としての廃墟に関する多様な視座からの比較文学研究の試みが待たれている。

ちなみに、夢遊録ではないが、倭乱を背景にした『崔陟傳《チェチョク》』（一六二一年）という漢文古典小説がある。やっとの思いで結ばれた崔陟と玉英《オギョン》は戦乱で別れ別れになり、中国や日本、安南（今のベトナム）へまで流れて、長い間波風を経験する。中国語と日本語を駆使することで、生死の瀬戸際を乗り越えた彼らが奇跡的に再会する過程を描いている。中国以外の日本やベトナムという外国や外国人との交流、外国語の習得などが採り入れられており、同時代の文学作品としては珍しい、国際的なスケールと異文化交流の要素が活かされた希有な古小説である。この『崔陟傳』にも「其住家頽垣破餘燼未息 積骸成丘 無地着足」[8]のように戦乱により荒廃化した古郷の描写は記されているが、ここは鬼神が出る場でもなければ、怨恨を吐露する場でもなく、生を維持するために早く抜け出すべき通過点でしかない。

このように、朝鮮時代の古典小説で描出されている廃墟は、自然に廃れて無常の感慨を呼び起こす空間として機能したこともなくはないが、外勢による戦争という人為的な破壊行為で不自然に生じた、朝鮮の人々の屍が放置されている、血まみれの人身の廃墟として感受されたと言える。

三、韓国近現代詩と廃墟

詩の方へ移行しよう。

韓国で文学と「廃墟」とのつながりと言えば、どうも近代詩と結び付きが強い。

というのも、植民地期に入り一九一〇年代の武断政治に抵抗した三・一独立万歳運動以降、朝鮮総督府が文化統治へ政策方針を変えた一九二〇年から、韓国の近代詩は『創造』（一九一九～二一年）、『廢墟』（一九二〇～一年）、『白潮』（一九二二～三年）、『廃墟以後』（一九二四年）などの文芸雑誌によって動き出したからである。これに関して詳しく論ずる紙幅の余裕はないが、『廢墟』創刊号の「後記」によると、この雑誌は「荒涼落莫した朝鮮の藝苑を開拓し、そこに何かを建設し復活させ移植し百花爛漫の花園を作ることにより、世界芸園の内容と外観をより豊かにする」(9)ことを目指している。なお、『廃墟』というタイトルはドイツの詩人シラー（Schiller, J. C., 1759-1805）の詩句「我が生命、廃墟より来たり」(10)に因んだとしており、「廃墟派」の文学傾向を頽廃主義と見做した長い間の認識とは距離がある。

　さらに下って一九四五年の夏、朝鮮半島は解放を迎えるが、日本で戦後と言われるちょうどその時期、朝鮮半島ではイデオロギーの雲行きが怪しくなり、とうとう同族相殘の悲劇と言われる朝鮮戦争が一九五〇年六月二十五日に勃発し、三年以上激しく続く。その朝鮮戦争の真っ只中の一九五二年から書き始め「廃墟で」という題名で雑誌に発表され、一九五六年十二月「焦土の詩」連作として十五編が収録された詩集『焦土の詩（초토의 시）』は、詩人具常《グ・サン》（一九一九～二〇〇四）の第二詩集であり代表作でもある。削除と改作など変化が激しかったことも「焦土の詩」連作の特徴であるが、この詩集は惨憺たる朝鮮戦争の状況の中で戦争の惨状を告発しながら、キリスト教精神に基づいて人間内部の生命力と希望を求めるヒューマニズムに満ちたもの(11)と評価できる。廃墟と同一線上に置かれた戦争による焦土は、『廃墟』の名付けと創刊の意図と繋がる、詩による生命力再生の場となっている。

　日本の近代詩では、佐藤春夫が『殉情詩集』（一九二一年）で谷崎千代への叶わない恋心と傷心を詠んだ文語体の抒情詩を発表した。命を落とす気持ちが、「純情」を超えて殉死をすら連想させ「殉情」で表現されている。まして「心の廃墟」という詩の最後を「わが心の廃墟より／いや深き寂寞を揺起して哭く。」(12)と締めくくっている。佐藤春夫が「心の廃墟」と結び付けて吐いた「ためいき」のような失恋の嘆きに比べて、おそらく韓国の現代詩における廃墟はずっと身体的で感覚的な上、とても血生臭いものかもしれない。

　ようやく、朝鮮半島が休戦に入り経済的な繁栄に向かっていく一方で、民主化が実現する過程でまたも起こった激動の時代は一般の人々の血潮を熱くする。モダンな感覚で小市民の悲しみを歌い、民衆詩として有名な詩「草（풀）」の詩人金洙暎《キム・スヨン》（一九二一～一九六八）は、四・一九革命を機に現実への関心を高め詩の社

会参与や、軍事政権に対する風刺などを詩作で実践する。彼が一九六六年に発表した短い詩「雪（눈）」の全文は次の通りだ。

雪が降った後にもまた降り掛かる
考えた後にもまた降り掛かる
おぎゃーと泣いた後にもまた降るか
一斉に考えてまた降り掛かる
一行開けて二行開けてまた降るか
廃墟に廃墟に雪は降るか(13)

最後に、今現在の韓国詩に触れて終わりにしたい。二〇二四年三月、金恵順《キム・ヘスン》（一九五五〜）の詩集『翼の幻想痛（날개환상통）』が、英訳版 *Phantom Pain Wings* でアメリカの権威ある文学賞全米図書批評家協会賞を受賞した。韓国における女性詩の起源と高評される金恵順には、二〇一六年に発表した詩集『死の自叙伝（죽음의 자서전）』の英訳本 *Autobiography of Death* をもって、二〇一九年韓国作家としてもアジア女性作家としても初のグリフィン賞を受賞している。彼女の詩の世界がユニークであることは言うまでもないが、翻訳が他ジャンルに比べ容易でない詩で言語の壁を乗り越えた普遍性を認められたことを意味するのであろう。『翼の幻想痛』の詩「水母（クラゲ）の体は九〇パーセントが水である（해파리의 몸은 90퍼센트가 물이다）」でこのように詠う。

私は廃墟をふらふら飛び回る
私が書き続けなければ落ちてしまう
鳥を想った。

鉛筆の下でぎゅうぎゅう踏まれる
死へ向かう縮地術を書いた紙
私はこのごろ亡者の手紙を首に締め付けて出回る

私の首の羽を抜いてこの文を書き終わったら

鳥は飛んでいくだろう(14)

「私」の書く行為で鳥は生命力を得ていつか飛び立つが、書記行為の背景には廃墟と亡者がいる。命を孕んでいる死の廃墟で、詩と詩人は飛び回ることを止めてはいけない。文学の廃墟が案じられる今日、廃墟の上には雪が降り積もるだろうし、やがては躍動の春が訪れ文学の廃墟から新しい形の命が生じるだろう。

注

（1）민주식「폐허（Ruins）의 표상과 시간성: 피라네지 시대의「폐허화（廢墟畫）」를 중심으로」（ミン・ジュシク「廃墟の表象と時間性：ピラネージ時代の廃墟画を中心に」）『美学』八四—一、二〇一八年）一二一—一六八頁。

（2）石田圭子「アルベルト・シュペーアの「廃墟価値の理論」をめぐって」（『国際文化学研究　神戸大学大学院国際文化学研究科紀要』五〇、神戸大学大学院国際文化学研究科、二〇一八年）一―二九頁。

（3）강태웅「아시아적 폐허는 존재하는가」（カン・テウン「アジア的な廃墟は存在するか」）（아시아 미 탐험대 지음『재난과 감수성의 변화：새로운 미 탐색』（アジアの美探検隊著『災難と感受性の変化：新な美への探索』ソヘムンジプ）、二〇二三年）二七―四七頁。

（4）주수민「작품의 서사 내·외적 정보들을 통해 본 몽유록의 특징」（ジュ・スミン「作品の叙事内・外的な情報を通してみる夢游録の特徴」）（『瀛州語文』五二、二〇二二年）一七一―二〇〇頁。

（5）「達川夢游録」原文、한석수 역주『몽유소설』（ハン・ソクス『夢遊小説』）（図書出版ケシン）二〇〇三年、三七三頁。

（6）『江都夢遊録』の原文は国立中央図書館でデジタル公開している。https://gongu.copyright.or.kr/gongu/wrt/wrt/view.do?wrtSn=9016498&menuNo=20002

（7）「壽聖宮夢遊録」原文、한석수 역주『몽유소설』（ハン・ソクス『夢遊小説』）（図書出版ケシン、二〇〇三年）三九二頁。

（8）「崔陟傳」原文、민영대 저『趙緯韓과 崔陟傳』（ミン・ヨンデ著『趙緯韓と崔陟傳』）（亜細亜文化社、一九九三年）三五八頁。

（9）黃錫禹「後記」（『廃墟』創刊号、廃墟社、一九二〇年）一二七頁。原文は韓国語で引用は筆者による翻訳である。

（10）同前掲注9、一二八頁。

（11）곽효한「구상의『초토의 시』연구——원본 시집『초토의 시』를 중심으로」（カク・ヒョハン「具常の『焦土の詩』研究——原本詩集『焦土の詩』を中心に」）（『東アジア文化研究』七九、漢陽大学校東アジア文化研究所、二〇一九年）一三―三七頁。

（12）佐藤春夫「心の廃墟」（日本近代文学館『新選名著復刻全集近代文学館』ほるぷ出版、一九八四年、五〇頁。初出は『殉情詩集』新潮社、一九二一年）。

（13）김수영 지음、박수연 엮음『폐허에 폐허에 눈이 내릴까』（キム・スヨン著、パク・スヨン編『廃墟に廃墟に雪が降るか』）（教保文庫、二〇二一年）二二九頁。原文は韓国語で引用は筆者による日本語訳である。

（14）김혜순『날개 환상통』（キム・ヘスン『翼の幻想痛』）（文学と知性、二〇一九年）一九一頁。原文は韓国語で引用は筆者による日本語訳である。

［コラム］

西洋美術史から見た日本における廃墟とやつれの美

佐藤直樹

さとう・なおき――東京藝術大学美術学部教授。専門はドイツ・北欧美術史。主な著書に『ファンシー・ピクチャーのゆくえ：英国における「かわいい」美術の誕生と展開』（二〇二二年）、『東京藝大で教わる西洋美術の謎の解きかた』（二〇二四年）などがある。

美学者の谷川渥氏は『廃墟の美学』（二〇〇三年）において、西洋美術史における「動態としての廃墟」「静態としての廃墟」という二つの概念を提案する。西欧における廃墟のテーマは「動態」として浮上し、それがやがて「静態」へと移行したように描かれたと述べ、かつ「動態とは状態としての廃墟ではなく、状態としての廃墟を出来《しゅったい》させることにもなる出来事、つまり破局、没落、崩壊ということである」とその特徴を端的に指摘した(1)。この分類に従って、まずは動態としての廃墟の一例を見るならば、十六世紀、ネーデルラントの画家ピーテル・ブリューゲル（父）（一五二五／三〇～一五六九）が人間の傲慢さを描いた《バベルの塔》が挙げられよう。廃墟へと向かって没落していくさなかの「動態としての廃墟」として、中世カトリック教会の教え「七つの大罪」を視覚化したものだ(2)。一方、「静態」としての廃墟は、十七世紀にローマで活躍したフランス人画家クロード・ロラン（一六〇〇～一六八二）が描いた風景画に代表される。《フォロ・ロマーノの遺跡のある空想的風景》のように、実在する古代の遺跡を一枚の絵画に組み合わせた理想的な風景は、当時は一つのジャンルとなるほどの人気を誇り、多くの風景画家がクロード風に描くようになる。

日本美術における廃墟画を考える上で、重要な比較例となるのは「静態」の廃墟画のほうだろう。西洋の理想的風景画に表された古代の廃墟は、失われた理想郷への憧憬である。しかし、日本では、西洋の建造物とは異なり木造であるため、廃墟が長く現場に留まることはなく、廃墟そのものが描かれた例は非常に少ない。その代わりに、日本では、廃墟があった場所への憧憬が美術や文学で語り継がれることが主流となっていったようだ。能に廃墟の場面が多く現れるのもそうした日本文化の特徴だろう。能の演目ではしばしば、旅の僧がどこかの土地を訪れると、そこに老人や美女が現れ、その場所でかつて起こった出来事を語る。自分こそがその物語の主人公なのだと明かして一度は姿を消し、夜になると僧の夢の中に再び現れ、自分の物語を再現したり舞ったりし、やがて夜明けとともに消えていく。たいていの場合、主人公は亡霊であり寂れた場所に現れるのだが、西洋のように廃墟に住み着く幽霊というイメージとは少し異なる。舞台となるのは、人々に語り継がれている「あのことがあった場所」であり、大体は雑草に覆われた野原である。(3)

世阿弥の能『井筒』は、在原業平が建立した在原寺を訪れた旅の僧の前に、業平の妻の娘が亡霊として現れ、『伊勢物語』に記された業平と自分の母の愛の物語を語り始める。幼い頃に井戸で背比べをした二人は、成人して歌を詠み交わして結ばれたと言い、自分がその女の娘だと言って姿を消してしまう物語だ。伝松平伊豆守旧蔵の謡本『井筒』の表紙(**図1・口絵7**)には、二人の登場人物の姿はなく、寺の境内に生える秋草や柳の枝が風で揺らされている様子が井戸とともに描かれるだけである。この井戸は実際の井戸を描写したというよりも、井戸を囲む枠の舞台装置であり、この表紙絵が能舞台そのものを想像させるものとなっている。

あるいは、江戸時代の俳諧師松尾芭蕉による紀行文『おくのほそ道』の有名な一句「夏草や兵どもが夢の跡」は、一六八九年五月十三日(旧暦)に平泉を訪れた芭蕉が、三代にわたる奥州藤原氏の栄華と源頼朝に追われた源義経が亡命した後に自害した十二世紀に思いを馳せた句としてよく知られる。これは、野望を抱いた武士たちが戦いに敗れ去ってその後には夏草が茂っている様子を詠んだものだが、もはや跡形もなく、ただ草が生えるのみの廃墟となったことを儚むものであった。芭蕉は、唐の詩人杜甫(七一二〜七七〇)の詩、「国破れて山河あり、城春にして草木深し」という詩を口ずさみ、笠を敷いて腰をおろし、涙をこぼしながら長い時間をそこで過ごしたという。「安禄山の乱によって、国の都である長安はすっかり破壊されたが、周囲の自然は昔のままの姿である」という詩に触発された芭蕉は、平泉に長安の栄華の儚さを重ねたのであろう。こうした「うつろい」に対して抱く「もののあわれ」の感情を日本の能と俳諧で確認してきたが、こうした感情は西洋の「メランコリー」に置き換えられそうだ。

廃墟とメランコリーを表す西洋絵画の金字塔、ニコラ・プッサン(一五九四〜一六六五)の《アルカディアの牧人たち》(**図2・口絵8**)は、古代ローマの詩人ウェルギリウスが『牧歌』の中で詠んだアルカディアという理想郷に思いを馳せる様子が表されている。三人の牧人たちは、発見した墓石に刻まれた「Et

図1　伝松平伊豆守旧蔵謡本『井筒』表紙（17世紀初期、法政大学鴻山文庫、出典：野上記念法政大学能楽研究所）

図2　ニコラ・プッサン《アルカディアの牧人たち》（1637〜38年、ルーヴル美術館、パリ、出典：パブリック・ドメイン Public Domain）

図3　ヨハン・ハインリヒ・フュースリ《古代遺跡の偉大さに絶望する芸術家》（1778〜89年、クンストハウス、チューリヒ、出典：パブリック・ドメイン Public Domain）

in Arcadia ego（我もまたアルカディアにありき）」という銘に驚いている。なぜなら、自分たちが今いる理想郷アルカディアであっても、死が平等に訪れることをいま知ったからだ。墓石は死者の眠る場所であり、ここでのアルカディアはネクロポリスでもあった。アルカディアという理想的風景の中で、墓石を囲んで死を思うメランコリーこそが主題なのだ。牧人たちの横に立つ、冷たい古代彫刻のような女性は運命の女神であり、牧人たちに死の運命を受けいれるように促している。この作品が、先ほど見た《井筒》の表紙絵で見た構成と近しいのは、廃墟としての建造物はない代わりに、ただ墓石が置かれ、うつろいゆく時の流れに登場人物たちが思いを馳せている点にある。[4]

廃墟で失われた理想郷アルカディアを想うメランコリーが、十八世紀の後半に英国で活躍したスイスの画家ヨハン・ハインリヒ・フュースリによって継承された事例を見よう（**図3**）。ローマのカピトリーノ美術館の中庭に置かれているコンスタンティヌス帝の巨像の遺跡に手をかけて、その古代ローマの偉大さに絶望する一人の芸術家がいる。これは、フュースリ自身がローマで体験した、偉大な古代美術への思いを視覚化した精神的自画像である。左手で頭を抱え、鬱のポーズをとる画家は、右手で巨大な古代遺跡の断片を摩りながら座り、その姿は一層小さく見える。画家は「過去の偉大さを模倣することの不可能性」と「全てのものが朽ち果てること」を目の前にして絶望しているのだ。[5]

さて、再び日本の廃墟に目を移すと、西洋のように古代の遺跡を讃えることができない代わりに、過去の偉大な時代への憧憬は、壊れた美術品を修復、継承することで叶えられてきたと言えそうだ。フュースリが、美術品の断片から古代への敗北と、もうそれが完全な形として姿を現さない絶望に打ちひしがれる悲劇に浸っている一方で、日本では西洋とは異なる眼差しで美術品の「断片＝廃墟」と向き合っていた。とりわけ茶の湯では、自然に損傷した美術品を侘びた風情と賞して用いることが唐物主義からの脱却の過程で見られるようになっていた。鉄製の「やつれ風炉」のように、破損したままを用いる道具もあれば、茶碗のように修復が施された姿に美を見いだすことが生じてくる。こうして日本では「さび」の美意識が展開する。

井戸茶碗「筒井筒」（図４）という銘は、次の事件が名前の由来となっている。筒井順慶が所持していた茶碗を豊臣秀吉が愛用していたが、ある日、小姓が誤って落として五つに割ってしまう。激怒した秀吉がこの小姓を処刑しようとしたので、そばに居合わせた細川幽斎が咄嗟に次の歌を詠んだ。「筒井筒　五つに割れし　井戸茶碗　とがをば我に　負ひしけらしな」。この歌は先に見た能の『井筒』で詠まれた歌「筒井筒　井筒にかけし　まろがたけ　おひにけらしな　妹見ざる間に」を細川が熟知した上でとっさに改作したものだ。細川の歌には『井筒』の歌をなぞる響きが残されたため、その文学的な機転に感心した秀吉は怒りをおさめたという。この茶碗が捨てられずに漆で修繕されて伝承された背景には、文学史的な想像力が支えとなっていた。

また、茶の湯において、不完全な美が尊ばれるようになるのは、完全な美の手本であった中国から到来した美術品に対抗する、日本独自の美意識への目覚めが関与していよう。手本となっていた中国の完全美を代表するものとして(6)、日本に伝えられた青磁茶碗のなかでも特別完成

図4　《大井戸茶碗　銘「筒井筒」》（1587〜90年頃、個人蔵、出典：https://www.fashion-press.net/news/gallery/79158/1537529）

図5　《青磁輪花茶碗　銘「馬蝗絆」》（12〜13世紀、東京国立博物館、出典：『日本美術館』小学館、1997年）

度が高い《馬蝗絆》(図5)がある。この茶碗は一一七五年頃に平清盛が中国から贈られたものを、十五世紀後半、室町将軍の足利義政(在位一四四九〜七三)が所持していた。しかし、底にひび割れがあったため、これを中国に送り、代わりの茶碗を求めたところ当時の中国にはこのように優れた茶碗を作ることはできず、ひび割れを鎹で止めて日本に送り返してきたと伝えられる。あたかもその鎹が、馬の毛にイナゴがとまっているいように見えたので《馬蝗絆》と名付けられた。これは、完全なフォルムを誇っていたものが、修繕されることで不完全なものとなりながらも、出来事が語り継がれることで評価が高まるという特殊な例であると同時に、日本人の美意識の転換を象徴する出来事だと言えそうだ。そして、この逸話を再現するかのように、利休は自分が所有する古い釜の口をあえて壊し、割れてヒビの入った部分を京都の釜師辻与次郎に鋲を打たせて直させてもいる(図6)。釜の羽も当時壊されたと考えられている。鋲を打って修繕するという技法は、まさしく《馬蝗絆》を意識したものであり、完全だった姿を故意に欠くことで不完全な美を作り上げようとする利休の芸術観がはっきりと現れている例である。

図6　《古芦屋春日野釜》(15〜16世紀、藤田美術館蔵)

図7　《古伊賀水指　銘「破袋」》(17世紀。『時代の美　五島美術館・大東急記念文庫の精華』「第三部　桃山・江戸編」(2012年)より転載)

　千利休の美意識を継承した武将茶人の古田織部(一五四四〜一六一五)は、自ら茶道具の製作に携わり、かたちがひしゃげた陶器を作らせることで、利休の不完全な美という前衛をさらに進めていく。しかし、織部が作り出す壊れた陶器には、西洋美術で表されたローマの廃墟がもつメランコリーも絶望も見られない。古伊賀水指《破袋》(図7)は、歪みが強く、大きく割れた姿はユーモラスでさえありながら、その「破壊の美」の圧倒的な存在感は他の追随を許さない。古田織部が本作に添えた手紙には、「今後これほどのものはないと思う」と記されている。(7) 歪みが強く大きく割れた造形の中に、日本における廃墟の美の一つの到達点を見ることができるのではないだろうか。

注

(1) 谷川渥『廃墟の美学』（集英社新書、二〇〇三年）一四―一五頁。

(2) 谷川、前掲書、一八―二二頁。

(3) 山中玲子「能に描かれる廃墟」（『廃墟とイメージ――情景、復興、文化の生成の場としての廃墟』展覧会カタログ、梅沢恵編集、神奈川県立金沢文庫、二〇二三年）一〇四頁。

(4) エルヴィン・パノフスキーは、次の論文のなかで、グエルチーノによる二十年前の同主題作品と比較し、プッサンによる大きな革新があったことを正しく指摘した。エルヴィン・パノフスキー「われ、また、アルカディアにあり――プサンと哀歌の伝統」（『視覚芸術の意味』中森義宗、内藤秀雄、清水忠訳、岩崎美術社、一九七一年）二七三―二九七頁。本論文の初出は以下の通り。Erwin Panofsky, 'Et in Arcadia ego: On the Conception of Transience in Poussin and Watteau', in: *Philosophy and History, Essays resented to Ernst Cassirer*, Oxford, Clarendon Press, 1936.

(5) この作品で明らかなように、古典主義の画家たちはアルカディアをローマへと転換した。この転換には、ヴィンケルマンの『ギリシャ芸術模倣論』（一七五五年）による古典古代の礼讃が強く影響している。ヨハン・ヨアヒム・ヴィンケルマン『ギリシャ芸術模倣論』（田邊玲子訳、岩波書店、二〇二二年）。

(6) 中国の美術を手本とした日本の芸術家たちは、それを古典と踏まえ「真行草」のモードを用いて乗り越えようとした。そうした茶の湯と日本美術の動向については以下を参照。佐藤直樹「古典としての中国芸術？――千利休、伝統と革新のはざまで」（『東京藝術大学美術学部紀要』第五七号、二〇二三年）五―二八頁。

(7) なお、この手紙は関東大震災で消失。五島美術館のHPより：https://www.gotoh-museum.or.jp/2020/10/07/02-094/（二〇二四年六月九日参照）

附記　本稿は、二〇二四年五月二十五日に東京大学で開催された国際シンポジウム「From Rome to Tokyo: The Imagined City, between Utopias, Dystopias and Ruins」で発表した英語原稿を和訳したものである。

【コラム】

荒れたる都

三浦佑之

みうら・すけゆき——千葉大学名誉教授。専門は古代文学・伝承文学専攻。主な著書に、『出雲神話論』（講談社、二〇一九年）、『「海の民」の日本神話　古代ヤポネシア表通りをゆく』（新潮社、二〇二一年）、『風土記博物誌　神、くらし、自然』（岩波書店、二〇二二年）などがある。

一、近江荒都歌

古代文学のなかで、廃墟あるいは荒廃を主題として詠んだ有名な作品に「近江の荒れたる都を過ぎし時に、柿本朝臣人麿の作れる歌」（『万葉集』巻一・雑歌）と題された長歌と反歌がある。その長歌を、「或云」として添えられた六か所の異伝を抜いて引用する。

玉手次《たまだすき》　畝火《うねび》の山の
橿原《かしはら》の　日知《ひしり》の御世《みよ》ゆ
あれましし　神のことごと
樛《つが》の木の　いやつぎつぎに
天《あめ》の下　知《し》らし食《め》ししを
天《そら》に満《み》つ　倭《やまと》を置きて
青丹《あをに》よし　平山《ならやま》を超《こ》え
いかさまに　念《おも》ほしめせか
天離《あまざ》る　夷《ひな》にはあれど
石走《いはばし》る　淡海《あふみ》の国の
楽浪《ささなみ》の　大津の宮に
天の下　知らし食《め》しけむ
天皇《すめろき》の　神の御言《みこと》の
大宮は　此間《ここ》と聞けども
大殿は　此間《ここ》と云へども
春草の　茂《しげ》く生《お》ひたる
霞《かすみ》立ち　春日の霧《き》れる
百磯城《ももしき》の　大宮処《おほみやどころ》
見れば悲しも　（巻一・二九番）

柿本人麿が近江荒都歌を作った正確な時期は判明しないが、『万葉集』の配列からみて、持統の称制期か即位直後（六八七〜六九〇）とみてよかろう。そして、歌われている近江大津宮（現、滋賀県大津市錦織）が荒廃したのは、天智天皇が没した直後に生じた、いわゆる壬申の乱（六七二）に大友皇子が敗れたためであった。とすれば、人麿が目にした風景は、乱から十五、六年しか経っていないことになる。

壬申の乱については『日本書紀』に詳細な記述があるが、多くは天武方の動きを追っており、大友皇子は宮を出て戦った末に縊死《いし》したと語られるだけで、大津宮がどうなったかは不明だ。戦乱で灰塵に帰したとすれば、荒廃には時間を要しなかったであろう。

二、荒都歌の構成

長歌の表現を確認する。便宜的に付した行数の、一～四行目は、初代以来ずっと、天皇は倭の地で次々に受け継がれてきたと、王権の起源から歌いだす。そして、五～十二行目ではとつぜん倭を離れて遠い淡海の国へと遷都が行われたと歌う。具体的にいえば、『日本書紀』天智六年（六六七）三月条に「都を淡海に移す」とあり、続けて、「この時に、天下の百姓、遷都することを願はずして諷諫《ふうかん》する者多く、童謡《わざうた》また衆《おほ》し。日々夜々、失火の処多し」と記す。きわめて不穏な状況にあったことを想像させ、人麿自身も遷都には批判的であったことを窺わせる。そうした感情と、荒廃への嘆きはつながっているはずだ。

ここでは、近江遷都の歴史学的な議論に立ち入ることはせず、『古事記』には第十一代成務天皇が近淡海《ちかつおうみ》の志賀高穴穂宮で天下を支配したとあって（日本書紀には記述なし）、近江への遷都が初めてではなかったことを、「いかさまに　念ほしめせか」と倭からの出離を歌う人麿は知らなかったらしいという点にもこだわらずに論を先に進める。

人麿が目にした大津宮の荒廃は、十三行目以降の十三句で歌われている。その十三行目の「神の御言の」は、原文「神之御言能」の訓読漢字を生かしたままで、大仰に天皇を賛嘆して「天皇の神の尊」と歌っているに過ぎない。その天皇の居住した宮殿の所在地に立ちながら、確信をもてない不安感が十四・十五行目の対句によって引き出され、十六・十七行目の対句では、眼前に広がる現実の風景が繁茂する草とおぼろな春霞とによって示される。そこから十八行目の結びの句が出てきて、紗幕の向こうに浮かび上がるような宮殿の趾を詠むことができたのである。

題詞には「近江荒都（近江の荒れたる都）」という散文的なことばが用いられているが、歌では「荒る」という語を用いることはなく、「見れば悲しも（見者悲毛）」という詠嘆をもってくる。これは『万葉集』では常套的表現といってよいものだが、人麿のがわに立って言っておけば、常套的な表現になったのは、この歌あるいはこの歌の周辺に生じた共振的な感情が起源となって常套化されていったとみるべきである。しかしそれは人麿という個性が創出したというのではなく、「見れば悲しも」に同期できる集団が七世紀の貴族・官人層の主流をなし、そのなかで受け入れられる表現であったということであろう。

三、見れば悲しも

確認しておかなければならないのは「悲毛」である。「涕泣史談」を書いた柳田国男でなくても、ここの「かなし」に「悲」という漢字を宛てたのは誰かと問うてみたくなる。人麿が書いたのか、別の人物が書きつけた文字だったのか、それがわからない。そして、今さら古語辞典を持ち出すまでもないが、カナシには、「悲」も「哀」も「愛」も宛てることができるわけで、どの漢字を使うかによって歌全体の印象さえ変わってしまうと言っても過言ではない。もし、「悲」の字を人麿が選択したのだとすれば、ずいぶん悩んだのではなかろうか。たしかに「悲しい」のだが、紗幕の奥の「大宮処」に賑わいのなかで生きた「大宮人」たちの姿が動いていたとすれば、カナシは「愛し」でもあったはずだ。

　まさに、荒都という廃墟が、「愛し」でもあり「悲し」でもあるという感情を生じさせていったのかもしれないと思われてくる。もともとカナシという倭語(和語)は、どちらかといえば「愛し」のほうに傾斜した横溢する感情をあらわすことばだと思うのだが、それが「悲し」のほうに引き寄せられてゆく一つのきっかけとして、荒廃することへの眼差しがあったとみてはどうか。

四、うらさびる国つみ神

　近江荒都歌には二首の反歌があるのだが、ここではそれよりも荒都歌の次に置かれた、「高市古人《たけちのふるひと》、近江の旧堵《きうと》を感傷して作れる歌」のほうを取りあげてみたい。聞きなれない作者名だが、これは題詞の割注に「或る書に云はく、高市連黒人といへり」とある伝えが正しい。黒人は『万葉集』に十六首の短歌を載せる宮廷歌人で、人麿とも同時代人とみられる。その黒人が古人に誤られたのは、次に引く短歌の冒頭二句「古　人尓和礼有哉」という漢字に目移りしたためと思われる。

　古《いにしへ》の　人にわれあれや
　楽浪《ささなみ》の　故《ふる》き京《みやこ》を
　見れば悲しき（見者悲寸）

　楽浪の　国つみ神の
　うらさびて　荒れたる京（みやこ）
　見れば悲しも（見者悲毛）

（巻一・三二、三三番）

　おそらく人麿と黒人はいっしょに旅をしていた。『日本書紀』に近江行幸の記事がないので天皇ではなかろうが、だれか皇子か皇女、あるいは皇族に従駕した折の歌と考えることもできるし、何らかの公務で近江大津宮のあたりを通過した折に詠まれたと考えてもいい。いずれにしても、かれら宮廷歌人が共通に抱いた感情が、先の人麿長歌を含めてこれらの表現には潜められている。

　一首目の歌い手は、「古の人」に同化して荒れ果てた大津宮を眺めている。したがって、カナシの主体は歌い手であるとともに「古の人」ということになる。当然その感情は二首目の歌でも共有されている。そして、大津宮の今の状態は、「国つみ神」（土地を守る神）が「うらさび」てしまうことによってもたらされたと歌っている。現代語にはしにくいところだが、「国つ神の霊異が始原の世界さながらに現れて、人間の造った都は自然に帰して」荒れ果ててしまったと訳すのが(1)、もっとも原義に添っているのではないかと思う。土地神からすれば、今の状態こそがもっともおのれの力が発動された状態であり、もとの姿なのである。

「うらさびて」のサブは、そのような意味をもつ動詞とみなければならない。そして、こうした解釈は「荒れたる京（都）」の「荒る」という語の理解と連動しているはずだ。アル・アラについては、古橋信孝に「常世浪寄せる荒磯」というよく知られた論文があり(2)、アラとは「始原に回帰し活力を回復した状態」をあらわしていると述べる。一方、そのような今の状態を見た「古の人＝歌い手」は、それ以前の、天皇によって造られ京が大宮人たちでにぎわい繁栄するさまを思い浮かべる。そうした昔日の繁栄（造られた京）と今の自然（荒れ果てた京）との狭間に生じた心が、「見れば悲し」と言語化されたのである。廃墟に立つことによって。

五、ふるさと

柿本人麿の近江荒都歌に歌われていたように、古代ヤマト王権の繁栄は、「樛の木の　いやつぎつぎに　天の下」を支配することによって保証されるものであった。そして少なくとも、天智が近江に遷都する以前は、実在の疑わしい大君たちも含めて、成務天皇以外は、大和・河内（難波）の地をめぐって王位は受け継がれてきたし、官人たちは歴代の宮に通い続けて奉仕してきた。

狭い谷間の明日香の地で、宮殿は天皇代ごとに、豊浦宮・小墾田宮（推古朝、皇極朝）、岡本宮（舒明朝）、板蓋宮（皇極朝、斉明朝）、川原宮（斉明朝）、後岡本宮（斉明朝）、飛鳥浄御原宮（天武朝、持統朝）と移動したが、いずれも隣接していたり徒歩数分から十数分の距離にあって、大きな移動をともなってはいない。宮殿は新しくなるが、建物が移築されたり建材を使い回したりすることもあるわけで、前の宮殿が廃墟となって潰れてしまうというようなことではなかった。難波宮は少し遠いが、それも遷都によって廃棄されたわけではなく守られている。その点で、人麿や黒人らが、廃墟となった近江大津宮の「大宮処」を目の当たりにしたのは衝撃的な出来事であっただろう。

一方、そうした一代一宮の宮殿から永続的な都へと変貌し、藤原京（六九四〜）、平城京（七一〇〜）の時代になると、「旧都」という認識が生まれることになった。そこでは、藤原京からみた明日香の地、平城京からみた明日香・藤原の地が「ふるさと」として認識されることになる。『万葉集』の題詞や歌に出てくる「ふるさと（故郷・古郷などと表記）」について分析したリンジー・モリソンは、われわれのなかにある「懐旧の情」という

のではなく、「ふるさと」は「再び帰ることのない、寒々とした廃墟として歌い上げられた」と指摘する。(3)

こうした発言をもう一歩進めてみた時、近江荒都が「見れば悲し」と歌われたように、昔日の繁栄（造られた京）と今の自然（荒れ果てた京）とに挟まれて生じる感情のなかに、かれらの「ふるさと」はあったと考えてよいのではないかと思うのだが、いかがか。

注

（1）多田一臣『万葉集全解』一（筑摩書房、二〇〇九年）。

（2）古橋信孝「常世浪寄せる荒磯」（『古代和歌の発生　歌の呪性と儀式』東京大学出版会、一九八八年）。

（3）リンジー・モリソン「万葉集における「ふるさと」　京の面影、万葉人の原風景」（『現代思想』第四七巻第一一号、二〇一九年）。

承久の乱後の京都と『承久三、四年日次記』

長村祥知

ながむら・よしとも――富山大学講師。専門は日本中世史。主な著書に『中世公武関係と承久の乱』（吉川弘文館、二〇一五年）、『龍光院本　承久記絵巻』（思文閣出版、二〇二三年）、『対決の東国史　一　源頼朝と木曾義仲』（吉川弘文館、二〇二三年）などがある。

承久の乱（一二二一年）後の京都は廃墟と呼ぶに相応しい状況であった。当時のことを記す古記録類がほぼ残っていない中で注目されるのが仁和寺所蔵『承久三、四年日次記』である。同書の基礎情報を整理するとともに、承久の乱の経過や乱後の京都の荒廃・頽廃・不隠を記すという特徴を紹介したい。

序

承久三年（一二二一）五月十五日、後鳥羽院が鎌倉幕府執権北条義時の追討を命じた。しかし、早くも六月には美濃・尾張や宇治・勢多など諸所の合戦で鎌倉方軍勢が勝利し、彼等の入京によって京方の敗北が確定する。

七月八日に後鳥羽は鳥羽殿で出家し、同十三日に隠岐に流されることとなった。後鳥羽に替わって、皇位を経ていない兄の守貞親王が治天（後高倉院）となった。七月九日には仲恭天皇も廃され、後高倉の子の後堀河天皇が践祚した。

後鳥羽院の近臣のうち張本とされた六名は流罪に処され、実際には罪人護送にあたった鎌倉方の御家人が坊門忠信以外の五名を各地で殺害した。

この承久の乱の後、京都では放火が頻発するなど治安が著しく悪化し、廃墟と呼ぶに相応しい状況となった。

承久三年当時の古記録類は残存状況が悪く、公卿はもとより治天の君をも憚らぬ鎌倉幕府の苛烈な断罪を恐れた貴族達が意図的に廃棄した可能性が高い。

そうした中で比較的詳細に日々の出来事を記すのが仁和寺所蔵の『承久三、四年日次記』（以下、適宜『承久三四』と略す）である。

同書はその名の通り、承久三年と同四年（四月十三日、貞応改元）の記事からなり、『大日本史料』四編十六冊（一九一八年刊）・同五編一冊（一九二一年刊）等に分載翻刻される。

同書は明治時代に文化財指定を受けたこともあって、その存在自体はよく知られてきた[1]。承久の乱の史料として言及されることも多い[2]。

しかし、まとまった翻刻は刊行されておらず、同書に焦点を当てた史料論的検討も辞書的な短文があるのみであった。

筆者は、二〇二〇年度東京大学史料編纂所一般共同研究「承久の乱関係史料の基礎的研究」の研究代表者として、史料編纂所の所内担当者であった藤原重雄氏・木下竜馬氏や同所の川本慎自氏とともに仁和寺が所蔵する『承久三四』原本を調査させて頂いた。その際は仁和寺学芸員の朝川美幸氏に多大な御高配を賜った。

当時、筆者の本務は京都府京都文化博物館学芸員であり、同館特別展「よみがえる承久の乱――後鳥羽上皇vs鎌倉北条氏」（会期：二〇二一年四月六日～五月二十三日。ただし四月二十五日以降は緊急事態宣言に伴い閉室）の主担当であった。

共同研究の成果は前記特別展の図録に集約されており、『承久三四』の全巻カラー写真も掲載させて頂いた[3]。同書の基礎的な特徴は、藤原重雄氏が前掲図録の解説[4]と史料編纂所の業務報告[5]に整理している。

その内容を踏まえて、本稿では同書の基礎情報をより丁寧に整理し、乱の経過や乱後の京都の様子など記述内容の特徴を整理したい。

一、基礎的情報

（1）書誌

『承久三四』原本の書誌は、藤原氏が詳細に解説しているので（注5参照）、ここでは必要最小限の情報を提示しておく。

【後補表紙】墨書「丙」（右上）

【装丁、員数】折本装、一帖。

【寸法、紙数】縦二九・六×横一一・七cm、
全一七紙（一紙の横は二六・三～二六・七cm）。

【附属品】

・包紙「　國寶　明治三十七年二月指定
承久四年御日次記　壹帖
残闕　」

・木箱蓋表「　重要文化財
承久三年四年日次記残闕　」
蓋裏「平成十戊寅年二月
箱新調　」

（2）名称

原本には原表紙や首題等がなく、名称は便宜的なものである。しかしその名称にも若干の揺れがあるため、辞書・索引やデータベース（以下、特に断らない限りWEBで一般公開されているものを指す）等での検索の際は注意を要する。

文化庁「国指定文化財等データベース」によれば、指定文化財としての基礎情報は次の通りである。

【指定名称】紙本墨書承久三、四年日次記〈残闕／〉
【指定種別・番号（登録番号）】重要文化財・古文書・五三二
【指定年月日】明治三十七年（一九〇四）二月十八日（旧国宝）

東京大学史料編纂所架蔵の影写本と同所編の『大日本史料』第四編・第五編や『国史大辞典』は「承久三年四年日次記」とする。

その他、「承久三年、四年日次記残闕」「承久三、四年仁和寺日次記」という称も用いられている（注1参照）。

国文学研究資料館「国書データベース」は統一書名「承久三年四年日次記」、別書名「承久三四年日次記」とするが、これ以外にも「、」等の微妙な揺れがあることを確認しておきたい。

（3）『御日次記』との関係

本書は、原本の形態的特徴や記事内容から、仁和寺が所蔵する『御日次記』（塔中蔵第一四九箱一号）と一連のものと考えられている。

『御日次記』は「続群書類従」雑部二十九輯下に『仁和寺御日次記』として翻刻されるほか、『大日本史料』第四編・第五編に「仁和寺日次記」として分載翻刻される。その名称について、東京大学史料編纂所架蔵の影写本や『国史大辞典』も「仁和寺日次記」とする。「国書データベース」は統一書名「仁和寺日次記」、別書名「仁和寺御日次記」とする。以下本稿では、塔中蔵第一四九箱一号を『御日次記』とする。

『御日次記』原本は承元四年（一二一〇）から承久二年（一二二〇）十二月までの記事と、後述する貞応元年（一二二二）の記事を収める。

『御日次記』と『承久三四』とは、筆跡は異なるが、罫線は同様で、料紙の左右に綴穴跡があり、状態も類似している。両書の形態について、当初は巻子本だったが、袋綴装冊子本

表1 『承久三、四年日次記』の構成

1-1 本来の状態（想定）

A	承久三年	5/□、5/28 〜 6/19
B	承久三年	7/□、7/23 〜 12/10、□/□
C	承久四年	1/14 〜 5/11
D	承久四年	5/21 〜 6/5
E	承久四年	6/5 〜 6/26
F	承久四年	6/27 〜 7/29

1-2 現状（2020年3月調査時）

C	承久四年	1/14 〜 5/11
E	承久四年	6/5 〜 6/26
A	承久三年	5/□、5/28 〜 6/19
F	承久四年	6/27 〜 7/29
B	承久三年	7/□、7/23 〜 12/10、□/□
D	承久四年	5/21 〜 6/5

＊Dは仁和寺所蔵「御日次記」に貼り継がれている。Dは東京大学史料編纂所影写本『承久三年四年日次記』（1887年）が写し取っているが、現状の仁和寺所蔵原本には見えない。
＊承久4年4/13に貞応と改元したが、上記の表では便宜「承久四年」とする

の別の書物の紙背となり、その後さらに解体・相剥ぎされて日記の面を表として裏打ちされ、現状の折本装になったと考えられている（注4参照）。

両書が一連であることは明治二十年（一八八七）の修史局（東京大学史料編纂所の源流となる組織）による調査でも把握されていたようだが、次の点は注意を要する。

貞応元年五月廿一日条後半・同廿八日条・同廿九日条・六月三日条・同五日条は、「明治十九年（一八八六）九月、修史局編修星野恒採訪、明年二月影写了」との識語を付す東京大学史料編纂所架蔵影写本『承久三年四年日次記』（請求記号3073-99）の末尾に写し取られている。

一方、同所架蔵影写本『仁和寺日次記』（請求記号3073-13。一八八七年影写）は当該部分を欠く。

しかし、当該部分は、仁和寺が現在所蔵する『承久三四』原本には存在せず、『御日次記』原本に貼り継がれている。『続群書類従』雑部も該当部分の翻刻を載せる。

すなわち、明治二十年の時点でも、該当部分は『御日次記』原本に貼り継がれていたと考えられる(6)。修史局が影写本を作成する際に、該当部分が『承久三四』のツレにあたる承久四年（貞応元年）の記事であることに気付いたため、『承久三四』の影写本に収載したのであろう。

なお、『大日本史料』五編一冊五五九頁・五六〇頁・六七二頁は、該当部分を「承久三年四年日次記」として翻刻収録する。正しい比定の結果ではあるが、これらの記事が『承久三四』原本には存在しないという点で、注意を要する。

（4）錯簡

既述の貞応元年五月廿一日条〜六月五日条のほかにも現状の装丁には錯簡がある。

現状は、おおよそ月日の順に紙が貼り継がれているが、承久三年と同四年（貞応元年）の記事が混在している。**表1**に、想定される本来の状態と、現状の錯簡を整理した。

(5) 史料の性格と成立時期

『御日次記』と『承久三四』には奥書等がないため、両書の制作(記主あるいは編者、筆者、書写年代等)や伝来の確たることは未詳である。

両書を通じて特定の組織の業務記録といった趣はなく、貴顕の動向や京近辺の寺院・仏教界を中心に、庶民や鎌倉幕府、京内外の寺社に関わる出来事も記される。そのため筆者や成立環境を特定することは困難だが、今日までの伝来を重視すれば、両書は仁和寺関係者によって書かれたと考えるのが穏当であろう。

両書は明治時代から「…日次記」と称されていて、日々の出来事を当日やその直後に書き継いだ日記と判断されたようだが、それに対して抄出・編纂されたものとする説が提示されている。

下坂守氏は「仁和寺の僧によって記された日記が、ある時期に抄出され、それがさらに分類されて、『仁和寺日次記』と『承久三年、四年日次記』の二つの記録として伝来したものであろう」とする(注1参照)。

さらに藤原重雄氏は「重要な出来事を事後的な視野をもって簡潔な文章に要約することから、『百練抄』のような年代記として把握される」とする(注4参照)。

筆者も、日次記そのものではなく年代記すなわち編纂物とする藤原氏の指摘が妥当と考える。その根拠を藤原氏は特段挙げていないが、筆者なりに具体的な記事に即して挙げておきたい。

第一に、原本の承久三年十月十七日条に位置する記事「十七日、丁卯(ママ)、御室(入道道助親王)并東南院(道深)法親王御参高野」は上下に圏線が付されている。

これは『大日本史料』五編一冊二八二頁が『金剛定院御室日次記』や『仁和寺御伝』と共にこの記事を挙げるように、承久三年閏十月十七日丁酉の出来事である。圏線は「切り貼りの誤謬」に気付いた後人が訂正のために追記したものと考えられる。当日や直後に筆録した記事ではないならば、該本は承久三年以降に書写された写本と判断されよう。また「切り貼りの誤謬」は編纂物であることを示す。

第二に、承久三年十月七日条に「前能登守秀康朝臣并検非違使秀澄等、於河内国搦取、将来六波羅。同十四日、両人并此外輩切頸云々」とある。「同十四日」以下の一文は原本の筆跡・字配りから後補ではなく、この直後に十月十一日条があるため、編纂時に七日条に合叙されたものと考えられる。

第三に、承久三年「六月三日、乙卯、関東武士依有参洛之聞、被遣武士於美濃洲俣……」なる記事があるが、「乙卯」

は六月二日の干支であり、『吾妻鏡』からも二日の出来事と判断される。六月四日丁巳条以降の干支は正しいので、この「三日」条は編纂時の誤りであろう。

以上から、本書は承久三年当時の日記ではなく、それ以降に編纂された年代記と考えられる。

本書の原形の成立時期は、『御日次記』承元四年（一二一〇）条末尾に同年十一月に践祚した順徳天皇を「新院」とすることから、承久の乱後に践祚した後堀河天皇（一二三四年没）が貞永元年（一二三二）十月に譲位する以前と考えられる（注4参照）。

書写年代について、文化庁「国指定文化財等データベース」は『承久三四』を鎌倉時代書写とし、この見解が展覧会図録等でも継承されている。また、「南北朝を下らない写本と認められ」るとする見解もある。(7)

二、記述内容の特徴

(1)『大日本史料』未収録の記事

『承久三四』の個々の記事について、『大日本史料』の年次比定は妥当である。各記事の簡略な内容と同書の収録情報とを、**表2**に編年順に配列した。

大半の記事は『大日本史料』に収録されているが、以下の記事は未収録である。

①承久三年五月某日条
（前欠）被□□見任、〈已上義時朝臣子、〉

②承久三年七月某日条
（前欠）是□□□納言範□入道□

③承久三年某月某日条
（前欠）清涼□寺別当、

④承久四年二月十一日条
庚寅、以権僧正円基為法務、

⑤貞応元年四月廿五日条
癸卯、沙弥道快、〈前右大臣道経（藤原）公息、法印定豪弟子、〉宣免無度縁責、登壇受戒之由、被宣下之、同廿九日、丁未、於東大寺令遂受戒、

⑥貞応元年五月十一日条
戊午、六位蔵人□人為□□署集会二条泉石給、

⑦貞応元年五月廿一日条
（前欠）料、蔵人信房青侍与式部丞源能邦闘乱之間、能邦取左近将監経国大力（太刀カ）、依令刃傷件青侍、今夜能邦被除籍云々、

①⑦については後述したい。

③は詳細未詳ながら清涼寺別当に関わる記事である。承久

表2 『承久三、四年日次記』の内容

構成	月日	内容	大日本史料
	承久3年（1221）		
A	5月□日	義時の子の見任を□□（解却か）す	（未収）
	5月28日	清水寺住侶、勝軍地蔵・勝敵毘沙門を供養	4-16-55
	6月3日（2日か）	武士を美濃洲俣に遣わす	4-16-83
		権少僧都蔵有、法琳寺で太元帥法を修す	4-16-81
	6月4日	関東御使帰参	4-16-80
	6月7日	東海・東山両道と石清水已下に奉幣使	4-16-147
		洲俣飛脚、五日・六日の敗戦を伝う	4-16-155
	6月8日	後鳥羽・土御門・順徳・六条宮・仲恭・修明門院、叡山に御幸	4-16-155
	6月10日	主上・三院・両宮・女院、高陽院に還御	4-16-168
	6月13日	宇治川で合戦	4-16-183
	6月14日	祇園御霊会	4-16-203
		宇治・淀の合戦	4-16-203
	6月15日	小槻国宗を勅使として六条河原に遣わす	4-16-285
	6月17日	諸衛解陣。解官の者、本官に還補すべきの由を仰せ下す	4-16-286
	6月18日	義時追討宣旨を召返す由の綸旨を下す	4-16-286
	6月19日	後鳥羽院、四辻殿に遷御。土御門院・順徳院、雅成親王・頼仁親王も本所に還御	4-16-357
		藤原秀康以下の残党を追討すべき由の宣旨を京畿諸国に下す	4-16-353
B	7月□日	範□入道のこと（欠損多し）	（未収）
	7月□日	宣旨を五畿七道に下して、社寺領における武士の狼藉を停止す	5-1-147
	7月23日	藤原忠信帰洛	5-1-121
	7月24日	頼仁親王、備前児島に行啓	5-1-128
		雅成親王、但馬に行啓	5-1-125
		坊門忠信、出家	5-1-121
	7月27日	六波羅、賀茂禰宜祐綱・同神主能久を武士に預く	5-1-135
	7月28日	内蔵頭平保教、自害	5-1-137
		除目。美濃・丹波・丹後を院分とす	5-1-136
	8月1日	賀茂禰宜祐頼・神主重政、改補	5-1-135
	8月2日	北野・粟田宮祭など、穢により延引	5-1-150
	8月8日	六波羅、藤原親兼等の公卿殿上人を申し給わる	5-1-179
		範宗・通能、逐電	5-1-179
	□月□日	清涼寺別当に関すること（欠損多し）	（未収）
	10月3日	院宣により安芸国を東大寺に付す	5-1-230
		摂政近衛家実の土御門西洞院第、西園寺公経の一条町第等焼亡す	5-1-229
	10月7日	河内で捕らえた藤原秀康・秀澄等を六波羅に将来し、斬首す	5-1-231
	10月11日	祇園臨時祭	5-1-235
	10月13日	尊性・道深を法親王となす	5-1-236
	(閏か) 10月17日	入道道助親王・道深法親王、高野山に参詣す	5-1-283
	10月21日	道深法親王、仁和寺に入御	5-1-240
		順徳中宮藤原立子、先帝を具して西七条御所に遷御	5-1-239

	10月23日	北条泰時、醍醐曼荼羅寺を供養	5-1-241
	10月29日	宣旨により、備前・備中両国を武士に給い、狼藉を停止せしむ	5-1-247
	閏10月1日	蓮華蔵院塔婆、焼失	5-1-252
	閏10月10日	土御門院、土佐国に幸す	5-1-269
		西園寺公経、内大臣となり、九条道家の一条室町第で大饗あり。藤原家通、左大臣となり、徳大寺公継、右大臣となる	5-1-266
	閏10月11日	陰明門院御所・卿二品家、焼失	5-1-278
	閏10月□日	□□□□□□□□□□□□□□□（欠損多し）	（未収）
	閏10月□日	藤原定高宅等、焼失	5-1-302
	閏10月29日	天台座主円基、前唐院検封阿闍梨の宣旨を蒙る	5-1-197
	11月1日	朔旦冬至。日蝕により南殿に出御なし	5-1-311
	11月7日	天台座主円基、拝堂	5-1-197
		東寺一長者に道尊を還補	5-1-315
	11月9日	任慶を日吉社別当とす	5-1-381
	11月17日	幸清の挙により、耀清、石清水八幡宮修理別当に加え補せらる	5-1-379
	11月23日	日吉祭の使藤原家時	5-1-327
	11月24日	賀茂臨時祭	5-1-328
	11月25日	邦子女王を内親王とし、九条教家を勅別当とす	5-1-329
	12月1日	後堀河、太政官庁に即位。邦子を母儀に准じて皇后宮とす	5-1-334
	12月2日	道尊を法務とす	5-1-315
	12月9日	武士、尊長隠籠の風聞により、藤原定輔の家に打ち入る	5-1-338
	12月10日	藤原範茂の旧宅、焼失	5-1-338
	12月ヵ□日	□□□□□□□□□□□□□□□（欠損多し）	（未収）
	承久4年（1222）　＊4/13に貞応と改元		
C	1月14日	後高倉院、宇治に御幸	5-1-465
	1月17日	雅縁を六勝寺別当となす	5-1-466
	1月20日	後堀河天皇、高陽院に朝覲行幸	5-1-466
		北条義時建立の伊豆願成就寺を定額寺とし、阿闍梨三口を置く	5-1-469
	1月24日	入道道助親王・道深法親王、高野山より還御	5-1-283
	2月11日	円基を法務となす	（未収）
	2月12日	中原俊職を蔵人所五位出納となす	5-1-495
	2月23日	嵯峨清凉寺供養。非常赦を行い、殺生禁断宣旨を下す	5-1-490
	2月26日	祭主大中臣隆宗を解却し、その父大中臣能隆を還補	5-1-493
	2月27日	後高倉院、高陽院で童舞御覧	5-1-493
	3月1日	左大史小槻公尚を停め、中原行方を大外記に還任す	5-1-495
	4月□日	朱雀大路に耕作するを停止せしむ	5-1-539
	4月13日	貞応改元	5-1-516
		藤原陳子を従三位に叙し准三宮とす	5-1-524
	4月16日	大嘗会国郡卜定	5-1-527
	4月25日	沙弥道快、宣下により受戒す	（未収）
	5月3日	源定通の土御門万里小路第、焼失	5-1-540
	5月9日	新日吉小五月会に後高倉法皇臨幸。流鏑馬は関東武士	5-1-542

	5月10日	熊野山住侶行盛、源高重・渋谷四郎等を去る六日に岩田辺で誅し、その首を北条時房・泰時のもとに遣わす	5-1-542
		高野山住侶良印に大塔修造のため京畿七道での勧進を裁許す	5-1-545
	5月11日	六位蔵人等、二条泉石に集会す	（未収）
D	5月21日	蔵人信房の青侍を刃傷するにより、源能邦を除籍	（未収）
	5月28日	陰明門院御所押小路烏丸泉殿、焼失	5-1-559
	5月29日	松尾社竈神殿等、焼失	5-1-560
		天下に大光物あり	5-1-672
	6月3日	阿闍梨二口を金剛寿院に置く	5-1-563
	6月5日	土御門院皇子尊守、妙法院尊性に入室	5-1-563
E	6月5日	（前欠）月卿雲客の多くが扈従	5-1-563
	6月13日	院御所高陽院で百口大般若経を読誦し天下の疫疾を祈禳す	5-1-565
	6月14日	藤原隆衡の家、焼失	5-1-566
	6月18日	雷、土御門堀河の冷泉宮御所等に落つ	5-1-566
	6月24日	5月21日に内裏で紀為盛を刃傷した源能邦の罪名を勘申せしむ	5-1-555
		武者所藤原重景を獄に下す	5-1-566
	6月26日	後高倉院、冷泉油小路泉殿に御幸	5-1-566
F	6月27日	琳快を熊野山別当となす	5-1-566
	7月2日	承明門院御所、焼失	5-1-568
		藤原懐範、徳大寺公継の第で刃傷せらる	5-1-568
	7月3日	後高倉院、法勝寺御八講に御幸	5-1-568
	7月11日	藤原陳子の院号を北白河院とす	5-1-570
	7月25日	藤原国通の楊梅坊城家、焼失	5-1-577
	7月26日	藤原保季・源通方等の家、焼失	5-1-577
	7月28日	親尊を法眼に叙す	5-1-578
	7月29日	朝晴に法花会探題を勤仕せしむ	5-1-682

三年十月三日条の前に記される。八月八日条の後に欠落があり、続いてこの記事と十月三日条以降が同一紙に記されることから、九月下旬頃の記事の可能性がある。

嵯峨の清凉寺は、建保六年（一二一八）十一月十日に阿弥陀堂その他が焼失し（『御日次記』）、承久元年（一二一九）七月十九日に上棟が行われた（『百練抄』）。

その後、③の記事があり、さらに『承久三四』承久四年二月廿三日条に、後高倉院の臨幸のもと、東寺長者である大僧正道尊を導師として清凉寺供養が行われたことや、同日に常赦が行われ、殺生禁断宣旨が下されたという記事がある。『承久三四』に清凉寺僧の名は記されないが、『百錬抄』承久四年二月廿三日条によれば、建保の火災からの再建は往生院念仏房の尽力によるものであった。

④は天台座主円基を法務とした記事である。近衛家出身（基通の息男）の円基は、承久三年閏十月廿九日条・十一月七日条・貞応元年六月三日条にも所見する。比較的登場回数が多く、

編者にとっては関心を引く人物だったといえる。
⑤は近衛道経の息男である道快の受戒について記す。
②⑥は欠損もあって文意を把握しがたく、読解は今度の課題である。

（2）義時子息の解却

本書は、藤原氏が指摘するように、「仏教界の動向や火災・盗賊ほかの災異など、選択された事件にもいくらか傾向が認められ、後鳥羽院の時代を不穏な出来事の連続として把握する側面のある歴史書になっている」（注4参照）。
以下、具体的な記事を確認しておきたい。

前掲の①は五月廿八日条の前に位置する記事である。「見任」の前に来る語は「解却」が多く、残画からもその可能性が高い。前欠のために詳細は不明だが、五月下旬に朝廷で、北条義時の子（武蔵守泰時や式部少丞朝時等）を解官したと解される。後鳥羽主導でこれらの処置が行われたのであろう。

鎌倉からは、北条泰時・時房率いる東海道軍や、朝時率いる北陸道軍等が上洛した。五月二十二日に泰時が十八騎で進発して以降、後続の軍勢も上洛し、五月二十六日にはその旨が院中に伝わり慌てふためいたという（『吾妻鏡』）。

『承久三四』には、五月廿八日条に清水寺で勝軍地蔵・勝敵毘沙門の供養があったことや(8)、六月三日条に小栗栖の法琳寺で太元帥法が修されたこと、六月七日条に東海・東山両道と石清水已下に奉幣使が派遣されたことも記される。

しかし鎌倉方は六月五日・六日に洲俣周辺の合戦で勝利し（六月七日条）、六月十三日・十四日に宇治・淀等の合戦で勝利した。

鎌倉方の入京に対して、後鳥羽は六月十五日に勅使小槻国宗を六条川原に派遣して北条義時追討宣旨を召し返している。

関連して注目されるのは、『承久三四』六月十七日条「諸衛解陣。解官軍（輩カ）可還補本官之由被仰下之」である。本官への還補とは、①の解官に対応する記事と考えられる。

（3）乱直後の混乱と狼藉・巷所の停止

承久三年六月～八月の記事は、既述のほかにも、承久の乱の経過や乱直後の処理に関わる出来事を記す。残党追討・狼藉禁止・行啓（実質的には配流）・出家・罪人引渡・自害・改補・祭礼延引・逐電・斬首などである。

朝廷としては大軍の西上・入京に伴う狼藉行為を恐れていたようで、承久三年六月十五日条に勅使小槻国宗が「兼参入帝都不可有狼藉」を依頼したこと、同七月某日条には「五畿七道諸国神社仏寺已下庄領……停止狼藉」という宣旨を下したことが記される。

また洛中の警衛が弛緩するなか朱雀大路等で耕作をする者

がいたようで、貞応元年四月某日条に「九重不可有巷所。一向只可従停止」という命令が出たことが記される。

『承久三四』の記事は簡潔なものばかりであるが、この三記事は比較的長文で、原材料の文章をそのまま引用したかの如くである。これらはいずれも宣下やその召し返しに関わる記事で、本書の情報源や編纂者を考える糸口になるかもしれない。

（4）皇族の動向

全体を通じて後鳥羽院・後高倉院と皇族の移動を記す記事は多く、皇族の動向はなるべく記載するという方針だったことが窺える。

承久三年十月廿一日条には「中宮《（藤原立子）》奉具先帝《（仲恭天皇）》、遷御西七条御所」という独自の記事が記される。

また土御門院の土佐への遷幸の月日は諸史料で一定しないが（『大日本史料』承久三年閏十月十日条〔五編一冊二六九頁以下〕）、本書では承久三年閏十月十日条とする。

すでに七月廿八日条に美濃・丹波・丹後を後高倉の院分国としたことが記されるが、十月以降は、後高倉院・後堀河天皇を支えるための新体制が組み上がる段階となったことを伝える記事が増える。

十月十三日条に後高倉の子である尊性と道深が法親王となり、十月廿一日条には道深が仁和寺に入御したことが記される。

十一月廿五日条に邦子女王（のち安嘉門院）が内親王となったこと、十二月一日条に後堀河の即位と邦子の准母立后が記される。

（5）火災

承久三年十月以降は、乱中・直後の五月・六月に比して処罰系の記事が減り、朝廷や諸社寺の官職・役職の昇進・新任、祭礼・儀式の挙行も記されるようになる。八月中旬〜九月の記事が欠落しているため、この間の変化が急激な印象を受ける。

しかし、新たな政治体制と首都が安定していたようには見えない。

十月以降も承久の乱の処理は続いており、十月七日条に藤原秀康と弟秀澄が河内国で搦め取られ同十四日に斬首されたこと、十二月九日条に武士が尊長隠籠の風聞によって藤原定輔の家に打ち入ったことが記される。

加えて、特に目立つのが火災の記事である。承久三年閏十月某日条に「近日放火往々不絶」とあるように、治安悪化の中で放火が横行した。以下に『承久三四』の火災の記事を全て挙げ、放火や物取りが原因と明記される記事には★を付した。皇族・貴族の邸宅は人名のみを挙げる。

承久三年

・十月三日条：★近衛家実・西園寺公経
・十月廿三日条：★醍醐曼荼羅寺（去七月）
・閏十月一日条：★蓮華蔵院塔婆
・閏十月十一日条：陰明門院、卿二品（藤原兼子）
・閏十月某日条：★藤原定高・前斎宮（熙子内親王）・源有雅・高倉範朝・藤原資頼等
・十二月十日条：★高倉範茂

承久四年・貞応元年

・五月三日条：★土御門定通
・五月廿八日条：★陰明門院（藤原麗子）
・五月廿九日条：松尾社竈寝殿・贄殿・宝蔵等
・六月十四日条：四条隆衡
・七月二日条：★承明門院
・七月廿五日条：藤原国通（家記数百巻が灰燼）
・七月廿六日条：藤原保季（累代和歌等悉く焼失）・源通方

このうち、傍線を付した人物は承久の乱でなんらかの処罰を受けた者である。[9] 乱後に武装解除を強いられたことで、彼等は邸宅を警固する武力も維持できなかったのであろう。

一方、摂政近衛家実や西園寺公経のような乱後の最有力貴族の邸宅が放火されているのは、京方として処罰された者の残党や関係者による報復を思わせる。

貞応元年七月には家記数百巻や累代和歌が悉く焼失しており、火災の被害が際立つ。

（6）暴力・投獄・怪異・天変

公家・寺社の貴顕や鎌倉幕府の要人ではない者の動向も記される。

例えば承久四年三月一日条に「停任小槻公尚所帯左大史、以中原行方還任大外記。五位外記史四人之例不吉之由有沙汰」とある。

こうした異例対処の他では、刃傷や獄に関わる記事が目立つ。

前掲の⑦貞応元年五月廿一日条は、式部丞源能邦が青侍を刃傷したために除籍されたことを記す。六月廿四日条に「前式部丞源能邦、去月廿一日、於内裏辺刃傷紀為盛。令明法博士宣令勘申罪名之由、被下 宣旨」とあることから、⑦に所見する「蔵人信房青侍」の名が紀為盛であることがわかる。

また貞応元年七月二日条には「壱岐守懐範於右大臣第被刃傷。不知誰人之所為云々」と記される。

貞応元年六月廿四日条には「武者所藤原重景賜獄所〈是謀任諸官之故也〉」とある。

また怪異・天変の記事もあり、貞応元年五月廿九日条には松尾社の火災の後に「天下有大光物」とある。同年六月十八日条には「雷公落所々」と記される。

これらは戦乱と関わりなくいつ生じてもおかしくない事件や自然現象であるが、決して多くはない記事の中に火災などと並んで存することで、首都の頽廃・荒廃・不穏の様子が強く印象付けられる。

結

仁和寺に伝わる『承久三、四年日次記』の原形の成立時期は承久の乱後から貞永元年十月以前で、鎌倉時代もしくは南北朝時代に書写されたと考えられている。

承久三年・四年の首都の様子を記す古記録類が限られるなかで、本書はそれらを窺い知ることの出来る貴重な史料である。

承久の乱による三帝の遠流、張本公卿の殺害、治天・天皇はじめ貴族・寺社の諸職の改替など、未曽有の出来事が連続する中で、当時の人々の目前には、戦乱だけではなく、放火・火災や暴力・怪異・天変など、首都の荒廃・頽廃・不穏の現実があった。

当時の人々が何かを書き残そうとしたときに、これらの衝撃が書き込まれることは当然である。とはいえ、限られた日数の簡潔な記述からは、日々の出来事の全てが記されたのではなく、一定の取捨選択や要約が施されたと想定される。荒廃・頽廃・不穏は記すべき出来事として選ばれたのであろう。

その一方で、新たな政治体制を担う皇族・貴族・僧侶の任免や北条義時・泰時の宗教的事蹟[10]を記す点も注目される。廃墟の再生をも叙述するという精神が伏流として見出せるのである。

注

(1) 図版を付した文化財的解説として、例えば、下坂守「116 承久三年、四年日次記残闕」（総本山仁和寺・京都国立博物館監修『仁和寺大観』法蔵館、一九九〇年）、恵美千鶴子「No.110 承久三、四年仁和寺日次記」（東京国立博物館ほか『仁和寺と御室派のみほとけ――天平と真言密教の名宝』読売新聞社、二〇一八年）等。

(2) 政治史的な言及として、例えば、坂井孝一『承久の乱――真の「武者の世」を告げる大乱』（中公新書、二〇一八年）一九五頁、野口実「承久宇治川合戦の再評価」（同編『承久の乱の構造と展開――転換する朝廷と幕府の権力』戎光祥出版、二〇一九年。初出は二〇一〇年）等。

(3) 「No.83 承久三、四年日次記残闕」（京都文化博物館『よみがえる承久の乱――後鳥羽上皇VS鎌倉北条氏』京都文化博物館・読売新聞社、二〇二一年）一〇六頁。

(4) 藤原重雄「No.83 承久三、四年日次記残闕」（前掲注2図録）二〇七頁。
（5）木下竜馬・藤原重雄・川本慎自「仁和寺所蔵史料（御経蔵）の調査・撮影」（『東京大学史料編纂所報』五五、二〇二〇年）。
（6）田中稔「仁和寺日次記」（『国史大辞典　一一』吉川弘文館、一九九〇年）は、該当部分の有無で『御日次記』の写本を二系統に分け、これを収めないものを「仁和寺所蔵古写本（鎌倉時代後期ごろ写）系」とするが、東大影写本に基づく誤りである。
（7）中村一郎「仁和寺御日次記」（『群書解題　八』続群書類従完成会、一九六一年）二三六頁。
（8）『承久三四』は、五月廿八日条に、清水寺での勝軍地蔵等の供養に院から「主典代俊職」が派遣されたことを記す。
　この中原俊職は、六月十五日条に勅使小槻国宗とともに六条川原に赴いたことが記され、承久四年二月十二日条に「造東大寺判官中宮権大属中原俊職補蔵人所五位出納。保元康光例」とある。

　俊職は『御日次記』承久元年十一月八日条にも後鳥羽が太上天皇の尊号・兵仗・封戸を辞した際の使の一人として所見する。下級官人の一人にしてはやや目につき、『承久三四』の情報源の可能性もある。
（9）長村祥知「承久三年五月十五日付の院宣と官宣旨――後鳥羽院宣と伝奏葉室光親」（同『中世公武関係と承久の乱』吉川弘文館、二〇一五年。初出は二〇一〇年）参照。
（10）承久四年正月廿日条（義時建立の伊豆国願成就寺を定額寺とす）、承久四年十月廿三日条（泰時、醍醐曼荼羅寺を供養す）。

附記　本稿には、二〇二二～二〇二四年度富山大学人文学部「日本史演習」で各年度の受講生とともに輪読した成果が含まれる。
また、下記の研究費による成果の一部である。
・二〇二〇～二〇二一年度東京大学史料編纂所一般共同研究「承久の乱関係史料の基礎的研究」（研究代表者：長村祥知）
・JSPS科研費22K00893（研究代表者：長村祥知）

廃墟の中の即位礼——中世の即位図からみえるもの

久水俊和

ひさみず・としかず——追手門学院大学文学部人文学科准教授。専門は日本中世史。主な著書に『室町期の朝廷公事と公武関係』（岩田書院、二〇一一年）、『中世天皇葬礼史』（戎光祥出版、二〇二〇年）、『中世天皇家の作法と律令制の残像』（八木書店、二〇二〇年）などがある。

国立歴史民俗博物館所蔵『御即位之図』は、即位図の中でも貴重である。それは、多くが近世の紫宸殿即位礼であるのに対し、中世の太政官庁即位礼を描いているからである。華やかに映る即位図だが、実は「内野《うちの》」と呼ばれる荒野の中の廃墟にておこなわれた。この「内野」の正体こそ、かつて国家の中枢であった平安京大内裏の跡地である。

一、「内野《うちの》」——洛中のはずれにある廃墟

中世の洛中のはずれに「内野」と呼ばれる廃墟が散在する荒れ地がある。死人が遺棄されていたり、乗馬に用いられたり、風葬地である蓮台野への遺体を運ぶ道でもあり、民衆には近寄りがたい場所である。さらには、洛中を臨む空閑地ということもあり、陣が立てられ、京都争奪戦の戦場と化すことさえもあった。

しかし、この廃墟と荒野は、意外なことに国政を左右する国の中枢である。この地では、新天皇の即位が宣告され、伊勢神宮以下の諸国の神社への幣帛《へいはく》（神様への供え物）発遣の起点となり、さらには玉体安隠（天皇の無病息災）・国利民福（国家の利益と国民の幸福）を祈祷する、廃墟どころか国家にとって重要な聖域である。

この「内野」の正体は、平安京の北端中央にあった大内裏（平安宮）のいわば残骸である。大内裏といえば、皇居である内裏や、国儀大礼の宮殿である大極殿《だいごくでん》をはじめとした国の官庁が集中する、国家の中枢であった。それが、なぜこのよう

な悲惨な姿へと変貌してしまったのであろうか。簡潔にいうと、大内裏はランニングコストが巨額であり、朝廷の財政では維持することができず、皇居は巨大な大内裏から洛中の一町四方程度の手ごろな里内裏へと移転したのである。(1)

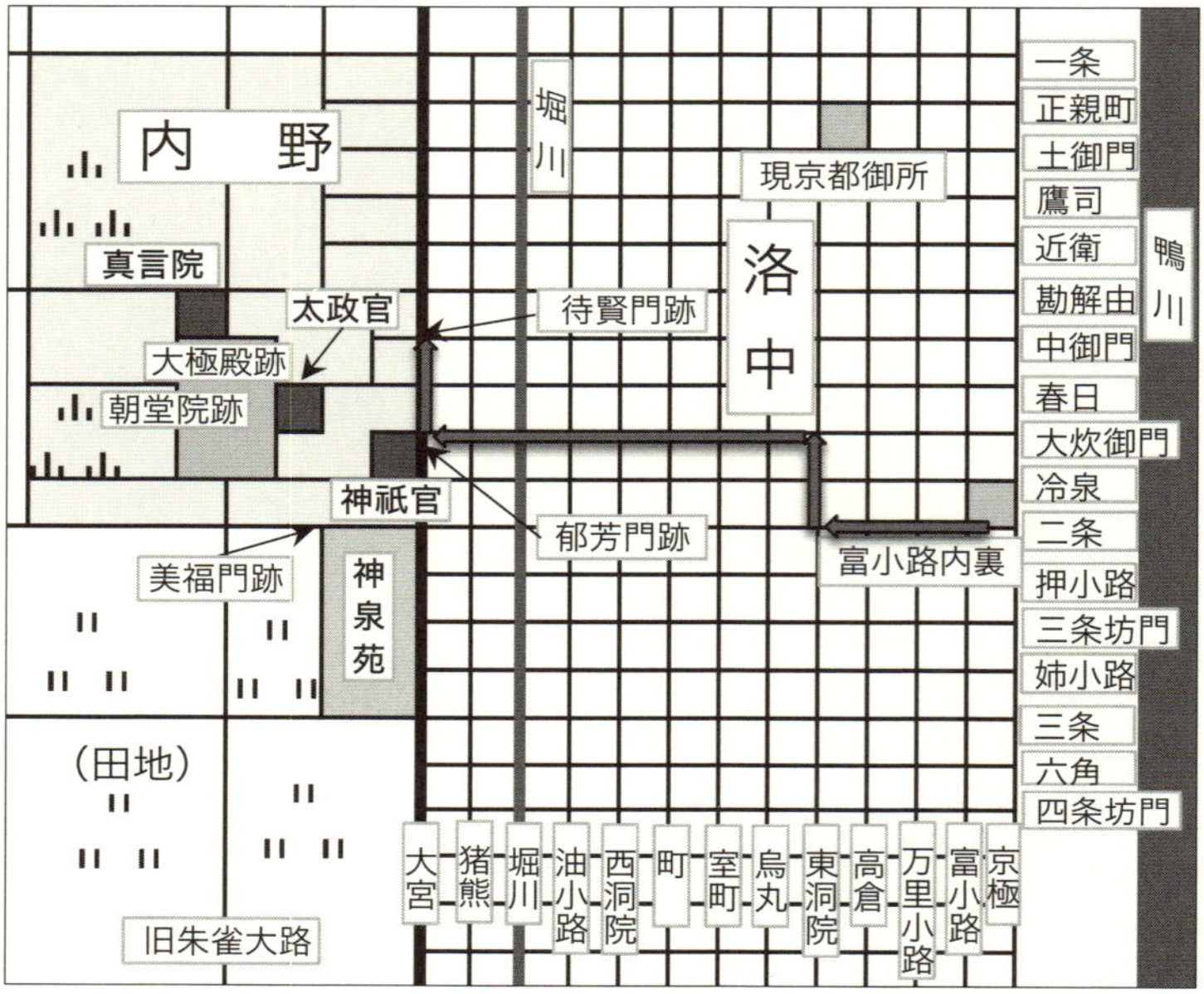

図1　中世京都概観図（太矢印は即位時の行幸路）　※天を北、以下同

学校の教科書では、〃鳴くよ《七九四》ウグイス平安京〃とともに長方形の平安京図の印象が強烈に残る。人によっては、あたかもあの平安京のスケールのまま京都の歴史が推移し、現在の京都御所が昔の（大内裏の）内裏と勘違いしているかもしれない。しかし、いわゆる洛中は平安京の左京の部分であり、右京に至っては、早々に市街地化を断念し、閑地や農地が広がっていた。よって、現在の京都御所は、学校で習った平安京図でいうところの右上の場所にあった里内裏—土御門内裏である。洛中といわれる左京部分も、市街地は大宮大路までであり、それより西側は郊外といってよい。大内裏はまさに、その大宮大路の西側に位置する。

あまりに大きすぎてコストパフォーマンスが悪い大内裏から、皇居が洛中の里内裏へと事実上の移転をすると、それに伴い各官庁の機能はそれぞれの担当役人の邸宅へと散り散りになり、大内裏に建ち並んでいた官庁群も徐々に荒廃していった。

とくに、安元三年（一一七七）の大火での焼失後は、その再建をほぼあきらめ、ついには荒野と化し「内野」と称されるようになったのである。その荒廃は、平安京への遷都後から早くも始まっており、平安時代末期の仏教説話集『今昔物語集』からは、廃墟と化した大内裏には、遺体が転がり、無人の不気味な建物群があり、狐による霊的現象が起こり、盗人がはびこる、民衆にとって、すさんだ怖い地域であったことが分かる。[2]

また、鎌倉時代中期の歌人藤原為家が次の歌を詠んでいる。[3]

いかにせん　内野の芝生　としをへて　あらぬつくりに
せばくなる世を

芝生と化し、本来の大内裏の姿からほど遠くなっている「内野」を嘆いている、と解釈できよう。

しかし、廃墟化するも、大内裏としての機能までも完全に放棄した訳ではない。神祇官・太政官庁・真言院といった建物は、戦国時代までは機能していた。また、たとえ建物が倒壊しても、その敷地自体に聖域性があり、幕などで仮屋を設営し、国家的祭祀や儀礼をおこなっていた。これらのことはすでに実証されている。[4]

残存官衙の一つ神祇官は、普段は鬱蒼とした樹木に覆われており、建物も無人であり、廃墟といってもいいだろう。だが、北門が設けられ築地で囲むなど、霊場として可視化されていた。叢林の中には、宮中十五神を祀る北庁、天皇守護八神を祀る八神殿が鎮座する。[5] これらの神々は、延長五年（九二七）に諸国諸社諸神をまとめた『延喜式神名帳』の筆頭に名を連ねている。神名帳にあげられた天神地祇三一三二座筆頭の神祇官二十三神の鎮座に、神祇官空間の聖性の淵源を求めることができよう。この宗教的聖性を担保として、皇位継承を諸国諸神へ奉告する大奉幣《だいほうへい》や、天皇が新穀と幣帛を諸国の天神地祇へ奉る奉幣使発遣の起点として国家的機能を果したのである。

真言院は、東寺の管轄下の密教祈祷の道場であり、後七日《ごしちにち》御修法《のみしほ》の道場として中世後期まで機能していた。後七日御修法とは、年始に両界曼荼羅（金剛《こんごう》界・胎蔵《たいぞう》界）を隔年に掛けて本尊とし、密壇を飾り護摩を修し、五大尊（不動・降三世《ごうざんぜ》・軍《ぐん》荼利《だり》・大威徳《だいいとく》・金剛夜叉《こんごうやしゃ》の五明王）等の壇を設けて、諸尊の真言を唱え加持祈祷をおこなう真言宗所伝の秘儀の大法で、東寺長者（東寺の長）がこれを勤めた。

太政官庁は、大内裏で消失した朝堂院《ちょうどういん》（大内裏の政庁）や豊楽院《ぶらくいん》（朝廷の節会などの宴会場）、大学寮（官人養成の教育機関）などの代替官庁であった。とくに新天皇即位を宣告する即位礼においては、元暦元年（一一八四）の後鳥羽天皇即位以降、寛正六年（一四六五）の後土御門天皇即位までの式場となった。また、即位後初めておこなう新嘗《にいなめ》祭である大嘗祭においては、朝堂院にて開かれていた大嘗祭の節会、豊楽院にて開催されていた御神楽《みかぐら》の代替官庁として機能した。さらに、毎年恒例の儀礼では、大学寮の代替として釈奠《せきてん》（孔子を祀る儀式）・寮試《りょうし》（官人登用試験）の会場となった。

以上、これらの官庁や道場は、天皇がおこなうべき国家的祭祀や、即位式などのハレの儀式、玉体安隠・国利民福の祈祷所として国家的機能を十二分に果たしていたのである。

よって、庶民にとって「内野」は不気味な荒れ地以外のなにものでもないものの、それをもって中世の「内野」をただの廃墟とみなすのは間違いである。公家にとっては聖域、民衆にとっては廃墟。この階層によるギャップこそ中世のユニークさともいえよう。

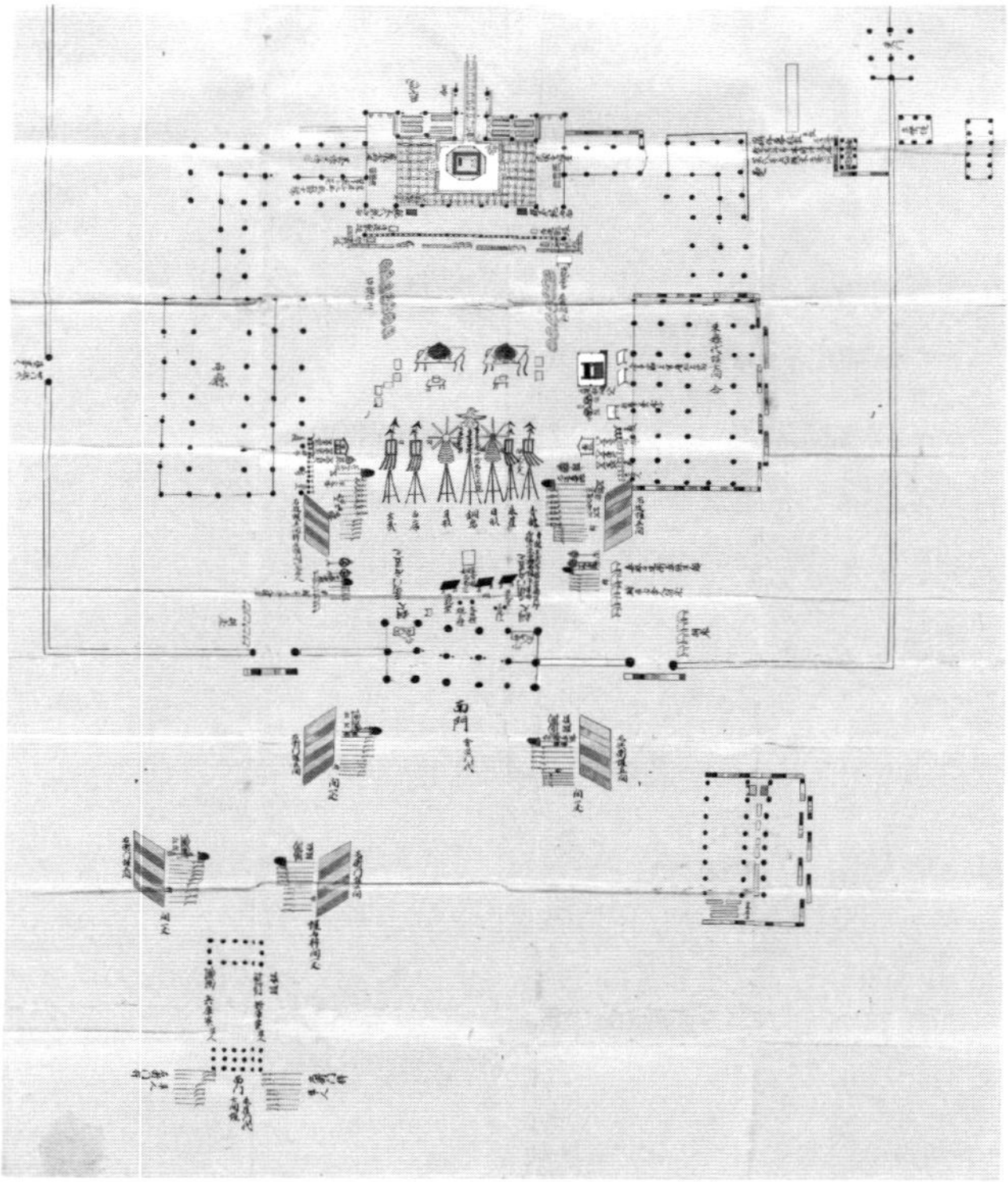

写真1　国立歴史民俗博物館所蔵『御即位之図』（江戸時代中期写）

二、太政官庁即位図

千葉県佐倉《さくら》市の国立歴史民俗博物館所蔵の田中穣氏旧蔵典籍古文書（以下、田中本）の典籍群の中に一枚の即位図がある（以下、歴博図）[6]（**写真1・口絵9**）。

江戸時代中期の写しとされるが、数多く残存する即位図の中で、歴博図は貴重である。その理由は、残存する即位図のほとんどは、永正十八年（一五二一）の後柏原天皇即位礼以降の会場となった土御門内裏の紫宸殿《ししんでん》における即位図であるが、歴博図は内野（大内裏跡）の太政官庁（以下、官庁）にて開催された即位礼を模写したものであるからである。同じ原本を模写したと考えられる即位図としては、東京国立博物館所蔵の即位図（以下、東博図）もあげられる。[7]東博図の方がやや広範囲に模写されているが、こちらは大正時代の模写である。残念ながら、管見の限り原本は不明である。

では、いつの即位礼を描いたものであろうか。東博図には「御即位官庁図弘安十一年三月」と記されており、鎌倉時代後期の弘安十一年（一二八八）三月十五日に即位した伏見天皇の即位図と考えてよい。伏見天皇即位礼に関しては、本人が記した日記『伏見院宸記』や、参仕公卿の日記など数多くの一次史料が残されており、それらの史料の内容と即位図が見事に一致する。もちろん、鎌倉後期の官庁における天皇即位礼が、どれも全く同じセッティングであるならば別の天皇の即位図の可能性もあるが、裏を返せば、全く同じであるならば、歴博図・東博図ともに伏見天皇の即位礼と変わらないということはできよう。とりあえず、本稿においては伏見天皇の即位図として行論する。

伏見天皇即位礼の細かい検討は後述するとして、まずは、この即位図から読み取れる官庁の様相を読み取ることとする。**写真1**（後掲**図2**）の歴博図からは、柱を表す点によって官庁を上からみた形を見出すことができよう。北を天としている図だが、北側中央には官庁の中心的建物である正庁がある。東博図では正庁の後方にある後房《こうぼう》や朝所《あいたんどころ》、随身の控室となっている北庭の仮幄、さらには北門まで描かれているが、歴博図では正庁の後方は省略されている。

正庁に付随するように左下に西庁、右下に東庁がある。だが、東庁の場所には仮幄が張られ「東庁代幄」と記されていることから、建物の残骸しかないと思われる。これは、正庁や西庁は儀礼に用いられる建物であるのに対して、東庁を用いる儀礼がないため、再建されなかったためであろう。

同じように儀礼の入場等に用いる官庁東門は健在だが、用いられない西門は「此門近代築塞」之」と、築垣でふさがれていることが読み取れる。

また、幡・旗・鉦・鼓・鉾といった即位礼の威儀物や、左右兵衛幄（右衛門幄と記されているが、右衛門幄が二つあることになり、左兵衛幄と対になっている幄は、右兵衛幄の誤りであろう）・左右衛門幄・外弁幄といった諸役の待機所が南門からはみ出している。誤写に関しては、天皇の身辺警護にあたる「輔率内舎人《ほひつうちとねり》」（中務輔《なかつかさのすけ》に率いられた内舎人）を、歴博図では「輔卒内舎人」と誤記されている。

はみ出ているということは、官庁は本来の即位礼の会場ではないことになる。官庁南門には「会昌門《かいしょうもん》代」と記されており、朝堂院の中門である会昌門の代わりを果たしている。また、南西端にも二つの門代があり、上方の門代には東博図に「応天門《おうてんもん》代」、下方の門代には歴博図に「朱雀門《すざくもん》代」、と記されている。応天門は朝堂院の正門であり、朱雀門は大内裏の正門である。このことから、官庁を朝堂院に擬して即位礼

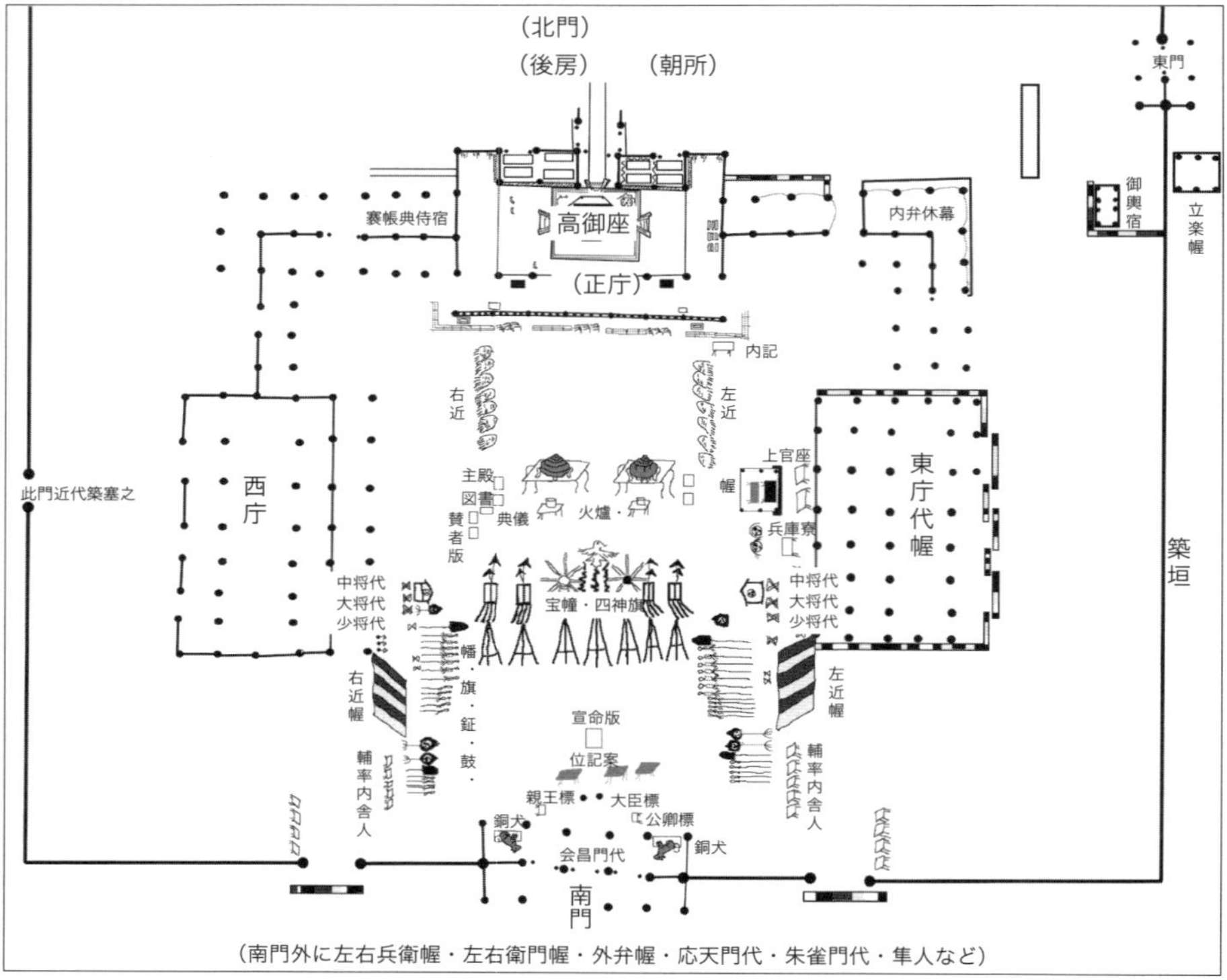

図2　（弘安度）太政官庁即位図（国立歴史民俗博物館所蔵『御即位之図』参照）

をおこなっているのである。官庁南門からはみ出している威儀物や幄は、本来は会昌門と応天門の間に設置されるべきものなのであろう。応天門代と朱雀門代の間には、即位礼時に犬吠三節をおこなう隼人座や左右衛門鉾が置かれている。

天皇の即位礼の式場は、本来であるならば高御《たかみ》座《くら》が設置されている朝堂院内の大極殿でおこなう。だが、焼亡し再建のめどが立たないことから、官庁にて開催されることとなった。大極殿は、即位礼や大嘗祭などの臨時の大礼や、年始の朝賀（天皇が文武百官の拝賀を受ける行事）・御斎会《ごさいえ》（正月に開催される国家安寧・五穀豊穣のための国家仏事）など国の最重要行事の会場となるのだが、その巨大さに比してランニングコストは悪く、安元三年の大火によって建物自体は廃絶した。

そこで、大極殿の代替官衙として即位礼会場候補となったのが、内裏の紫宸殿と官庁である。だが、気の病に苦しんだ康保四年（九六七）即位の冷泉天皇、幼主にて壇ノ浦で海没した治承四年（一一八〇）即位の安徳天皇は、ともに紫宸殿にて即位礼を開催しており、これらの凶例のため紫宸殿は避けられた。

一方、官庁は大極殿に比し規模が小さいものの、屋舎の配置構造などが酷似しており、鎌倉期天皇家の始祖ともいえる後三条天皇が即位した治暦四年（一〇六八）の吉例や、後鳥羽天皇が官庁即位礼を促進したため、官庁での即位礼が固定されたとされる(8)。

しかし、大内裏自体が荒廃していくのは先に述べたとおりである。中世にかけて、洛中の里内裏開催の宮中儀礼の比重が高まり、大内裏で開催される儀礼は徐々に減っていった。官庁においても、大学寮の代替会場として釈奠や、大極殿の代替会場として御斎会といったわずかな年中行事と、即位礼・大嘗祭といった臨時の行事の会場として、内野と化していく大内裏でも命脈を保ってきた。伏見天皇が即位礼を挙行した鎌倉時代後期ともなると、荒野の中に、普段は無人の官庁や神祇官、真言院が辛うじて残存している程度であった。

そんな荒野の中にぽつりと残存する廃墟に近い場所にて、伏見天皇の即位礼は開催されたのである。

三、鎌倉後期の太政官庁の様相

それでは、弘安十一年の官庁の様相についてみてみる。正月の内野は、一年の中で最も活気があるといってもよい。蔵人や弁官として朝廷政治の実務を担当していた広橋兼仲の日記『勘仲記』には、この年の年始の国家仏事である御斎会についての記載がある(9)（（　）内は引用者注、以下同）。

自二今日一被三始二行八省御斎会一、官方事予（広橋兼仲）奉行、蔵人方俊光（藤原）奉行、後七日法覚済僧正勤修、太元法寛伴法印勤二修之一、以二朝所一為二道場一、

東大寺や興福寺などの南都六宗の学僧を招き年始におこなわれる御斎会は、「八省御斎会」と記されるように、八省院すなわち朝堂院の大極殿にておこなわれる。だが、大極殿が廃絶しているため、官庁の朝所を道場として開催された。官方（太政官弁官局＝国政機関）と蔵人方（蔵人所＝天皇の家政機関）により運営されており、兼仲は弁官として御斎会を奉行したことが分かる。

また、同時に東寺や醍醐寺などの真言僧主催でおこなわれる年始の密教祈祷である後七日御修法と太元帥法《たいげんすいほう》も、この年は官庁の朝所にて、それぞれ覚済・寛伴を阿闍梨《あじゃり》として修されている。この御修法は、鎌倉時代前期では内野の真言院にて修されていたが、この時期は破損しており修理を命ずるも再建かなわず、御斎会と同じく官庁朝所にて修されていた(10)。その後、本来の道場である真言院における祈祷へと戻り、戦国期に中断するまで真言院にて継続される。

さて、官庁における御斎会の様相に目を向けると、工夫を凝らして官庁を道場に仕上げていることが分かる。(11)

参二官庁一、御斎会第二日也、於二郁芳門跡一下車、入レ官東門、西行入二東廊北面戸一、検三知正庁一堂荘厳、正庁大蔵省引三廻大帳東南両面一、以二高御座一為二仏壇一、以二白檀吉祥天一為二本尊一、奉三安二置黒漆厨子一、供二灯明一、前机居二仏供一、南面庇柱懸二幡花鬘一、仏前立二高座二脚一、其上釣二天蓋一、居二礼盤二脚一、講読師料、東西両方敷二僧座一、僧綱一列、凡僧一列、毎前立二経机一、安二御経一、金光明経歟、正庁西端釣レ鐘、今日撤二行香机一、公卿座東第二間鋪二黄端半端一為二弁座一、第一間敷二半帖一為二史座一、東廊公卿座今日撤レ之云々、

兼仲は、大内裏の東門の一つ郁芳門跡にて下車しており、荒野となっても内野は下車すべき聖域ということが読み取れる。ただ、「跡」とあることから、この頃はすでに門がないことも分かる。官庁の東門から入ると、東庁は荒廃しているものの正庁と東庁を結ぶ廊下は健在であり、「東廊北面戸」とあり、歴博図の東廊にも壁や北面の戸が確認でき、破損しているところは幕で応急措置されている様子もうかがえる。正庁内の室礼《しつらい》(室内の儀式用の装飾)はすでに整えられており、即位礼の玉座である高御座を仏壇とし、白檀吉祥天を本尊の代わり(御斎会の本尊は盧舎那仏)として、顕教僧の講師と読師による護国の経典『金光明最勝王経』の論義討論がおこなわれた。

続いて、二月には孔子を祀る釈奠が官庁にて開催される。釈奠は本来なら大学寮にておこなわれるが、その廃絶後は官庁を大学寮に擬しておこなわれた。その様相は、廃絶している東庁へ通ずる東軒廊《こんろう》が廟門、朝所が孔子を祀る廟堂、西庁が大学寮の文章院の正堂である都堂にそれぞれ擬されたものであった。(12)

だが、汎用性が高い官庁ではあるものの、普段は荒野の中の廃墟のような建物であった。そのことを物語るかのように、雨が降ると、その馬脚をあらわした。この年の釈奠は終日雨模様で、参列した広橋兼仲は「先欲レ着二東廊座一之処、洪水之間不レ及二儲座一、暗然之間暫徘二徊朝所南庇一」(13)と、東軒廊が雨で水没しており、気落ちしながら朝所を徘徊する様子が記されている。当然、洛中の建物であっても大雨による水没はあろうが、前後の記事から、今回の雨で洛中の建物が水没したとの記載はなく、官庁の建物の荒れ具合がうかがい知れる。

そのため、三月に挙行される伏見天皇即位礼に向けて修理が必要であった。鎌倉期の官庁について、小修理は修理《しゅり》

職《しき》がおこない、大修理は知行国主の「私物」として「成功《じょうごう》」（私財を朝廷に寄付して造宮・造寺などを受け持った者が、その功によって官位を授けられるもの）によって修造された。(14) とくに、康元二年（一二五七）二月の焼失の際に、四条隆親の子師保を安芸守に任じて同国を造営料に充てた事例は、室町期の官庁修造時においても先例としてたびたび登場する。(15)

今回の官庁修造については、二月十九日が修造日とされ、「任官功」すなわち成功による費用調達が決定した。(16) 成功といっても、官庁のすべてを一国で補うのではなく、それぞれの国役として分配された。たとえば、官庁の北面の築垣二一丈（約六メートル）分については、「総州役官庁北面築垣二丈、致二沙汰一了、所三仰二付雑掌尚俊一了〔ママ〕、今度任二文永支配一諸国被二配分一、」(17)（〔 〕内は校訂注）と、文永十一年（一二七四）の後宇多天皇即位礼の先例に則り、総州（上総国と下総国のいずれか、または両国）に割り当てた。

その他の配分についても『勘仲記』から読み取れる。(18)

正庁 修理職沙汰、　登廊 伊予国、西園寺〔実兼〕大納言沙汰、
朝所後房 伊予国、　同鋪設 同役、
東門 同門南腋屛築垣等、　丹后〔後〕国役 権大納〔洞院公守〕言沙汰、
南門 伊予国、　北門 伊豆国、大炊御門大〔信嗣〕納言沙汰、
四面築垣 諸国支配不足廿二丈、作所時仲朝臣〔源〕致二沙汰一了、

正庁は状態がいいのか国役を充てずに修理職のみの修理で済んだようだが、登廊や、天皇と女房の休所となる朝所・後房の修理と即位礼用の設営、南門は知行国主である西園寺実兼を奉行とし伊予国へと課された。その他でも、東門は丹後国、北門は伊豆国の知行国主に課し、四面の築垣は諸国に課すも二十二丈（約六七メートル）ほど足りなかったことが読み取れる。

このように内野の官庁は、成功による国役にて辛うじて維持されてきたといえよう。

四、内野の即位式の様相

それでは、歴博図と文献史料を用い、内野の太政官庁にて挙行された弘安十一年の伏見天皇即位式を紐解いていく。

伏見天皇の里内裏は、洛中東端の冷泉小路南・富小路東の富小路殿である。富小路殿は、持明院統歴代天皇の皇居として、おもに用いられた。天皇は内裏の右衛門陣から出御し、**図1**の太矢印のように、富小路を南下し、二条大路を西へと進み、東洞院大路から北に向きを変え、大炊御門大路からまた西へ進み、大宮大路から北に曲がり、待賢門《たいけんもん》跡にて牛車から輿へと乗り換えて内野へ入った。(19) 供奉人《ぐぶ》は、天皇が内野へ入御後、大内裏の南門であった美福門《びふくもん》跡から入門の体裁を

とった（『勘』）。天皇は官庁へは、東門から入るが、「不レ供二大麻一、不レ奏二立楽一、先例也、」と、門は大麻で装飾されてなく、入門時に雅楽の演奏もなかった（『伏』）。これは、方違行幸や神祇官行幸などでは、方違先の御所の東門や神祇官の北門に神祇官人が大麻を捧げ、方違行幸においては天皇入御時に雅楽が演奏されるため、このような注記がなされたのであろう。歴博図では官庁東門外に立楽幄が確認できるが、入門時に演奏はされなかったようである。なにより、儀礼で用いるため官庁東門は健在であることがわかる。

参仕人は、六位以下は待賢門跡外で下馬、五位以上は官庁東門外で下馬した（『伏』）。天皇を乗せた輿は正庁後方の後房南面に寄せられ、平敷御座《ひらしきのおまし》（天皇出御の際に敷かれる御座）にて礼服《らいふく》に着した（『伏』）。朝所は女房たちの理髪に用いられ、天皇は、後房より高御座が設置されている正庁に入り着座する。その際、「自二後房一入二正庁一之間結レ印誦二真言一」と、手で印を結び真言を唱える即位灌頂《かんじょう》の様子がうかがえる(20)。

官庁の南庭には所役人が群列し、威儀物や楽器が設置されている。正庁の殿下の庭には左右に近衛の胡床が置かれ、高御座と対面するように火爐と香納桶が設置されている。主殿《とのも》寮・図書《ずしょ》寮の床子が両脇にあり、両寮の官人は火爐での焼香をつかさどる。この香は天に新天皇の即位を告げる役割があるとされ、『勘』においても「主殿生火、図書焼香、今日殊風静之間、其煙定令三通二達天一歟、殊勝々々、」と記されている。主殿・図書の南には大礼をつかさどる典儀《てんぎ》と、その補佐役の賛者《さんじゃ》二人の版《へん》（立ち位置の目印の板）がある。その南には新天皇の視界の正面となるように烏・日・月を模した宝幢と、青龍・朱雀・白虎・玄武の四神旗にて装飾されている、その南の両脇には、将軍の陣中旗をあらわす纛幡《とうばん》や、鷹形旗・万歳旗、そして鉦・鼓・鉾などが設置されている。宝幢の後ろには宣《せん》命使《みょうし》の版や即位叙位に用いる位記の案（机）も設けられている。親王・大臣・公卿の標《ひょう》（列行する位置を示した標識）があり、南門の前に銅製の狛犬が確認できる。宝幢から南門までの両脇には、場の威儀を整える近衛の大将代・中将代・少将代の胡床、左右近衛の幄、内舎人の胡床などが設けられている。

官庁の敷地は朝堂院より狭いため、左右衛門幄・左右兵衛幄や応天門代などが南門よりはみ出していることは先に述べた。だが、実は残存している即位図の中では、これでも広いといえる。

現在残っている即位図の内、ほとんどは後柏原天皇（一五二一年即位礼）から昭和天皇（一九二八年即位礼）までの式場である里内裏（土御門内裏＝現京都御所）の紫宸殿にて挙行された即位礼を描いたものである。本来の会場である大極殿を含む朝堂院での即位礼を描いたものや、太政官庁での即位礼を描いたものが非常に珍しいことは、先に述べたとおりである。

内野を飛び出し紫宸殿におこなわれるようになったことの理由は明快で、戦国期の財政難により、官庁（もちろん大極殿も）の再建のめどが立たなかったからである。その端緒である後柏原の即位礼は、費用のほとんどを負担していた室町幕府衰退に伴う財政難により、二十一年間も延引されたことでも知られる。

ただし、紫宸殿の即位礼は、冷泉天皇と安徳天皇の凶例があり避けられたと述べたが、この二例は、あくまで大内裏の内裏の紫宸殿であり、里内裏の紫宸殿ではない。内野（大内裏）の外での即位礼には抵抗があったものの、紫宸殿で開催する他に選択肢はなく、凶例を屁理屈ともいえる理由で塗りつぶし紫宸殿即位を強行したのである。

以降、内野での即位礼開催に戻ることはなく、江戸時代も紫宸殿での即位礼が再生産された。そのため、大量に作成された即位図は、江戸時代の天皇の即位図であり、紫宸殿を会場として描かれているのである。

内野で開催されなくなった理由の一つとして、大正天皇即位礼（一九一五年）の際に歴史学者の和田英松が皇位継承儀礼の沿革を述べた講演の中で、内野で再興されなかったのは「肥料などをして不潔であるから迚《とて》も行ふことが出来なかった」と、述べている。[21] おそらく、中世の内野にも畑が散在することから、儀式はたい肥の臭いが漂う中で挙行されていたのであろう。

紫宸殿即位礼がいかに狭い中おこなわれたのかを検証するために、その端緒である後柏原天皇の永正十八年の即位図（**図3**）と、先にあげた弘安十一年即位図（**図2**）とを比較してみる。

紫宸殿は官庁よりさらに狭いため、先ほどの太政官即位図の説明で述べた親王標・大臣標以下が門外にはみ出ている。

この時期の紫宸殿の内郭の塀は左右近幄の後ろほどまでであり、内郭の正門である承明門や南壁がない。その南の敷地外に開門の所役を携わる佐伯・伴両氏の座や狛犬があり、南門代が置かれている。南門代は、官庁では南門が用いられた会昌門代であろう。官庁即位礼では、会昌門代である南門の外に、応天門代と朱雀門代という朝堂院と大内裏の正門代が置かれた。だが、紫宸殿即位礼では、会昌門代のさらに南にこれらの門代が置かれることはない。おそらくは、これ以上南に設置すると、里内裏からはみ出てしまうのであろう。

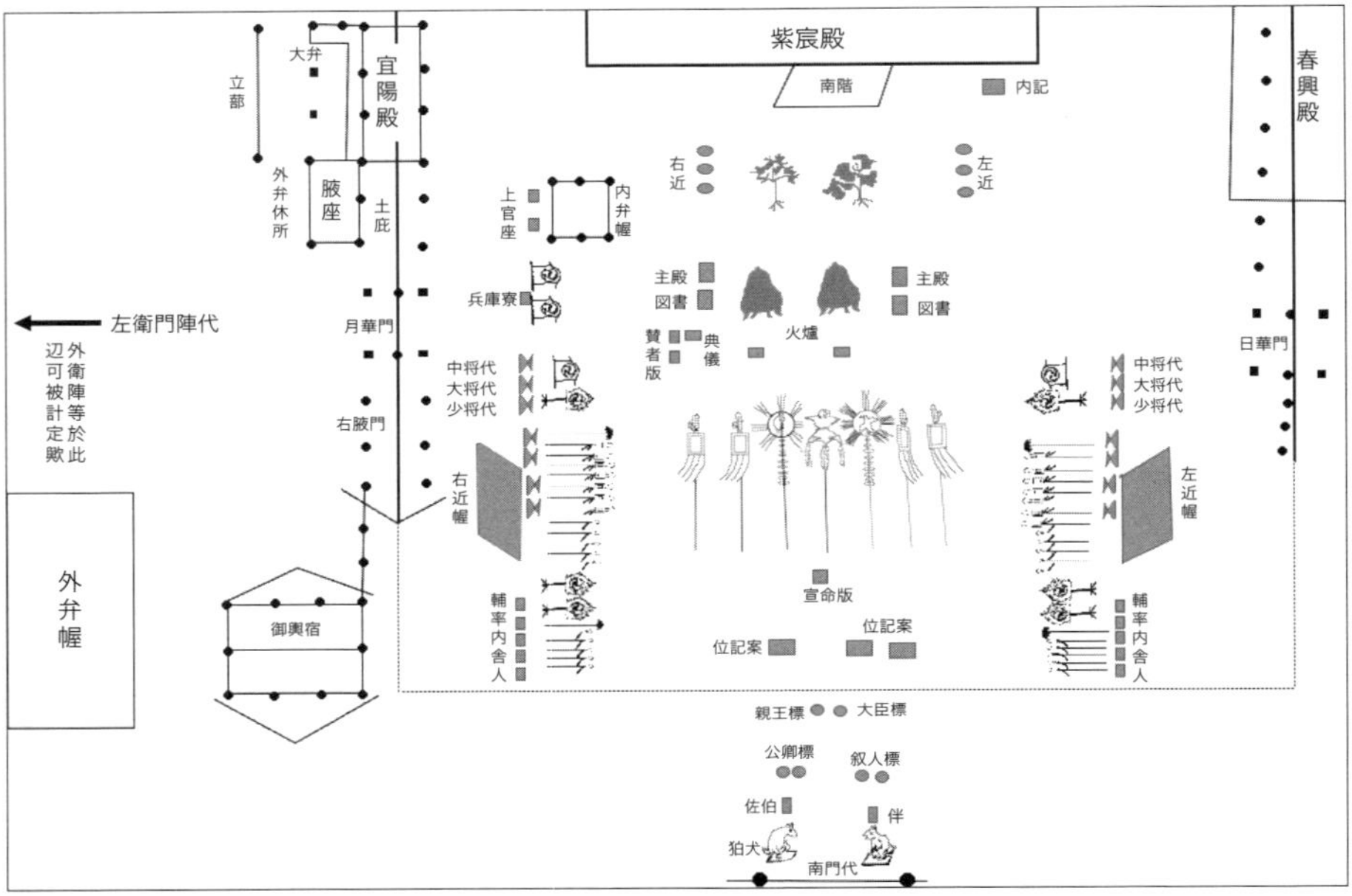

図3 （永正度）紫宸殿即位図（宮内庁書陵部所蔵『後柏原天皇御即位之図』参照） ※点線は壁がない境界線

官庁即位礼では、官庁を朝堂院に擬して即位礼をおこなおうという指向性がみられたが、紫宸殿即位礼ではその〝一歩手前〟の官庁を擬しており、朝堂院を擬すことにはさほどこだわってはいない。江戸時代になると、〝はみ出し〟即位礼は朝廷の沽券にかかわるのか、紫宸殿の敷地に収まるようにコンパクト化されている。その一例としては、位記案といった机群や内舎人などは江戸時代の即位図からは見出すことはできない。

さらには、庶民も紫宸殿の敷地にまで入り見学することができる娯楽としての儀式となったのである(22)。

おわりに

一見、雅な世界にみえる即位図だが、一歩官庁の敷地を出れば、そこは廃墟が残存し、死人が転がり、たい肥の匂いが漂う、不浄の荒れ地であった。そんな中でも、今回は取り上げられなかったが、神祇官では鬱蒼と荒れ果てた叢林の中にて神事がおこなわれ、真言院では正月に天皇の玉体安隠の密教祈祷もおこなわれた。

戦国期まで辛うじて残存した官庁でも、儀礼で用いられない東庁や西門は廃墟と化していたり築垣で埋められたりしているが、その反面、新たに誕生した天皇の即位を高々に宣言する即位礼の会場であった。同じく皇位継承儀礼である大嘗祭も内野でおこなわれた。

大嘗祭は即位の際に、新天皇が大嘗宮（廻立殿《かいりゅうでん》・悠紀殿《ゆきでん》・主基殿《すきでん》）に籠もり所作をするが、廃墟となった大極殿跡にある龍尾壇《りゅうびだん》跡（大極殿南庭の一段高くなっているところ）に造られ、宮中としての空間が創出される。ただし、草原の中に標識となる門代などの目印もなく、概念のみで盛時の大内裏の様子を思い描きながら行動しなければならなかった。大嘗宮も斑幔などを張ったテント程度のものであり、観念的には麗しき大嘗宮として、現実には廃墟に設営された粗末なセットにて裸の王様のごとき、大嘗会という演目を演じなければならなかった(23)。

近世以降の即位図も大嘗祭図も荘厳に描かれている。そのため、中世からその荘厳さが受け継がれてきたような錯覚に陥る。だが、中世における即位儀礼は、徐々に廃墟となっていく大内裏にて、荒野の中で辛うじて威儀を整え、新天皇を再生産していったのである。

注

（1）桃崎有一郎『平安京はいらなかった』（吉川弘文館、二〇一六年）。

（2）『今昔物語集』巻十六第二十九話「長谷観音に仕る貧しき男、金の死人を得る語」、同巻二十七第三十三話「西の京の人、応天門の上に光る物を見る語」、同巻二十七第四十話「狐、人に託きて取られし玉を乞ひ返して恩を報ずる語」。

（3）『新撰和歌六帖』六八七。

（4）久水俊和『中世天皇家の作法と律令制の残像』（八木書店、二〇二〇年）。

（5）十五神は座摩巫祭神《いかすりのみかんなぎののまつるかみ》、御門巫祭神《みかどのみかんなぎのまつるかみ》、生嶋巫祭神《いくしまのみかんなぎのまつるかみ》に大別され、それぞれ座摩巫祭神（生井神《いくいのかみ》・福井神《さくいのかみ》・綱長井神《つながいのかみ》・波比祇神《はひきのかみ》・阿須波神《あすはのかみ》）、御門巫祭神（櫛磐《くしいわ》窓神《まどのかみ》〔四神〕・豊磐窓神《とよいわまどのかみ》〔四神〕）、生嶋巫祭神（生嶋神《いくしまのかみ》・足嶋神《たるしまのかみ》）。八神はそれぞれ、神産日神《かみむすびのかみ》（善神・威神を掌る）、高御産日神《たかみむすびのかみ》（高官・高位を掌る）、玉積産日神《たまつめむすびのかみ》（貴重・尊敬を掌る）、生産日神《いくむすびのかみ》（産生・延命を掌る）、足産日神《たるむすびのかみ》（財宝・満足を掌る）、大宮売神《おおみやのめのかみ》（君臣和合を掌る）、御食津神《みけつかみ》（五穀豊稔を掌る）、事代主神《ことしろぬしのかみ》（治世・安楽を掌る）。

（6）『御即位之図』（江戸時代中期写）架番号**H-743-336-20**。田中本とは、田中勘兵衛（教忠）から孫の田中穣まで収集・保存された文書・記録・典籍群であり、平安時代から江戸時代初期までの古文書をはじめ、古代・中世の記録類や経典類、和歌集、絵画資料など、きわめて多岐にわたる（『国立歴史民俗博物館資料目録一　田中穣氏旧蔵典籍古文書目録［古文書・記録類編］』国立歴史民俗博物館、二〇〇〇年）。

（7）吉田静峯模、森田亀太郎彩色『太政官庁御即位図』（東京国立博物館所蔵、一九一五年模・一九一六年彩色）。

（8）和田英松「御即位礼大嘗祭の沿革」（同『国史国文之研究』雄山閣、一九二六年、初出一九一五年）、高橋昌明『平安京・京都研究叢書3　洛中洛外京は〝花の都〟か』（文理閣、二〇一五年）、桃崎氏前掲注1著書。

（9）『勘仲記』弘安十一年一月八日条。

（10）『民経記』文暦元年（一二三四）一月八日条。

（11）『勘仲記』弘安十一年一月九日条。

（12）『勘仲記』弘安十一年二月二日条。

（13）『勘仲記』弘安十一年二月二日条。

（14）前掲注8高橋氏著書。

（15）光厳上皇が中原師茂へおこなった官庁造営についての諮問の際の先例（『師守記』貞和元年（一三四五）四月十四日条）や、応永三十四年（一四二七）八月の官庁焼失後の再建の際の先例（『建内記』正長元年（一四二八）十月十七日条、『薩戒記』同十一日条）などにあげられている。

（16）『公衡公記』弘安十一年一月二十六日条に「一、御即位用途事、任官功少々被二召進一之条可レ為二何様一哉、」とあり、官庁修造も即位雑事に組み込まれていることから（『伏見院宸記』弘安十一年二月十八日条）、官庁修造も即位用途に含まれるであろう。また、室町期では室町幕府による即位用途や官庁修造の費用負担の占める割合が高くなる。今回の即位用途に関しては、勅使が関東申次《もうしつぎ》（朝廷と幕府の取次役）西園寺実兼のもとへ遣わされ「御即位武家用途事被三仰二合之一」と、鎌倉幕府からの助成金を相談している記載がある（『公衡公記』弘安十一年二月二十三日条）。

（17）『勘仲記』弘安十一年三月四日条。

（18）『勘仲記』弘安十一年三月十五日条。

（19）『伏見院宸記』弘安十一年三月十五日条、『勘仲記』弘安十一年三月十五日条。以下、『伏』は『伏見院宸記』当該日条、『勘』は『勘仲記』当該日条と略す。

（20）『伏見院宸記』弘安十一年三月十五日条裏書。伏見天皇の即位式は、大覚寺統と持明院統の両統迭立の合意がされた文保の和談（一三一七年）後に定着するとされる、密教儀式による皇位継承儀礼である即位灌頂の早い例とされる。詳しくは、松本郁代『中世王権と即位灌頂』（森話社、二〇〇五年）、上川通夫『日本中世仏教形成史論』（校倉書房、二〇〇七年）参照。

（21）前掲注8和田氏論文。

（22）森田登代子『遊学としての近世天皇即位式』（ミネルヴァ書房、二〇一五年）。

（23）中世内野の大嘗会に関しては、前掲注4久水著書参照。

附記　本稿は、科学研究費助成事業（体系的課題番号JP23H00673）の研究成果の一部である。

〔III　廃墟を生きる〕

五山文学における廃墟の表象

堀川貴司

ほりかわ・たかし――慶應義塾大学附属研究所斯道文庫教授。専門は日本漢文学。主な著書に『書誌学入門　古典籍を見る・知る・読む』（勉誠出版、二〇一〇年）、『五山文学探究　資料と論考』（文学通信、二〇二四年）などがある。

五山文学のなかで廃墟およびそれに類するテーマがどのように扱われているか、まずはその手本となった中国文学作品を、当時の禅僧の解釈をふまえて分析し、ついで五山文学のなかから義堂周信・絶海中津の作品を読み、自然と人事の対比、戦乱のむなしさなど、共通するテーマや表現を指摘する。

はじめに

廃墟という切り口で五山文学を考えてみる。

おそらく他のジャンルにも言えることだが、廃墟の概念を少し拡大していく必要があるだろう。すなわち、既に使われなくなって傷み、壊れていく過程にある建築物、という典型的な廃墟だけでなく、かつてそこにあったことが記憶や伝説として人々の間で共有されているものの、実際の痕跡はほとんど（または全く）ない、といった場合も含めて考えたい。具体的には、大きくは都、宮殿など国家に関わるもの、小さくは邸宅など個人のもの、ということになる。

廃墟を通して、特定の人物を想起し、その存在を懐古あるいは思慕する、といった心の動きを考える場合、死後に設置された墓石・墓碑銘なども、廃墟そのものではないが廃墟的な役割を持つものであろう。

また、廃墟の生成を考えた場合、長い時間をかけての風化・劣化だけでなく、短時間での破壊という場合もある。その最大の原因は戦争であろう。破壊された跡のみならず、破壊行為そのものも、戦争―破壊―廃墟という連続性のなかで捉えられ、描かれるだろう。これも考察の範囲に入れたい。

このように、やや広げすぎの気味もあるが、唐宋代を中心とした中国文学および中国禅宗の影響を大きく受けた五山文学、という当該ジャンルの特性に沿って以上のような枠組みを設定すると、次の三つの対象が大きなテーマとなるだろう。

ア　先人・祖師（過去の優れた禅僧たち）ゆかりの地あるいは墓

イ　かつての都あるいは宮殿

ウ　戦乱

これらについて、まずは五山文学の表現の前提となる中国文学作品について概観し、次に五山文学作品そのものについて考察したい。

一、中国文学に描かれる廃墟

五山僧が読み、自分たちの創作の際に利用したであろう中国文学作品のなかから該当するものをいくつか取り上げる。

ア　先人・祖師ゆかりの地あるいは墓

①経賈島墓（賈島《かとう》の墓を経《ふ》）　鄭谷《ていこく》（『三体詩』巻一）[1]

水繞荒墳県路斜　　水　荒墳を繞《めぐ》つて　県路　斜めなり
耕人訝我久咨嗟　　耕人　訝る　我の久しく咨嗟《しさ》することを
重来兼恐無尋処　　重来《ちょうらい》　兼ねて恐る　尋ぬる処無きことを
落日風吹鼓子花　　落日　風は鼓子花《こしか》を吹く

（荒れ果てた墓のまわりを川が回り、田舎道が通っている。近くで畑を耕す人は私がそこで長らくため息をついているのを不思議そうに見ている。次に来るときには、もう跡形もなくなっていて場所もわからないだろう。夕日のなかヒルガオの花が風に吹かれている）

この作品を収める『三体詩』は、十三世紀半ば、江湖詩派と呼ばれる南宋の民間詩人グループの一人によって編集された唐詩の選集で、初心者の入門書として作られた。元代になって注釈が付されてさらにその性格を増し、これが格好の初学書として日本にも導入され、十四世紀以降の五山で流布、講義・注釈が蓄積していった。十五世紀後半以降は公家・武家にも広がり、基本的教養書として広汎に享受されている。[2]

江湖詩派の好みを反映して、中唐・晩唐のノスタルジックな詩が多く含まれているので、アのみならずイ・ウに関わる内容の作品も多い。

ここで挙げた鄭谷の詩は、先輩の詩人の墓を訪ねてみると、既に荒れていて、近くに住む農民もこれが有名な詩人の墓であることさえ知らず、崩れるに任せていて、次に来たときには跡形もないだろう、と嘆くものである。第二句に人物を、第四句に自然物を配して、ともにそしらぬそぶりでいることを描写するのは、このあとに挙げる作品にも共通する。江西龍派（一三七五～一四四六）は「墓は水により崩れて失《う》すべきが、今まで残るは奇特也。路端ならば今も知るべきに、かたつら（離れた場所）にあるほどに、誰も知らぬぞ。今は、墓辺に弔ふべき花もあり、墓もあるが、今度は、墓も花もあるまいを、兼ねて哀れ也」と解している(3)。第一句の「水」を墓が崩れる要因と見ているところ、第四句の花を一種のお供えのように捉えているところは、すべての描写が単なる点景ではなく詩のテーマに関わるものと考えようとする、彼の注釈の方向性の表れであろう。

②経汾陽旧宅（汾陽《ふんよう》の旧宅を経《ふ》）　趙嘏《ちようか》　（『三体詩』巻一）

門前不改旧山河　　門前　改めず　旧山河
破虜曾軽馬伏波　　虜を破りて曾て馬伏波《ばふくは》を軽んず
今日独経歌舞地　　今日　独り歌舞の地を経れば
古槐疎冷夕陽多　　古槐　疎冷にして　夕陽　多し

（門前の山や川の風景は以前と変わらない。安禄山・史思明らの反乱軍を破って漢の名将軍馬援《ばえん》をも上回る勢いだった将軍郭子儀の住んでいた邸宅。かつて賑やかな宴会が繰り広げられていたこの地を、今ひとり訪ねると、ただ槐《えんじゆ》の古木のまばらな枝が夕陽をいっぱいに浴びて寂しげに立っているだけだ）

王朝を滅亡寸前で救った大功ある将軍の邸宅も、いつの間にか荒れ果てて、古木に夕陽が当たっているだけ、という荒涼たる風景になっている様子を描く。第一句について『三体詩』原注では、「河山帯礪《かざんたいれい》」（たとえ黄河が帯のように細くなり、泰山が砥石のように平たくなったとしても変わらない、という永遠の誓い）という成語の出典（『漢書』）を引用し、それとは裏腹に自然はそのままで人間は変転する、と述べる。有名な杜甫の「春望」の冒頭「国破れて山河在り、城春にして草木深し」も連想されるところで、『三体詩幻雲抄』にもその指摘がある。ほかに希世霊彦（一四〇三～一四八八）は「帯礪と誓ふ言は変じて、旧宅は零落すれども、山河は旧の如くにして改めざる也。三四の句は、廃宅の古槐も零落して、葉疎らにして夕陽の掛かるまで也」と全体を解し、万里集九（一四二八～？）は第四句について「疎の字、多の字、眼を着くべし。葉疎らなるときは夕陽漏れ、其の多きこと知るべし」と表現の細かな点に注意する。

③水庵生縁（水庵の生縁《しやうゑん》　生縁＝生まれた場所）　石林行《せきりんぎよう》鞏《きよう》　（『江湖風月集』巻上）

虚空突出箇拳頭　虚空　突出す　箇の拳頭
壊得家無片瓦留　家を壊し得て　片瓦の留むる無し
野老不知愁満地　野老は知らず　愁ひ　満地
深耕白水痛鞭牛　深く白水を耕して　痛く牛を鞭うつ

（拳を振るって弟子を教えていた水庵は、その生まれた家さえもぶち壊して瓦の破片すら留めない。農夫は、その土地に愁いが満ち満ちていることも知らず、牛を厳しく鞭打ちながら畑を深く耕している）

出典の『江湖風月集《ごうこふうげつしゅう》』は、『三体詩』と同じ頃、南宋末の禅僧によって編集された、当時の禅僧の偈頌（禅的内容を含む詩）を集めたもので、鎌倉後期の日本に伝わり、五山およびそれ以外の禅宗寺院において、模範として広く読まれた。[4]

①と同様、先輩の禅僧ゆかりの場所を訪ねての作であるが、こちらは当時を偲ぶよすがは何一つ残っていない。前半二句は、鉄拳をふるって弟子を指導した水庵師一らしく、自分の生まれた家までもぶち壊して瓦のかけらすら残っていない、と現状と禅風をリンクさせて述べる。後半は①でも見たように、何も知らない農民がその土地を耕す様子の描写であるが、禅においては牛はしばしば悟りの象徴として登場するので、ここでもむしろ何も知らない農民こそが深く悟っていて、牛を自在に操っているのだ、という裏の意味を読み取るような解釈も中世には流布していた。何もない（あるいは何も知らない）、というマイナスをむしろ禅の立場からプラスに転じてしまうというレトリックである。

イ　かつての都あるいは宮殿

④上陽宮　竇庠《とうしょう》　（『三体詩』巻一）

愁雲漠漠草離離　愁雲　漠漠たり　草　離離たり
太掖勾陳処処疑　太掖《たいえき》　勾陳　処処に疑ふ
薄暮毀垣春雨裏　薄暮の毀垣《きえん》　春雨の裏《うち》
残花猶発万年枝　残花　猶ほ発《ひら》く　万年枝

（暗い雲が空を覆い、草は伸び放題、どこが太掖池か勾陳殿かもわからない。夕暮れに壊れた垣根に春雨が降り注ぎ、モチノキにはまだいくつか花が咲いている）

上陽宮は唐王朝第三代高宗が作った宮殿。第一句「離離」は、西周の都の荒廃を歌ったとされる『詩経』王風・黍離の「彼黍離離《かのしよりりたり》」を踏まえる。第四句の「万年枝」は冬青ともいう常緑樹で、ここではその名に万年＝永遠ということばがありながら、廃墟に空しく咲いている、という皮肉な様子を描く。①と同様、詩の末尾に植物を配するが、こちらのほうが人事と自然の対比が鮮明である。

⑤過勤政楼（勤政楼に過《よ》ぎる）　杜牧《とぼく》　（『三体詩』巻一）

千秋佳節名空在　千秋の佳節　名　空しく在り

承露糸嚢世已無　承露の糸嚢　世　已《すで》に無し
唯有紫苔偏称意　唯だ紫苔の偏《ひと》へに意に称《かな》ふ有り
年年因雨上金鋪　年年　雨に因りて金鋪に上る

（ここ玄宗の作った興慶宮の勤政楼では、かつて千秋節と名付けられた皇帝の誕生日に不老長寿を祝って、天の露を集めた嚢が献上されたが、今はもうその名前が空しく伝わるのみ。ただ紫の苔だけが、雨の水気を得て我が物顔に伸び、門扉の金具にまで這い上っている）

王朝繁栄の象徴である都の風景のなかでも、特に皇帝が建設した宮殿が、主を失い、管理する者もなく、荒れたまま放置されていて、そこで生き生きとしているのは樹木や苔などの自然の生き物だけ、という情景が④⑤に共通する。特に⑤は、苔が地面近くだけでなく、門扉の金具にまではびこっている、という描写に、人が手をかけないで放置された時間の長さを思わせて効果的である。

ウ　戦乱

⑥赤壁　杜牧　（『三体詩』巻二）

折戟沈沙鉄半銷　折戟　沙に沈み　鉄　半ば銷《しやう》す
自将磨洗認前朝　自づから磨洗を将《も》て　前朝を認む
東風不与周郎便　東風　周郎の与《ため》に便せずんば
銅雀春深鎖二喬　銅雀　春　深く二喬を鎖《とざ》さん

（折れた鉾が水辺の砂に埋もれ半ば朽ち果てているが、自然と洗われて三国時代のものとわかる。もしあの赤壁の戦いで呉の周瑜に有利な東風が吹かなかったら、曹操が勝利して、呉の喬氏の二人の娘は、魏の宮殿の銅雀台に春なお深く閉じ込められていたことだろう）

過去の戦乱を、その土地にあって回顧するこの詩は「詠史」というジャンルに含まれる。目前の痕跡を描く前半から、「もし〜だったら」という空想へと飛躍する後半との対比が優れている。この場合、戦争の場面を直接描かなくとも、多くの読者が『三国志』『三国志演義』などで馴染んでいる出来事であり、その痕跡をわずかに折れた鉾に象徴させ、また戦争がもたらしたものを、自らの運命を自ら決し得ない女性に象徴させた。『三体詩』原注では、呉国にとって「社稷《しやしよく》存亡《のそんぼう》、生霊塗炭《せいれいのとたん》」（国家が滅びるかどうか、人民が苦しむかどうか）がかかった戦争を女性二人の処遇で表現することについて非難する文献を引用しているが、それに対し『幻雲抄』では「詩人の物を詠ずるには、風韻に面白く云わうとするほどに、かう作つてこそあれぞ。然《しか》も、二喬を云て、其中に社稷存亡、生霊塗炭の事を含んだこそ、詩の妙処ではあれぞ」という弁護の説を載せている。

⑦天寧火後（天寧の火後）　雲外雲岫　（『江湖風月集』巻下）

劫火洞然倶壊了　　劫火　洞然として　倶に壊し了る
随他去又不随他　　他に随ひて去り　又た他に随はず
春風吹転焼痕緑　　春風　吹き転ず　焼痕の緑
楼閣依然有許多　　楼閣　依然として許多《いくばく》有らん

（この世界を焼き尽くす劫火のように全てを破壊し終わっても、それに従って消えていったものもあれば、それに従わなかったものもある。春風が吹いて、焼け跡から再び緑が萌え出て、焼き尽くされたはずの寺の楼閣も多く元のままにある）

寧波は倭寇の侵攻にたびたび見舞われているが、寺の記録によれば、天寧寺は至大二年（一三〇九）に焼失したという（年代には諸説あり。また『江湖風月集』の成立から考えると、もっと以前の焼失を詠んでいる可能性もある）。そのような事件に際して詠まれたものである。第一句「劫火洞然」は仏典に見える世界の破滅を意味する語で、禅問答ではそのとき「これ」（「這箇」）は破壊されるのか、お前は「これ」とともに破壊に身を任せる（「随他去」）のか、などと問われる。前半二句はこの問答に基づく表現で、第三句は白居易の詩句「野火焼不尽《やかやけどもつきず》、春風吹又生《しゅんぷうふきてまたしやうず》」をふまえている。これらを参考に、裏の意味を考えると――劫火とともに消えていったものもあるが、残ったものもある、それは自然の営みであり、またわれわれの心そのものである。春になって緑が生ずるという自然の営みそのものが悟りの象徴であり、物体としての楼閣は焼けて無くなっても、心にある楼閣、すなわち悟りへと至る仏心は、そんなことでは無くならないのだ――『江湖風月集』の中世・近世の注釈書を参考にすると、おおよそのような解釈が得られる。ここでも、③と同様、物質に囚われることを否定し、いわば砂上の楼閣のようなものこそ永遠不変だとする逆説が見られる。

二、五山文学の作品例

本稿では五山文学全体を取り上げる余裕がないので、十五世紀以降の五山僧にとって模範となった二人、すなわち南北朝時代を代表する義堂周信《ぎどうしゅうしん》（一三二五～一三八八）絶海中津《ぜっかいちゅうしん》（一三三四～一四〇五）の作品を取り上げる。[5]

ア　先人・祖師ゆかりの地あるいは墓

⑧次志万里韻題一覧亭（志万里の韻に次して一覧亭に題す）
四首（その三）　義堂周信
（『空華集』巻六）

翁昔開山日　　翁　昔　山を開くの日
百霊護倚屏　　百霊　護りて屏に倚《よ》る
掬泉供洗盞　　泉を掬《すく》ひて洗盞《せんさん》に供し
収葉助繙経　　葉を収めて繙経を助く

龍象争趍席　龍象《りゆうざう》　争ひて席に趍《わし》り
人天粛側聴　人天《にんてん》　粛として聴《みみ》を側《そばだ》つ
至今階下竹　今に至るまで階下の竹
羅立玉亭亭　羅立して　玉　亭亭たり

（我が師、夢窓翁が昔この瑞泉寺を開いたとき、もろもろの神様がここの崖に集まってここ錦屏山瑞泉寺を守ってくれた。湧き水を汲んで鉢に入れて出し、貝多羅の葉を集めて写経の手助けとした。優れた禅僧たちは争って講席に集まり、六道に迷う人々が耳を傾けた。今でも講堂のすぐ脇には、青々とした竹が当時のまま群がり立っている）

夢窓が庭園とともに作ったとされる偏界一覧亭《へんがいいちらんてい》を詠む。ここは彼の没後も、ゆかりの地として多くの禅僧が訪れ、詩文を詠んで追憶した、一種の名所となっている[6]。義堂も鎌倉在住時、しばしば訪れかつての師を偲んでいる。このときも寺は維持され、建物も健在であったと思われるが、夢窓在世時の活気は失われてしまい、そのときと同じなのは群がり立つ竹だけ、というふうに、植物を点景として詠み込んで対比を強調する点は②や④と共通する。

イ　かつての都あるいは宮殿

むしろウ戦争の要素も大きいが、一応は安徳天皇の行宮ではあるので、ここに収めて検討する。

⑨赤間関　絶海中津　（『蕉堅藁』）

風物眼前朝暮愁　風物　眼前　朝暮に愁ふ
寒潮頻拍赤城頭　寒潮　頻りに拍《う》つ　赤城の頭《ほとり》
怪巌奇石雲中寺　怪巌　奇石　雲中の寺
新月斜陽海上舟　新月　斜陽　海上の舟
十万義軍空寂寂　十万の義軍　空しく寂寂
三千剣客去悠悠　三千の剣客　去りて悠悠
英雄骨朽干戈地　英雄　骨　朽ちたり　干戈の地
相憶倚欄看白鴎　相ひ憶ひて欄に倚《よ》り　白鴎を看る

（目の前に広がる情景は朝も夕方も愁いを起こさせる。寒々しい海の波が寄せては返す、赤間関のほとり。奇怪な形の岩の上、雲にそびえる寺。上ったばかりの月と沈みゆく日に照らされる、海上の船。ここにかつて集った十万の源氏軍も今は姿もなくひっそりとし、平家の集めた三千人の武者も消えはててしまった。英雄たちの骨が朽ちているかつての戦場で、そのことを思いやって欄干によりかかり、海に浮かぶカモメを見る）

「寒潮」「怪巌奇石」などの情景描写は、かつて戦場であったことを知っている人間の寒々しい心象風景にもなっている。第六句の「三千剣客」は『荘子』に見える逸話。戦国時代趙の文王が三千人の剣客を養い、日夜戦わせて楽しんでいるうちに国が衰え、それを荘子が諫めたというもので、第五句の「義軍」（正義の軍）と対比させる。どちらを平家とみているのか明確ではないが、亡国ということだと「三千剣客」であろうか。第七句「骨朽」は杜甫「兵車行」の「古来白骨無人収」なども連想させる。

第八句「白鷗」は『列子』の逸話に基づき、五山文学では無心の象徴としてしばしば登場する。ここでは、人間世界の争いを超越した存在として描かれ、かつての血なまぐさい戦闘の様子と対比されているのであろう。「義軍」であろうが「剣客」であろうが関係なく、戦争そのものを空しいものと見なす立場がここに見られる。

絶海は中国留学から帰国し、博多に一時滞在してから上京した。その途中に詠んだものだろう。交通の要衝であることから、同様の契機で詠まれた作品は多いが、(7) 多くは滅亡した平家や安徳天皇への同情を中心としている点、⑨はユニークであろう。

ウ　戦乱

⑩乱後遺興（乱後に興を遣る）その一　義堂周信

（『空華集』巻七）

鳳歌休嘆徳之窮　鳳歌　嘆くを休《や》めよ　徳の窮れることを
上苑春回緑映紅　上苑　春　回りて　緑　紅に映ず
玉帛徴賢来輦下　玉帛　徴賢　輦下に来たるも
笙簫酔客満堂中　笙簫　酔客　堂中に満つ
龍盤虎踞今何在　龍盤　虎踞　今　何《いづ》くにか在る
触戦蛮争必竟空　触戦　蛮争　必ず竟《つい》に空し
寄語老農知得否　語を寄す　老農　知り得たるや否や
山前麦熟已無虫　山前　麦　熟して已に虫無きことを

（鳳凰の歌を歌って徳の低い君主の治世を嘆いても仕方ない。宮中の庭にも春が来て若葉と花とが照り映えている。礼を尽くして召し出された賢者たちが君主のもとに集まっているのに、家臣は宴会を開いて酔っ払ってばかり。龍や虎のように盤踞していた者たちは今どこにいるのか、武力によるつまらない争いなど結局空しいものなのだ。年老いた農夫よ、知っているだろうか、山のふもとの麦畑は虫害もなく実っていることを）

第一句「鳳歌」は『論語』微子篇で孔子に隠遁を勧める隠者接輿の「鳳兮《ほうよ》鳳兮《ほうよ》、何徳之衰也《なんぞとくのおとろへたる》」を指す。第二句「緑映紅」は『三体詩』巻一、杜牧「江南春」の第一句「千里鶯啼緑映紅」を踏まえる。第六句「触蛮」は『荘子』のいわゆる「蝸牛角上の争い」の故事を用いる。

せっかく優れた人材を集めているのに、君主が取り巻きと遊びほうけて政治を行わず、地方に割拠した大名が反乱を起こし、何とか平定された、といった状況を詠むものである。南北朝の争い、あるいはその後の明徳の乱などが思い浮かぶが、具体的に何を指すかは不明である。

第二句の自然描写は、これまでの作品で見てきた自然と人事の対比（あるいは有名な杜甫「春望」の「国破山河在《くにやぶれてさんがあり》、城春草木深《しろはるにしてさうもくふかし》」）ではなく、むしろ第四句に描かれるような、政治をおろそかにする為政者の逸楽と歩調を合わせたものとして置かれている。それに対して末尾二句は、戦乱に巻き込まれた老農夫を思いやっての言葉であろうか、空しい争いとは関係なく、自然の営みは続いている（この場合は農作物だが）、というのが⑦にも共通する表現であろう。なお、『碧巌録』第三十則・本則評唱に「山前麦熟也未（山前に麦熟すや未だしや）」の語があり、相手の質問をそらす語とも、お前こそそういうことを言うまでの境地に達しているのか、と逆に問い詰める語とも解されている。ここはそういった禅的ニュアンスを省いて用いたものであろう。

⑪乱後遺興　その二　（同前）

海辺高閣倚天風　海辺の高閣　天風に倚《よ》る
明滅楼台蜃気紅　明滅する楼台　蜃気　紅なり
草木凄涼兵火後　草木　凄涼たり　兵火の後
山河彷彿戦図中　山河　彷彿たり　戦図の中
興亡有数従来事　興亡　数《さだ》め有り　従来の事
風月無情自満空　風月　情け無し　自づから空に満つ
聊藉詩篇寄凄惻　聊か詩篇を藉《か》りて凄惻《せいそく》を寄す
沙場戦骨化為虫　沙場の戦骨　化して虫と為《な》る

（海辺のたかどので風に吹かれながら、遙か彼方に浮かんでは消える蜃気楼の赤く照らされた建物を眺めやる。戦火に焼かれて草木は荒れ果て、山河はただ戦争の図面の中にしか元の姿を残していない。たしかに人間世界の興亡はもともと定められた運命ではあるが、それにしてもこの風と月は、素知らぬふりで大空に満ちている。詩の形を借りて私がささやかながら悲しみと同情を寄せよう、戦場に倒れ、骨となってうじ虫に食われるに任せている人々に対して）

第八句、杜甫の「兵車行」の末尾、「君不見青海頭《きみみずやせいかいのほとり》、古来白骨無人収《こらいはくこつひとのおさむるなし》、新鬼煩冤旧鬼哭《しんきははんえんしきゆうきはなく》、天陰雨湿声啾啾《てんくもりあめしめりてこゑしうしうたり》」では、鬼＝亡霊の泣き声を、一般には虫の鳴き声の形容であ る「啾啾」と表現していて、それを踏まえているかもしれない。

その点も含めて、杜甫の戦乱詩を強く意識する。第三・四句のように自然さえも荒廃しているというのは、④⑤⑦などの、自然と人事の対比から一歩踏み込んだ表現であるが、王朝の滅亡を天地の終わりと表現するパターンは中国詩にも見られる[8]。

⑫東宮秋月（東宮の秋月）　絶海中津　（『蕉堅藁』）

南国秋新霽　南国　秋　新たに霽《は》れ
東宮月正中　東宮　月　正に中《ちゅう》す
光寒凝列戟　光寒くして列戟《れつげき》に凝《こ》り
弦上学彎弓　弦上つて彎弓を学ぶ
連海風雲惨　海に連なつて　風雲　惨まじく
振山金鼓雄　山を振るはして　金鼓　雄《おお》し
安能永良夜　安《いづ》くんぞ能く良夜を永くして
一照万方同　一照　万方　同じからん

（南国の秋の空は雲もなく、東の城を真南から月が照らす。その月の冷たい光が並んだ鉾に反射し、見上げると弓の弦の形を真似たかのような形で空に浮かぶ。海沿いのため風に吹かれた雲が激しく動き、いざ戦となれば鉦や太鼓が勇壮に打ち鳴らされて山に響き渡るだろう。ああ、どうか美しい月夜がこのまま永遠に続き、この光が敵も味方もなくあまねく照らし続けますように）

日向国志布志（現在の鹿児島県志布志町）にあった大慈寺という禅寺から見た風景を詠む「大慈八景」の一つで、寺の北東にある山城にかかる秋の月を詠んだもの。寒々しい風景描写は⑨と共通する。それに加えて、武器が居並び、戦の準備が整っている様、いざ始まれば鉦や太鼓が山に響き渡り、殺戮が繰り広げられる、そうした戦場の厳しさを描き、最後に月に対して平和への願いをこめる。

当時九州探題として幕府から派遣され、南北朝の争乱が長引いていた九州平定を命じられていた今川了俊《いまがわりょうしゅん》が、僧侶歌人宗久《そうきゅう》と相談して、瀟湘八景に倣った八景を制定、これを題に詩歌を募るという企画を立てた。志布志は日向の最南端（その後薩摩に編入される）で、島津氏の勢力範囲と日向の小領主たちの境界に位置していて、九州平定の戦略上重要な場所であった。了俊には、中央の文化人による文学作品（五山僧の詩、公家・武家・僧侶歌人の歌）によってこの場所を賞賛し、地域の支配者たちを取り込もうという意図があった。その意図は足利義満にも理解され、上京した宗久が和歌を、義堂周信が詩を取りまとめ、二条良基と義堂の序文を冠して詩歌集が完成した[9]。

絶海は当時京都にいたので、風景を実見しているのではないが、文字・絵画などで何らかの情報を得た上で作っているのであろう。まだ戦乱が続く地域の緊迫感を表現している。

おわりに

本稿では義堂・絶海二人の作品にしぼって見てきたが、中国の詩における表現方法をよく吸収し、それを日本の現実に応用していく様子が見て取れた。ただし、表現方法や視点には③⑦のような禅僧独特のものは見られず、一般的な詩の方法を用いている。

十五世紀以降の五山文学では、社会の現実を直接的に詠むような作品よりも、詩会等での題詠や題画詩のなかで、これらのテーマを扱うことが多くなるように思われるが、一方で散文作品には廃墟に関わるものも見受けられる。そこでの変質、あるいは新たな展開といった点については、今後の課題としたい。

注

（1）本文・解釈等については、村上哲見『三体詩』一（中国古典選二九、朝日文庫、朝日新聞社、一九七八年）を参照した。

（2）堀川貴司「『三体詩』注釈の世界」（『詩のかたち・詩のこころ　中世日本漢文学研究』（若草書房、二〇〇六年、文学通信、二〇二三年補訂版）、「日本中世における『三体詩』の受容――五山を中心として」（『江湖派研究』三、二〇一三年三月）参照。

（3）以下、『三体詩』に関して引用する五山僧の解釈は、中田祝夫編『三体詩幻雲抄』（抄物大系、勉誠社、一九七七年）の影印による。同書は月舟寿桂（一四七〇～一五三三）が先行する注釈や言説を多数引用してまとめた『三体詩』抄物。漢文や漢字片仮名交じり文が混在しているので、引用に際しては漢字平仮名交じり文に統一し、句読点を補い、適宜漢字を当てるなどして表記を改めた。

（4）以下、『江湖風月集』の本文・解釈については、京都大学図書館蔵『江湖風月集略註』写本を底本にした飯塚大展・海老澤早苗・佐藤俊晃・比留間健一・堀川貴司「『江湖風月集略注』研究（一）～（十六）」（『駒澤大学禅研究所年報』二〇～三五、二〇〇八年十二月～二〇二三年十二月）を用いる。東陽英朝（一四二八～一五〇四）の著とされる漢文体の抄物『江湖風月集略註』の再注釈である。「水庵生縁」は（四）（二〇一一年十二月）、「天寧火後」は（十四）（二〇二一年十二月）に掲載されている。

（5）義堂『空華集《くうげしゅう》』、絶海『蕉堅藁《しょうけんこう》』はともに『五山文学全集』二（思文閣出版、一九七三年復刊）所収。『蕉堅藁』の詩の全部、『空華集』の詩の一部は入矢義高『五山文学集』（新日本古典文学大系四八、岩波書店、一九九〇年）にも収められ、参照した。

（6）野村俊一「禅院の風景」（島尾新編『東アジアのなかの五山文化』東アジア海域に漕ぎだす4、東京大学出版会、二〇一四年）に詳しい。

（7）堀川貴司「懐古詩歌帖　翻刻と解題」（松尾葦江編『海王宮――壇之浦と平家物語』（三弥井書店、二〇〇五年）は、赤間関を通る人々が残した詩歌を集めた資料の紹介。

（8）村田真由「世界の終わり――文天祥「山河破砕」句をめぐって」（『待兼山論叢』文学篇五七、二〇二三・一二）。

（9）堀川貴司「「大慈八景詩歌」について」（前掲注2書）参照。

戦争画家たち——それぞれの「敗戦」

河田明久

かわた・あきひさ——千葉工業大学教授。専門は近代日本美術史。主な著書に『日本美術全集 第18巻 戦争と美術』（編著、小学館、二〇一五年）、『画家と戦争 日本美術史の空白』（編著、平凡社、二〇一四年）、『戦争と美術 1937-1945』（共編著、国書刊行会、二〇〇七年）などがある。

アジア太平洋戦争下の日本で戦争画を手がけた多くの画家たち。一九四五年夏の「敗戦」に前後する時期、かれらはどのような思いで制作にのぞんでいたのか。描く手腕をせめてもの戦力増強に結び付けようと悪戦苦闘するもの、戦争画の美的な価値に望みを託すもの、立場によって異なる彼らの敗戦体験を通して、戦争と美術の関りを考える。

一、空襲下の「陸軍美術展」

先の大戦も押し詰まった一九四五年の四月十一日、上野公園の東京都美術館で、第三回目となる陸軍美術展が幕を開けた。出品総数一三八点で会期は同月三十日まで。展示の目玉は、陸軍が委嘱して描かせた大がかりな公式の戦争画（いわゆる作戦記録画）で、今回も、前年秋の委嘱を受けて描かれた陸軍の作戦記録画二十三点が顔をそろえていた。その作者を五十音順に列記すれば以下のようになる。伊藤悌三、伊原宇三郎、小川原脩、鬼頭鍋三郎、栗原信、高野三三男、佐藤敬、鈴木誠、高澤圭一、田中佐一郎、鶴田吾郎、中村研一、中山巍、橋本八百二、福澤一郎、藤田嗣治、宮本三郎、向井潤吉、和田三造（以上、洋画家）、岩田専太郎、川端龍子、吉岡堅二（以上、日本画家）。

これは、ちょっと大げさに言えば奇跡のような気がしないでもない。作戦記録画の平均サイズは短辺が等身を超える二〇〇号大で、現存するこの時の出品作のなかにはそれを上回るものもある。右の画家たちはこれらをどこで、どのようにして描いたのだろう。というのも、同展を間近に控えた時期の東京は、もはや落ち着いて絵を描いていられるような環境ではなかったからだ。

奇跡というなら開催されたこと自体が奇跡、というか執念の産物で、当初オープニングが予定されていた陸軍記念日の三月十日には、上野を含む東京東部の下町一帯が、いわゆる東京大空襲で焼き払われている。北・西風のおかげで上野公園自体の被害は少なかったものの、空襲直後の公園は罹災者であふれ、その場で犠牲者の仮埋葬まで行われるような惨状だった。

しかも空襲はこれだけではない。すでに東京の市街地への空襲は前年（一九四四）の末から立て続けに行われていたし、下町を襲ったこの東京大空襲のあとも、四月から五月にかけての数次にわたる大規模な山の手空襲では、荒川区、豊島区から渋谷区をへて、大田区、川崎に至る東京西部と、東京東部の都心部から東西の軸に沿って杉並区へと至る広い範囲の市街地が甚大な被害を被っている。

依然として「大東亜」の各地で日本軍の奮闘が続いてはいたが、戦いの最前線は、もはや銃後を遠く離れた外地だけではなかった。本国のしかも首都が戦火にさらされようとしていたこの時期、画家たちはどのような思いで戦争と向き合っていたのだろうか。

二、疎開――するか、しないか

戦争の末期には、少なからぬ画家たちが空襲の被害を避けて疎開している。疎開のタイミングで最も多かったのは一九四五年の春だが、これは一般的な傾向でもあった。それまで自家製の防空壕で様子を見ていた都市住民の多くが、東京大空襲の桁外れの被害を目の当たりにして浮足立ったということだろう。冒頭の第三回陸軍美術展の出品者のなかでも同年春のうちに、作戦記録画作者の佐藤敬が先に疎開していた藤田嗣治に誘われるかたちで神奈川県相模原市に、高野三三男と岩田専太郎が一般出品者の岡田謙三と連れ立って宮城県登米市に疎開しているし[1]、五月には中村研一が茨城県沢山村に疎開している。

だが、なかにはそうでないものもいた。たとえば佐藤敬に疎開を促した藤田嗣治は、世間の疎開ラッシュより半年以上も早く、一九四四年の夏頃までに神奈川県の津久井郡小渕村藤野（現 相模原市緑区）に疎開している[2]。また宮本三郎も同年の七月に、郷里石川県小松市の白山町にある園山別荘に家族ともども疎開していた。ちなみに藤田の疎開に手を貸したのは大本営海軍報道部の軍属岡沢吉夫で、一九四四年に軍よ

図1　藤田嗣治《サイパン島同胞臣節を全うす》（1945年、東京国立近代美術館蔵）

り八王子以西への疎開を命じられた岡沢は、その頃すでに八王子市に疎開中だった。藤田の疎開中の動向を精査した高島由紀氏によれば、「岡沢の任務は、報道写真の撮影および写真の修整、加工であり、それらの写真は戦争画を描いていた画家たちに資料としてもわたされた。軍の意向にそった絵を画家たちに依頼するのも任務のひとつであったという(3)」。

藤田や宮本が疎開を決めた一九四四年の七月というタイミングは興味深い。なぜなら同月の九日にはマリアナ諸島のサイパン島が陥落し、そこから飛び立つ航空機による日本本土への爆撃は不可避と見られていたからだ。岡沢への軍の疎開命令はもちろんそれを見越したものだろうし、同様の情報は、いくつものルートを通じて軍と縁が深い戦争画家にももたらされていた可能性がある。文筆家と異なり、画家は身一つでアトリエを残して疎開するわけにはいかない。制作環境そのものの移転となることを思えば、一九四四年夏の疎開はギリギリのタイミングだった。言い換えれば、その決断に踏み切った戦争末期の藤田や宮本は、何をおいても画家であり続けることを最優先と考えていたことになる。

実際藤田は、冒頭の第三回陸軍美術展に出品した作戦記録画《サイパン島同胞臣節を全うす》（**図1**）と《薫空挺隊敵陣に強行着陸奮戦す》を疎開先の津久井郡小渕村の鈴木家で

図2　宮本三郎《萬朶隊比島沖に奮戦す》（1945年、東京国立近代美術館蔵）

制作している。時期を考えれば、佐藤の記録画《ガダルカナル島の残存勇士魚雷艇を奪取奮戦す》や宮本の同《萬朶隊比島沖に奮戦す》（図2）も、それぞれの疎開先で描かれた可能性が高い。宮本はまた、一九四四年の一月に朝日新聞社から、一九四三年十一月に「大東亜共栄圏」の首脳を東京に集めて開かれた大東亜会議をテーマとする献上画「大東亜会議図」の制作を依頼されていたが、これも疎開先に持ち込んで、敗戦のその日まで制作を続けている。

一方、いち早く疎開を決めた藤田や宮本とは逆に、最後まで疎開に踏み切らない画家たちもいた。第三回陸軍美術展の記録画の作者のなかでは、伊原宇三郎や鶴田吾郎、向井潤吉、川端龍子といった画家たちが疎開しないまま敗戦の日を迎えている。かれらも陸軍の記録画計画が本格化して以降は「皆勤」に近い作戦記録画の常連だったのだから、戦局の見通しについては藤田や宮本と共有できていた可能性が高い。だが、かれらの身の振り方は異なっていた。

第三回陸軍美術展から数か月後、一九四五年七月の新聞談話で伊原宇三郎は、自分はあくまでも東京に踏みとどまり、自宅の芝生を畑に変えて、屯田兵ならぬ「屯田画家」として頑張るつもりだと語っている。(4) 伊原は同展に作戦記録画《特攻隊内地基地を進発す》を出品していたが、その頃すでに、伊原のなかでは戦争画というものの存在意義が揺らいでいた。「美術家の戦力寄与といふとこれまで余りに戦争画や記録画が中心になりすぎてゐた」が、「しかし率直にいへば美術家が美術の活動で戦局のお役に立つにはもう遅いのではないか」と伊原はいう。

伊原に心境の変化をもたらしていたのは、いよいよ苛烈さを増す戦局もさることながら、そうした状況下でなおも画家であり続けようとする自分たちのこだわりへの疑念だった。「従軍といふことに興味もありニュース価値もあつた時代には従軍もしたのだらうが、従軍した人が総て盡忠報国の至誠に燃えてゐたとはいへない、それが今度は出足の早い疎開といふ形で出て来たやうな気がする」と伊原は述べる。

記録画の取材で接した特攻隊員たちの「純粋無垢」な立居振舞いを思い起こすにつけ、伊原には、自分たち文化人の一国民に徹しきれない「混濁」が反省されてならなかった。伊原のいうこの「混濁」は、集団への埋没を嫌う知的エリートの自覚、表現において他と異なり、衆に抜きんでることを目指す芸術家の自意識と言い換えることもできる。

戦争画も一個の作品である以上、それが戦争を後押しできる段階なら、戦争画のさらに高みを目指す画家の手腕にもひとりの国民として誇れるだけの価値があった。だがそれが期待できない今のような状況では、描くしか能のない画家の立場は逆にハンディキャップでしかない。より良い、見事な絵を描こうとする意欲に価値を見いだせなくなった今、それでも手元に残された描く手腕を、画家は一体どこに、どう振り向ければよいのか。突き詰めて言えば、伊原をとらえていたのはこの焦りだった。「これからの美術家は額縁に入つたちやんとした画を描くなんていふ考へは捨てねばならぬ、壁新聞でもいゝ、美術家もペンキ屋になつたつもりでなければ御奉公出来ない、そこまで私は考へてゐる」と伊原はいうのだが、同じ思いを抱く美術家は少なくなかったようだ。

三、軍需生産美術推進隊

たとえば、やはり常連の記録画家であった鶴田吾郎が前年（一九四四）の春に立ちあげた「軍需生産美術推進隊」などは、それを踏まえた実践の一例かもしれない。鶴田は例の第三回陸軍美術展に《ラバウル鉄壁の守備》と題する記録画を出品していたが、これは国内で特攻隊の基地を取材できた伊原の場合とは異なり、現場の取材に基づかないまったくの想像画だった。「既にこの時はラバウルどころか戦況は圧迫され、もうどこにも出られない有様となっていた」と、鶴田は戦後の著作『半世紀の素描』で回想している(5)。

同書によれば鶴田は、同展より一年近くも前の一九四三年から四四年にかけての冬頃、当時海軍航空隊の嘱託であった画家の吉原義彦と語らうなかで、美術家による慰問で炭鉱の増産運動を後押ししてはどうかと提案したことがあったという。それを左翼活動の経験者で交渉にもたけた吉原が軍需省にもちかけたところ、話はとんとん拍子に進み、「即刻結成して活動を始めてくれ」ということになったらしい。鶴田はまず、二科会の洋画家で作戦記録画の常連組でもあった向井潤吉に、彫刻では一九四三年冬の第二回大東亜戦争美術展で海軍の作戦記録彫塑を手がけていた院展の彫刻家の中村直人にもちかけてそれぞれ快諾を得た。勧誘の輪はたちまち広がり、挿絵画家や漫画家なども巻きこみながら「数日にして四十人以上の画家、彫刻家」が集まったと前の鶴田の回想記にはある。一九四四年四月八日、軍需省で結成式が行われた時点で、軍需生産美術推進隊の隊員は四七名だった。(図3)

図3　軍需生産美術推進隊の隊員たち（テーブルの向かって右側手前から5番目が鶴田、6番目が吉原）

　もっともこのように戦況が逼迫する以前から、銃後国内での生産能力が前線での戦闘にもまして戦局の行方を左右するであろうことはだれの目にも明らかだった。それを踏まえて、工場や炭坑といった生産現場のテコ入れに文化、たとえば美術の力を振り向けようという議論もこれまでなかったわけではない。だがその実践となると、既存の展覧会に戦場ならぬ「生産現場」を描いて並べるだけか、そうでなければ単に工場に絵を飾って労働環境を「改善」したり、労働者自身に絵を描かせてその人格や作業効率、製品の品質の「向上」を促すようなものばかりで、それが実際に生産力の増強に結びついたという話はいっこうに聞かれなかった。

心がまえの初期設定として、軍需生産美術推進隊がそれまでのよく似た試みと異なるのは、美術家を国民の「選良」とは見なさなかったことかもしれない。絵を描き、彫刻をつくる技は自分たちの特技かもしれないが、それは決して炭坑を掘り進め、ネジの螺旋を切る技より「上」にあるわけではない。が、さりとてこれまで美術家として生きてきた自分たちが急に労働者の真似事を始めてみたところで使い物になると考えるほど、かれらは身の程知らずではなかった。教え導くのではなく、ありがたいものを分かち与えるのでもなく、あくまでも横に立って、しかし画家の技術、彫刻家の技術は活かしながら、対等の立場で生産現場の奮闘を後押しすること。軍需生産美術推進隊の基本姿勢を要約すればそういうことになる。

これは、突飛な譬えに聞こえるかもしれないが、スポーツ選手に対する応援団やチアリーダーのそれとよく似ている。応援団はプレーに参加するわけではないが、主観的にはそれと同等以上の熱意をもって選手たちに向き合い、応援という別種の努力でかれらのプレーを後押しする。これと同じように、推進隊もまたいくつかの班に分かれて軍需省から指定された日本各地の工場や炭坑に乗り込み、その生産活動の応援にあたる。だが、そのためにかれらが繰り出す応援の技は、採炭や工作の真似事ではなく、あくまでも描画であり、塑像だった。制作によるこの応援活動のことを、軍需生産美術推進隊では「推進」と呼んだ。

「推進」するのは一現場につき一班で、一班は四〜八名ほどの隊員からなる。「推進」の期間は原則一週間だが、彫刻のように時間がかかるものでは一か月ほどの長丁場になる場合もあった。絵具等は軍需省のほうで融通する。経費や日当（徴用工相当の三円程度）も軍需省がもつため現場からの謝礼は必要ない。描くための支持体や作業場などは現場が用意するが、制作後の完成作は、絵も彫刻も原則無償で現場に譲渡された。鶴田の回想によれば、「推進隊の活動は、最初の二ケ月の間は理解されず、不成績であったが、石炭統制会は軍需省を通じて推進を希望してきた。希望というよりも懇請であった」という(6)。推進隊は工場等にもしばしば「推進」しているが、大がかりな「推進」先となると北海道や九州の炭坑が目立つ。それはこうした経緯によるものだろう。

工場や炭坑に「推進」した隊員たちは、まずその現場の作業を間近で見学する。しかる後、作業場に移って制作に取り掛かるのが通例だった。

一九四四年の六月、推進隊は北海道の四つの炭坑（夕張、大夕張、芦別、赤平）に「推進」した。そのうちのひとつ、夕張炭鉱の「推進」に班長としておもむいた鶴田によれば、到着の時点ですでに現場には推進隊用の作業場がしつらえられ、描画用に枠張りした二五〇号大のベニヤ板が二枚に「四十号四枚、二十号四枚、八号六号と総計八〇〇号近くのものが用意されてあつた」という。それらを用いた「推進」の様子を、鶴田は美術雑誌に寄せた記事でこう報告している。「第一日は直ちに千百尺下の炭坑内に入り、ピック持つ鉱兵の逞しい切端の状況を見学、第二日午前は大画面に入れるべき人物を写生、午後より休む間もなく二百五十号に向ふのであるが、それは共同制作もあり単独執筆もあつた。また大作以外の仕事は各自が次々と引き受け、凡ての完了が予定の一週間を以つて遂行された。此外に優良労務者の肖像スケツチが各班共百名以上、尚ポスターとして七尺角のものも出来たところがあつた」(7)。

推進隊の成功は現地での「ライブ制作」による部分が大きかった。（図4）

図4　「推進」制作中の榎倉省吾（田川炭田赤池鉱業所、東光閣にて）1944年7月頃

「推進」先の現場ではたいてい、まず大画面に前線での戦闘や銃後の生産現場などを描き、それ以外のおびただしい小画面には壁面装飾用の静物や風景などを描いた。例の鶴田の戦後の回想によれば、「最初の三日はいったいこれだけのものが一週間でできるものであろうかと、炭鉱側は初めてのことで疑っていた」という。ところが「四日目あたりより俄然絵は次々とでき上ってゆき、係りの者は喜ぶと共に感激を表し、いままでよくやってくる慰問隊ぐらいに想像していた所

長以下幹部が、係りからの報告を受けて我々の仕事場にやってくることになった。／窓外からは、ガラス越しに我々の描いているのが見えるようにし、坑内に働きに行く坑夫達が眺められるようにしてあり、一日一日と仕上ってゆくのを驚きの目をもってみるのであった。所長初め幹部達がやってきて、まず口に出したことは「これは、これは」である。「いや失礼しました、今夜慰労会を是非やります」ということになるのは、どこでも大概五日目ぐらいの時である」[8]。

推進隊は現場に「推進」するだけでなく、都市の一般市民に向けて、ライブペインティングの公開デモンストレーションを行うこともあった。一九四五年一月に日本橋三越で開催された決戦軍需生産美術展覧会では、十四日午前、衆人環視のもと「鶴田隊長の号令一下、一斉に画板に向つた」隊員たちが、「総号数六八〇〇号」に及ぶ大画面に「醜敵粉砕図」や「地下二〇〇〇尺に敢闘する炭坑労務員」の様子を描き、「十九日正午、一斉に制作完了、一時に三越貴賓室にて、大臣代理竹内軍需次官閣下に全作品を贈呈」した、と吉原義彦は当時の美術雑誌で報告している。吉原によれば、「(支持体となる)画版は軍需省の斡旋で、木材統制会から入手、大工一人と彫塑部隊員の応援で」わずか五時間で調製したという。展覧会の準備に着手してから実施までの期間は一週間だった[9]。

軍需生産美術推進隊の活動についてはなおわからない部分も多いが、近年、隊員であった画家や彫刻家の事跡の再検証が進むなかで全体の輪郭は浮かび上がりつつある(本稿もそれらに負うところが大きい[10])。それらによれば、その後の推進隊の活動は激しさを増す空襲のなかでも鈍ることなく、むしろ戦局の悪化に反比例するかたちで熱を帯びていったようだ。

一九四五年五月の時点で推進隊は、少なくとも関西にも支部を構え、メンバーも結成当初の四十七名から六十三名に増加していた[11]。絵を描き、像をつくる技術の高踏的ではないあり方を模索していた戦争末期の美術家たちに、推進隊による生産現場の応援＝「推進」がひとつの解を示していたことを示唆する数字ではあるだろう。

その頃、推進隊の立ち上げにも関わった吉原義彦は「推進」先の工場でのインタビューに答え、アトリエで描いた絵を工場などに寄贈するのは簡単だが、それでは意味がないのだと語っていた。「かうして工場の中に進出して、われわれの仕事ぶりを見て貰ふことにも意義があるのです。一日に相当の号数の作品を何枚となく仕上げるといふ、平和な時代なら、とても考へても見なかつた荒仕事に堪へ、かうして朝から夕方まで、時には夜業までやつてわれわれの描いてゐること自身にも生産推進の意欲を酌みとつて貰ひたひと思ひます」[12]。敗戦前日の一九四五年八月十四日、かねてから新聞社で敗戦の見通しをほのめかされていた鶴田吾郎が吉原に推進隊の活動停止をもちかけたところ、「吉原は「どうして駄目なのです。こんなことで引き上げるのは早計だ」と怒るように私にいった」と鶴田は回想に記している[13]。

軍需生産美術推進隊の解散は八月十五日の敗戦から一週間ほど後のこと。鶴田によれば事業は次のように清算されたらしい。「(敗戦の)その日まで貯えておいた絵具は、仕事日数の割合に応じて全部を配分することとし、また日当を出した以外の金もそれに応じて一切を分けることにした」、「(隊員たちは解散当日に集まりそれらを受け取ったが、)リュックに詰められた絵具は最初より参加した者はやっと肩にして立ち上るぐらいの重みがあった。この絵具で終戦後当分は間に合ったことはいうまでもない[14]」。

四、「歴史画」の高みへ

ところで、軍需生産美術推進隊の美術家たちが疎開もせずに各地の「推進」に駆け回っていたころ、早々に疎開した藤田嗣治や宮本三郎もまた、推進隊とは異なるタイプの制作に慌ただしい日々を送っていた。前にも述べた通り、藤田や宮本は、第三回陸軍美術展に並べた巨大な作戦記録画をそれぞれの疎開先で手がけている。というより、かれらの疎開はそれらを落ち着いて描ける環境をもとめてのことだった。戦争末期の伊原宇三郎は、もはや画家は額縁に入ったちゃんとした絵など描いている場合ではない、と語っていたが、それを言うなら、展覧会に先立って天覧に供され、ゆくゆくは宮中の御府に納められる大画面の作戦記録画などはさしずめ「ちゃんとした絵」の筆頭であろう。藤田や宮本にとっては、その「ちゃんとした絵」こそが、戦局の帰趨に勝るとも劣らない重要事だった。

この時期の藤田や宮本を突き動かしていたのは、日本の美術、とりわけ洋画そのものへの責任感だったと言えるかもしれない。

これには洋画というものの来し方が深くかかわっている。そもそも日本が西洋から創作としての美術の概念を学び始めた十九世紀の後半は、アカデミズムからモダンアートへと美術の前提が移り変わる絶妙の端境期に当たっていた。美術を知的なものと考えるそれまでのアカデミズムでは、最も知的な形式として群像大画面のテーマ主義絵画、いわゆる「歴史画」が尊ばれる。重要なテーマの一瞬を切り取る歴史画において、戦争は最もポピュラーな画題の一つだった。一方、新たに興りつつあるモダンアートの前提に立てば、美術の命は知性ではなく感性、画家個々人の個性ということになる。同時に、絵は絵なのだから見せかけの奥行きを工夫したり文芸作品の後追いをしたりするのではなく、平面芸術としての豊かさに徹するべきだとも考えられるようになった。

端境期に双方を眺め渡すところから出発した日本の近代美術は、西洋におけるアカデミズムの蓄積に圧倒されつつも、勢いを増すモダンアートに遅れをとらぬよう、まずは全力でこちらを追いかけねばならなかった。この決断が日本の近代美術に相応の実りをもたらしたことは言うまでもないが、その発端で抱え込んだアカデミズムの欠落の意識は、西洋美術の伝統に対する引け目となって、長く画家、とりわけ洋画家たちの意識下にくすぶり続けたようにみえる。この、いわば取り返しのつかない葛藤に思わぬかたちで突破口を開いたのが、アジア太平洋戦争期の「作戦記録画」だった。

軍にとっての作戦記録画はもちろんプロパガンダだが、同時にそれは「重要なテーマを物語る絵画」であり、美術の側からこれを見れば「歴史画」にほかならない。戦争画というかたちで積年の課題に取り組むチャンスをあたえられた画家や批評家たちは色めき立った。一九四〇年に陸軍から初めて記録画の依頼を受けたときの思いを、宮本三郎はのちにこう語っている。「これは大変な問題だと思った。そのときにはじめてわれわれはヨーロッパで見てきたルネッサンス以降の十九世紀までのリアリズムを根幹にした西欧の絵画というものを、考えなくちゃならなかったのだ」[15]。

歴史画というからにはドラマを描かなければならない。日中戦争期にそれらしい戦争画が生まれなかったのは、戦争理念の曖昧な日中戦争がドラマの体をなしていなかったからだともいえる。作戦記録画が本物の歴史画となるには、一九四一年末の連合国との開戦にともない、「西欧帝国主義の打倒」「アジア人によるアジアの回復」という善悪のメリハリのきいた物語が立ち上がる段階を待たねばならなかった。

開戦早々、緒戦の大勝をうけて陸・海軍は大量の記録画家を南方戦線に派遣しているが、記録という名目の裏で画家たちがもっぱら探し歩いていたのは、歴史画の素材にふさわしい華のあるドラマだった。「無血占領といふのは戦争の方で云へば誠に結構な、有難いことなんだが、画家の方では困るんだよ。何の感激もなく、簡単に上陸、占領といふことになると記録としては大切でも、画家には材料やなんかの点でやり憎いんだね」と、藤田嗣治は南方帰りの記録画家たちを集めた座談会で語っている[16]。また藤田は、事実にもとる逸話も絵の題材としてはアリではないかという同席者の発言を受けて、「その通りだ。（中略）有り得ることなら実際に無くても差し支へないと思ふ」とも語っていた。[17]実際このときに派遣された画家のひとり田村孝之介などは取材対象の部隊に挨拶のひとつもなかったらしく、これでは描かれる内容に信用が置けないので作品が献納されても受領しないでほしいという苦り切った調子の電文が、当該部隊の参謀長から上級部署あてに送られている。[18]軍の思惑をよそに取材に励む画家たちの姿が目に浮かぶようだ。

図5　自作《山下、パーシバル両司令官会見図》の前に立つ宮本三郎（第一回大東亜戦争美術展 名古屋会場にて）1942年

このときの派遣で描かれた記録画の一点《山下、パーシバル両司令官会見図》について、作者である宮本三郎は次のように述べる。「我が国の現代美術の動向からしても、この様な画題を扱はなかつたし、意図されたことも無いやうに思ふ。（中略）自分はこの困難な画題が決して無意味な仕事ではなく、実に画家として生甲斐ある仕事であることに感謝しながら描き続けた」。[19]（**図5**）

同作が帝国芸術院賞を受賞した際、その授賞要旨には「歴史的場面ノ此ノ絵画ハ此ノ種ノ作品トシテ西洋人ニ比シ恥カシカラザル技倆ヲ具備セルヲ認メ」るとあった。[20]これは、宮本の制作が積年の課題に応える成果と見なされていたことを物語っている。藤田もまたこの作品がおさめられた記録画の画集に一文を寄せて、「日本は、只花鳥風月の画のみを作る時代ではなくなつたといふことは、決して過言ではない。ドラクロア、ベラスケスに勝る戦争画の巨匠を、我々の中から輩出せしむべき時代にたち到つてゐるのである」と述べていた。[21]

周知のように、日本軍の優位は長くは続かず、一九四三年に入る頃からは次第に負けが込むようになるのだが、それでも画家たちを取り巻く「自由」な空気は変わらなかった。と

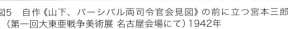

図6　藤田嗣治《アッツ島玉砕》（1943年、東京国立近代美術館蔵）

いうのも、戦局の悪化にもかかわらず、「正義」の日本軍を主役に据えた骨太の物語ばかりは、敗戦のその日までなおも健在であったからだ。「正義」の勝利は描けなくとも、蹂躙される「正義」なら描くことができる。取材のための従軍などはもはやとうていおぼつかなかったが、具体的な現実からは切り離されたぶん、歴史画の演出に画家が腕を振るえる余地はむしろ広がっていた。ある意味、歴史画としての戦争画の本領発揮はこれからだった。

この状況を見て取った藤田嗣治が一九四三年の記録画《アッツ島玉砕》（**図6**）で「蹂躙される正義」の見事な演出に成功すると、歴史画に意欲を抱く多くの画家が、同様の制作でこれに続いた。藤田の《アッツ島玉砕》は発表当初から一般の好評を博し、展覧会場でその観衆が作品に接する態度は、鑑賞の域を超えて、あたかも遺影を前にしたものが鎮魂の祈りを捧げるようであったとも言われる。同作が出品された国民総力決戦美術展が青森に巡回したときのこと、《アッツ島玉砕》の前に跪いた老人たちが賽銭をあげて祈る様子を目のあたりにした藤田は、「生れて初めて自分の絵がこれほど迄に感銘を与え（たこと）に驚き、（中略）唖然として打たれた」と戦後の回想に記している。[22] 物語る絵というなら、作戦記録画のあるものは、この段階で歴史画を通り越して、宗教絵画の殉教図のように受けとめられていたと言えるかもしれない。

ようするに、前に見た伊原宇三郎の悲観的な見通しにもかかわらず、敗色濃厚などん詰まりの戦況にあっても、作戦記録画のような「ちゃんとした絵」にはその戦況なりの、国民レベルでの需要はともなっていたことになる。疎開先の画室で「蹂躙される正義」の歴史画に取り組んでいた藤田や宮本には、その国民の負託に応えているという実感がたしかにあった。それを全うするためにも、かれらは空襲ごときで制作を断念するわけにはいかなかったのである。

五、それぞれの「焼跡」

最後に、冒頭で列記した第三回陸軍美術展の記録画作者たちを中心に、敗戦にともなうかれらの「収支決算」を概観しておこう。

アジア太平洋戦争では若い画家や画学生の多くが兵士として戦地におもむき命を落としたことが知られているが、かれらは、壮年の記録画家たちにとっては「息子」の世代にあたる。第三回陸軍美術展の記録画作者のなかでも、鶴田吾郎と日本画家の川端龍子がそれぞれ子息を戦死させている。また同展には不出品ながらやはり記録画の常連組であった清水登之も、海軍士官であった子息の育夫を台湾沖で失っている。一九四五年の六月に育夫の戦死を知らされた清水はひどく憔悴し、写真を元にその肖像を何点も立て続けに描くかたわら、育夫誕生以来の家族の記録を「育夫小伝」としてまとめる作業に没頭した。おそらくはその心労もあり白血病を発症した清水は、その年の暮に亡くなっている。

記録画の作者のなかに空襲で命を落としたものはいなかったが、疎開中に自宅や画室を焼かれた画家は少なくなかった。一九四五年四月から五月にかけての山の手空襲では、麹町の藤田嗣治と代々木初台の中村研一の自宅、画室が被害を受け、このとき中村はそれまでの制作の大半を失っている。神戸では、一九四五年春の例の第三回陸軍美術展に向けて作戦記録画に没頭していた田村孝之介が、三月の神戸空襲で自宅と画室を焼かれた。「この日まで我を忘れてブラッシュを動かしていた記録画であつたにも拘らず」「かずくの思ひ出を残した画室と共に、瞬時にして烏有に帰してしまつた」と、田村は当時のエッセイに記している。[23]「いま私は罹災者の一人として畏友小磯良平君の画室に身を落ちつけてゐる」と続けて田村は書いていたが、続く六月の神戸空襲ではその小磯の画室も燃えてしまう。記録画の計画には名前があがっていながら、[24]第三回陸軍美術展に小磯と田村の記録画が出品されなかったのはこうした理由による。ただこのとき焼失したと考えられる小磯の記録画《サイパン島洞窟内の陸軍部隊本部》については、戦後の展覧会にそれらしい作品の出品が認められるので、[25]戦災は免れていた可能性が高く、不出品に至る当時の事情は田村の場合ほどシンプルではなかったかもしれない。が、これはまた別の話だ。

「軍需生産美術推進隊」を立ち上げるにあたり鶴田吾郎から最初に誘われ、それを快諾したはずの向井潤吉は、しかしながら初期の「推進」には参加できなかった。理由はインパール作戦への従軍である。向井の出立は、推進隊が結成式を挙げた直後の一九四四年四月二十五日だった。

今回の向井のインパール行きは宮本三郎のいわば代役で、当初従軍命令を受けていた宮本が直前になって病気を理由に辞退を申し出たため、向井にお鉢が回ってきたかっこうだった。もっとも向井は前年(一九四三年)にもビルマのアキャブ方面に従軍しており、今回インパールに同行する従軍作家の火野葦平とは一九四二年のフィリピンへの従軍でも行動を共にした経験があったので、結果的には妥当な人選であったともいえる。火野によれば向井は「日印軍のインパール入城の記録画」を描くことになっていたというが(26)、周知のとおりインパール戦線の無残な戦況はとうていそれを許すような状態ではなかった。八月に帰国した向井は、休む間もなく九月からの秋田方面への「推進」に班長として参加(27)、一九四五年春の例の第三回陸軍美術展には、インパール作戦から題材を得た記録画《水上部隊ミートキイナの奮戦》を出品している。

疎開せず、東京にとどまった向井は、空襲のたびに防空壕に駆け込まざるを得なかった。そうした折、向井が壕に持ち込み飽かず眺めた書物のひとつに「緑草会発行の(民家図集)十二輯があった」。そして「このコロタイプ版の古めかしい民家の数々の型が、不思議に私の愛情を喚びおこして、ふと国土が灰にならない中に、なんとか伝承の民家だけでも描き残しておきたいものだ、としきりに考えたのである」と、向井は戦後の自著『民家と風土』の「自序」に記している(28)。

敗戦の年の秋、学童疎開をしていた娘を迎えにおもむいた新潟県の川口村で、向井は後半生のライフワークとなる「民家」のモチーフと出会うことになる。「雨の日だったのですが、私たちが疎開していた宿舎の軒の下に父は画架を立て始めました。ちょうど向いに、農村の、牛馬を飼っているような古い民家がありました。その民家をモチーフに油で絵を描き始めたのです」と、娘の美芽氏は語る(29)。こうして生まれたのが、今日では向井の代名詞ともなっている民家モチーフ作品の第一作《雨》(**図7**)だった。

一方、インパール行きを向井に押し付けるかっこうで郷里の石川に疎開していた宮本三郎も、敗戦後、思わぬかたちで日本の風土を見つめ直すことになる。一九四六年の春、金沢湯涌温泉の白雲楼ホテルを保養所として接収していた米駐留軍第二五師団から、宮本はホテルの食堂に「日本の四季」をテーマとする壁画を描くよう依頼を受けた。これを請け負った宮本は八月から突貫工事で制作にかかり、わずか一か月半で春・夏・秋・冬・朝・夜の六面の油彩壁画を仕上げている。（図8）制作に要する資材は画布から絵具まで、すべて米国から米軍が取り寄せたといわれる。同ホテルの廃業後、現在は小松市立宮本三郎美術館が所蔵するそれらの作品は、いずれも短辺が二メートルを超える大作で、「春」にあてられた《酪農》などは画面の長辺が四メートルに達する。これほどの大画面は作戦記録画にもなかった。

ところで、敗戦後の宮本は、一気呵成にいくつもの超大作を片付けるかたわら、ある一点の作品に数年にわたって、執

図7　向井潤吉《雨》1945年

図8　完成した油彩壁画《日本の四季》を前に（画面は左から「夏」「秋」「冬」、テーブル向かって右奥に座る白服が宮本）

図9　宮本三郎《死の家族》（1950年、世田谷美術館蔵、©Mineko Miyamoto 2024/JAA2400158）

拗に筆を入れ続けていたことがわかっている。世田谷美術館が所蔵するその作品は《死の家族》（図9・口絵11）と題された青黒い印象の八〇号ほどの油彩で、焼跡とおぼしき風景をバックに裸体で横たわる男性とその家族（？）が描かれている。宮本は敗戦とともに、戦争中から温めていたこのテーマに取りかかったようだが、白雲楼ホテルの壁画とは対照的に、こちらの制作はその後も遅々として進まず、疎開先から東京に戻ったあとの一九五〇年頃まで筆を入れ続けながら、結局は未完のまま筆をおくことになった。なお作品の内容とは別にちょっと気にかかるのは、宮本はこの画布をどこから手に入れたのかということだ。これは直前まで手がけていた「大東亜会議図」がどこに消えたのかという疑問と表裏をなしている。戦前からの買いだめでもないかぎり、この時期に八〇号大の画布を新たに調達するのは容易ではなかったはずだ。《死の家族》は「大東亜会議図」を上塗りするかたちで描かれたのではないかとも考えられるが、これについてはしかるべき調査を待つほかない。

　最後の最後に、藤田嗣治のその後について。敗戦後、一九四六年の年初頃に東京に戻り、一九四七年二月に公表されたGHQの戦争犯罪者リストで「潔白」となった藤田が、一九四九年に渡米し、一九五〇年に米国からフランスに渡って以降、二度と祖国の土を踏まなかったことはよく知られている。だが、ここで注目したいのはそれ以前のエピソードだ。

　敗戦直後の一九四五年十月十四日、画家宮田重雄の「美術家の節操」と題する投書が『朝日新聞』に載った。戦争画に健筆をふるった画家たちが今度は進駐軍慰問の展覧会を催すらしいと聞かされた宮田が義憤に駆られて投じたもので、その中で宮田は鶴田吾郎や藤田嗣治らを名指し、「自分の芸術素質を曲げて、通俗アカデミズムに堕し、軍部に阿諛し、材料その他で、うまい汁を吸つた茶坊主画家は誰だつたのか。その連中が舞台が一変すると、厚顔にも衣装を変へて、幕開きにとび出して来る。その娼婦的行動は、彼等自身の恥ばかりでない、芸術家全体の面汚しだ」と書いていた。[30]

その後宮田は噂が誤報であったことを知り、言及した画家たちに詫びを入れたとされるが、鶴田と藤田はそれを受け入れたうえで、十月二十五日付の同じ欄にあらためて一文を寄せ、自らの戦時中の活動に対する見解をそれぞれ披歴している。

鶴田の言うところはわかりやすい。鶴田にとって「画家」は国民のあり方の一つに過ぎなかった。「国家が戦争中その国民が好むと好まざるとによらず協力させられ、またすることは画家も国民の一人である以上当然ではないか」、「吾々は画家である。描きたいものは何でも描く、吾々は思想運動家ではない」と鶴田は言う。[31]

一方、藤田の主張は、わかりにくいというのではないが、答えとして噛み合っておらず、状況を考えれば場違いに能天気なところがあった。「元来画家と言ふものは真の自由愛好者であつて軍国主義者であらうはずは断じて無い」としたうえで、藤田は、「戦争中国家への純粋なる愛情を以て仕事を成した画家は勿論、凡ての画家も今敗戦の事実に直面し、(中略)世界平和と真の美への探求を研め、精一杯の勉強を成さねばならぬ」、「かうした意味で各国との芸術交流によつて日本文化の純化向上に努力する事を私は切望する所以である。今こそ正しき良心を以て我等画家は須く日本への愛情を世界への愛情と一つに結ばなければならぬ」とぶち上げている。[32]

どこか浮かれた調子の藤田のこの発言には、じつは背景があった。

藤田のこの投書が朝日新聞に掲載された頃、藤田は疎開先の小渕村で米軍工兵部隊のミラー大尉の訪問を受けていた。[33]ミラーは工兵部隊の戦闘美術家部隊に所属する米軍の従軍画家で、藤田とはパリ時代に面識があった。米本国で戦争をテーマとする展覧会の企画があり、そこに日本の作例も加えられそうだとの感触を得ていたミラーは、このとき、その出品作の選定と収集を藤田にもちかけたらしい。それは接収というよりは国際展への参加を促すような口ぶりであったかもしれず、じっさい「藤田氏はこの計画に大変乗り気で」、「自分が連絡を取った画家たちもこの目的のためなら喜んで自作を手ばなすつもりだと述べている」といった文言が同年十月二十八日付の米軍公文書に残されている。[34]収集作業を伝える同年末の新聞記事で、藤田は誇らしげに自らの任務をこう語っていた。「私たちは美術的価値を豪も失ひたくないと真剣に描いたもので、それが世界の檜舞台に出るのはうれしいことです」。[35]収集された作品は、半年ほど前には第三回陸軍美術展の会場であった上野公園の東京都美術館に集められ、晴れの舞台に備えて原作者たちが修復にあたっていた。藤田の戦争画には戦後、欧文の署名を書き加えたものがいくつかあるが、その綴りがFoujitaではなく英語風にFujitaなのは米国での公開を意識したものだろう。

ところが、一九四六年に入る頃からにわかに事業の雲行きがあやしくなる。[36]GHQのマッカーサー司令官が、工兵部隊のなかば独断で進められていた戦争画の収集作業に目をとめたのがきっかけだった。マッカーサーは慌てたようだ。もしそれらが芸術作品なら保護する必要がある。逆に有害なプロパガンダなら廃棄しなければならない。また戦利品ととらえるなら米国だけが持ち去ることは許されない。やっかいなことに藤田たちが収集した日本の戦争画群は、そのどれにも当てはまった。結局マッカーサーは、収集は続けつつも米国への搬送は保留にして、その価値を見積もるよう命じた。この時点で作業の主導権は、工兵部隊からGHQ内で文化行政を担当する民間情報教育局に移ることになる。藤田は収集作業の継続を命じられたが、仮病を用いてフェイドアウトを試みていたふしもある。「戦争美術の国際展」がどうやら思ったようには実現せず、収集作業が占領軍による「接収」の手引きでしかなくなりそうなことを悟ったのかもしれない。

収集された作品はそのまま都美術館に留め置かれ、日本の独立回復とともに米国に送致されたのち、一九七〇年に無期限貸与のかたちで返還されて、現在は東京国立近代美術館に収蔵されている。同館の「戦争記録画」コレクションの最大の特徴は、一五三点というボリュームもさることながら、戦時下の日本で描かれた戦争画のうちの主だった作品のほとんどをカバーしている点にある。そのコレクションとしてのクオリティー自体、戦争画に打ち込んだ画家たちの、敗戦をまたいで持続した自負を物語るかのようだ。

注

(1) 岡田きみ『画家・謙三とともに』(鹿島出版会、二〇〇九年)七八頁。

(2) 高島由紀「岡沢家資料に見る疎開期から帰仏期の藤田嗣治」(『近代画説』一九号、二〇一〇年十二月)六〇頁。

(3) 前掲 注2「岡沢家資料に見る疎開期から帰仏期の藤田嗣治」五九頁。

（4）　伊原宇三郎「実力を発揮させよ　伊原宇三郎氏談　必勝の心構へが肝要」（『朝日新聞』一九四五年七月七日）。

（5）　鶴田吾郎『半世紀の素描』（中央公論美術出版、一九八二年）一五一頁。

（6）　前掲書 注5『半世紀の素描』一五四頁。

（7）　鶴田吾郎「軍需生産美術推進隊の初期行動」（『美術』七号、一九四四年八月）七頁。

（8）　前掲書 注5『半世紀の素描』一五五―一五六頁。

（9）　吉原義彦「決戦軍需生産美術展覧会」（『美術』二巻三号、一九四五年三月）二二頁。

（10）　軍需生産美術推進隊については絵画よりも彫刻に関する研究が先行している。推進隊の絵画に焦点を合わせた先駆的な研究に以下がある。平瀬礼太「郷土作家の調査から　2．軍需生産美術推進隊について」（『姫路市立美術館研究紀要』第六号、二〇〇四年三月）。推進隊の彫刻については以下を参照。迫内祐司「近代日本における戦争と彫刻の関係――軍需生産美術推進隊を中心に」（『鹿島美術研究』年報第二七号別冊、二〇一〇年十一月）、菅野泰史「東山油田「敢闘」造像をめぐる調査研究 昭和19年に新潟県内で制作されたセメント彫刻の保存活動と史実調査」（『愛知県立芸術大学紀要』No.48、二〇一九年三月）、『生誕120年 古賀忠雄展 塑造（像）の楽しみ』（練馬区立美術館、二〇二三年十一月）等。

（11）　「美術推進隊と語る」（『産報輪和会時報 白樺』、一九四五年五月十六日）、前掲 注10「郷土作家の調査から　2．軍需生産美術推進隊について」所収、三一頁。

（12）　前掲 注11「美術推進隊と語る」、前掲 注10「郷土作家の調査から　2．軍需生産美術推進隊について」所収、三三頁。

（13）　前掲書 注5『半世紀の素描』一五七頁。

（14）　前掲書 注5『半世紀の素描』一五八―一五九頁。

（15）　「制約の中での芸術・座談会」（『毎日グラフ臨時増刊 太平洋戦争名画集』一九六七年十一月三日号）八六―八七頁。

（16）　「陸軍派遣画家 南方戦線座談会」（『大東亜戦争南方画信』陸軍美術協会、一九四二年九月）一〇頁。

（17）　前掲 注16「陸軍派遣画家 南方戦線座談会」二六頁。

（18）　「林蘭貢電二三号」（JACAR（アジア歴史資料センター）Ref. C01000535200、昭和十七年「陸亜密大日記 第三四号 一三」防衛省防衛研究所）。

（19）　宮本三郎「山下・パーシバル両司令官会見図について」（『宮本三郎南方従軍画集』陸軍美術協会、一九四三年九月）四六―四七頁。

（20）　「第二回帝国芸術院賞授賞要旨」（『画論』二二号、一九四三年六月）二六頁。

（21）　藤田嗣治「『大東亜戦争 陸軍作戦記録画解説』あとがき」（『大東亜戦争 陸軍作戦記録画解説』陸軍美術協会、一九四三年九月）ノンブルなし。

（22）　夏堀全弘『藤田嗣治芸術試論 藤田嗣治直話』（三好企画、二〇〇四年十月）三二一―三二三頁。

（23）　田村孝之介「火焔を潜つて」（『週刊朝日』四七巻一二号、一九四五年三月二十五日）九―一〇頁。

（24）　陸軍作戦記録画 主題及作家（『美術』九号、一九四四年十一月）三五頁。

（25）　以下の文献にカラー図版で掲載。『日本絵画史に輝く太平洋戦争名画展』図録（主催：東京放送、朝日放送、中国放送、RKB毎日放送）丸の内SPセンター事業部（協力（株）ノーベル書房）一九六八年七月。ただし同文献にも所蔵先の記載はない。

(26) 火野葦平『インパール作戦従軍記――葦平「従軍手帖」全文翻刻』(解説 渡辺考／増田周子、集英社、二〇一七年十二月)八二頁。

(27) 前掲 注10「郷土作家の調査から 2．軍需生産美術推進隊について」二二頁。

(28) 向井潤吉「自序」(『民家と風土』美術出版社、一九五七年一月)ノンブルなし(一頁)。

(29) 前掲書 注25『インパール作戦従軍記――葦平「従軍手帖」全文翻刻』四七七頁。

(30) 宮田重雄「美術家の節操」(『朝日新聞』一九四五年十月十四日)「鉄箒」欄。

(31) 鶴田吾郎「画家の立場」(『朝日新聞』一九四五年十月二十五日)「鉄箒」欄。

(32) 藤田嗣治「画家の良心」(『朝日新聞』一九四五年十月二十五日)「鉄箒」欄。

(33) バース・ミラー(Barse(資料によってはBarce)Miller)。階級は一九四五年十月二十四日付の電文(太平洋陸軍総司令官発 中国方面軍総司令官宛)では大尉だが、一九四六年一月六日付の電文(中国方面軍総司令官発 太平洋陸軍総司令官宛)では少佐となっている(電文はどちらも国会図書館憲政資料室マイクロフィッシュ AG(C)00090))。本資料および後掲資料(注33、注35)を含む戦争画の接収経緯については以下の拙稿を参照。河田明久「「それらをどうすればよいのか」――米国公文書にみる「戦争記録画」接収の経緯」(『近代画説』八号、一九九九年十二月)。

(34) 「CHECK SHEET」国立国会図書館憲政資料室マイクロフィッシュ AG(C)00089、一九四五年十月二十八日付 工兵部隊発 第八軍参謀部第一部参謀長宛 の電文 内容(Subject)は Request for Japanese Artists

(35) 「連合国軍の肝煎りで 米国へ渡る戦争画 数十年後には再び故国へ」(『朝日新聞』一九四五年十二月六日)。

(36) 「OFFICE MEMORANDUM」国立国会図書館憲政資料室マイクロフィッシュ CIE(A)08145、一九四六年二月二十一日付 起草部署不明(民間情報教育局(CIE)カ)内容(Subject)は Japanese War Propaganda Paintings ／「MEMORANDUM FOR RECORD」国立国会図書館憲政資料室マイクロフィッシュ CIE(C)06719、一九四六年二月二十六日付 起草部署：工兵部隊 内容(Subject)は Japanese War Art。

図版出典

図1 『生誕120年 藤田嗣治展 パリを魅了した異邦人』図録(東京国立近代美術館(他)、二〇〇六年三月)

図2 『戦争と美術 1937-1945』改訂版(国書刊行会、二〇一六年十二月)

図3 平瀬礼太「郷土作家の調査から 2．軍需生産美術推進隊について」(『姫路市立美術館研究紀要』第六号、二〇〇四年三月)

図4 平瀬礼太「郷土作家の調査から 2．軍需生産美術推進隊について」(『姫路市立美術館研究紀要』第六号、二〇〇四年三月)

図5 『小松市立宮本三郎美術館開館記念展 宮本三郎 故郷にみる実り豊かな軌跡』図録(小松市立宮本三郎美術館、二〇〇〇年十一月)

図6 『日本美術全集 第18巻 戦争と美術』(小学館、二〇一五年四月)

図7『向井潤吉展 心に残る絵筆の旅』図録（朝日新聞社、一九九七年一月）

図8 廣田生馬「宮本三郎の芸術――戦前・戦中・戦後を中心に」（『没後35年 宮本三郎展――留学・従軍・戦後期を中心に』図録、神戸市立小磯記念美術館、二〇〇九年十月）

廃墟としての金沢文庫
——特別展「廃墟とイメージ」の記録

梅沢 恵

うめざわ・めぐみ——共立女子大学准教授。元神奈川県立金沢文庫主任学芸員で、特別展「廃墟とイメージ——憧憬、復興、文化の生成の場としての廃墟」の企画を担当。専門は日本・東洋美術史（絵画史）。主な論文に「日本に伝来した陸信忠画——称名寺本陸信忠筆十王図を中心に」（『アジア仏教美術論集 東アジアⅣ 南宋・大理・金』中央公論美術出版、二〇二〇年）、「鬼神を主題とする中世絵巻——「辟邪絵」・「勘当の鬼」・詞書断簡」（『美術研究』四三六、二〇二二年）などがある。

鎌倉幕府の要職を務めた金沢北条氏は大陸との交易で繁栄し、菩提寺の称名寺も七堂伽藍を備える規模を誇った。一族の滅亡後も栄華は語り継がれ、和漢の書物を収めた金沢文庫は後世の人々の垂涎の的であり続け、その跡を訪ねる旅人は絶えなかった。本稿は「廃墟」から生み出される文化事象について考えた展覧会の開催記録である。

昔、金沢大夫君、使を支那国に遣はし、万里の鯨波を航して、群書を運載し、以て我が本朝の宝となす。大夫君はすなわち称名律寺の大檀越なり。故に寺の傍らに文庫を建ててこれを蔵す。天下の図書府なり。（中略）文庫は已に破れて、これを堂宇の傍に移す。関東幾多の騒乱ありしか。斯文、祖龍焚烈の厄を免れるといえども、みだりに好事者に奪い去られ、巻帙蕩然たり。

（玉隠永璵『関東禅林詩文等抄録』「賀長尾平吾検金沢文庫禅詩軸并叙」(1)）

鎌倉時代、武州金沢を所領した金沢北条氏は、代々鎌倉幕府の要職を務めた一族である。北条実時（一二二四～七六）は、称名寺に隣接する邸宅に金沢文庫を建て、和漢の書物を蒐集して文庫に収めた。続く歴代当主たちも一族の菩提寺である称名寺の伽藍の整備に努め、執権となった金沢貞顕の頃には元亨三年（一三二三）の絵図（**図1・口絵10**）のような七堂伽藍を備えるまでに至ったのである。しかし、十年後の元弘三年（一三三三）、鎌倉幕府は滅亡、貞顕の自刃により金沢北条氏も滅びた。新政権は翌月には称名寺の内外典籍について目録を添えて提出するよう勅命を伝えている。[2] 幸い、称名寺は寺領を安堵され、金沢文庫の書物の接収も免れた。しかし、延徳三年（一四九一）、鎌倉府の命を受け、金沢文庫の典籍検査[3]に参加した玉隠英璵は、冒頭のように「天下の図書府」たる金沢文庫が荒廃したことを記している。主を失った金沢文庫の維持は次第に難しくなり、十五世紀末には「廃墟」となっていたのである。

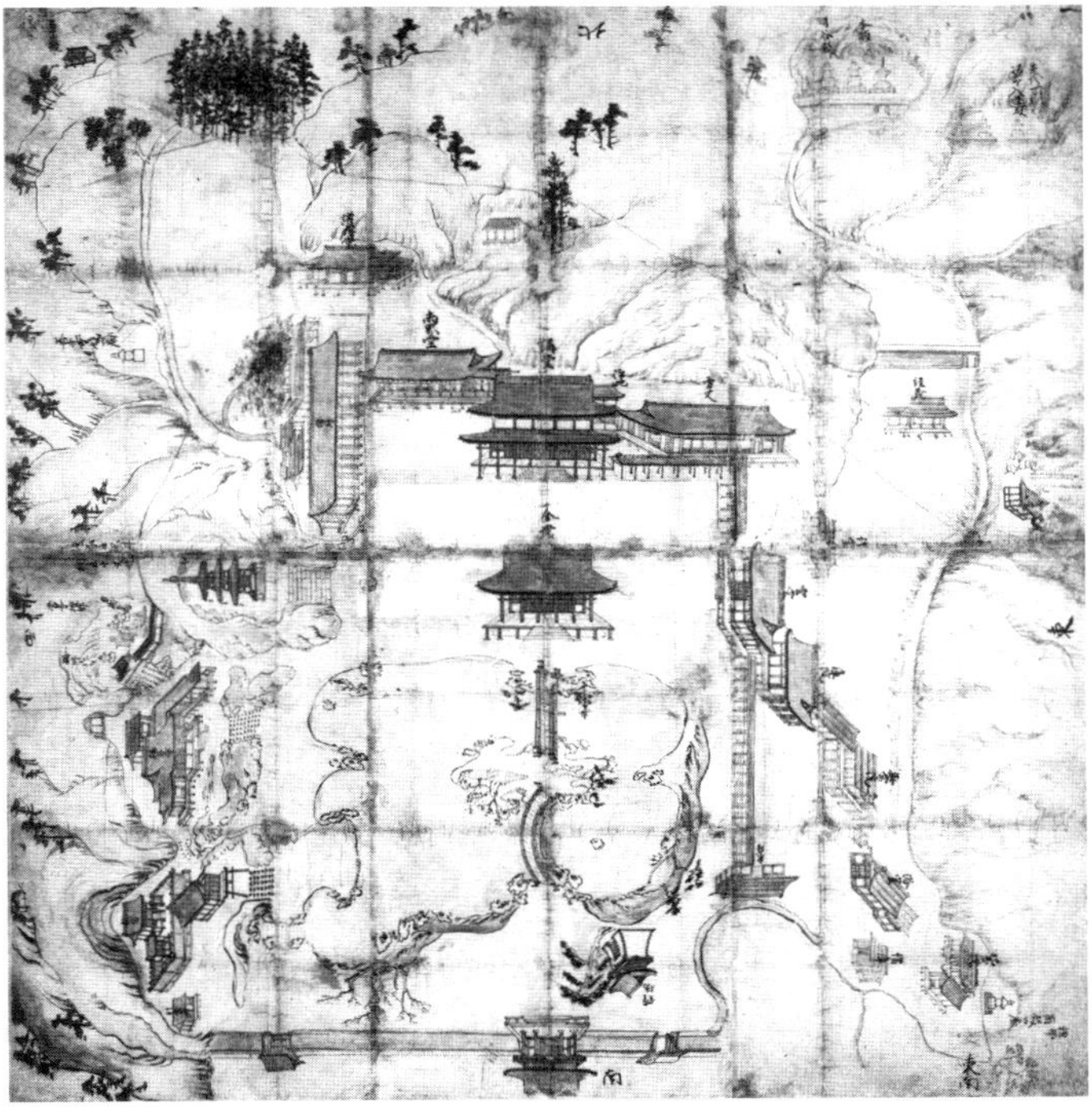

図1　重要文化財　称名寺絵図　元亨3年（1323）　称名寺（神奈川県立金沢文庫保管）

　ところが、その後も途切れることなく旅人が金沢文庫跡を訪れ、称名寺の池畔に残された西湖梅を見て、金沢北条氏に思いを馳せて作詩した。このような「廃墟」からの新たな創造は、古来、いたるところで行われ、日本の文学や美術におけるイメージの源泉ともなっていた。

　二〇二三年九月二十九日〜十一月二十六日を会期として神奈川県立金沢文庫において開催した特別展『廃墟とイメージ――憧憬、復興、文化の生成の場としての廃墟』は、日本における「廃墟」にまつわる文化事象について国宝・重要文化財を中心に約一〇〇点から考える試みであった。以下、展覧会場の展示構成に従い、その大略を述べたい。

一、廃墟の表徴

　日本の湿潤な環境では、西洋風景画にモティーフとして描かれる古代ローマの遺跡のように、何百年、何千年と崩れたままの木造の建物が遺されることはない。やや類似の描写としては、江戸時代の作例であるものの、祖本が中世に遡ると考えられる

図2　一遍上人縁起絵　巻三第三段　四条釈迦堂　江戸時代（清浄光寺（遊行寺））

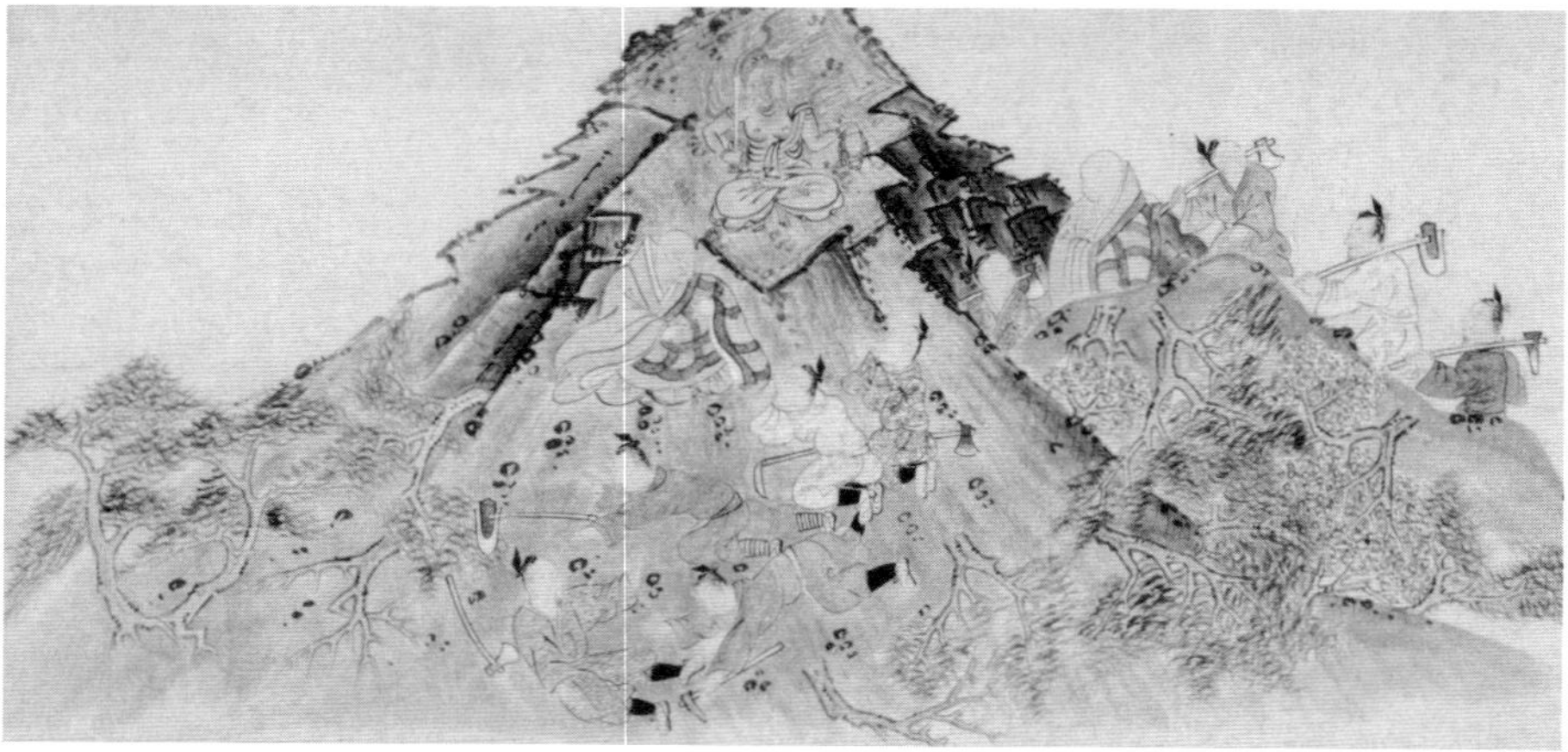

図3　大山寺縁起絵巻（部分）　室町時代（平塚市博物館）

『一遍上人縁起絵』（**図2**）の四条釈迦堂の場面があげられる。四条釈迦堂は入宋した奝然（九三八～一〇一六）が帰国後に請来した栴檀釈迦像を自ら模刻して安置した堂である。築地塀には雑草や苔が生え、境内の柳が鬱蒼としている。注目されるのは築地塀の脇に転がる石造物である。礎石のような丸い石材もあり、釈迦堂を由緒ある古跡として描いた表現と考えられる。

このような古跡の出現は寺院の縁起にも描かれる。例えば、近江国石山寺の草創譚では、良弁（六八九～七七三）が聖武天皇の命により伽藍を建立しようとすると地中から宝鐸（銅鐸）[4]が出土し、その地が往古から勝地であったことが判明する。また、相模国大山寺の縁起絵巻（**図3**）では、鷲に攫われた子供（のちの良弁）が高僧となって帰郷した際、光を発する相模国大山の山頂を掘り起こさせると、不動明王像が出現するのである。

図4　西行物語絵巻（著色本）　中巻　駿河国岡部宿の荒れた堂　室町時代（サントリー美術館）

崩れかけた木造家屋がその状態で維持されるのはごく短い期間である。『源氏物語』には、経済的に困窮し、雑草が生えるままの荒れた家に住む女が登場する。ここにはまだかろうじて人が住んでいるが、やがて狐やフクロウが棲みつき、廃墟化がさらに進行すると、荒廃した羅城門のように鬼や物の怪の住処となってしまう。

俗世を離れ、各地を漂泊した西行の行状を描くサントリー美術館本『西行物語絵巻』では、多くの廃墟的な描写がみられる。駿河国岡部宿の荒れた堂（**図4**）には途中で別れた同行（西住）の笠が残されていた。絵には土地の人から西住の最期を知らされる西行が描かれている。堂は蔀が破れ、屋根の檜皮も抜け落ち、苔が生えている。松の大木の下に傾く卒塔婆が西住の墓であろう。西行はその後、陸奥国野中で藤原実方の墓にも参っている。三十六歌仙の一人である実方は藤原公任や清少納言とも交遊があったが、陸奥守赴任を命じられて客死した。雑草が生い茂り、蔓草が絡む卒塔婆が傾く寂しい墓所として描かれている。松と卒塔婆は墓所の定型的な表現である。しかし、『徒然草』第三十段に、故人を知る人がいなくなると松の大木は薪となり、古塚は耕されて田になってしまうという話があるように、故地として忘却されないことは「永続的な廃墟」の要件であるといえよう。

栄華を極めた藤原道長（九六六～一〇二八）が晩年に創建した法成寺は『栄花物語』に詳述されるように、瑠璃瓦を葺き、羅城門の礎石を運ばせるなど、贅を尽くして造営された大伽藍であった。しかし、『徒然草』第二十五段には鎌倉時代にはすでに荒廃していたことが語られている。そして、このような現世の栄華が滅んだ跡を見つめることは発心にも繋がった。

図5　重要文化財　二河白道図（部分）　鎌倉時代（香雪美術館）

図6　重要文化財　法華経曼荼羅（部分）　鎌倉時代（本法寺）

図7　国宝　六道絵「人道不慮難図」（部分）　鎌倉時代（聖衆来迎寺）

二、廃墟と発心

『法華経』譬喩品は、苦しみの絶えない三界（この世）を火に包まれた家に譬え、三車（羊・鹿・牛）すなわち声聞、縁覚、菩薩の三乗の教えにより仏が衆生を導くことを説いている。その経意を表す『法華経』見返絵や法華経曼荼羅は、長者の広大な屋敷の壁が崩れ、柱が傾いて倒壊し、ついに出火する段階を詳しく描写する。やがて蛇や野干（狐）、猛禽、魑魅魍魎、鬼が棲みつき、物語絵巻や説話に描写される現実世界の廃墟のイメージにも重なってくる。『二河白道図』は、極楽往生に至る信心を、貪りを表す水の河と怒りを表す火の河に挟まれた一筋の白道に譬えて図示する。香雪美術館本や平野美術館本の水の河には財宝に囲まれた貴族の男女が描かれている（**図5**）。なお、本法寺本の『法華経曼荼羅』第三幅の譬喩品「火宅譬」（**図6**）[5]の近くに「怨憎会苦」と「愛別離苦」の描写がある。殺し合う二人は火炎に包まれ、貴族の男女は水上に描かれており、二河白道図の図像を彷彿とさせる。財産や家への執着や、生老病死の苦しみは『六道絵』の人道幅に詳しく描写されている。「人道不慮難図」幅には今にも潰れそうな荒ら家に住む貧者（**図7**）、「人道不浄相」には美女の朽ちゆく肉体が描かれている。いわば「廃墟」と

図8　国宝　病草紙「歯槽膿漏の男」　平安時代（京都国立博物館）

して滅びゆく身体は、さまざまな病や体の不調を集めた『病草紙』（図8）にも描かれている。中世においては、病は因果応報として現れ、また発心を促す善知識と捉えられていたことが指摘されている。[6]『病草紙』には病人を嘲笑する人が共に描かれているが、他人事として暢気に構えるのは「火宅」の中で自分の置かれた状況が把握できないまま遊び続ける子供のようなものかもしれない。

三、復興の機縁としての廃墟

治承四年（一一八〇）、平重衡による南都焼討により、東大寺、興福寺は焼亡した。とりわけ、東大寺大仏の炎上は人々に衝撃を与えた。東大寺別当として復興の中心を担った尊勝院弁暁（一一三九～一二〇二）の説草（称名寺聖教）には、大勧進・重源（一一二一～一二〇六）が周防国から材木を運ぶ際に諸天、冥道、護法善神の加護があったことなどが語られており、東大寺における大仏をめぐる縁起の生成の萌芽をみてとることができる。また、弁暁草には末世法滅を衆生に自覚させるために、大仏自ら猛火に身を投じたのだという語りもみられる。[7]未曾有の法難でさえ、その意味を問い、復興の原動力へと昇華させているのである。

山王宮曼荼羅は比叡山の鎮守である日吉社の神域を描く。求心性の高い構図で描かれ、ひときわ大きく描かれる八王子山は回峰行の実践の場でもあり、聖地の表象は江戸時代まで「あるべき姿」として転写された。一方、杭州（中国浙江省）の西湖を描いた狩野山楽筆西湖図屏風（サントリー美術館）には、湖畔の雷峰塔が崩れた姿（図9）で描かれている。これは、嘉靖三十三年（一五五四）に倭寇により、焼き払われて塔心だけが残された姿とされる。[8]狩野山楽（あるいは山雪）が何に拠り崩れた雷峰塔を描いたのか興味深いが、南宋の都である杭州では、亡国の呉越国王が建てた雷峰塔は西湖のイメージを構成する「古代」の遺跡として認識されていたので

図10　重要文化財　金銅装宝篋印塔　永仁5年（1297）　称名寺（神奈川県立金沢文庫保管）

図9　西湖図屏風（左隻部分）　崩れた雷峰塔　江戸時代（サントリー美術館）

あろう。

四、鎌倉の興亡

称名寺の三重塔に安置されていた宝篋印塔（図10）の台座に永仁四年（一二九六）の鎌倉大焼亡が記載されるように、中世都市鎌倉もまた、たびたび地震や火事で罹災した。『修理事』（称名寺聖教）は、霜月騒動で失脚した安達氏が創建した甘縄観世音寺の再興勧進の表白である。甘縄観世音寺は聖徳太子ゆかりの救世観音像を勧請した寺であり、新興都市鎌倉において「古代」を尊ぶ意識も見て取れる。

　また、鎌倉幕府滅亡後も新政権は鎌倉を重視し、夢窓疎石（一二七五～一三五一）の塔所として円覚寺黄梅院が創建されると高弟が関東に派遣された。しかし、相次いで創建された夢窓派寺院の多くはまもなく廃寺となっている。十五世紀半ばに鎌倉に来遊した万里集九（一四二八～？）は、夢窓疎石ゆかりの偏界一覧亭に蜘蛛の巣がかかっているのを嘆いている。また万里集九はこの鎌倉滞在の時期に称名寺にも訪れ、池畔にのこされた「西湖梅」を見て金沢北条氏の栄枯盛衰に思いを馳せて漢詩をつくっている(9)。この頃の鎌倉は、西行が奥州へと誘われたように、失われた過去への憧憬をかきたて旅人を惹きつけてやまない名所となっていたのである。

五、廃墟となった金沢文庫と近代の復興

鎌倉時代の称名寺絵図に描かれている三重塔（**図11**）は、延宝八年（一六八〇）の自住軒一器『鎌倉紀』に「左の方に宝塔の跡あり。上ハ崩れてかやをふき、下ハよのつねの堂のごとくなり。さしのぞき見れバ、色どりたる仏像、絵に書て、いくつもあれ共、雨の滴りにうくバかり。」とあり、十七世紀には一層のみが残存し、茅で仮屋根が葺かれていた(10)。この頃までは鎌倉時代の壁画が残されていたようであり、亡失が惜しまれる。この一層のみが残された三重塔は江戸時代の『称名寺境内図』（**図12**）に描かれている。江戸時代には、『江戸名所図会』（**図13**）の挿図にあるように金沢文庫跡は畑となり、称名寺も堂宇がまばらとなっていた。

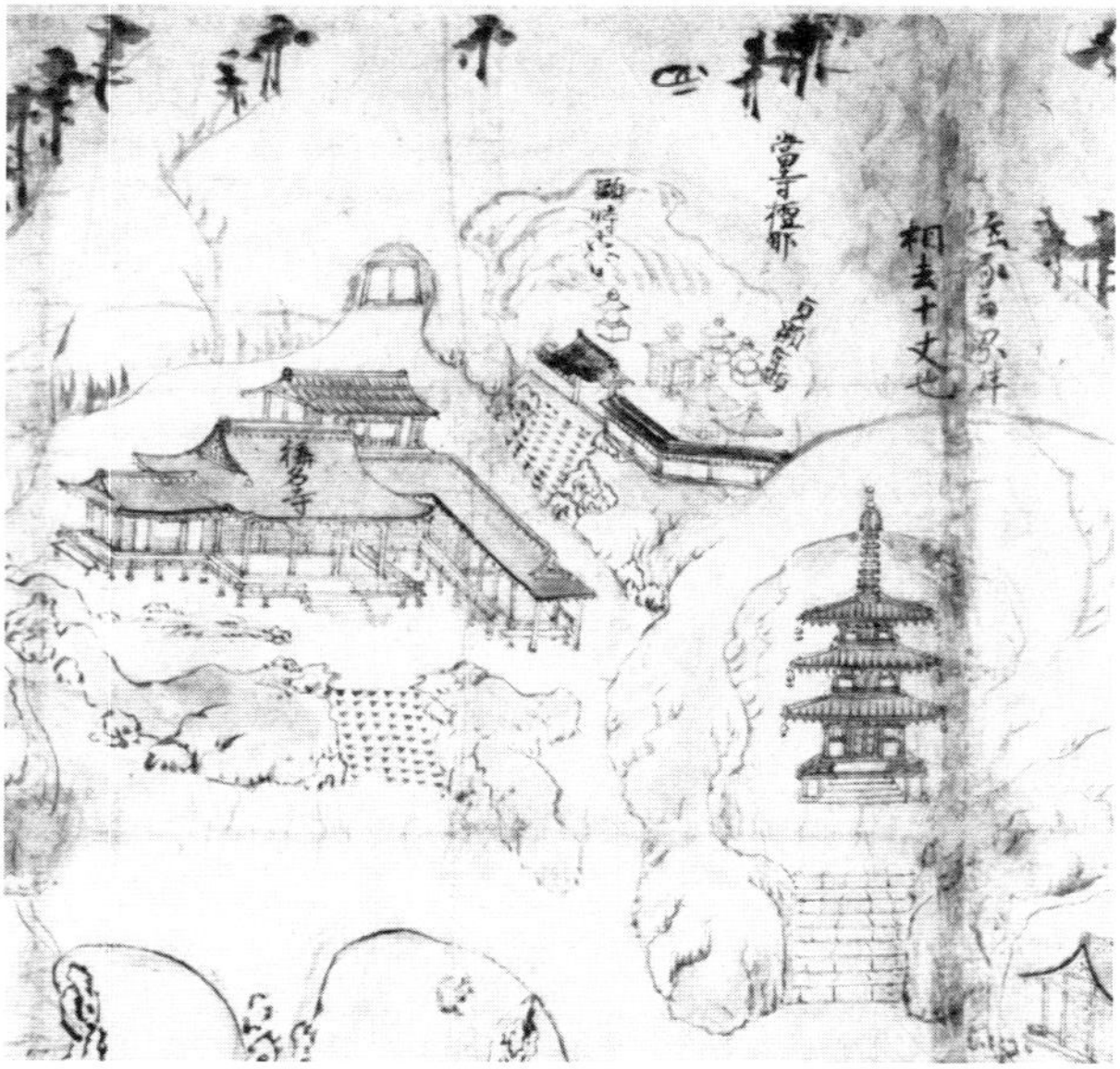

図11　重要文化財　称名寺絵図（部分）　称名寺（神奈川県立金沢文庫保管）

図12　称名寺境内図（部分）　江戸時代　称名寺（神奈川県立金沢文庫保管）

本展には、金沢文庫から流出して、徳川家康（一五四三〜一六一六）の手に渡り、「駿河御譲本」として尾張徳川家に伝来した河内本『源氏物語』が里帰りした。文庫が朽ち、その痕跡さえ消滅していた「廃墟」の時代、金沢文庫の記憶を伝えたのは各地に散逸したこのような書物であった。そして、これから先も世界中に所在する金沢文庫旧蔵本が、金沢北条氏の栄華に思いを馳せる装置として機能し続けるだろう。

図13　『江戸名所図会』巻二第六冊　金沢文庫址　江戸時代（神奈川県立歴史博物館）

図14　絵はがき《武州金沢文庫》　明治時代（楠山永雄コレクション）

本展を開催した二〇二三年は関東大震災から一〇〇年にあたる。関東大震災で称名寺の梵鐘は落下し、明治時代に伊藤博文が復興した金沢文庫（図14）も被災したが、昭和五年（一九三〇）に神奈川県立の施設として金沢文庫が設立されて今日に至る。首都圏が壊滅的な被害を受けた大震災後に六〇〇年前の「知の宝庫」が復興されたことは、当時としても大きな意味があったはずである。

おわりに

本展には出陳されなかったが、中世の重要な「廃墟」的表現として、正安元年（一二九九）成立の『一遍聖絵』巻十第三段（**口絵12**）が挙げられよう。この段には、正応元年（一二八八）十二月十六日に一遍が大三島社参詣した事跡が描かれる。大三島社は一遍の出自である伊予河野氏ゆかりの古社である。台風などで度々罹災した記録があるものの、『一遍聖絵』が成立した頃には造営が完了していたと考えられる。それならば、なぜ大三島社を荒廃した姿で描く必要があったのか。筆者はこの場面の「廃墟」的な描写には、現地の実情に即した描写以外の意味が込められていると考えている。これについては、別稿にあらためたい。

注

（1）東京大学史料編纂所所蔵。
（2）洞院実世書状案（金文五四三一）南北朝時代。
（3）金沢文庫印は、このような典籍検査の際に、鎌倉の禅僧の手により捺されたと考えられている。
（4）石山寺にはこの時に出土したと伝承される銅鐸が所蔵される。
（5）原口志津子氏の図像解釈による。原口志津子『富山・本法寺蔵法華経曼荼羅図の研究』（法蔵館、二〇一六年）。
（6）山本聡美「善知識としての病」（『宗教研究』九五二、二〇二一年）。
（7）高橋悠介「弁暁の説草と東大寺大仏再建」（『東大寺　鎌倉再建と華厳興隆』神奈川県立金沢文庫、二〇一三年）。
（8）田中伝「焼け落ちた雷峰塔」（『名勝八景憧れの山水』出光美術館、二〇一九年）。
（9）梅沢恵「西湖憧憬――西湖梅をめぐる禅僧の交流と十五世紀の東国文化」（『西湖憧憬』神奈川県立金沢文庫、二〇一八年）。
（10）西岡芳文「金銅装宝篋印塔のひみつ」（『金沢文庫の名宝五〇選』神奈川県立金沢文庫、一九九五年）。

附記　本稿は、二〇二三年九月二十九日〜十一月二十六日を会期として神奈川県立金沢文庫において開催した特別展『廃墟とイメージ――憧憬、復興、文化の生成の場としての廃墟』の展覧会図録の総説を一部加筆し、再録したものである。本稿の図版は『廃墟とイメージ――憧憬、復興、文化の生成の場としての廃墟』（神奈川県立金沢文庫、二〇二三年）より転載した。

あとがき

木下華子

本誌は、二〇一九年に始発した「廃墟」の共同研究の成果を公開し、今後の〈廃墟論〉への新たなプラットフォームを創出すべく、企画されたものである。共同研究のメンバーは梅沢恵・木下華子・陣野英則・堀川貴司・山中玲子・山本聡美・渡邉裕美子の七名であり、本年は、スタートから六年目に当たる。この間、科学研究費助成事業基盤研究（C）「古代・中世日本における廃墟の文化史」（研究代表者・木下華子、二〇二〇年四月〜二〇二三年三月、研究課題番号・20K00337）、サントリー文化財団研究助成（「学問の未来を拓く」）「前近代日本における廃墟の文化史」（研究代表者・渡邉裕美子、二〇二三年八月〜二〇二五年七月）を受け、本誌の刊行にもその恩恵を蒙っている。

この場を借りて、共同研究の来し方を記すことをお許しいただきたい。本研究は、異なる専門を持つ研究者七名（日本文学分野では和歌・物語・紀行・随筆・五山文学・能楽、日本美術史分野では宗教絵画・説話画）が集まって学際的な場を設定、「廃墟」をテーマとした新たな研究を拓き、学術的なフレームを確立することを目指したものである。しかしながら、始発から半年後の二〇二〇年春に新型コロナウィルス感染症（COVID-19）が世界を覆ったことによって、最初の数年間は、場をともにして発表・議論を行うという従来の研究会のあり方がかなわない事態となった。パンデミックによる本来的な関係性の阻害によって、社会全体に、「廃墟」とでも言うべき状況がもたらされたことは記憶に新しい。私たちの共同研究もその最中にあったが、オンライン会議システムをはじめとしたネットワークインフラの整備・拡大のおかげで十数回の定例研究会を実施できたことは、研究の継続・発展に際して本当にありがたいことであった。

その成果を公開し、新たな議論を呼び起こすべく、二〇二三年には国際シンポジウム「古代・中世日本における廃墟の文化史」（早稲田大学戸山キャンパス、三月一八日）を開催した。また、神奈川県立金沢文庫における特別展「廃墟とイメージ――憧憬、復興、文化生成の場としての廃墟」（九月二十九日〜十一月二十六日）の開催に協力して、連続講演会を行った。前者は、本研究メンバーの研究発表に加え、西洋美術の研究者・海外の日本文学研究者を招いてディスカッションを行ったもの、後者は、本研究による成果を踏まえて一般への普及を企図したものであるが、これらの場を通して「廃墟」という視座の実効性と普遍性、国際性を深く実感できたことは、その後の研究の大きな推進力となった。

このような歩みの上に本誌は企画され、「廃墟」研究の拡大・深化を目指して、共同研究メンバー七名が専門とする日本の中古・中世文学、美術史のみならず、上代・近世・近代文学、日本中世史、宗教学、西洋美術史等を専門とする国内外十三名の研究者に寄稿をお願いした次第である。編集に当たっては、「廃墟」の学際性、時代やジャンルを超える境界性を活かすべく、従来的なディシプリンには拠らずに、「廃墟論の射程」「廃墟の時空」「廃墟を生きる」という三部構成を取った。

第一部「廃墟論の射程」には、「廃墟」の機能に着目した論考を収載する。過去・現在・未来という時間軸を行き来し、場面・物語・趣向をつくりだす動力。本来性を回復させ、理想的な新しさや歴史的な価値を生む創造性。人類の未来への眼差しを宿す啓発性。人による言葉として、美術的な営為としての「廃墟」が、縦横無尽に機能する様相を実感いただけるかと思う。

第二部「廃墟の時空」には、「廃墟」という場、表象分析を中心とした論考を収める。「霊場」とは異なり、彼岸への回路とはなりえない「廃墟」に発生する磁力。河原院・遍照寺等、日本における象徴的な「廃墟」表象と場としての機能。「廃墟」になる空間となり得ない空間の位相。「廃墟」が内包する復興や回復の物語を実現させる場としての身体。「廃墟」の多様性とダイナミックな展開を味わうことができる。

第三部「廃墟を生きる」には、戦乱や災害による実際の荒廃の中での人々の営みを紡ぎ出す論考を集めた。荒廃・頽廃を象徴するがごとき承久の乱後の京都や中世の大内裏にきざす再生のあり方。中国文学の記憶を背負って五山文学の中に現出する「廃墟」。第二次世界大戦という「廃墟」の中に立ち上がる戦争画家たちの目論見と営為。戦乱や自然災害、多くの社会変動に見舞われた日本において、人々が常に「廃墟」と向き合い、社会の中に「廃墟」を包摂しながら歩んできたことが理解される。

そのような営みの象徴を、私たちは金沢文庫に見ることができるかもしれない。第三部、そして本誌の掉尾は、二〇二三年秋に神奈川県立金沢文庫で開催された特別展「廃墟とイメージ」の記録だが、鎌倉幕府滅亡後、主を失った金沢文庫は衰退の一途をたどり、十五世紀末には「廃墟」と化していた。しかし、その後も金沢文庫跡を訪れる者は途絶えず、この地から頻々と新たな創造が行われていたのである。「廃墟」の時代を経験した金沢文庫における「廃墟」展、そこからの議論と研究の創出を目指す試みは、「廃墟を生きる」一つの形と言えようか。

本誌は、ここまでの「廃墟」研究の総括であるとともに、〈廃墟論〉の確立という新たな挑戦への第一歩でもある。前途は遠いが、刺激や批正を受けながら歩みを進めたい。また、巻頭言が記すように、廃墟からの復興・再生は常に現代的な課題である。本誌に収められた論考の多くは前近代・近代における「廃墟」を対象とするものだが、そのプロセスと成果は、今を生きる私たちの営為を、歴史的な時間の中で可視化・相対化するだろう。大規模な災害、戦争、分断と様々な危機が顕在化する現代において、人文学研究が何をなし得るのか。「廃墟」という視座は、困難に立ち向かう柔らかい可能性を内包しているようにも思う。本誌がそのような可能性に資するものとなれば、まことに幸いである。

刺激的な論考をお寄せくださった執筆者各位、また本誌の刊行に高配を賜った勉誠社の吉田祐輔氏・武内可夏子氏に、共同研究メンバー一同、篤く御礼を申し上げる。

執筆者一覧（掲載順）

木下華子	陣野英則	矢内賢二
平泉千枝	板倉聖哲	藤田　佑
佐藤弘夫	渡邉裕美子	山中玲子
ハルオ・シラネ	山本聡美	多田蔵人
嚴　仁卿	佐藤直樹	三浦佑之
長村祥知	久水俊和	堀川貴司
河田明久	梅沢　恵	

【アジア遊学 297】
廃墟《はいきょ》の文化史《ぶんかし》

2024年10月10日　初版発行

編　者　木下華子・山本聡美・渡邉裕美子
発行者　吉田祐輔
発行所　株式会社勉誠社
〒101-0061　東京都千代田区神田三崎町 2-18-4
TEL：(03)5215-9021(代)　FAX：(03)5215-9025
〈出版詳細情報〉https://bensei.jp/

印刷・製本　㈱太平印刷社
ISBN978-4-585-32543-7　C1391

異端神道と日本ファシズム　斎藤英喜

IV　学問としての神道

『神道沿革史論』以前の清原貞雄―外来信仰と神道史　大東敬明

神道学を建設する―井上哲次郎門下・遠藤隆吉と「生々主義」の近代　木村悠之介

柳田国男と黎明期の神道研究―神道談話会を通して　渡勇輝

戦後歴史学と神道―黒田俊雄の研究をめぐって　星優也

【コラム】今出河一友の由緒制作と近代における率川神社の由緒語り　向村九音

【コラム】海外の近代神道研究　平藤喜久子

280 都市と宗教の東アジア史

西本昌弘　編

序文　西本昌弘

I　王都の宗教施設と儒教・仏教

中国 南北朝時代の王朝祭祀と都城　村元健一

朝鮮三国の国家祭祀　田中俊明

東アジアの祭天と日本古代の祭天　西本昌弘

藤原京・平城京と宗教施設　鈴木景二

II　漢人集団・天台宗・禅宗の渡来と定着

大和地域の百済系渡来人の様相―五・六世紀を中心に　井上主税

義真・円澄と中国天台　貫田瑛

京都・地方禅林からみた北条得宗家と宋元仏教制度の導入　曾昭駿

尼五山景愛寺と法衣の相伝　原田正俊

III　東アジアの仏教交流と寺院・文物

奈良・平安初期の四天王寺における資財形成と東アジア　山口哲史

宋元時代華北の都市名刹―釈源・洛陽白馬寺を中心に　藤原崇人

琉球・円覚寺の仏教美術―中国・朝鮮・日本　長谷洋一

阮朝初期におけるベトナム北部の仏教教団―福田和尚安禅の仏書刊行と教化活動　宮嶋純子

284 近世日本のキリシタンと異文化交流

大橋幸泰　編

283 東アジアの後宮

伴瀬明美・稲田奈津子・榊佳子・保科季子　編

黒田彰
伝賀知章草書『孝経』と唐宋時代『孝経』テクストの変遷　顧永新（翻訳：陳佑真）
曹操高陵画像石の基礎的研究　孫彬
原谷故事の成立　劉新萍
二、仏教に浸透する孝文化
報恩と孝養　三角洋一
〈仏伝文学〉と孝養　小峯和明
孝養説話の生成―日本説話文芸における『冥報記』孝養説話　李銘敬
説草における孝養の言説　高陽
元政上人の孝養観と儒仏一致思想―『扶桑隠逸伝』における孝行言説を中心に　陸晩霞
韓国にみる〈孝の文芸〉―善友太子譚の受容と変移　金英順
平安時代における仏教と孝思想―菅原文時「為謙徳公報恩修善願文」を読む　吉原浩人
三、孝文化としての日本文学
漢語「人子」と和語「人《ひと》の子《こ》」―古代日本における〈孝〉に関わる漢語の享受をめぐって　三木雅博
浦島子伝と『董永変文』の間―奈良時代の浦島子伝を中心に　項青
『蒙求和歌』における「孝」の受容　徐夢周
謡曲における「孝」　ワトソン・マイケル
『孝経和歌』に見る日本における孝文化受容の多様性　隽雪艶
和漢聯句に見える「孝」の題材　楊昆鵬
橋本関雪「木蘭」から見る「孝女」木蘭像の変容　劉妍

287 書物の時代の宗教―日本近世における神と仏の変遷

岸本覚・曽根原理　編
序文　岸本覚・曽根原理
I　近世の書物と宗教文化
近世人の死と葬礼についての覚書　横田冬彦
森尚謙著『護法資治論』について　W. J. ボート
六如慈周と近世天台宗教団　曽根原理
【コラム】おみくじと御籤本　若尾政希
II　『大成経』と秘伝の世界
禅僧たちの『大成経』受容　佐藤俊晃
『大成経』の灌伝書・秘伝書の構造とその背景―潮音道海から、依田貞鎮（偏無為）・平繁仲を経て、東嶺円慈への灌伝伝受の過程に　M. M. E. バウンステルス
増穂残口と『先代旧事本紀大成経』　湯浅佳子
【コラム】『大成経』研究のすゝめ　W. J. ボート
III　カミとホトケの系譜
東照大権現の性格―「久能山東照宮御奇瑞覚書」を事例として　山澤学
修正会の乱声と鬼走り―大和と伊賀のダダをめぐって　福原敏男
人を神に祀る神社の起源―香椎宮を中心として　佐藤眞人
【コラム】東照大権現の本地　中川仁喜
IV　近世社会と宗教儀礼
「宗門檀那請合之掟」の流布と併載記事　朴澤直秀
因伯神職による神葬祭〈諸国類例書〉の作成と江戸調査　岸本覚
孝明天皇の「祈り」と尊王攘夷思想　大川真
【コラム】二つの神格化　曽根原理

286 近代アジアの文学と翻訳―西洋受容・植民地・日本

波潟剛・西槇偉・林信蔵・藤原まみ　編
はじめに　波潟剛
第I部　日本における「翻訳」と西欧、ロシア
ロシア文学を英語で学ぶ漱石―漱石のロシア文学受容再考の試み　松枝佳奈
白雨訳 ポー「初戀」とその周辺　横尾文子
芥川龍之介のテオフィル・ゴーチエ翻訳―ラフカディオ・ハーンの英語翻訳との関係を中心に　藤原まみ
川端康成の短編翻訳―ジョン・ゴールズワージーの「街道」を中心に　彭柯然
翻訳と戦時中の荷風の文学的戦略―戦後の評価との乖離を中心にして　林信蔵

「妹の力」をめぐるミニ・シンポジウムの歩み

289 海外の日本中世史研究—「日本史」・自国史・外国史の交差

黄霄龍・堀川康史　編

序論　日本中世史研究をめぐる知の交差　黄霄龍・堀川康史

第1部　海外における日本中世史研究の現在

光と闇を越えて—日本中世史の展望　トーマス・コンラン

韓国からみた日本中世史—「伝統」と「革新」の観点から　朴秀哲

中国で日本中世史を「発見」する　銭静怡

ドイツ語圏における日本の中世史学　ダニエル・シュライ

英語圏の日本中世経済史研究　イーサン・セーガル（坂井武尊：翻訳）

女性史・ジェンダー史研究とエージェンシー　河合佐知子

海外における日本中世史研究の動向—若手研究者による研究と雇用の展望　ポーラ・R・カーティス

【コラム】在外日本前近代史研究の学統は描けるのか　坂上康俊

第2部　日本側研究者の視点から

イギリス滞在経験からみた海外における日本中世史研究　川戸貴史

もう一つの十四世紀・南北朝期研究—プリンストン大学での一年から　堀川康史

歴史翻訳学ことはじめ—英語圏から自国史を意識する　菊地大樹

ケンブリッジ日本学見聞録—研究・教育体制と原本の重要性　佐藤雄基

ドイツで／における日本中世史研究　田中誠

【コラム】比較文書史料研究の現場から　高橋一樹

第3部　日本で外国史を研究すること

日本で外国史を研究すること—中世ヨーロッパ史とイタリア史の現場から　佐藤公美

交錯する視点—日本における「外国史」としてのベトナム史研究　多賀良寛

日本でモンゴル帝国史を研究すること　向正樹

自国史と外国史、知の循環—近世オランダ宗教史学史についての一考察　安平弦司

【コラム】中国における日本古代・中世史研究の「周縁化」と展望　王海燕

第4部　書評と紹介

南基鶴『가마쿠라막부 정치사의 연구』（『鎌倉幕府政治史の研究』）　高銀美

Kawai Sachiko, *Uncertain Powers: Sen'yōmon-in and Landownership by Royal Women in Early Medieval Japan*（河合佐知子『土地が生み出す「力」の複雑性—中世前期の荘園領主としての天皇家の女性たち』）　亀井ダイチ利永子

Morten Oxenboell, *Akutō and Rural Conflict in Medieval Japan*（モーテン・オクセンボール『日本中世の悪党と地域紛争』）　堀川康史

Morgan Pitelka, *Reading Medieval Ruins: Urban Life and Destruction in Sixteenth-Century Japan*（モーガン・ピテルカ『中世の遺跡を読み解く—十六世紀日本の都市生活とその破壊』）　黄霄龍

Thomas D. Conlan, *Samurai and the Warrior Culture of Japan, 471-1877: A Sourcebook*（トーマス・D・コンラン『サムライと日本の武士文化：四七一—一八七七　史料集』）　佐藤雄基

【コラム】新ケンブリッジ・ヒストリー・オブ・ジャパンについて　ヒトミ・トノムラ

288 東アジアの「孝」の文化史—前近代の人びとを支えた価値観を読み解く

雋雪艶・黒田彰　編

序　雋雪艶

序文　黒田彰

一、孝子伝と孝子伝図

中国の考古資料に見る孝子伝図の伝統　趙超

舜の物語攷—孝子伝から二十四孝へ

後梁—「賢女」の諜報網　山根直生
燕・趙両政権と仏教・道教　新見まどか
後唐・後晋—沙陀突厥系王朝のはじまり　森部豊
契丹国（遼）—華北王朝か、東ユーラシア帝国か　森部豊
後漢と北漢—冊封される皇帝　毛利英介
急造された「都城」開封—後周の太祖郭威・世宗柴栄とその時代　久保田和男
宋太祖朝—「六代目」王朝の君主　藤本猛
【コラム】宋太祖千里送京娘—真実と虚構が交錯した英雄の旅路　謝金魚（翻訳：山根直生）

2　十国

「正統王朝」としての南唐　久保田和男
留学僧と仏教事業から見た末期呉越　榎本渉
【コラム】『体源抄』にみえる博多「唐坊」説話　山内晋次
【コラム】五代の出版　高津孝
王閩政権およびその統治下の閩西北地方豪族　呉修安（翻訳：山口智哉）
楚の「経済発展」再考　樋口能成
正統の追及—前後蜀の建国への道　許凱翔（翻訳：前田佳那）
南漢—「宦官王国」の実像　猪原達生
【コラム】万事休す—荊南節度使高氏の苦悩　山崎覚士
「十国」としての北部ベトナム　遠藤総史
定難軍節度使から西夏へ—唐宋変革期のタングート　伊藤一馬
【コラム】五代武人の「文」　柳立言（翻訳：高津孝）

290 女性の力から歴史をみる—柳田国男「妹の力」論の射程

永池健二　編

序言　いま、なぜ「妹の力」なのか　永池健二
総論「妹の力」の現代的意義を問う　永池健二

第Ⅰ部　「妹の力」とその時代—大正末年から昭和初年へ

「妹の力」の政治学—柳田国男の女性参政論をめぐって　影山正美
柳田国男の女性史研究と「生活改善（運動)」への批判をめぐって　吉村風

第Ⅱ部　霊的力を担う女たち—オナリ神・巫女・遊女

馬淵東一のオナリ神研究—オナリ神と二つの出会い　澤井真代
折口信夫の琉球巫女論　伊藤好英
地名「白拍子」は何を意味するか—中世の女性伝説から『妹の力』を考える　内藤浩誉
【コラム：生きている〈妹の力〉1】民俗芸能にみる女性の力—朝倉の梯子獅子の御守袋に注目して　牧野由佳
【コラム：生きている〈妹の力〉2】江戸時代の婚礼の盃事—現代の盃事の特質を考えるために　鈴木一彌

第Ⅲ部　生活と信仰—地域に生きる「妹の力」

くまのの山ハた可きともをしわけ—若狭・内外海半島の巫女制と祭文　金田久璋
長崎のかくれキリシタンのマリア信仰　松尾恒一
敦煌文献より見る九、十世紀中国の女性と信仰　荒見泰史
【コラム：生きている〈妹の力〉3】母親たちの富士登山安全祈願—富士参りの歌と踊り　荻野裕子
【コラム：生きている〈妹の力〉4】女たちが守る村—東日本の女人講　山元未希

第Ⅳ部　女の〈生〉と「妹の力」—生活から歴史を眼差す

江馬三枝子—「主義者」から民俗学へ　杉本仁
「妹の力」から女のための民俗学へ—瀬川清子の関心をめぐる一考察　加藤秀雄
「女坑夫」からの聞き書き—問い直す女の力　川松あかり
高取正男における宗教と女性　黛友明
【コラム：生きている〈妹の力〉5】「公」と「私」と女性の現在　山形健介

292 中国学の近代的展開と日中交渉

陶徳民・吾妻重二・永田知之　編

291 五代十国—乱世のむこうの「治」

山根直生　編

十八世紀一枚摺版画の図像（花器、書斎道具、花果）の展開と、その起源となる絵画　アン・ファラー（翻訳：都甲さやか）
西洋宮殿と蘇州版画
ルーシー・オリボバ（翻訳：中塚亮）
レイカム（Leykam Zimmer）の間の中国版画　李嘯非（翻訳：張天石）
十八世紀欧州にわたった「泰西の筆法に倣った」蘇州版画について
王小明（翻訳：中塚亮）
編集後記　青木隆幸

294 秀吉の天下統一—奥羽再仕置

江田郁夫　編

カラー口絵
序　豊臣秀吉の天下統一　江田郁夫
第Ⅰ部　宇都宮・会津仕置
豊臣秀吉の宇都宮仕置　江田郁夫
豊臣秀吉の会津仕置　高橋充
【コラム】奥羽仕置と白河　内野豊大
宇都宮・会津仕置における岩付　青木文彦
第Ⅱ部　陸奥の再仕置
葛西・大崎一揆と葛西晴信　泉田邦彦
【コラム】伊達政宗と奥羽再仕置　佐々木徹
【コラム】石巻市須江糠塚に残る葛西・大崎一揆の史跡・伝承—いわゆる「深谷の役」について　泉田邦彦
奥羽再仕置と葛西一族—江刺重恒と江刺「郡」の動向から　高橋和孝
【コラム】高野長英の先祖高野佐渡守—ある葛西旧臣をめぐって　高橋和孝
文禄～寛永期の葛西氏旧臣と旧領—奥羽再仕置のその後　泉田邦彦
南部家における奥羽仕置・再仕置と浅野家の縁　熊谷博史
南部一族にとっての再仕置　滝尻侑貴
【コラム】仕置後の城破却—八戸根城の事例から　船場昌子
「九戸一揆」再考　熊谷隆次
第Ⅲ部　出羽の再仕置
上杉景勝と出羽の仕置　阿部哲人
南出羽の仕置前夜—出羽国の領主層と豊臣政権　菅原義勝
奥羽仕置と色部氏伝来文書　前嶋敏
【コラム】上杉景勝書状—展示はつらいよ
大喜直彦
付録　奥羽再仕置関連年表

293 彷徨する宗教性と国民諸文化

—近代化する日独社会における神話・宗教の諸相

前田良三　編

はじめに　「彷徨する宗教性」と日独の近代
前田良三
第一部　近代日本—神話・宗教と国民文化
解題　前田良三
日本国家のための儒学的建国神話—呉泰伯説話
ダーヴィッド・ヴァイス（翻訳：前田良三）
神道とは宗教なのか？—「Ostasien-Mission（東アジアミッション）」（ＯＡＭ）の報告における国家神道
クラウス・アントーニ
国民の人格としての生きる過去—昭和初期フェルキッシュ・ナショナリズムにおける『神皇正統記』とヘルマン・ボーネルによる『第三帝国』との比較
ミヒャエル・ヴァフトゥカ（翻訳：馬場大介）
戦間期における宗教的保守主義と国家主義—ルドルフ・オットーと鈴木大拙の事例を手掛かりに
チェ・ジョンファ（翻訳：小平健太）
ゲーテを日本人にする—ドイツ文学者木村謹治のゲーテ研究と宗教性　前田良三
第二部　近代ドイツ—民族主義宗教運動と教会
解題　前田良三
ナザレ派という芸術運動—十九世紀における芸術および社会の刷新理念としての「心、魂、感覚」
カーリン・モーザー＝フォン＝フィルゼック（翻訳：齋藤萌）
「悪魔憑き」か「精神疾患」か？—一九〇〇年前後の心的生活をめぐるプロテスタントの牧会と精神病学との論争
ビルギット・ヴァイエル（翻訳：二藤拓人）

アジア遊学既刊紹介

296 天文文化学の視点―星を軸に文化を語る

松浦清・真貝寿明　編

序　「天文文化学」という複合領域を楽しむために　松浦清

I　絵画・文学作品にみる天文文化

原在明《山上月食図》（個人蔵）の画題について　松浦清

一条兼良がみた星空―『花鳥余情』における「彦星」「天狗星」注をめぐって　横山恵理

「軌道」の語史―江戸時代末以降を中心に　米田達郎

［コラム］星の美を詠む　横山恵理

［コラム］明治初頭の啓蒙書ブーム「窮理熱」と『滑稽窮理　臍の西国』　真貝寿明

II　信仰・思想にみる天文文化

銅鏡の文様に見られる古代中国の宇宙観―記紀神話への受容とからめて　西村昌能

天の河の機能としての二重性―境界と通路、死と復活・生成、敵対と恋愛の舞台　勝俣隆

南方熊楠のミクロコスモスとマクロコスモス― 南方曼荼羅の世界観　井村誠

［コラム］天文学者は星を知らない　真貝寿明

III　民俗にみる天文文化

奄美与論島における十五夜の盗みの現代的変容をめぐる一考察　澤田幸輝

［コラム］三日月の傾きと農業予測―鹿児島県与論島のマクマを事例に　澤田幸輝

天文文化学から与那覇勢頭豊見親のにーりを考える　北尾浩一

IV　中世以前の天体現象と天文文化

天命思想の受容による飛鳥時代の変革―北極星による古代の正方位測量法　竹迫忍

惑星集合と中国古代王朝の開始年についての考察　作花一志

［コラム］星の数、銀河の数　真貝寿明

丹後に伝わる浦島伝説とそのタイムトラベルの検討　真貝寿明

V　近世以降の天体現象と天文文化

1861年テバット彗星の位置測量精度―土御門家と間家の測量比較を中心に　北井礼三郎・玉澤春史・岩橋清美

日本に伝わった古世界地図と星図の系譜　真貝寿明

あとがき　天文文化学を進める上で見えてきたもの―理系出身者の視点から　真貝寿明

295 蘇州版画―東アジア印刷芸術の革新と東西交流

青木隆幸・板倉聖哲・小林宏光　編

カラー口絵

はじめに　小林宏光

I　蘇州版画の前史と展開

北宋時代の一枚摺と版画による複製のはじまり　小林宏光

十八世紀蘇州版画にみる国際性　青木隆幸

蘇州と杭州、都市図の展開から見た蘇州版画　板倉聖哲

中国版画の末裔としての民国期ポスター―伝統の継承と変化を中心として　田島奈都子

蘇州版画の素材に関する科学的調査報告　半田昌規

II　物語と蘇州版画

物語と蘇州版画　大木康

将軍から聖帝へ―関羽像の変遷と三尊形式版画の成立　小林宏光

人中の呂布と錦の馬超―『三国志演義』のイケメン枠　上原究一

蘇州版画と楊家将―物語と祈りの絵図　松浦智子

III　ヨーロッパに収蔵される蘇州版画

文化の一形態としての技法―蘇州版画に「西洋」を創る　頼毓芝（翻訳：田中伝）